·国家社会科学规划基金资助青年项目·

项目批准号：09CZW054

· 刘志华　著

阐释与建构：

"十七年文学批评"研究

厦门大学出版社　国家一级出版社
XIAMEN UNIVERSITY PRESS　全国百佳图书出版单位

图书在版编目(CIP)数据

阐释与建构:"十七年文学批评"研究/刘志华著. —厦门:厦门大学出版社,2018.1
ISBN 978-7-5615-6471-4

Ⅰ.①阐⋯ Ⅱ.①刘⋯ Ⅲ.①中国文学-当代文学-文学评论-文集
Ⅳ.①I206.7-53

中国版本图书馆 CIP 数据核字(2018)第 010870 号

出 版 人	郑文礼
责任编辑	刘 璐 牛跃天
封面设计	李嘉彬
技术编辑	朱 楷

出版发行 **厦门大亨出版社**

社 址	厦门市软件园二期望海路 39 号
邮政编码	361008
总 编 办	0592-2182177 0592-2181406(传真)
营销中心	0592-2184458 0592-2181365
网 址	http://www.xmupress.com
邮 箱	xmup@xmupress.com
印 刷	虎彩印艺股份有限公司

开本	720mm×1000mm 1/16
印张	19.5
插页	2
字数	300 千字
版次	2018 年 1 月第 1 版
印次	2018 年 1 月第 1 次印刷
定价	60.00 元

本书如有印装质量问题请直接寄承印厂调换

厦门大学出版社
微信二维码

厦门大学出版社
微博二维码

自　序

　　本书是我 2009 年国家社科基金青年项目的结题成果，它主要建立在我的博士期间研究及最终的成果《"十七年文学批评"研究》的基础上。本书首先从"十七年文学批评"中的几个关键词如"文艺斗争""党性""人性人情""民族形式""典型""真实性""现实主义""人民性""工农兵形象"入手，而这些关键词的形成与具体含义的不断改写，记录着中国当代文学复杂变迁的微妙症候。这些关键词成为我探查把握"十七年文学批评"真实面貌及其历史价值的切入口。通过对这几个关键词的具体研究并考察"十七年文学批评"的实践活动及其细节，我们可以看到中国当代文学在"十七年"里特有的"政治化审美"特征及其理论逻辑。有关论述便构成本书的第六章。

　　通过"关键词"透视"十七年文学批评"，我们发现，"十七年文学批评"是中国当代文学史的重要构成部分，而且在整个十七年文学进程中扮演着创新"革命文艺理念"、整合中外文学资源、确立文学新秩序等方面的关键角色，其目标是建构社会主义文学新秩序，建立系统的社会主义革命新文艺。因此，如何对"十七年文学批评"进行较为全面的审美观照便构成本书的主要内容。

　　第一，中国文学进入"社会主义"当代，其言说语境发生了巨大的变化。作为多元格局构成因素之一的解放区文学，凭借权力和制度成为新中国文学发展的母胎，文学被规整纳入"一体化"进程之中。文学批评日渐蜕变为对文学活动实施监管和对审美"利害"进行"裁决"的权力性存在。时代的政治风云和文坛风云在它的身上都有着直接的体现，它与文学"外部的"（政治体制、文艺政策等）和文学"内部的"（包括创作、理论、接受、编辑出版等）关系的复杂性，可视为中国当代文学全部复杂性的一个缩影。会议报告、《文艺报》、《人民日报》社论构成了"十七年文学批评"可供感知的外部环境。这是本书的第一章。

第二,作为特定时代且具有自身完整形态的"十七年文学批评",经历了一个由发生、发展、异变直至异化的曲折变化过程。从十七年政治、经济、文化发展的一体化视角来看,"十七年文学批评"大致可以分为"解放区文艺批评的延续""社会主义视野下的文学批评""政治缝隙中的文学批评"和"以阶级斗争为纲的文学批评"四个阶段。其一,新政权的建立使得具有历史权宜性的解放区文艺批评在新中国得以推广并具有合理性。其二,文学批评的方向性、口号性功能特征悄悄地发生改变,它正逐渐地接受主流意识形态的"询唤"而在1953年开始被社会主义制度化,显示了新中国寻求建立新文学秩序、确立一体化的文学道路的真正用意。其三,侧重于政治性的社会主义现实主义文学批评异变为"政治缝隙"中的文学批评,从中我们看到阶级性已成为文学批评的重要标尺,直至进入以阶级斗争为纲的文学批评时期。这是本书的第二章。

第三,"十七年文学批评"的发展,是与"五四"至30年代的现代文艺理念、解放区"革命文艺"、俄苏文学批评理论紧密联系在一起的。"五四"至30年代的现代文艺理论是"十七年文学批评"的一个主要源头,其社会功利性特征、反映论、个性主义、阶级论、进化论等是"十七年文学批评"吸纳和扬弃的主要内容。正是"进化论"意识的持久牵导,引发了人们乌托邦的冲动和想象而不断地破旧立新,去建构一个崭新的迥异于任何时代的文艺秩序。"十七年文学批评"实践着解放区"革命文艺"理论体系,是解放区"革命文艺"理论体系的逻辑发展。解放区"革命文艺"理论体系中的"大众化的审美价值取向""歌颂与暴露""整风与批判"等内容直接影响了"十七年文学批评"的"政治一体化"进程。俄苏的文艺政策、艺术社会学理论、庸俗社会学理论都在这一时期有了某种回应,成为"十七年文学批评"可供选择和吸收的重要域外资源。具体地说,我们可以从这一时期"社会主义现实主义理论"在中国的接受、高校文艺学教学及庸俗社会学理论的影响三个方面来了解俄苏文学对"十七年文学批评"的影响和渗透。这是本书的第三章。

第四,我们讨论的是文学批评的主体——批评家。在文艺的主体性和客体性、社会本质和审美本质、内容因素和形式因素的张力与合力中,"十七年文学批评"的类型相应地可划分为"政治革命"型阐释模式(以周扬、邵荃麟为代表)、"泛意识形态性"型阐释模式(以冯雪峰和何其芳为代表)和"经验感悟"型阐释模式(以茅盾为主的作家型批评家及黄药眠、侯金镜为代表)。这是本书的第四章。

第五，在"十七年文学批评"的实践过程中，作家经历了角色转换的艰难蜕变过程，其"知识分子"内涵发生了巨大改变。作为群体，在新中国成立后迅速地被整合到政治化权力格局之中，作家的创作随之发生了重大转向。包括文学批评在内的"十七年文学"，以其整体的"同一性"构建一个"战歌"与"颂歌"相交织的文学时代。"十七年文学批评"在全程参与当代文学经典遴选中涉及的有关重要话题的讨论——如《青春之歌》讨论中关于"知识分子改造"问题、《创业史》中关于"农民本质"问题、《欧阳海之歌》中关于"塑造新时代英雄人物"问题，都体现了文学批评在当代的重要影响和它在参与当代文学史建构过程中的主动姿态。在十七年间，"批判""革命"虽持续不断，但也会有短暂的间歇。而这些间歇是为未来更好地批判，间歇期间所出现的"非主流"又往往成为下一阶段批判的耙子，当批判硝烟过于浓烈则又会出现妥协的间歇。"批判——整饬——再批判——再整饬"，文艺思潮如风云变幻，似波涛诡谲，全息记录了当代文学批评曲折多变的历史命运。这是本书的第五章。

在对"十七年文学批评"的语境、生成历史、资源整合、批评类型、批评功能和关键词进行归纳整理、分析研究后，我们可以返回到"十七年文学"的历史语境中，不像过去那样因其政治性而肯定它，也不像现在一样以其政治性来否定它。我们应该把它放置在一个 20 世纪中国文学乃至全球的背景中去理解和阐释这段文学的特殊性。"十七年文学批评"始终处于文学自身审美特征的"自律性""合情性"与社会意识形态变化的"他律性""合法性"的夹缝与交战之中，还在苦苦追寻文学与意识形态的临界点。本书只是从不同的角度对"十七年文学批评"的状态作了梳理，对它的一些重要方面进行了初步思考和极有限的阐释。许多重要问题的深层展开，还需要辅之大量原始资料的整理和对对象的进一步历史化处理。

本书中一些章节先后在《陕西社会科学评论》《莆田学院学报》《学术论坛》《重庆三峡学院学报》《长江师范学院学报》《兰州学刊》《内蒙古社会科学》《学术界》《社科纵横》《湖北民族学院学报》等刊物上发表。在此，对给予本课题厚爱以及付出辛勤劳动的编辑们表示衷心的感谢。

当我完成本书的自我校对并写完这篇序言的时候,我的眼前总会浮现读博时的情景。这个选题,也凝聚了我的导师席扬先生的心血。本来,他也答应为本书作序,令人无比悲痛惋惜的是,去年我在美国访学期间,我的导师却永远地离我们而去。谨以此书纪念我的恩师——席扬先生,还有那从立项到出书的七年岁月!

是为自序。

刘志华

2016 年 1 月 13 日

目　　录

绪　论

一、研究价值

任何时代的文学批评研究,实际上都包括"文学批评史"和"批评的批评"两个方面的内容。"批评的批评"则又可以具体区分为"批评的理论批评"(theoretical criticism of criticism)和"批评的实际批评"(practical criticism of criticism),实际批评的主要成分是诠释(interpretation)(包括描述和分析)与评价(evaluation)。[①] 就"十七年文学批评"研究所涉及的内容范畴和对象属性而言,我们认为,关于这一时期文学的"理论批评"和"实际批评"都理所当然地属于本书研究的指涉内容。不过需要强调的是,在本书的实际研究过程中,我们更为关注"十七年"文学历史中关于作家和作品的"实际批评"。"十七年文学批评"不仅是中国当代文学史的重要构成部分,而且在整个十七年文学史进程中扮演着创新"革命文艺理念"、整合中外文学资源、确立文学新秩序等方面的关键角色,其目标是建构社会主义文学新秩序,建立系统的社会主义革命新文艺。它对中国当代文学的巨大影响和它充任的时代意识形态对文艺实施监管职责的复杂性,直接影响中国当代文学"独特"审美面貌的生成与变异。时代的政治风云和

---

① 刘若愚.中国文学理论[M].南京:江苏教育出版社,2006:1-2.

文坛风云在它身上都有着直接的体现,它与文学"外部的"(政治体制、文艺政策等)和文学"内部的"(包括创作、理论、接受、编辑出版等)关系的复杂性,可视为中国当代文学全部复杂性的一个缩影。它对"五四"至30年代现代文艺理念的吸纳与扬弃、对解放区"革命文艺"实践性体系的张扬与革新,以及对执政党文艺政策核心理念的持久影响,都发挥了重要且独特的作用。对作为整体的"十七年文学批评"进行深入细致的研究,对作为一个历史时期的文学批评的精神遗产的研究,在文学批评和文学创作中形成的文学价值多元化、文学泛化、文学边缘化、文学经典屡遭解构、文学理论和批评标准的丰富而又杂乱的今天,更显得重要和必要。

二、研究现状

对"十七年"文学的整体研究,是从20世纪80年代开始的。但它的"学术化"状况却是在20世纪90年代才有了根本性改观。"十七年文学批评"在"十七年文学"的整体研究中一直处于薄弱状态,直到今天依然如此。纵观新时期20多年来有关"十七年文学批评"的研究,基本是从以下三种视角展开的:

一是文艺理论的视角,如浙江大学王建刚的博士论文《政治形态文艺学——五十年代中国文艺思想研究》(指导老师徐岱),该文基本观点是:50年代中国的文艺思想具有典型的政治形态,我们称为政治形态文艺。武汉大学李遇春的博士论文《权力·主体·话语》(指导老师於可训),该文将"延安文学"、"十七年文学"和"'文革'文学"视为一个相对独立完整的话语系统——"红色文学话语秩序"来进行研究,在共时性的话语结构层面上,集中探讨了置身于红色革命文学(文化)秩序中的中国知识分子作家(包括从事"地下"写作的作家)的话语困境,揭示出这种话语困境植根于其心理人格困境,而后者源于其文化困境。

二是文化学的视角,如南京师范大学王洁的博士论文《建国后十七年文学与政治文化之关系研究》(指导老师朱晓进),该文论述在服务论文学观的规定下,新中国成立后十七年文学与政治发生着紧密的关系,这无疑应该是一个常识性的观念。从实践的层面看,十七年文学与"政治"的关系全面表现为与十七年政治文化的关系。十七年的政治文化,从物质制度、理论思想一直到心理层面全面参与规定着十七年的文学实践,十七年政治文化在这三个层面全面地影响着新中国成立后十七年的文学。对这一影响历程的历史描述,充分有效地揭示十七年文学的历史面目。黄开发的《"十七年"文学三论》(《江淮论坛》2004 年第 2 期),认为"十七年"文学是一种高度政治化的文学。贺仲明的《转型的艰难与心灵的归化:"十七年文学"的政治认同问题》(《天津社会科学》2009 年第 4 期),该文认为,"十七年文学"受到较多政治扶持,也受到较多限制和改造,而且直接影响它的审美规范和文学标准。吕海琛的《英雄形象塑造与十七年〈人民文学〉的爱情叙事》(《齐鲁学刊》2007 年第 1 期),该文明确指出:"文学在迎合政治口令的同时淡化甚至是排除了其独特的审美特质,作家失去了表达内心独特感受的自由,创造力和想象力受到严重的压抑。文学成了政治的留声机和传声筒。"张卫中的《十七年文学中的现代性与反现代性》(《徐州师范大学学报》2010 年第 4 期),该文认为与主要致力于国民性批判的现代文学相比,十七年文学主要是正面赞美、颂扬国家的现代化进程,甚至被作为国家动员体制的一部分。谢维强的《表象的政治判定与潜在的文化冲突——十七年文学批评现象片论》(《理论月刊》2003 年第 3 期),认为十七年的很多文学批判运动的深刻原因是乡村文化与城市文化的隔膜与碰撞。於可训的《当代文学:建构与阐释》(武汉大学出版社,2005 年版),该书隐含着十七年文学是一体化的文学的观点,认为近 50 年中国文学在一个相当长的时间内就出现了一个在统一的文学体制和统一的文学观念与艺术规范支配之下的统一的文学世界。

三是文学批评的视角,如华东师范大学王军的博士论文《十七年文学批评中的合法性问题》(指导老师马以鑫),其基本观点是:十七年文学批评作为文学规范的体现者,在构建和证明自身的合法性时,主要依据政治规范的支持,并按照其要求提出各种烦琐的价值和规则,来塑造文学的整体面貌,这些合法性规则与文学实践的合理性要求不断地发生冲突。总的来说,十七年文学的合法性模式,造成了对文学合理性的压制,并最终颠覆了自身的合法性。单篇的论文较多,有侧重于从政治功能研究的,如黄开发的《真实性·倾向性·时代性——中国现代主流文学批评话语中的几个关键词》(《中国现代文学研究丛刊》2002 年第 3 期),认为"十七年"是主流文学观念政权意识形态化时期。曹霞的《"大众"与"工农兵"批评话语的生成和流变》(《学术界》2012 年第 9 期),指出,十七年中,"工农兵"的批评话语与意识形态的"合力"日益弥紧。"工农兵"内在的话语机制和思维方式受到"泛政治化"的侵蚀,逐渐被掏空而成为承担政治监督、惩罚和行政处分等功能的"超级能指"。胡德才的《主体精神丧失是中国当代文学批评平庸化的根源》(《江汉大学学报》2012年第4期),该文指出,在中国当代文学批评史上尤其是20世纪70年代以前,政治功利化的文学批评是非常盛行的。廖述毅的《略论"十七年文学"批评主流》(《齐鲁学刊》2000年第10期),认为批评的聚集点在于文学的政治目的、政治功利及相应的作家创作中的合法性。有的侧重于"现代性"研究,如黄健的《"十七年文学"与现代性的重构》(《学术月刊》2007年第6期),该文指出,"十七年文学"之所以被赋予诸多意识形态功能,是因为它被认为能够通过民族国家想象的共同体,将有关现代性重构的诉求形象化地转化成人们的共识。有侧重于从话语方式研究的,如赫牧寰的《"十七年"文学批评的社会政治话语系统》(《佳木斯大学学报》2004年第3期),认为中国当代"十七年"文学批评自发展之初便面临审美批评话语缺失的问题,取而代之的是符合主流意识形态的社会政治话语系统。还有侧重于从接受的角度进行研究的,如徐勇的《"权威"的出场——试论十七年文学批评中读者的实际功能和尴尬处境》(《景德镇高专学报》2005年第1期),认为"读者"作为一个虚拟的大多数,已经演变成为一种讲述权力的权利的象征符号。还有从批评家的角度进行研究的等等。

总体上看,自20世纪80年代以来,学术研究界把"十七年文学批评"作为一个整体予以深切关注的研究成果尚属鲜见。即使是在中国当代文学史的大量著述中,对它的描述也多是以"文学运动"、"文学批判"代替对具体的"文学批评"的评价,"批评史"变成"批判史"。至于那些针对某些具有代表性批评家如周扬、冯雪峰等人的研究成果,也大多瞩目于他们的"政治传奇"或"文坛恩怨"方面。近年来,有关这一领域的零零星星的成果应当说不少,但缺乏深入研究。总括起来,可以分为以下几个方面:

1. 把"十七年文学批评"视为"政治一体化时代的文学批评"。如许志英、邹恬在其主编的《中国现代文学主潮》一书中,把"十七年文学批评"视为"政治一体化时代的文学批评",认为文学批评追求的是政治价值,"其本质功能并不在于文学的研究评述与理论总结,而在于不断提醒文学履行政治功能,保持与政治的一体化"。许道明在《中国现代文学批评史新编》一书中认为,"十七年文学批评"进入了一体化时期,这是一个以政策推行政治——文学批评的时期,文学批评日渐迷失本性,几乎扮演了思想政治霸权同等物的角色,以"附庸"或"前哨"的身份,全面服务思想斗争和政治斗争,文学批评崇仰单纯而透明及统一的意志和高度的组织。杨匡汉在其主编的《惊鸿一瞥——文学中国:1949—1999》一书中认为,20世纪50—70年代的文学理论批评,在很大程度上承担着实现文学一体化的任务。斯洛伐克的玛利安·高利克在《中国现代文学批评发生史(1917—1930)》(社会科学文献出版社,1997年11月版)一书中认为,"从马克思主义观点出发,肯定应该高度评价中国现代的政治性文学及其追随者的努力","从1917年至1977年中国现代文学和文学批评存在的六十年间所取得的意义最深远的最有价值的成果,都与这种思想(指的是一种世界意识,笔者注)分不开"。这是从"政治性"和中国现当代文学"一体化"两个方面诠释了"政治一体化"的内涵。华东师范大学王军的博士论文《十七年文学批评中的合法性问题》中认为,整个20世纪中国文学中,"十七年文学"是一个特点鲜明而风格比较统一的文学阶段,它一般被称为"一体化"。这种一体化特征至少应该包括两个方面的含义:第一,文学在基本价值、主要观点、思维方式、具体表现上高度的"同质化",批评对作家和作品进行同一化判断,它们构成了十七年文学的骨架,从而表现出"一体化"的面貌。第二,文学与政治的高度同一性。邓寒梅在《"十七年文学"中人文精神缺失及其原因探析》(《船山学刊》2008年第2期)一文中认为,"十七年文学"中人文精神缺失的原因在于,"一体化"的时代政治和大一统的传统文化思想所形成的双重合力,将文学活动演变成一种政治行为。齐玉朝、徐丁林在《"十七年"文艺批评述评》(《唐山师范学院学报》2001年第3期)一文中指出,新中国成立初期,文艺整体环境较为宽松,文艺批评寻求科学理性精神,但受"一体化"文艺思想制约,批评开始向政治斗争异化。20世纪50年代中后期,既有科学理性精神的高扬,又有科学理性精神的横遭践踏,科学理性与政治异化双重变奏的态势更为明显。60年代初至"文革"前夕,文艺批评在阶级斗争语境中力图自救,最终又别无选择地成为政治斗争的工具。廖述毅在《略论"十七年文学"批评主流》(《齐鲁学刊》2000年第6期)一文中认为,批评的聚集点在于文学的政治目的、政治功利及相应的作家创作中的合法性。这种一体化批评格局主要是通过批判文学创作中的"个人主义",并通过作家的自我否定和创作上的"反精英"倾向来完成的。黄灵红在《"社会历史批评"在中国现代文学批评中的三种类型及其演变——从 20 世纪 20 年代末到 70 年代末》(《平顶山师专学报》2001 年第 3 期)中说,《在延安文艺座谈会上的讲话》(简称《讲话》)后的政论批评在政治一体化的文艺政策指导和规范下,建立了一整套以政治为本位的文艺的价值系统,政论批评有以党性代替人民性、文学性的趋势,政治倾向、作家立场成为文学批评无所不在、至高无上的标准,批评走向一条狭隘的政治夹缝之中。总之,他们普遍认同的是"十七年文学批评"中的政治功能方面。

2. 这种文学批评样态的形成对十七年文学的发展究竟起到怎样的作用(如对作家的影响、对作品的影响及对文学思潮的影响),是研究者很少论及的。研究者大多看到的只是批评的指导作用即批评对创作的单向影响,而对于创作之于批评的反作用则大多视而不见或不屑论及。即便有所涉猎,也大多侧重于从创作主体角度而不是从接受角度(包括批评的角度)实施分析,如刘克宽在《从审美主体选择看十七年文学的公式化和概念化成因》(《文史哲》2003 年第 2 期)一文中认为:"当代文学史上前十七年的文学创作,往往人为地将主客体双向之间的适应互动的选择重构关系释解为主体对客体(群体)的单向依附关系。"其在《当代十七年文学常规范式的文体表现》(《滨州学院学报》2000 年第 1 期)中还指出,十七年文学表现出同一类别的主题和人物的艺术认识规律的日益趋同,十七年文学观念的一体化,造成了创作方法理解上的封闭性,特别是在把文学创作方法作为一种描述方式和手段的时候,往往将惯常的方式视为一种规范,而排斥那些异常的审美创造,结果自然形成了尊崇常规范式的一统局面。在文学的外部关系上,我们可以找出许多造成十七年文学创作维持常规范式的原因,譬如政治的制导作用等。而如果进入文学的内部,从创作本身的建构来看,常规范式与十七年对创作方法的认识和选择是有直接关系的。至于说文学批评对当代文学经典作品的建构、文艺思潮的变化等的影响则更是很少有人深入论及。

3. 对重要批评家在十七年文学历史中的具体活动研究仍然不够充分。这一时期虽然出版的许多著述,如温儒敏《中国现代文学批评史》、许道明《中国现代文学批评史新编》、刘锋杰《中国现代六大批评家》,对周扬、茅盾、胡风、邵荃麟、冯雪峰等批评家都进行了相当深入的研究,但他们所侧重的是现代时空而不是"十七年"。

三、研究的基本内容与创新目标

1. 把"十七年文学批评"视为"政治一体化时代的文学批评",显然表征了"五四文学正统论"对"十七年"文学研究的制约与规限。这一观念势必影响对"十七年文学批评"独特性与价值呈现复杂性的客观体察。因此,把包括"文学批评"在内的"十七年文学"笼统地视为"政治文学",缺乏客观性和科学性。如南京师范大学王洁的博士论文《建国后十七年文学与政治文化之关系研究》认为,十七年的政治文化无疑构成了全面审视十七年文学的最佳历史视角,它将在最大限度内展示十七年文学的历史真实与历史全貌。赵海彦在《"为政治"与"逃逸政治":"公众化写作"与"个体化写作"——对"十七年文学"两种创作现象的解读》(《北京社会科学》1998 年第 3 期)一文中认为,十七年文学最显明的时代特征是"为政治"。傅书华在《重新审视"十七年"文学》(《理论与创作》2004 年第 2 期)中认为,十七年文学是政治革命时代的文学。刘克宽在《当代十七年文学一体化的时代政治因素》(《琼州学院学报》1999 年第 3 期)一文中指出,当代十七年文学一体化形成的重要因素在于,政治为了自身的需要而对文学采取必要的控制手段且作为维护整个大系统有序发展的一种外部制约机制。相应的,"五四"以来的批评具有多元性,如"为人生"的现实主义批评、"表现论"的浪漫主义批评(郭沫若、郁达夫、成仿吾)、印象式批评(李健吾)、心理分析批评(朱光潜)、古典主义批评(梁实秋)等,三四十年代的社会——历史批评(茅盾)、作为主流的马克思主义批评(冯雪峰、周扬、胡风),自然的,"十七年文学批评"中的"文学批评"价值也被遮蔽,便只承认其"政治"价值而把它看成政治一体化时代的文学批评了。如中国社会科学院文学研究所当代文学研究室主编的《新时期文学六年》(中国社会科学出版社,1985 年版)便是如此:"文化大革命"前,文学批评固然取得了相当的成就,但由于"左"的思想影响,在对作家作品的批评中,那种"政治标准唯一"的量文尺子,那种庸俗社会学的批评方法,以及那种机械地由作品社会效果逆推作家创作动机的"上纲上线"法不时出现,并愈演愈烈。可以说,这只是从文学批评的"外部"来看文学批评,把"十七年文学批评"

简单化了,对"十七年文学批评"中的政治功能是如何形成、为什么形成以及为什么会形成这样的批评性质等问题都语焉不详。它忽视了文学批评的"内部"(包括创作、理论、接受、编辑出版等)因素同样对"十七年文学批评"这一特征的形成也有极其重要的影响。因为这一时期的政治与文学是一种互文关系,"在文学性的背后,总是政治性,或者说政治性本身就构成了文学性"①。文学与政治的裹挟,使文学对国家、民族和阶级的强调都表现出文学强烈的政治化特征,故研究"为什么要这样写"曾一度作为研究者的研究对象。所以淡化作为这一批评研究主体的"政治情结"(指把文学政治化,往往单纯从政治的功利性出发去观照文学。一方面,敏感于从政治上看文艺问题,强调文学在阶级斗争中的"晴雨表""哨兵""武器"的角色性质,从中捕捉"阶级斗争新动向",把文学推到意识形态中心的地位;另一方面,在批评与争鸣中习惯于用单一的政治标准去分析、评价作品,常常无端怀疑作家、批评家的政治动机,由此导致对作家、作品的"上纲上线"的批判),客观地揭示其政治价值功能的形成所具有的复杂性,是本书论述的重要方面。

2. 本书力图通过揭示批评与创作、经典文本、文艺思潮的互动关系来彰显"十七年文学批评"在整个十七年文学中的重要地位。有研究者指出:"建国后十七年文学的独特性在于,体制性的力量驾驭着作家的个人创作。大众传媒运作同政治和社会的斗争叠合在一起,它们借助权力和利益配置方式,引导作家创作在意识形态设定的框架内进行,催生新的文学生产机制、传播方式形成。"②所以说,"十七年文学批评"充任时代意识形态对文艺实施监管职责,积极参与建构社会主义文学新秩序的系列活动,直接影响了中国当代文学"独特"审美面貌的生成与变异。

3. 批评家是"十七年文学批评"的主体,在十七年中所有批评家的批评理论和批评实践的基础上归纳出"十七年文学批评"所具有的共性的同时,还要对批评家的批评理论和批评活动进行纵向分析,并与同时代的批

---

① 蔡翔.革命/叙述:中国社会主义文学—文化想象(1949—1966)[M].北京:北京大学出版社,2010:15.

② 陈伟军.大众传媒与建国后十七年文学体制建构[J].贵州社会科学,2009(5):38.

评家进行横向比较,从中挖掘其批评的个性。"十七年"文学时期重要批评家所呈现的批评类型及这些类型之间的有限的差异性,更是从具体实践层面上表征了文学批评在这一特定历史时期的功能方式和价值诉求。

4. 通过抓住文学批评中几个重要的关键词来阐释这个时代。有学者指出,文学批评领域"出现了一大批前所未有的军事词汇:战役、斗争、重大胜利、锋芒直指、拔白旗、插红旗、重大题材……一部作品发表后获得成功叫作'打响了',作品有所创造叫作'有突破',把一部批评社会阴暗面的作品称作'猖狂进攻'等等"①。这一现象值得我们深思,所以抓住关键词成为本书一个创新之处。"每一个时代都会产生一些关键的概念,它们隐含了这个时代最为重要的信息,或者成为复杂的历史脉络的聚合之处。提到这个关键性的概念如同提纲挈领地掌握这个时代。因此,阐释这些概念也就是从某一个方面阐释一个时代。"②通过"文艺斗争""党性""人性人情""民族形式""典型"等几个记录中国当代文学复杂变迁的微妙症候的关键词的研究,了解"十七年文学批评"的真实面貌和中国当代文学发展的曲折轨迹。此外,通过对这些关键词的具体研究,可以看到中国当代文学在最初发展的"十七年"里所特有的政治性特征,同时也为"'文革'文学"的研究提供可资借鉴的理论资源。

四、研究理论与路线

基于此,本书试图给"十七年文学批评"以新的解释与重构。

首先,任何时代的一种文学批评,其构成要素主要包括批评主体、批评对象、批评功能、批评方法等。"十七年文学批评"的目标是建构和维护社会主义文学新秩序。批评主体是指文学批评的写作主体,包括一些学有专长的批评家,在"十七年文学批评"中更多的则是作为党的文艺政策的制定者、阐释者和宣传者。批评对象是指各种具体的文学现象,包括对具体的作家、作品所做的分析和判断,及文学创作、文学接受和文学理论

---

① 陈思和.当代文学观念中的战争文化心理[M]//王晓明.二十世纪中国文学史论:卷1.上海:东方出版中心,1997:123.

② 南帆.二十世纪中国文学批评99个词[M].杭州:浙江文艺出版社,2003:前言1-2.

批评现象、思潮等,这就涉及作家的世界观与思想改造问题、作品的工农兵题材与文学创作及接受的工农兵方向问题、批评的政治标准与艺术标准问题等。批评功能是指文学批评对读者阅读、作家创作、文学理论和文学史研究等方面所产生的影响及其在整个文学活动和社会生活中所具有的价值和作用,在"十七年文学批评"中则体现为文学的思想教育问题、党性、阶级立场问题以及思想纯粹化问题等。批评方法主要是指对文学现象的社会的诠释、评价和审美的诠释、评价两个方面,在"十七年文学批评"中主要体现为社会的诠释与评价。"十七年文学批评"正是从社会政治历史的角度,循着为政治服务的路径,通过具有党性极强批评家所制定的文艺政策,试图使文坛达到"文艺为工农兵服务,文艺为政治服务"的"政治一体化"的"纯粹化"。

其次,文学批评家在"十七年文学批评"活动中具有重要的地位。尽管文学批评在整个文学活动中是属于读者接受部分,"以往的文学观念,往往把读者接受文学的过程看成是一个消极的、被动的过程,而接受美学则把接受过程看成是一个积极的、主动的、再创造的过程,这样,读者就参与了创造,就包含了本身的价值,而不是被动的文本的接受者"①。也就是说,作为"十七年文学批评"的批评主体的批评家,一方面制造着批评的理论,另一方面也成为接受主体。因而,批评家会去接受别样的批评观点,或者以另外批评家作为参照以规约或改变自己的批评观,形成自己独特的批评个性。

再次,文学批评作为文化系统中的一个分类,我们应"立足于文化整体的反思,将文学、艺术、哲学、宗教、道德、法律乃至各种习俗、心理、制度、器用作为一个有机的文化系统加以观照"②。通过"十七年文学批评"的理论探讨与实践活动,我们会更清楚地发现,我们的文学是怎样在高压政治的推动下走过了一段辉煌而又苦涩的道路。让文学与人类整个文化系统中的各个分支(主要指政治)保持应有的距离,树立和谐的文学批评环境,让文学走自己的道路,是我们接着讲的话题。

---

① 刘再复.文学研究应以人为思维中心[N].文汇报,1985-07-18.
② 陈伯海.中国文学史之宏观[M].北京:中国社会科学出版社,1995:4.

第一章

政治性卡里斯马^①:
"十七年文学批评"的文化语境

"十七年文学"是社会主义事业的组成部分,对"五四"以来的文学来说,既有传承又有革新。"在新的社会历史背景下,中国当代文学在中国共产党的领导下,成为社会主义革命和社会主义建设事业的组成部分,呈现出思想方面高度的统一性(以毛泽东文艺思想为指导)、队伍方面高度的组织性(作家由自由职业者转变为中国作家协会及下属各级作协或各种文化机构的干部)、艺术方面高度的规范性(以革命现实主义为艺术规范)的特点,这也决定了本时期的文学朝着一体化方向发展的主导趋势,并同'五四'以来多元化的文学格局形成显著的比照。"^②亦即"十七年文学"的文学环境发生了巨大的变化,新中国成立前只是中国文学多元格局中的一元的解放区文学一跃而成为新中国文学发展的母胎,一度多元共生的现代文学进入一个高度"一体化"的时代。"中华民族的旧政

---

① 德国思想家马克斯·韦伯所创,原指古代的宗教先知、战争英雄。这里指一种典型。

② 王庆生.中国当代文学史[M].北京:高等教育出版社,2003:9.

治和旧经济,乃是中国民族旧文化的根据;而中华民族的新政治和新经济,乃是中华民族的新文化的根据。"①文化生态不同致使文学批评对文学发展提出了新的要求。与"五四"以来以审美批评为主的多元批评话语不同,"十七年文学批评"尽量尝试寻求文学的形式与政治意识形态性内容的统一和一种新的对于新政权表达的话语体系。福柯曾指出话语与社会权力之间的密切关系:"在我们这样的社会以及其他社会中,有多样的权力关系渗透到社会的机体中去,构成社会机体的特征,如果没有话语的生产、积累、流通和发挥功能的话,这些权力关系自身就不能建立起来和得到巩固。"②政治性卡里斯马型的批评话语便是一种建立权力关系的有效方式,同时它也被置于意识形态国家机器的统治之下,正如阿尔都塞说的那样,"任何一个阶级如果不在掌握政权的同时把意识形态国家机器置于自己的控制之下并在其中行使自己的霸权的话,那么它的统治就不会持久"③。新中国借鉴苏联的管理模式,成立由中共中央宣传部直接领导的全国文联及专业协会,每月给作家发放津贴的官方化管理模式及对私营出版业的控制④。这样政治性卡里斯马型的批评话语,在整个社会结构中的重要地位及其在具体社会实践的重要作用也就不言自明了。

"十七年文学批评"是十七年文学的组成部分,它与十七年文学史(包括文学作品和文学思潮)"平分秋色",是文学创作的指导者和文艺思想的领导者,既有一般读者在广度上的感性认识,也有特殊读者即批评家在深度上的理性批评。在大多数情况下,文学批评并不是一种个性化的或"科

---

① 毛泽东.新民主主义论[M]//毛泽东选集:第2卷.北京:人民出版社,1991:664.

② 福柯.权力的眼睛:福柯访谈录[M].严锋,译.上海:上海人民出版社,1997:228.

③ 路易·阿尔都塞.意识形态和意识形态国家机器[J].李迅,译.当代电影,1987(3):106.

④ "1949年的国家政策就已规定:'禁止设立新的私营出版业';不过,对1949年前就已成立的私营出版社采取了逐步'消灭'的政策","1953年之后,私营出版社迅速消亡。私营出版社的数量显示出这种状况:1950年全国的私营出版社有一百八十四家,1951年为三百二十一家,1952年三百五十六家,1953年二百九十家,1954年九十七家,1955年十六家,到1956年6月,全国已无"。李红强.《人民文学》十七年:1949—1966年[M].北京:当代中国出版社,2009.

学化"的作品解读,也不是一种鉴赏活动,而是体现政治意图的,对文学活动和主张进行"裁决"的手段。它承担了保证规范的确立和实施,打击一切损害、削弱其权威地位的思想、创作和活动的职责。它一方面用来支持、赞扬那些符合规范的作家作品,另一方面则对不同程度地具有偏离、悖逆倾向的作家作品提出警告。① 也就是说,在某种程度上,批评的这种政治意识形态性在所难免,但同时也"表现了个体与其实际生存状况的想象关系"②,批评所反映的对象也就不可避免地伴随想象的变形。这样,"十七年文学批评"便只能通过一种文学想象来组织、建构新的社会主义文学本质。这种文学想象在会议报告、《文艺报》和《人民日报》社论中得以展现。

一、会议报告

在十七年文学中,重要的文代会有三次,还有 1956 年的"知识分子"会议、大连会议、广州会议、新侨会议等,这些会议都得到了党和政府的关怀和指导。在每一次会议上都会有重要的会议报告产生。仅以周扬为例,他的会议报告就有《新的人民的文艺》《为创造更多的优秀文学艺术作品而奋斗》《我国社会主义文学艺术的道路》《我们必须战斗》《文艺战线上的一场大辩论》等,这都对文艺的发展产生了重大的影响,"会议报告是权威人物代表权力机构向与会者宣谕一种精神和意志,它是一种典型的意识形态表达,是国家对文学艺术实施规范和控制的重要方式。因此,会议报告并不是体现报告人意志或研究成果的一种文体,它是掌握'话语领导权'的统治阶级的'集体发言',它的权威性是不可置疑的,它的威慑力是不可抗拒的"③。会议报告成为"文学批评"的重要形式,是"十七年文学批评"可以感知的外部环境。

第一次文代会以极为庄重的仪式,如党和国家重要领导人亲自参加、发言以及与会代表经过精心筛选等,拉开了中国当代文学的序幕。1949

---

① 洪子诚.中国当代文学史[M].北京:北京大学出版社,1999:25.
② 路易·阿尔都塞.意识形态和意识形态国家机器[J].李迅,译.当代电影,1987(4):33.
③ 孟繁华,程光炜.中国当代文学发展史[M].北京:人民文学出版社,2004:56.

年 7 月 6 日，毛泽东亲临会场讲话，周恩来代表党中央向大会作《在中华全国文学艺术工作者代表大会上的政治报告》(简称《政治报告》)①。周恩来的《政治报告》，把"五四"以来的文学概括为"在毛主席的新民主主义的文艺方向下，我们建立了广泛的文艺战线"的历史。报告强调人民解放战争胜利的原因在于工农兵，文艺工作者在反映革命战争年代的生活时，"一定不要忘记表现这个伟大的时代的伟大的人民军队"及"最伟大的支持力量"的两万万农民，以及"正在一天比一天成为中国建设事业的主要力量"的工人阶级，应该把他们的斗争生活和革命精神作为"我们的文艺创作的重要主题"，"我们依靠了伟大、勤劳、勇敢的中国农民，这才有今天的胜利，我们应当感谢伟大的中国农民，特别要感谢在解放区的农民"。报告对文艺工作者的性质及其"再学习"做了说明，"文艺工作者是精神劳动者，广义地说来也是工人阶级的一员，精神劳动者应该向体力劳动者学习，一般精神劳动的特点之一是个人劳动，这就容易产生一种非集体主义倾向，在这一个方面，文艺工作者应该特别努力向工人阶级的精神学习"。报告强调了人民解放战争胜利的原因在于中国共产党的正确领导，文艺工作者必须坚持党的领导，"从根本上说，造成这个胜利的最有决定性因素的都是中国人民革命的组织者中国共产党的正确领导，都是中国人民伟大领袖毛泽东同志的正确领导"。报告中对工农兵的高度重视和坚持党对文艺的领导是对毛泽东文艺思想在新形势下的重申和再次强调，奠定了今后文艺发展的大政方针。

　　郭沫若作了题为《为建设新中国的人民文艺而奋斗》的总报告②，把"五四以来的新文艺"定性为"无产阶级领导的人民大众反帝反封建的新民主主义的文艺"，把新文学历史中所有斗争争论简称为"两条路线"的斗争："一条是代表无产阶级和其他革命人民的为人民而艺术的路线；一条是代表软弱的自由资产阶级的所谓为艺术而艺术的路线。"强调了"我们的文艺运动历来就有一种与政治相结合的宝贵的传统"，"我们文学艺术

---

① 周恩来.在中华全国文学艺术工作者代表大会上的政治报告[M]//文学运动史料选:5.上海:上海教育出版社,1979:640-653.

② 郭沫若.为建设新中国的人民文艺而奋斗:在中华全国文学艺术工作者代表大会上的总报告[M]//文学运动史料选:5.上海:上海教育出版社,1979:654-662.

工作者自己必须经过各种不同的途径去和人民大众结合,这应该成为一种文艺工作者的自觉运动"。伴随着革命政权的建立,社会主义新文学及其批评被纳入政治意识形态的范畴。

　　茅盾就国统区的文艺发展状况,作了题为"在反动派压迫下斗争和发展起来的革命文艺"的报告①。该报告在总结国统区的基本经验及其在党的领导下所取得的成绩的同时,着重分析存在的主要问题,即"不能反映出当时社会中的主要矛盾与主要斗争",究其原因,除了一定的客观条件外,主观上的原因是:"文艺作品的题材,取之于小资产阶级知识分子的占压倒的多数,而对于知识分子则常常表示护短,即使批判了,也还是表示爱惜和原谅。题材取自农民生活,则常常仅止于描写生活表面,未能深入核心……作品中出现的工人往往只是表面上穿着工人的服装,而其意识情绪,则仍然是小资产阶级知识分子。"在国统区的文艺界中,对《在延安文艺座谈会上的讲话》(简称《讲话》)的深入研究是不多的,尤其缺乏根据《讲话》中的精神进行具体的反省与检讨。但该报告相信"曾经在国民党反动派统治下坚持进步的革命文艺旗帜的朋友们,是一直抱着无限的欢欣鼓舞的热诚来走向新的中国,也一定是抱着最坚强的决心和勇气,来争取进步,改造自己,而参与人民民主的新中国的文化建设事业的"。茅盾的报告其实是针对《讲话》中文艺"为什么人服务"和"如何去服务"两个问题来进行检讨的,以此表达了对毛泽东文艺思想的全面认同。

　　周扬以"新的人民的文艺"为题的报告②,则认为《讲话》以来的解放区的文艺,"是真正的新的人民的文艺"。"毛主席的《在延安文艺座谈会上的讲话》规定了新中国的文艺的方向,解放区文艺工作者自觉地坚决地实践了这个方向,并以自己的全部经验证明了这个方向的完全正确,深信除此之外再没有第二个方向了,如果有,那就是错误的方向。""在解放区,由于得到毛泽东同志正确的直接的指导,由于人民军队与人民政权的扶植,以及新民主主义政治、经济、文化各方面改革的配合,革命文艺已开始

---

　　①　茅盾.在反动派压迫下斗争和发展的革命文艺:十年来国统区革命文艺运动报告提纲[M]//文学运动史料选:5.上海:上海教育出版社,1979:663-682.
　　②　周扬.新的人民的文艺[M]//文学运动史料选:5.上海:上海教育出版社,1979:683-684,706.

真正与广大工农兵群众相结合。先驱者们的理想开始实现了。"对于文学批评来说,"批评必须是毛泽东文艺思想之具体应用,必须集中地表现广大工农群众及其干部的意见,必须经过批评来推动文艺工作者相互间的自我批评,必须通过批评来提高作品的思想性和艺术性。批评是实现对文艺工作的思想领导的重要方法"。周扬以胜利者的姿态和文艺领导人的身份为新中国文艺创作及其批评定性,"代表了文化权利在意识形态强大支持下的'权力言说'","使人充分感受到了文学在新体制化方面的强力威压"。①

以上诸报告体现了新中国的文艺事业必须置于党的领导下的宏旨,发动了认真贯彻执行《讲话》所确定的文艺为工农兵服务的方向的号令,同时也拉开了政治性卡里斯马型话语在新中国文艺批评中肆意驰骋的序幕。这种现象的始源正如研究者所指出的那样:"从表现的题材、形式而言,建国初的文学从作品的感情基调、作品的泛政治化立场、作品中对正面人物的卡里斯马典型的塑造等等,与解放区文学精神是一脉相承的,而解放区文学的泛政治化立场、政治、政策的功利化解说虽然将文学与民族国家的解放紧密结合起来,但在开启人的启蒙、表现人的丰富而又微妙的精神世界以及拓展人的现代性等方面,却是相对薄弱的。这样从'五四'以来发展起来的多元的文学精神,在当代文学初始并没有得到很好的修复。'五四'文学精神的个性主义一脉,很大程度被自由派文人所继承,文学中所应表现的'人学'与文学所应表现的社会政治历史学出现了分裂。从第一次文代会开始,文学作品的政治意识形态性则被有意识地进行强化。"②

第二次文代会听取了周扬题为"为创造更多的优秀文学艺术作品而奋斗"的报告,茅盾作了题为"新的现实和新的任务"的报告,最后邵荃麟以"沿着社会主义现实主义的方向前进"为题总结发言。会议确定了社会主义现实主义为文艺创作和文艺批评的最高准则,强调塑造新英雄人物的典型形象,用爱国主义和社会主义精神教育人民。虽然强调必须克服

---

① 席扬,吴文华.20世纪中国文学思潮史论[M].长春:时代文艺出版社,2001:187.

② 吴秀明.当代中国文学五十年[M].杭州:浙江文艺出版社,2004:5.

公式化、概念化等"左"倾倾向,但同时又强调文艺要紧密配合"当前的政治任务",甚至直接表现党的政策。其次,片面强调塑造新英雄人物是社会主义文艺创作的"最重要的、最中心的任务",批评原来"写英雄人物可不可以写他的缺点"提法的"不恰当",并要求写英雄人物,必须"有意识地忽略他的一些不重要的缺点"。第三次文代会上,周扬以"我国社会主义文学艺术的道路"为题作了主题报告,作协主席茅盾做了《反映社会主义跃进的时代,推动社会主义时代的跃进!》的报告。大会确定的重要任务是阐明在我国文艺界,无产阶级的路线和资产阶级之间,共产主义世界观和资产阶级世界观之间,是怎样进行着尖锐斗争的,继续开展对修正主义思想的斗争仍是我国文艺界当前的一个重要任务。这些会议报告,加快了文艺批评、创作步入共和国社会政治轨道的进程。

尽管社会主义新文学从本质上并不是一个完成体,而是处于一个建设的"非稳定"状态之中。但这没有影响文学批评自始至终的"政治意识形态性"。从几次会议报告中,我们看到,文学批评往往渗透到文艺理论、文艺思想中,甚至简单地依附于政治观点,最终以文艺政策的形式对文学创作发生着作用。"并非所有的文艺理论、文艺思想都可能演化成为在现实层面上强制性地生发效用的'文艺政策'——文艺政策只是高度意识形态化了的文艺思想或文艺理论,或者说,是文艺思想与文艺理论的一种独特的现实化与实践方式。从新中国成立后的文艺政策的实践状况来看,文艺政策往往是政党领袖对于文艺的认识、阐述与评论在文艺实践的创作和文艺工作中的延伸与实践,是'文艺工作者'——从实际情况看,通常也就是文艺实践的领导者——从文艺工作与一般革命工作之间的关系出发,从党在不同时期的总路线、总任务的目标与要求出发而制定出来,服务于上述目标并对文艺创作和文艺活动进行规范、管理的条例或者具有条例作用的阐述说明。"[1]总的来说,"重要会议和会议报告最集中地体现了文艺政策的变化,会议报告也成为最能体现那一时代政治特点的文体形式,它不具有理论创造性,而只是政治语言翻来转去的权力意志的表达"[2]。

---

① 吴秀明.当代中国文学五十年[M].杭州:浙江文艺出版社,2004:24.

② 孟繁华,程光炜.中国当代文学发展史[M].北京:人民文学出版社,2004:58.

二、《文艺报》

传统文艺学认为,文学是社会生活的反映,文学与政治、哲学、宗教、道德、伦理等一样都属于社会意识形态,是对社会生活的反映与认识,它们的区别仅仅在于思维方式和表现形式,即文学是"形象思维",是社会生活的形象反映,而其他意识形态则是"抽象思维",是社会生活的概念化反映。这样文学只具有外在的形式特征,而在实质内容上与其他社会意识形态混同。《文艺报》从反映生活的整体上来看是一种受动反映,这和传统文艺学观是一致的。它是"以指导文艺思想为主要任务"的刊物,是"文艺思想战线的司令部",名义上隶属全国文联,由作协主席团代为指导,实际上领导它的是中共中央宣传部。按照党的文艺理论政策,党对文艺工作的领导是通过文艺批评实现的。故《文艺报》是阶级斗争的"晴雨表",是时代政治的记录。随着社会生活的发展,它的文艺性越来越弱,斗争的火药味则越来越浓。有学者指出传统文艺学的特点,"它从被动反映论出发,否定了文艺的主体性;又由之导出被动决定论,否定了主体的超越性;继而又引出文艺无特殊的内部规律,政治经济对文艺的决定作用就是文艺的本质规律的观点;更进一步推导出文艺无自主性,它可以从经济关系中得到解释的线性因果论;最后落实到这一点上:文艺不是独立的实体,它无特殊内容,只有特殊形式;文艺以政治为内容,自身乃是政治的形式"[①]。这样也不难理解《文艺报》是有作战力的刊物,是发布强有力的舆论的刊物,批评《文艺报》和批评家,无异于批评党的领导。

《文艺报》是"十七年文学批评"的主要阵地,其话语形式是多方面的,包括社论、专论、艺术评论、译介内容、征稿、编者按、专题讨论、座谈、会谈、读者来信等。它是社会生活的快捷反映,它总是紧跟时代政治、社会情形的发展并迅速地做出自己的反应。《文艺报》正是凭借各种各样的话语形式行使着言说的权利。"在五六十年代的中国,文艺刊物所负载的使命要远远大于它的传播功能,尤其是重要的文学刊物,它不仅是时代政治风云变幻的'晴雨表'、'观象台',同时也肩负着引导方向,宣传、阐释中共

---

① 杨春时.论文艺的充分主体性和超越性[J].文学评论,1986(4):19.

的文艺方针、政策,讨论重大理论问题的重要'阵地'。作家协会主办的《文艺报》就属于这类敏感的刊物。"①可以进一步地说,真正的权力是通过话语来实现的,通过"批评"的话语,《文艺报》成功地成为意识形态国家机器的重要组成部分。

《文艺报》于1949年9月25日创刊,1956年前为半月刊,1957年为周刊,1958至1960年为半月刊,1961至1966年为月刊(1966年只出了5期)。其编辑者是很不固定的,几乎一年换一次,笔者对此作了一个详细的统计:

1949至1951年编辑者是"中华全国文学艺术界联合会文艺报编辑委员会",主编有丁玲、陈企霞、萧殷;1952至1953年主编为冯雪峰,编委有冯雪峰、陈企霞、萧殷、光未然、马少波、王朝闻、李焕之和黄钢;1954年总编为冯雪峰,副总编为陈企霞(16期后侯金镜补入);1955年常务编委有康濯、侯金镜、秦兆阳,编辑委员有康濯、侯金镜、秦兆阳、冯雪峰、黄药眠、刘白羽和王瑶;1956年常务编委有康濯、张光年和侯金镜,编辑委员有康濯、张光年、侯金镜、黄药眠、袁水拍、陈涌和王瑶;1957年编辑者为文艺报编辑委员会;1958年主编为张光年,副主编有侯金镜、陈笑雨,编辑委员有巴人、公木、王瑶、严文井、陈笑雨、陈荒煤、侯金镜和张光年(按姓氏笔画);1959年主编为张光年,副主编为侯金镜和陈笑雨,编辑委员有巴人、严文井、陈笑雨、陈荒煤、侯金镜和张光年(按姓氏笔画);1960年主编为张光年,副主编为侯金镜,编辑委员有严文井、陈笑雨、陈荒煤、陈默、张光年、侯金镜和冯牧;1961至1962年编辑者为文艺报编辑委员会,主编为张光年,副主编为侯金镜,编辑委员有何其芳、陈冰夷、陈荒煤、陈默、张光年、侯金镜、袁水拍和冯牧;1963至1965年主编是张光年,副主编是侯金镜和冯牧,编辑委员有何其芳、陈冰夷、陈荒煤、陈默、张光年、侯金镜、袁水拍和冯牧;1966年编辑者为文艺报编辑委员会。

可见,在短短的十七年中,编委构成情形就有十二次大的变化。"一方面说明了它的重要地位,历任主编都是文艺界党内的知名人士;一方面也说明了这块重要'阵地'的敏感性。"②这个细节足以说明掌控文化领导

①　孟繁华,程光炜.中国当代文学发展史[M].北京:人民文学出版社,2004:52.
②　孟繁华,程光炜.中国当代文学发展史[M].北京:人民文学出版社,2004:52.

权与否是要根据政治情形来进行调适的。"《人民文学》,尤其是《文艺报》,是发布文艺政策,推进文学运动,举荐优秀作品的'阵地'。这些刊物的控制权,它们的主编和编委的构成,是当时文艺界斗争的组成部分;从人员的更迭,可以窥见这期间激烈斗争的线索。"①在此起彼伏的各种文艺批判、斗争中,曾经是批判者的又变成了被批判者,"一方面,在塑造知识者形象时作者往往有意识地表现出对形势'迎合'的姿态,另一方面,批评者却对这些作品仍然表现出不满;一方面批评者是从非知识者的角度去指责知识者形象的塑造的,试图与后者'划清界线',但同时,批评者本人其实就来自这一群体,也'难辞其咎'。这就出现了批评者的'社会身份'与知识者的'社会身份'相抵触、相混淆的现象,一种因自我'认同'而发生的危机,当时弥漫在文艺界的方方面面"②。《文艺报》主编大多是知识分子出身,编委主要成员也是如此,当他们处理不好自己作为"批评者"的社会身份与作为"知识者"的社会身份这二者间的关系时,"错误"便会产生,这样就容易受批判,或者会用"正确"的观点去批判别人。这昭示着文学批评正在建构之中。

"编者按"是《文艺报》的一个重要现象,它在引领文艺思潮和政治舆论中有着重要的作用。有人回忆说,延安《解放日报》出版六年,毛泽东为报纸写的按语最多。③可见,"编者按"在报纸中有着举足轻重的作用。"粗略计算,十七年《文艺报》共办了三百期左右。如果按这个数字平摊下来,'编者按'是每三期见刊一次,这样的频率和密度不能算低。"④"1949—1976年间当代文学史的'变化'、'调整'和'转折',大多是以'编者按'为预兆和归宿的。在这个意义上,'编者按'实际参与筹划了中国当代文学草创期的格局和具体操作。"⑤"编者按"中有一个"超级批评家",一个"无所不在、全知全能的评述者",评述者的声音压倒一切,所以评述

---

① 洪子诚.中国当代文学史[M].北京:北京大学出版社,1999:24.

② 程光炜.文学想像与文学国家:中国当代文学研究(1949—1976)[M].开封:河南大学出版社,2005:28-29.

③ 黎辛.毛泽东与延安《解放日报》:二[J].纵横,1997(11):47.

④ 程光炜.《文艺报》"编者按"简论[J].当代作家评论,2004(5):19.

⑤ 程光炜.《文艺报》"编者按"简论[J].当代作家评论,2004(5):19.

者和作者、读者不是平等的对话关系,而是君临一切,发号施令。"《文艺报》不是代表主编个人,而是代表更高的领导阶层发言的,反映国家某一特定时期的文艺政策、愿望和意图,是该刊追求的主要目标。所以,'编者按'选择什么'对象',对何种文学现象予以'评论',体现怎样一种文学观点和姿态,这种'决定'都不是随便作出的,而是集体商量、深思熟虑的结果。"①1954 年因毛泽东写了《关于〈红楼梦〉研究问题的信》而引起的对于《文艺报》的批判中,刘白羽说,从《文艺报》的错误中吸取教训,"也不能不谈到领导的责任和我们每一个人的责任","作为全国文联的机关刊物,全国文联有没有领导呢? 作为研究、批评文学问题的刊物,作家协会主席团有没有领导呢?——我觉得这不是简单追究责任的问题,而是整个文艺界汲取教训,改变作风的问题"。② 可见,刘白羽批评的并不是文联和作协,而是一个"超级批评家"——周扬和党(二者密不可分)——对文艺工作的领导。"编者按"的隐含批评家与刘白羽批评的对象是一致的。

《文艺报》还有一个重要的现象,就是经常设置"读者来信"、"读者中来"、"读者论坛"这样类似于重视文学接受者的栏目。但是,这里的"读者"不同于现代"读者反应批评"中的读者,后者强调的是阅读过程和读者的能动作用,作品只有通过阅读才能形成真正的存在,作品的意义必须通过读者的重构才能在读者思想里实现。而在《文艺报》这一"读者"栏目中,"在引入'读者'的概念时,一般不具备独立存在的意义,而作为权威批评的一种延伸。'读者'的加入,是为了加强批评的'权威性'。因而,在当代,'读者'在大多数情况下,是被构造出来的,是不被具体分析的概念","这是为使文学取消多种思想倾向、多种艺术风格、多种艺术品位,而走向'一体化'的保证"。③ 这种"预设读者"的存在,一方面强调的仍是作者的意图,因为作者是作品意义的权威性阐释者,而作品的意义则是批评家(《文艺报》的领导人物)已经认可的;另一方面,这个"预设读者"在对作品进行阅读批评时存在着"反误",即"自觉不自觉地对文学作品进行的穿凿

---

① 程光炜.《文艺报》"编者按"简论[J].当代作家评论,2004(5):20.
② 关于《文艺报》的决议[N].文艺报,1954-12-30.
③ 洪子诚.中国当代文学史[M].北京:北京大学出版社,1999:26.

附会的认知和评价,包括对作品非艺术视角的歪曲等等"①,而这种"认知"和"评价"是符合批评家(《文艺报》的领导人物)的"期待"的。总之,这里的"读者"是"虚拟的读者"。这种"预设读者"、"虚拟的读者"的存在,表明了意识形态中的权力权威对文学的渗透与控制。

总之,"中国文联和作协在中共中央、毛泽东的领导和直接介入下,发起、推进了一系列的文学运动和批判斗争,并在各个时期,对作家、批评家提出应予遵循的思想艺术路线"②。作为"十七年文学批评"的重镇之地的《文艺报》,无论是从编委和具体的编者(属研究型的批评主体),还是从"读者"(本为鉴赏型的接受者,但实异变为批评主体)的角度,它都牢牢地规约着话语权,这种政治性卡里斯马型话语在《文艺报》中无处不在。

三、《人民日报》社论

马克思恩格斯创立的社会结构理论把社会分成经济基础和上层建筑两部分,并且认为社会的经济基础归根到底决定上层建筑,包括文艺在内的一切上层建筑最终都要从社会的经济基础中得到解释。基于这种社会结构理念,毛泽东在《新民主主义论》中指出:"一定的文化(当作观念形态的文化)是一定的社会的政治和经济的反映,又给予伟大影响和作用于一定的政治经济;而经济是基础,政治则是经济的集中表现。"③"一定形态的政治和经济是首先决定那一定形态的文化的;然后,那一定形态的文化又才给予影响和作用于一定形态的政治和经济。"④《人民日报》是党的机关报,也是人民的报纸,是一定形态的政治意识形态的代言者,"报纸的每一句话,每一篇文章,都是代表党委说话,必须是能够代表党的,它不是一个自由主义的报纸"。⑤ 而就当时重大事件或问题发表意见,或对某一重要政策进行阐述并置于报头显著地位的社论则多次染指文艺界,

---

① 童庆炳.文学理论教程[M].北京:高等教育出版社,2004:345.

② 洪子诚.中国当代文学史[M].北京:北京大学出版社,1999:23.

③ 毛泽东.新民主主义论 [M]//毛泽东选集:第 2 卷.北京:人民出版社,1991:663-664.

④ 毛泽东.新民主主义论 [M]//毛泽东选集:第 2 卷.北京:人民出版社,1991:664-665.

⑤ 彭真.改造我们的党报[N].人民日报,1948-02-11.

其政治意识对文艺思想进行强力渗透。邓拓最重视的是报纸的社论工作,他在主持《人民日报》工作期间,社论形成了每月平均篇幅逐年增长的趋势:1948 年平均每月 8 篇,1950 年为 11 篇,1952 年为 14 篇,1954 年为22 篇,随后则是每天都有社论了。①"社论是表明报纸政治面目的旗帜,报纸必须有了社论才具有完全的政治价值"②,"一篇社论是一期报纸的旗帜,其他形式的评论文章也都代表报纸的政治见解,因此报纸的评论工作应当看成是思想工作的主要表现形式之一"③。政治性批评话语对文艺性、审美性批评话语的全面颠覆是《人民日报》社论的显著特征。

《人民日报》1949 年 10 月 1 日题为《中华人民共和国万岁》的社论指出:"我们中华人民共和国是新民主主义即人民民主主义国家;政权是中国工人阶级、农民阶级、小资产阶级、民族资产阶级及其他爱国民主分子的人民统一战线政权,而以工农联盟为基础、工人阶级为领导,目标是反对帝国主义、封建主义和官僚资本主义,为中国的独立、民主、和平、统一和富强而奋斗。""人民"成为论述文艺的重要对象,成为"十七年文学批评"涉及的重要概念。胡宇在《为人民文艺而努力》(《人民文艺》1946 年第 1 卷第 2 期)中说,"在这人民的世纪,一切都应当从人民出发,而为了人民,然后成为人民的,文艺自然也不例外","社会的发展决定了只有'人民的文艺'才是当前时代下真正需要的文艺,文艺自身也只有在回归到人民,成为人民的时候,才有前途"。文艺似乎只有依附于"人民"才能获得生存的权益。以"工农兵"为主体的"人民"成为文学叙事的主要对象,塑造和歌颂新时代的"人民"形象,成为文学叙事的主要任务。第二天,《人民日报》1949 年 10 月 2 日发表了题为"不可战胜的人民国家"的社论:"它就必然成为中国历史上空前未有的唯一能够得到全国人民的热烈拥护、唯一能够真正统一全中国、唯一能够负担新中国艰巨的建设任务的、最廉洁、最有效率和最强有力的政府……在已经取得了伟大胜利和已经建国立业的中国人民伟大力量面前,任何帝国主义都是无力的。我们要立即警告华盛顿和伦敦的政治厨子们:你们再不必搬弄你们早破烂的外

---

① 方汉奇.中国新闻传播史[M].北京:中国人民大学出版社,2002:401.
② 邓拓文集:第 1 卷[M].北京:北京出版社,1986:289.
③ 邓拓文集:第 1 卷[M].北京:北京出版社,1986:308.

交'菜单'了,你们妄想把联合国大会作为你们的表决机器,纵容亡命之徒蒋延在大会上胡言乱语,污蔑伟大的中国人民及其伟大的友邦苏联,借以干涉中国内政和鼓动战争的歇斯底里,这是中华人民共和国所绝不许可的。"战场上无可怀疑的胜利仿佛也就理所当然地证明了指导战争的意识形态的绝对正确与无敌。"从战场上的胜利推及一切方面(包括文学艺术)的无往不胜的绝对优越,从战场上的有我无敌,与敌方的任何联系均视为叛敌,到一切方面(包括文学艺术)的'敌''我'不能并存,对异己文化的任何承认都看作'投降',等等,从战争思维(逻辑)向文学艺术思维(逻辑)的这种'自然'转化(推演),在当时似乎也是顺理成章的。"①这种由此及彼的二元对立思维习惯,严重扼杀了文艺的丰富性和多样性,加强了文艺批评的一元化政治性特性。这两篇社论构成十七年文艺政策和文学批评的"元语境",强烈的、鲜明的"政治性"是文艺不可逃逸的重要特征。

紧接着,围绕着"人民"问题,《人民日报》又出台了一系列"人民"形象更加"纯粹化"的社论,如 1950 年 3 月 8 日题为《正确解决婚姻制度问题》的社论、1950 年 10 月 10 日题为《克服以功臣自居的骄傲自满情绪》的社论②、1950 年 10 月 14 日题为《坚决肃清恶霸作风》的社论、1950 年 11 月 20 日题为《中国人民志愿部队抗美援朝保家卫国的伟大意义》的社论、1950 年 7 月 24 日题为《严惩反革命分子》的短评、1952 年 2 月 16 日题为《克服右倾思想,争取反贪污斗争的彻底胜利》等的社论。在 1957 年 5 月 2 日题为《为什么要整风?》的社论中,提出了文艺所面对的是"人民"所需要的新的社会现实:"我们国内的主要矛盾,已经不再是敌对阶级间的矛盾,已经是人民对于建立先进的工业国的要求同落后的农业国的现实之间的矛盾,已经是人民对于经济文化迅速发展的需要同当前经济文化不能满足人民需要的状况之间的矛盾。显然,党是面对着一种无论从党的历史上说来或是从我们整个国家的历史上说来都是完全新的形势和任务。"1957 年 6 月 8 日题为《这是为什么?》的社论则明确指出"人民"的文艺思想战线上的阶级斗争的严峻性:"国内大规模的阶级斗争虽然已经过

---

① 钱理群.1948:天地玄黄[M].济南:山东教育出版社,1998:10.

② 该社论指出,骄傲居功情绪来源是由于小资产阶级的自私自利性,以个人利益放在第一位,把革命利益放在第二位。

去了,但是阶级斗争并没有熄灭,在思想战线上尤其是如此。"1958 年 5 月 29 日题为《把总路线的红旗插遍全国》的社论对"人民"的本质力量进行了确证并对"人民"的前景展开了无限的想象:"在有些人看来,我国建设只能慢些、差些,不能快些、好些。""这些人跟资产阶级右派不同,他们是要建设社会主义的,只是他们的精神不够振作,反映了由于我们民族长期被压迫而遗留下来的自卑心理。""他们不知道,解放了的、觉悟了的、团结起来和组织起来的六亿人口,这才是世界上最伟大的创造力量,有了这个力量,就能够有最多的资金和最大的技术力量,就能够有工业和农业的高速发展,就能够做到人类所能够做到的一切。在伟大的中国和以伟大的苏联为首的社会主义阵营面前,什么美国英国,什么帝国主义阵营,真正不过是一些侏儒罢了。""党的鼓足干劲、力争上游、多快好省地建设社会主义的总路线,正是集中体现了我国人民对于尽早摆脱经济落后和文化落后的迫切要求,表现了我国人民的大无畏精神和势如破竹的气概。我们党深信,只要鼓足六亿多人民的干劲,动员六亿多人民力争上游,我们就一定能够高速度地进行建设,一定能够在一个比较短的时间内赶上一切资本主义国家,成为世界上最先进、最富强的国家之一。"

这些社论中关于政治的、经济的、军事的、思想的斗争,一方面为创作提供了丰富的素材,另一方面这些重大题材形成了一个巨大的"人民场域",人们(包括知识者)已经完全被这个场域包围。《人民日报》1956 年 6 月 16 日发表陆定一题为《百花齐放,百家争鸣——一九五六年五月二十六日在怀仁堂的讲话》:"对于文学艺术者来说,党只有一个要求,就是'为工农兵服务',今天来说,也就是为包括知识分子在内的一切劳动人民服务。社会主义现实主义,我们认为是最好的创作方法,但并不是唯一的创作方法;在为工农兵服务的前提下,任何作家可以用任何自己认为最好的方法来创作,互相竞赛。题材问题,党从未加以限制,只许写工农兵题材,只许写新社会,只许写新人物等等,这种限制是不对的。文艺既然要为工农兵服务,当然要歌颂新社会和正面人物,同时也要批评旧社会和反面人物,要歌颂进步,同时要批评落后,所以,文艺题材应该非常宽广。"心理学家勒温认为,"场"是包括人及其心理环境的生活空间,"心理生活的空间的一切陈述都以一特殊的人在一特殊的环境之内的基本概念为其基础。"①勒温认为,心理生活空间的每一部分都可以有一个区域,一个人所在的区域,对于他的行为有很大的影响。在这个区域里产生这种行为,在那个区域里则可能产生另一种行为。特殊的政治环境及批评家们特殊的政治身份造就了特殊的极具政治色彩的批评观念。这类似于巴尔特所说的"政治写作",这种写作"负有一蹴而成地将现实行动和理想、目标结合起来的任务"②,在这种写作中,"通常将事实与价值区分开的界线却消失在同时具有描述和评判两种作用的字里行间,词汇成为一种不在场的证明(un abili)"③,它"可以通过精心制作的含糊,既包容一种存在,又具有权力的显现,既表明它是什么,又表示它让人相信的是什么",故它指向的是一种"异化"④。

《人民日报》社论还通过参与"批判"和"讨论"对"文艺政策"和"文学批评"进行预设和建构。如1951年5月20日题为《应当重视〈武训传〉的讨论》的社论对电影《武训传》展开了政治上而非学术上的批判:"《武训传》所提出的问题带有根本的性质。像武训那样的人,处在清朝末年中国人民反对外国侵略者和反对国内的反动封建统治者的伟大斗争的时代,根本不去触动封建经济基础及其上层建筑的一根毫毛,反而狂热地宣传封建文化,并为了取得自己所没有的宣传封建文化的地位,就对反动的封建统治者竭尽奴颜婢膝的能事,这种丑恶的行为,难道是我们所应当歌颂的吗?向着人民群众歌颂这种丑恶的行为,甚至打出'为人民服务'的革命旗号来歌颂,甚至用革命的农民斗争的失败作为反衬来歌颂,这难道是我们所能够容忍的吗?承认或者容忍这种歌颂,就是承认或者容忍污蔑农民革命斗争,污蔑中国历史,污蔑中国民族的反动宣传,就是把反动的宣传认为政治的宣传。""特别值得注意的,是一些号称了学得了马克思主

---

① 高觉敷.西方近代心理学史[M].北京:人民教育出版社,1982:359.

② 伍蠡甫,胡经之.西方文艺理论名著选编:下卷[M].北京:北京大学出版社,1987:443.

③ 伍蠡甫,胡经之.西方文艺理论名著选编:下卷[M].北京:北京大学出版社,1987:443-444.

④ 伍蠡甫,胡经之.西方文艺理论名著选编:下卷[M].北京:北京大学出版社,1987:446-447.

义的共产党员。他们学得了社会发展史——历史唯物论,但是一遇到具体的历史事件,具体的历史人物(像武训),具体的反历史的思想(如像电影《武训传》及其他关于武训的著作),就丧失了批判的能力,有些人竟至向这种反动思想投降。资产阶级的反动思想侵入了战斗的共产党,这难道不是事实吗?一些共产党员自称已经学得的马克思主义,究竟跑到什么地方去了呢?"这一批判,是以行政方式领导大规模人民群众运动代替了学理上的深入、细致的思想和学术讨论。"这次批判开了用政治批判来解决学术争端的恶劣先例。"①评价历史人物的方式不是"六经注我"而是"我注六经","革命"、"人民"是今天"我们"时代的主旋律词语。"这是对作家、知识分子发出的'信号',要求他们进行思想改造,以与国家确立的政治方向保持一致。"②这也是把文艺批评纳入政治轨道的有力信号。

在《讲话》发表 10 周年之际,《人民日报》1952 年 5 月 23 日发表了《继续为毛泽东同志所提出的文艺方向而斗争——纪念毛泽东同志的"在延安文艺座谈会上的讲话"发表十周年》的社论:"目前文艺界存在的思想混乱的情况,主要表现在下列两方面:首先,也是主要的,是资产阶级思想对于革命文艺的侵蚀。这表现为脱离政治,脱离群众,追求资产阶级的艺术形式,追求小资产阶级的庸俗趣味,在虚伪的化装下,宣传着各种非无产阶级的错误思想以至反动思想。电影《武训传》便是这种倾向最典型的表现。其次,和上述倾向看来似乎相反,而实际上也是脱离群众脱离生活的,便是文艺创作上的公式化和概念化的倾向。这种倾向主要是由于庸俗地了解文艺的政治任务而来的。上述两种倾向的表现虽然并不相同,但是就其根源和结果来说,却是具有共同的特征。它们同样是根源于脱离群众和实际斗争,不关心人民的生活和要求,对于政治的无知以及思想的懒惰和麻木,因此它们所达到的结果都同样是对于现实的歪曲,同样是障碍革命文艺的发展的。""批评工作者不仅要有高度的马克思、列宁主义的理论修养和各种政策知识,而且也要和作家一样去研究生活,了解生活,这样才能做到不是从概念出发来批评作品,而是从生活出发来批评作

---

① 张启华,周鸿,尹凤英,等.中华人民共和国史简编[M].北京:当代中国出版社,1997:75.

② 洪子诚.中国当代文学史[M].北京:北京大学出版社,1999:36.

品。"通篇社论大量引用《讲话》的内容并以此作为论述的理论基石,文艺界思想混乱的两种情况都是因违背了《讲话》的宗旨而造成的,《讲话》是"经",可以也必须不断地赋予它新的意义,其"生活"的意义不再是客观的作为创作和批评原材料的"第一自然"的东西,这种过度阐释加强了"政治标准"在创作和批评中的重要性。

《人民日报》1955 年 4 月 11 日题为"展开对资产阶级唯心主义思想的批判"的社论,通过反对文艺上的资产阶级唯心主义思想来进一步巩固和加强了文艺批评中的政治倾向性和政治内容:"为了开展在学术问题上的反对资产阶级唯心主义的斗争,必须首先克服在这个问题上的一些错误思想。这些错误思想的表现是:对资产阶级'名人'的偶像崇拜,认为他们是'权威',不能批评;对青年马克思主义的学术工作者采取资产阶级贵族老爷的态度,对他们实行压制;某些党员以'权威'自居,不许别人批评自己,不进行自我批评;某些党员因为私人友情或情面的关系,对别人的错误不去批评,甚至加以掩护,等等。必须坚持这样的原则:在学术的批评和讨论中,任何人都不能有什么特权。第二,知识界的政治思想状况已经有了根本的变化,并且正在发生更进一步的根本变化。……最近的一次斗争,是反对资产阶级唯心主义思想的斗争。……在这个斗争中,我们学术界的主要锋芒,集中在胡适和胡风两个反革命分子身上,他们不仅思想上是唯心主义者,而且政治上是反革命分子。此外,还对梁漱溟先生的哲学和社会政治观点,对文艺界的个人主义的资产阶级思想等等进行了批判。"另外,《人民日报》1957 年 7 月 1 日题为"文汇报的资产阶级方向应当批判"的社论把这一批判指向《文汇报》便是上述文艺批判的具体表现:"共产党看出了资产阶级与无产阶级这一场阶级斗争是不可避免的。让资产阶级及资产阶级知识分子发动这一场战争,报纸在这一个期间内,不登或少登正面意见,对资产阶级反动右派的猖狂进攻在一个时期内也一概不予回击,一切整风的机关学校的党组织,对于这种猖狂进攻在一个时期内也一概不予回击,使群众看得清清楚楚,什么人的批评是善意的,什么人的所谓批评是恶意的,从而聚集力量,等待时机成熟,实行反击。有人说,这是阴谋。我们说,这是阳谋。"而《人民日报》1957 年 9 月 11 日题为《严肃对待党内的右派分子》的社论则更是从意识形态领域中阶级斗争的高度来看待文学问题的,学术问题与政治问题画上了等号。社论中说:"反右派斗争是一场极为严重的阶级斗争。只有在党内和党外的反右派斗争中都取得胜利,才能更加巩固我们的党和我们的国家,才能更好地推进社会主义革命和社会主义建设。"正如研究者所指出的那样,这种"人为地不断夸大阶级斗争的激烈性、尖锐性,从而以社会主义革命和无产阶级革命为目标,成为文艺口号、文艺政策不断变幻的内在驱力"①。

由于"十七年文学批评"是在不断地建构中,所以批评理论与实际生活往往会出现龃龉。这样,时代就会显出一种相对宽松缓和的氛围。如《人民日报》1956年10月18日题为"开放唯心主义"的社论指出:"祖国的社会主义建设在突飞猛进,国际关系在迅速展开,事情在急骤的变化,而我们的思想还是停留在建立革命秩序时的思想阶段,使我对这样高瞻远瞩的政策感到'突然';我们的思想就是这样地落后于实际生活的。学术服务于政治是正确的,但,不是在任何时候用同样的方式都同样正确。"似乎困扰在人们心中多年的学术与政治的问题已经出现了新的转机,但这只是给人们一种心理上瞬间的安慰而已,其真正的用意在于,"现在多强调一些学术与政治的差异性,正是把学术服务于政治提高到更高的阶段和更新的形式"。另外,在《讲话》发表20周年之际,周扬主持撰写了《人民日报》1962年5月23日社论,响亮地提出"为最广大的人民群众服务"的口号,明确强调"以工农兵为主体的全体人民都应当是我们的文艺服务的对象和工作的对象","群众需要的多样性,生活本身的多样性,决定了文学艺术的多样性"。文学艺术的多样性和为最广大的人民群众服务是一个整体,任何人为限定的主题、题材、人物、创作方法、艺术表现形式和艺术风格的做法,都是不能容许的,这是我们必须遵守的批评理论宗旨。这在某种程度上缓和了文艺批评战线上浓烈的斗争火药味。

《人民日报》社论对文学的介入,为社会主义人民文艺创作及其批评

---

① 席扬,吴文华.20世纪中国文学思潮史论[M].长春:时代文艺出版社,2001:219.

的"政治纯粹化"制造了良好的舆论氛围。如赵树理在谈到如何解决自己在政治上提高这一问题时就道出了"详读每天人民日报社论"这一"秘密",并希望大家也如此。①"在政治、艺术和科学当中,权力通过话语而获得。权力是人们用于事物的一种'暴力'。所谓话语的客观性是错误的,因为没有什么绝对'真实'的话语,唯一存在的是权力或大或小的话语。"②在政治性话语的"暴力"下,《人民日报》社论以其自身权力的优势为"十七年文学批评"的言说和建构提供了强有力的支持。

---

① 争取小市民层的读者[N].文艺报,1949-09-25.
② 郭宏安,章国锋,王逢振.二十世纪西方文论研究[M].北京:中国社会科学出版社,1997:445.

第二章

"十七年文学批评"的生成过程

20世纪上半叶是中国历史上少有的积弱衰败、分裂动乱的时代,它造成了中国历史上绝无仅有的全面危机。新中国的成立,在广大知识分子心中激起了"热烈、诚挚而持久的感情反应",绿原后来总结,这种"一致的积极的政治态度"有三个客观根源:"一是对反动而又腐败的国民党政权的彻底失望,二是百年来累累国耻所酝酿的爱国主义情怀,三是人民解放军的辉煌胜利之不可否认的魅力。"[①]无意识的非理性解放冲动常常是狂放不羁的、难以用理性意识控制的,但可以被视为历史动力的未经节制或驯服的原生力,要使这种原生力化为一种只具创造力而不是破坏力的历史动力,需要意识形态的导引才能令其具有历史理性。"十七年文学批评"在功能方面自然也就沿袭了延安时代"文艺为工农兵服务、文艺为政治服务"的意识形态传统,且一直为此目标的"纯洁性"而奋斗着。它为意识形态提供自我形象的设计和意义认同的支持,当它发展到极致时,它也为自身的崩溃埋下了隐患和预设了

---

① 绿原.试叩命运之门:关于"三十万言"的回忆与思考[M]//胡风三十万言书.武汉:湖北人民出版社,2003:16.

时机。

　　作为一个历史时期的文学批评,"十七年文学批评"本身还处于一个探索、建构的过程,虽然历时只有短短的十七年,但经历了一个由发生、发展、异变直至异化的曲折变化过程。"一方面,艺术史学者与历史学者相仿,受到特定的历史哲学的影响。他们对历史的一般分期、历史分期的性质以及历史变迁的理解直接或间接地制约与影响着他们对艺术史现象(特别是艺术作品)的归类与阐释。另一方面,艺术史在关注政治和社会的历史的同时,还须留意文化史、美学史以及艺术运动本身的历程。为了使这些方方面面各得其所,艺术史学者就要利用更多的分期途径和分期概念,否则,艺术史本身的特殊阶段性就无以充分地揭示出来。"①结合新中国头十七年的政治、经济情形,"十七年文学批评"大致可以分为解放区文艺批评的延续、社会主义视野下的文学批评、"政治缝隙中"的文学批评和以阶级斗争为纲的文学批评四个阶段。

第一节　产生:解放区文学批评的延续

　　和战争时期相比,新中国的形势已经发生了翻天覆地的变化,"在延安,从上海来的文艺工作者究竟是左翼的,而且数量还少,现在全国的人更多了,而且包括艺人,包括上万的演员,他们都是职业的,这个队伍根本跟过去不一样了,对象也不一样了,而且情势也不一样了。环境也不一样了,过去是战争环境,现在是和平环境。最主要的是革命性质不一样了。过去是民主主义革命,现在是社会主义革命。所以这中间又发生了许多问题"②。从整体宏观的角度来看,问题的发生是必然的。但在建国伊始,文学批评却并没有起根本的变化,"十七年文学批评"在发展之初延续了解放区文艺批评的传统,虽然它只持续了短短的三四年。在初期主要通过第一次文代会确立和重申了解放区文艺批评中的"政治标准第一,艺术标准第二"这一重要内容并使其具有合法性。同时,新政权的建立使作

---

　　① 丁宁.论艺术史的分期意识[J].社会科学战线,1997(1):161.
　　② 赵浩生.周扬笑谈历史功过[J].新文学史料,1979(2):241.

为权宜之计的解放区文艺批评在新中国得以推广具有合理性。

解放区文艺批评的确立以毛泽东《在延安文艺座谈会上的讲话》为标志。自五四运动以来,启蒙和救亡就作为中国社会的两大主题。但在30年代,救亡压倒了启蒙,在文艺战线上也是如此。自"左联"成立以来,"文艺大众化"一直是文艺界讨论的话题和作家实践的目标,它力图矫正"五四"新文学和人民大众相脱离的现象。后来取代"左联"而成立的中国文艺作家协会提出把文艺工作者团结在"国防文学"的口号下,而鲁迅和胡风则坚持作家们应团结在"民族革命战争的大众文学"下。两个口号之争涉及的重要方面之一是有关文艺大众化的问题,即凡是站在民族的和真正人民观点上的文学才是民族革命的文学,还是只有工农大众才是民族革命的文学呢?显然,它们只是限于文学创作如何引起大众的保卫意识和人民大众需要怎样的文学的争论上,却加深了作家对文艺为抗日斗争服务的认识。40年代初,洛甫在《抗战以来中华民族的新文化运动与今后任务》的报告中阐释了大众的内涵:"大众的,即反对拥护少数特权者压迫剥削大多数人,愚弄欺骗大多数人,使大多数人永远陷于黑暗与痛苦的贵族的特权者的文化,而主张代表大多数人民利益的、大众的、平民的文化,主张文化为大众所有,主张文化普及于大众而又提高大众。"①但是,文艺与群众的真正结合,却一直没有得到实现。"如何解决文艺工作同新的现实、新的群众结合起来的问题,便迫在眉睫。面对这种情况,延安的文艺理论工作者做了两件事……二是开展文艺的民族形式和大众化问题的热烈讨论,探索文艺和新的群众结合的途径。一九四二年五月召开的延安文艺座谈会,充分显示了经过这一总结和探索所取得的丰硕的理论成果。"②1942年5月,在延安召开了文艺座谈会,会议上,毛泽东作了重要讲话。在《讲话》中,毛泽东明确指出:"我们要战胜敌人,首先要依靠手里拿枪的军队。但是仅仅有这种军队是不够的,我们还要有文化的军队,这是团结自己、战胜敌人必不可少的一支军队。"③同时指出,"文艺界的

---

① 延安文艺丛书:文艺理论卷[M].长沙:湖南文艺出版社,1987:130.

② 延安文艺丛书:文艺理论卷[M].长沙:湖南文艺出版社,1987:前言.

③ 文学运动史料选:4[M].上海:上海教育出版社,1979:518.

主要的斗争方法之一,是文艺批评"①。而"文艺批评有两个标准,一个是政治标准,一个是艺术标准。我们的文艺批评又是坚持原则立场的,对于一切包含反民族、反科学、反大众和反共的文艺作品必须以严格的批判和驳斥;因为这些所谓文艺,其动机,其效果,都是破坏团结抗日的"②。可以说,在为中国人民解放的斗争中,毛泽东已把文艺作为解放区延安政权的一面旗帜,试图通过文艺来统一思想,加强对人民(主要是知识分子,一方面是解放区的,另一方面是来自国统区的)的领导,以最终形成一股强大的力量进而把这种力量推向全中国。而要实现这种政治目的,势必要开始实行政治思想整顿,而这个有力的武器之一便是文艺批评。可以说,文艺批评在这个时候成了一个中间环节,一座必不可少的桥梁,一方面联系着政治,另一方面又联系着文艺,文艺批评成为政治和文学的"中介"。在政治和文艺不断寻求缝合而产生的巨大张力中,文艺批评的地位被空前地凸显出来。"据后来一些人的回忆,当年由上海等大中城市去延安的知识分子所带去的高级文艺,包括托尔斯泰、契诃夫、易卜生等等,根本不受包括红军战士、干部在内的广大农民大众的欢迎,不适合他们的理解、口味、兴趣和欣赏习惯。文艺究竟要创作些什么,如何创作和为什么创作……成为当时的尖锐问题。于是,终于有座谈会的召开,有毛的讲话和结论。这个讲话一锤定音,从此成为中国革命文艺的理论经典。"③《讲话》深刻地论述了文艺工作者必须同工农群众相结合、提高工作必须同普及工作相结合这两条基本原理,从而为广大文艺工作者科学地解答了文艺"为什么人服务"和"如何去服务"这两个根本方向的问题。

在中国人民解放战争取得了决定性胜利,新中国即将诞生、解放区和国统区的文艺工作者胜利会师的情况下,1949 年 7 月召开了"中华全国文学艺术工作者代表大会"(简称"第一次全国文代大会"),周扬在会上以绝对胜利者姿态的口吻宣布:"毛主席的《在延安文艺座谈会上的讲话》规定了新中国的文艺的方向,解放区文艺工作者自觉地坚决地实践了这个

①　文学运动史料选:4[M].上海:上海教育出版社,1979:537.
②　文学运动史料选:4[M].上海:上海教育出版社,1979:537.
③　李泽厚.中国现代思想史论[M].天津:天津社会科学院出版社,2003:78.

方向,并以自己的全部经验证明了这个方向的完全正确"①,重申了"解放区的文艺是真正的新的人民的文艺"②,而"批评必须是毛泽东文艺思想之具体应用,必须集中地表现广大工农兵群众及其干部的意见,必须经过批评来推动文艺工作者相互间的自我批评,必须通过批评来提高作品的思想性和艺术性"。③ 郭沫若则直接地强调了批评的政治性:"文艺应该服务于政治,批评应该领导文艺服务于政治。这应该是今天的文艺批评的原则。"④强调了新中国的文艺事业(包括文艺批评)必须置于党的领导之下,必须认真贯彻执行《讲话》所确定的文艺为工农兵服务的方向,突出了批评要体现工农兵的意见。此次会议标志着社会主义新时期文学阶段的开始,也预示着文艺批评的政治属性是不会变的,它和文学创作同样都会被置于政治这一前提之下,它仍然会在后来进行的新民主主义革命及社会主义革命中发挥战斗和宣传的功能。

　　解放区文艺批评首先要解决的是,尽快实现对来自国统区的知识分子的世界观的认识和改造。这个问题是自延安文艺以来一直待以解决的问题。在这一方面,丁玲是一个典型的代表。由于受当时美苏两国一为资本主义另一为社会主义两大阵营对峙的国际大环境的影响,在当时深受苏共影响的毛泽东看来,资产阶级是中共最大的敌人,这是当时的延安政权时时警惕的。而在这个政权体制下,就必须时时提防资产阶级、小资产阶级力量的形成和发展,当务之急自然就是彻底地清除各种资产阶级、小资产阶级思想,只要是有这种思想的苗头,都要把它扼杀在摇篮之中。而这种所谓的"资产阶级、小资产阶级思想",除了在日常的工作和生活中有所体现外,更重要的是体现在这些知识分子的艺术创作中。"小资产阶级出身的人们总是经过种种方法,也经过文学艺术的方法,顽强地表现他

---

　　① 周扬.新的人民的文艺[M]//周扬文集:第 1 卷.北京:人民文学出版社,1984:513.

　　② 周扬.新的人民的文艺[M]//周扬文集:第 1 卷.北京:人民文学出版社,1984:513.

　　③ 周扬.新的人民的文艺[M]//周扬文集:第 1 卷.北京:人民文学出版社,1984:535.

　　④ 郭沫若.当前的文艺诸问题[M]//中国新文学大系(1937—1949):第 1 集.上海:上海文艺出版社,1990:258.

们自己,宣传他们自己的主张,要求人们按照小资产阶级知识分子的面貌来改造党,改造世界。"①"只能依靠无产阶级先锋队的面貌来改造党,改造世界。我们希望文艺界的同志们认识这一场大论战的严重性,积极起来参加这个斗争,使每个同志都健全起来,使我们的整个队伍在思想上和组织上都真正统一起来,巩固起来。"②于是,以文艺批评作为手段来实现改造党、改造世界这一目的,就是顺理成章的事了。丁玲早在1936年10月就从国统区来投奔解放区,"在延安,丁玲受命担任负责管理政治教育的一项职务,被派去做编辑长征历史的工作,并应邀在延安师范学校教授文艺"③。延安人民高度的政治热情和勤劳俭朴的生活深深地感动了丁玲,她很快融入这种生活。但随着时局的不断恶化,40年代初统一战线里国共之间的"皖南事变"及稍后日军在华北一带实行的"三光"政策,延安的生活也随之发生了很大的变化。这一时期丁玲创作了《入伍》《我在霞村的时候》《夜》《在医院中》四篇小说,艺术地反映了当时延安生活所存在的一些问题。如严家炎认为《在医院中》反映的问题是:"陆萍与周围环境之间的矛盾,就其实质来说,乃是和高度的革命责任感相联系着的现代科学文化要求,与小生产者的蒙昧无知、偏狭保守、自私苟安等思想习气形成尖锐的对立。"④稍后的《三八节有感》则以杂文的笔调呈现了延安妇女艰难的境况。很显然,以《讲话》作为参照,即"对于人民的缺点是需要批评的,我们在前面已经说过了,但必须是真正站在人民的立场上,用保护人民、教育人民的满腔热情来说话"⑤,"真正的好心,必须顾及效果,总结经验,研究方法,在创作上就叫表现手法。真正的好心,必须对于自己工作的缺点错误有完全诚意的自我批评,决心改正这些缺点错误。共产

① 毛泽东.在延安文艺座谈会上的讲话[M]//文艺运动史料选:4.上海:上海教育出版社,1979:544.

② 毛泽东.在延安文艺座谈会上的讲话[M]//文艺运动史料选:4.上海:上海教育出版社,1979:544.

③ 史景迁.天安门:知识分子与中国革命[M].北京:中央编译出版社,1998:274.

④ 严家炎.现代文学史上的一桩旧案:重评丁玲小说《在医院中》[C]//求实集:中国现代文学论文集.北京:北京大学出版社,1983:200.

⑤ 文学运动史料选:4[M].上海:上海教育出版社,1979:541.

党人的自我批评方法,就是这样采取的。只有这种立场,才是正确的立场"①。这样看来,丁玲的这种暴露、批评的立场就有问题。因此,在《讲话》发表之前丁玲就被撤销编辑职务,也就说明了文艺创作和文艺批评是随政治脉搏的跳动而进行的。面对周围或明或暗的批评,丁玲在短短的时间内似乎便参透了个中真谛。于是在座谈会之后,丁玲马上参与了批判与自己同样在别人看来有所谓资产阶级个人思想的王实味,并在《关于立场问题我见》中向党承认错误,认为改造首先"是缴纳一切武装的问题。既然是一个投降者,从那一阶级投降到这一阶级,就必须信任、看重新的阶级,而把自己的甲胄缴纳,即使有等身的著作,也要视为无物"②。接着,丁玲奉命离开延安,到乡下去向农民"学习"了。正如周扬说的那样:"作家和延安的生活,即使有些许扞格不入的地方,因为基本方向是一致的,而又两方都在力求进步,是终会完满地互相拥抱起来的。现在正是毛泽东同志所特别称呼的'在山上的'和'在亭子间的'两股洪流汇合的过程。"③从两年后所见到的报告文学《田保霖》及四年后开始创作的长篇小说《太阳照在桑干河上》中,我们可以看到,丁玲已经顺利地完成了向毛文体④的过渡,与毛文体会合了,被纳入延安文艺体制之中。新中国成立后,文艺中的这种现象被茅盾在第一次文代会上所做的题为"在反动派压迫下斗争和发展的革命文艺——十年来国统区革命文艺运动报告提纲"的报告做了一个总结:"国统区的进步作家绝大多数是小资产阶级知识分子,小资产阶级也属于被压迫阶级,所以有和劳动人民结合的可能,但另一方面,未经改造的小资产阶级知识分子在生活思想各方面和劳动人民是有距离的,小资产阶级思想观点使他们在艺术上倾心于欧美资产阶级文艺的传统……文艺作品的题材,取之于小资产阶级知识分子的占压倒的多数,而对于知识分子则常常表示护短,即使批判了,也还是表示爱惜和原谅。题材取自农民生活,则常常仅止于描写生活表面,未能深入核

---

① 　文学运动史料选:4[M].上海:上海教育出版社,1979:542.

② 　延安文艺丛书:文艺理论[M].长沙:湖南文艺出版社,1987:249.

③ 　文学运动史料选:4[M].上海:上海教育出版社,1979:560.

④ 　毛文体其实也可称为毛话语,也可以说是一种文风,一种文体。毛文体真正关心的,是在话语和语言这两个实践层面,对言说和写作进行有利于革命的改造和控制。李陀.汪曾祺与现代汉语写作:兼谈毛文体[J].花城,1988(5):126-142.

心……作品中出现的工人往往只是表面上穿着工人的服装，而其意识情绪，则仍然是小资产阶级知识分子。"[①]并针对国统区的作家提出了今后文艺发展的方向，即要向时代学习，向人民学习，"明确地辨别新与旧的不同"[②]，"争取进步，改造自己"[③]，以新面貌"参与人民民主的新中国的文化建设事业"[④]。其检讨的口气，谦卑的身份，表明了对解放区文艺批评发自内心的认同。

如果说解放区文艺批评在丁玲的身上是通过否定的形式来规训以实现它的政治目的的话，那么对于出生在解放区的农民作家赵树理来说，则是通过肯定的形式来实现这一目的的。建国初期，这种传统在第一次文代会上再次得到肯定，"在解放区，由于得到毛泽东同志正确的直接的指导，由于人民军队与人民政权的扶植，以及新民主主义政治、经济、文化各方面改革的配合，革命文艺已开始真正与广大工农兵群众相结合。先驱者们的理想开始实现了"[⑤]。有研究者指出，赵树理是"山药蛋派"作家群中唯一没有到过延安的人，他的成名作《小二黑结婚》创作出来时，《讲话》的精神他并不知道。赵树理并不完全是在对时代政治之于审美的苛刻要求的认同前提下进行创作的，而具有难能可贵的独立意味。[⑥] 当时延安文艺界中，文艺如何走出知识分子的圈子而自觉地为广大的农民、工人及干部服务是整个文艺界讨论的焦点之所在。小说所反映解放区的新生活、塑造翻身农民的形象契合了当时革命根据地的实际情况，小说的民族化、群众化特征正如毛泽东在1938年《论新阶段》报告中所说的"新鲜活

---

① 茅盾.在反动派压迫下斗争和发展的革命文艺——十年来国统区革命文艺运动报告提纲[M]//中华全国文学艺术工作者代表大会纪念文集.北京：新华书店,1950:65.

② 茅盾.在反动派压迫下斗争和发展的革命文艺——十年来国统区革命文艺运动报告提纲[M]//中华全国文学艺术工作者代表大会纪念文集.北京：新华书店,1950:65.

③ 茅盾.在反动派压迫下斗争和发展的革命文艺——十年来国统区革命文艺运动报告提纲[M]//中华全国文学艺术工作者代表大会纪念文集.北京：新华书店,1950:66.

④ 茅盾.在反动派压迫下斗争和发展的革命文艺——十年来国统区革命文艺运动报告提纲[M]//中华全国文学艺术工作者代表大会纪念文集.北京：新华书店,1950:66.

⑤ 周扬.新的人民的文艺[M]//周扬文集：第1卷.北京：人民文学出版社,1984:512-513.

⑥ 席扬.艺术文化学：理论与实践[M].福州：海峡文艺出版社,2001:33.

泼的,为中国老百姓所喜闻乐见的中国作风,中国气派"①。更为重要的是,赵树理的这一创作特色与《讲话》有着惊人的暗合:"许多同志爱说'大众化',但是什么叫作大众化呢? 就是我们的文艺工作者的思想感情和工农兵的思想感情打成一片。而要打成一片,就要学习群众的语言。……我们知识分子出身的文艺工作者,要使自己的作品为群众所欢迎,就得把自己的思想感情来一个变化,来一番改造。没有这个变化,没有这个改造,什么事情都是做不好的,都是格格不入的。"②因此,彭德怀为该书的出版题词:"像这样从群众调查研究中,写出来的通俗故事,还不多见。"③一语重千斤,对宣扬赵树理奠定了良好的基础。后来,赵树理又创作出被誉为"解放区文艺的代表之作"——《李有才板话》及长篇小说《李家庄的变迁》,还有中短篇小说《孟祥英翻身》《地板》《福贵》《小经理》《邪不压正》《传家宝》《田寡妇看瓜》等,积极地贯彻了"文艺为工农兵服务"的政策。所以,郭沫若在上海发表文章评《李有才板话》说:"我是完全被陶醉了,被那新颖、健康、简朴的内容和手法;这儿有新的天地,新的人物,新的意义,新的作风,新的文化,谁读了我相信都会感兴趣的。"④周扬则在延安宣称赵树理的作品"是毛泽东文艺思想在创作上的一个胜利"⑤,赵树理是作为"一个在创作、思想、生活各方面都有准备的作者,一位在成名之前已经相当成熟了的作家,一位具有新颖独创的大众风格的人民艺术家"⑥。不仅如此,在第二年召开的晋冀鲁豫边区文联会议上,还号召文艺创作向赵树理方向迈进。所以,赵树理的创作成为最早实践《讲话》的成功范例,他本人也被誉为文坛上的"旗帜"。从赵树理的成名过程中我们看到,文艺批评经由当时身兼党的领导工作与文艺领导工作的重要人物介入之后,

---

① 毛泽东.论新阶段[C]//毛泽东选集:第2卷.北京:人民出版社,1991:534.

② 文学运动史料选:4[M].上海:上海教育出版社,1979:521-522.

③ 杨献珍:从太行文化人座谈会到赵树理的《小二黑结婚》出版[J].新文学史料,1982(3):35.

④ 郭沫若.板话及其他[N].文汇报·笔会,1946-08-16.

⑤ 周扬.论赵树理的创作[M]//周扬文集:第1卷.北京:人民文学出版社,1984:498.

⑥ 周扬.论赵树理的创作[C]//周扬文集:第1卷.北京:人民文学出版社,1984:486-487.

已经异化为一种政治批评话语霸权,其政治目的是第一位的,因此反映到文艺创作中首先用来衡量的也是政治标准。"批评必须是毛泽东文艺思想之具体应用,必须集中地表现广大工农群众及其干部的意见,必须经过批评来推动文艺工作者相互间的自我批评,必须通过批评来提高作品的思想性和艺术性。批评是实现对文艺工作的思想领导的重要方法。"①

不难看出,无论是丁玲还是赵树理,他们的创作最终都实现了《讲话》中文艺为最广大的人民大众(包括工人、农民、兵士和城市小资产阶级)服务的问题。"如果说,第三代及其文学已经开始描写工农,像《春蚕》《包身工》,热切关注着工农大众,但他们本身却还没有进入工农生活,并未与他们真正打成一片,那么在抗日战争共产党领导的军队和地区中,这一点才真正实现了。"②赵树理和丁玲两个个案的情形从实践层面上昭示了在解放区文艺批评的指引下,文学创作应该走"文艺为工农兵服务"、"文艺为政治服务"的道路,周扬和茅盾在第一次文代会上所作的两个报告则从正反两个方面确立了解放区文艺批评"文艺为工农兵服务"、"文艺为政治服务"这一批评理论在整个新中国的合法性,同时也把解放区"工农兵"的概念自然地替换为新的"人民"概念,奠定了新中国建立初期文艺创作和发展的方向。此后《文汇报》关于文艺作品"可以不可以以小资产阶级为主角"的讨论所涉及的问题便是文艺为什么人服务这一根本问题,而1952年《文艺报》关于"创造新英雄人物"问题的讨论则涉及如何为什么人服务这一根本问题。通过对电影《武训传》和对萧也牧等创作倾向并不恰当的批判,澄清了文艺界的思想混乱问题,肃清了资产阶级、小资产阶级和封建主义思想的影响,文艺与人民大众相结合的道路在全国范围内开展起来了。广大文艺工作者开始"深入到农民中去,深入到工人和城镇劳动人民中去,深入到三千里江山的志愿军中去,或者他们本来就是工农兵的一员,热情地反映新的生活和新的斗争,描写工农兵英雄人物以及各种各样的人物"③。小说方面有柳青的《铜墙铁壁》,杨朔的《三千里江

① 周扬.新的人民的文艺[M]//周扬文集:第2卷.北京:人民文学出版社,1984:535.

② 李泽厚.中国现代思想史论[M]//.天津:天津社会科学院出版社,2003:233.

③ 中国当代文学史初稿:上[M].北京:人民文学出版社,1980:34.

山》、陆国柱的《上甘岭》、路翎的《在洼地上的"战役"》、赵树理的《登记》、谷峪的《新事新办》、马烽的《结婚》《一架弹花机》、高晓声的《解约》等,话剧方面有《红旗歌》《不是蝉》《在新事物的面前》《四十年的愿望》等,散文方面有魏巍的《谁是最可爱的人》、巴金的《生活在英雄们中间》等,诗歌有阮章竞的《漳河水》、石方禹的《和平的最强音》等。其实,学术界所说的像来自国统区的钱锺书、巴金、沈从文、冯至、师陀、茅盾、曹禺、沙汀、艾芜等作家在 40 年代后期的创作能力衰退也可以用此来做解释,因为他们对这一文艺批评方向存在不同程度的或排斥抵抗,或观望彷徨的心理。"他们中的大多数,与'文艺新方向'所规定的创作观念和创作方法之间的关系,始终处于紧张、难以融合、协调的状态。既不能继续原来的创作路线,又难以写出充分体现'新方向'的作品,从整体而言,这些作家中的许多人,其艺术生命,在进入 50 年代之后已经结束。"①但对于解放区"山药蛋派"作家孙犁、田间、刘白羽、周立波以及其他作家(包括西戎、胡正、孙谦和李束等)来说,他们对这一批评指向则是完全认同的,故他们的创作是沿着解放区文艺批评方向前进的,一度成为文学史家重点描述的对象,如 50 年代王瑶的《中国新文学史稿》第四编就是"文学的工农兵方向"(包括从1942 年《讲话》到 1949 年第一次文代会召开这一段时间文艺的发展),而唐弢、严家炎主编的《中国现代文学史》(三)(人民文学出版社,1980 年第1 版)则分三章叙述"沿着工农兵方向前进的文学创作"。这样,解放区文艺批评把来自国统区和解放区的两股文艺大军统一到毛体制之中进而推向了全中国。

在《讲话》发表 10 周年之际,《人民日报》发表了题为《继续为毛泽东同志所提出的文艺方向而斗争——纪念毛泽东同志的〈在延安文艺座谈会上的讲话〉发表十周年》的社论,指出文艺界存在的思想混乱的情况,主要表现在资产阶级思想对革命文艺的侵蚀和文艺创作上的公式化和概念化的倾向两方面,它们同样是根源于脱离群众和实际斗争,不关心人民的生活和要求,对于政治的无知以及思想的懒惰和麻木,因此它们所达到的结果都同样是对于现实的歪曲,同样是障碍革命文艺的发展的。并且

① 洪子诚.中国当代文学史[M].北京:北京大学出版社,1999:29.

提出"我们十分需要真正科学的、具体分析的、不仅是思想的而且是艺术的批评。只有这样的批评,才能给作家和读者以有益的帮助。在批评工作中要防止简单化的、骂倒一切的粗暴现象。批评工作者不仅要有高度的马克思、列宁主义的理论修养和各种政策知识,而且也要和作家一样去研究生活,了解生活,这样才能做到不是从概念出发来批评作品,而是从生活出发来批评作品"[1]。同时《文艺报》也开辟了"庆祝毛主席在延安文艺座谈会上讲话十周年"的专栏,宣传了《讲话》精神。欧阳予倩强调了文艺创作和文艺研究"必须站在无产阶级和人民大众的立场",从理论上强调了"为工农兵服务及其干部服务"的宗旨并号召作家"到群众中去"[2];蔡楚生则主要从创作实践方面肯定了中国人民的电影事业在遵循《讲话》所指示的"为工农兵服务的方向"下所取得的成绩。[3] 正像胡风在1949年左右感觉到的那样,"由于革命的胜利和前进,那些形式主义和公式主义的理解更现出了一种全面旺盛的气势,解放区以前和以外的文艺实际上是完全给否定了,五四文学是小资产阶级文学,不采用民间形式是小资产阶级文学,鲁迅的作品不是人民文学……这些意见虽然不一定总是用明确的形式表现出来的,但每一碰到具体问题就成了支配性的理论,实际上是不容许有不同的意见,更不用说讨论了。我觉得有的同志是陶醉于胜利之中,带着好像是文坛征服者的神气,好像革命的胜利已经完全保证了文艺上的胜利"[4]。于是,作为解放区文艺主流的延安文艺思想便在新中国拥有了绝对合法的地位。

"任何一个政权只要注意到艺术,自然就总是偏重于采取功利主义的艺术观。这也是可以理解的,因为它为了自己的利益就要使一切意识形态都为它自己所从事的事业服务。"[5]自然,20世纪40年代的解放区延安,囿于特定的历史因素(持久的抗日战争、巩固和扩大革命根据地、第三

---

① 继续为毛泽东同志所提出的文艺方向而斗争:纪念毛泽东同志的《在延安文艺座谈会上的讲话》发表十周年[N].文艺报,1952-05-25.

② 欧阳予倩.毛主席的文艺思想引导着我们向前[N].文艺报,1952-05-25.

③ 蔡楚生.在毛主席光辉的旗帜下前进![N].文艺报,1952-05-25.

④ 胡风.胡风三十万言书[M].武汉:湖北人民出版社,2003:48.

⑤ 普列汉诺夫美学论文集:第2卷[M]//北京:人民出版社,1983:830.

次国内革命战争、建立一个崭新的社会主义中国),所以文艺显示了它高度的功利主义色彩,文艺批评极大地发挥了它的战斗作用。这一时期,也有很多文艺家注意到了这个问题并试图重新回到文学的无功利的审美层面上来,如胡风在他的论文《文艺工作的发展及其努力方向》中就曾用"主观战斗精神",提醒并呼吁让文学重返自身;艾青在《了解作家,尊重作家》一文中也曾说:"作家除了自由写作之外,不要求其他的特权。他们用生命去拥护民主政治的理由之一,就因为民主政治能保障他们的艺术创作的独立精神。因为只有给艺术创作以自由独立的精神,艺术才能对社会改革的事业起推进的作用。"①可惜的是,在当时的延安及其建国初期却没有人做出有效的回应,"大多数人依然沉睡于文学为抗战建国的'政治'服务这个单一的观念路向里,缺乏对于'政治—文学'之间在不同时空所应该具有的远—近、疏—密、间接—直接、离—合关系的理论思索"②。茅盾作为国统区文学的代表,他的发言主动把国统区的文艺思想驱逐出主流视线之外而对解放区文艺思想持完全赞同的姿态,"四年前,我们对于'为工农兵服务'这一文艺方针的认识还很不一致;一部分作家的认识并且还有错误,因而还发生了工农兵是否必须作为作品的主人公和正面人物的争论"③。另外,"文艺为工农兵服务"的口号在历次文代会的决议中都得到肯定和推广,如"号召全国文学艺术工作者,在中国共产党领导下,掌握为工农兵服务的方向,深入实际生活,提高艺术修养,努力艺术实践,用艺术的武器来参加逐步实现国家的社会主义工业化的伟大斗争"④,"在为工农兵服务、为社会主义事业服务的方向下实行百花齐放、百家争鸣和推陈出新,是社会主义文学艺术发展的最正确、最宽广、最富于创造性的道路。全国文艺工作者,必须遵循党所指引的这条道路,努力学习马克思列宁主义和毛主席的著作,提高政治思想水平和艺术修养,进一步地深入工农兵群众,参加生产劳动和实际工作,不断进行思想改造,巩固地

---

① 文学运动史料选:4[M].上海:上海教育出版社,1979:582.

② 吴敏.试论延安文人的"文学—政治"观[J].理论与创作,2004(2):41.

③ 茅盾.新的现实和新的任务[M]//茅盾文艺评论集:上.北京:文化艺术出版社,1981:86.

④ 中国文学艺术工作者第二次代表大会通过两项决议[N].文艺报,1953-08-30.

树立起共产主义世界观,努力使自己成为工人阶级的文艺战士"①。因此,在这种情形下,文学创作也就在占主流地位的政治功利艺术观的指引下,一直游离于文学本身的审美价值属性之外,而发挥着"为工农兵服务"这一口号的政治功能。

第二节 发展:社会主义现实主义视野下的文学批评

文学批评的形式和内容会随着政治和社会的变迁而呈现出不同的情形。解放区文艺批评毕竟只是当时的权宜之计,要想使它一直处于核心地位,还得增加新的具有时代气息的内容以使之不断地完善。对于新民主主义革命在新中国的进行,在文艺战线上主要体现为1951年上半年在全国范围内开展的对电影《武训传》的讨论,它围绕着应当歌颂什么和反对什么而展开了新中国成立以来的第一次大规模批判资产阶级唯心主义的思想论争,之后还开展了对萧也牧创作倾向的批判,究其实质,它涉及如何建立社会主义文学新秩序(包括如何评价和怎样对待历史人物进而引申到如何看待中国近代历史和中国革命道路的问题、新的时代的什么人物占主角、如何塑造新时代的工农兵形象等)这一问题。可见,文学批评的方向性、口号性功能特征已悄悄地发生改变,它正逐渐地接受主流意识形态的"询唤"②而在1953年开始被社会主义制度化了,显示了新中国寻求建立新文学秩序、确立一体化的文学道路的真正用意。

1953年是转折的一年,新中国基本上完成了新民主主义革命而开始进行社会主义革命,进入一个独立的社会主义国家的过渡时期,即进入社会主义建设和社会主义改造时期。"从中华人民共和国成立,到社会主义改造基本完成,这是一个过渡时期。党在这个过渡时期的总路线和总任务,是要在一个相当长的时期内,逐步实现国家的社会主义工业化,并逐

---

① 中国文学艺术工作者第三次代表大会通过两项决议[N]. 文艺报,1960-08-26.

② "询唤"是法国新马克思主义哲学家路易·阿尔都塞的概念,意指意识形态招募对其臣服的个体成为实践该意识形态的主体,从而使意识形态产生效果或发挥功能作用。见王丽丽. 在文艺与意识形态之间:胡风研究[M]. 北京:中国人民大学出版社,2003:148.

步实现国家对农业、对手工业和对资本主义工商业的社会主义改造。这条总路线是照耀我们各项工作的灯塔,各项工作离开它,就要犯右倾或'左'倾的错误。"①与此相适应的是,文艺配合了这一时期总路线的执行。正是在这一时代背景之下,第二次全国文代大会召开,在这一次会议上,作为中国文学工作者协会(后改为中国作家协会)党组书记、中国文学工作协会副主席、《人民文学》主编的邵荃麟,发表了《沿着社会主义现实主义的方向前进》的重要讲话,该讲话说道:"作为思想战线上重要一翼的文学,在这个社会主义改造中的过渡时期中的基本任务,就是要以文学艺术的方法来促进人民生活中社会主义因素的发展,反对一切阻碍历史前进的力量,帮助社会主义基础的增强和巩固,帮助社会主义改造事业的逐步完成。"②"文学工作者如果离开这个总路线,也就是离开了现实生活的方向,离开了文学上的现实主义。"③周扬把社会主义现实主义理论置于国际国内社会环境之下而大力推介这一理论:"中国人民,不论在解放之前或者在已经取得伟大胜利之后,总是经常地从苏联文学中吸取斗争的信心、勇气和经验。在这个文学中,我们看到了世界上从所未有的一种最先进的、美好的、真正体现了人间幸福的社会制度,看到了人类最高尚的品格和最高尚的道德的范例。苏联文学的强大力量就在于:它是站在共产主义思想的立场上来观察和表现生活,善于把今天的现实和明天的理想结合起来。换句话说,它的力量就在社会主义现实主义的方法。"④"社会主义现实主义,现在已成为全世界一切进步作家的旗帜,中国人民的文学正是在这个旗帜之下前进。正如中国新民主主义革命是无产阶级社会主义世界革命的组成部分一样,中国人民的文学也是世界社会主义现实主

---

① 毛泽东著作选读:下册[M]. 北京:人民出版社,1986:704.

② 邵荃麟.沿着社会主义现实主义的方向前进[M]//邵荃麟评论选集:上册.北京:人民文学出版社,1981:306.

③ 邵荃麟.沿着社会主义现实主义的方向前进[M]//邵荃麟评论选集:上册.北京:人民文学出版社,1981:308.

④ 周扬.社会主义现实主义:中国文学前进的道路[M]//周扬文集:第2卷.北京:人民文学出版社,1985:182.

义文学的组成部分。"① 由此,确定了社会主义现实主义是我国文艺创作和批评的准则。"如果社会主义现实主义,不以实践党性原则为其基本的原则,那么,它就不能成为我们的正确的文学艺术方法。苏联的文学艺术的最重要的、最中心的经验,就在于它证明了这一点。正因为苏联同志们能够努力遵照列宁、斯大林和联共'党中央'的指示去从事创造,所以他们能够实现了社会主义现实主义。这就是苏联文学艺术的先进经验中的最先进的东西。"② 另外,大会通过的两项决议也贯彻了这种精神,一是"号召全国文学艺术工作者,在中国共产党的领导下,掌握为工农兵服务的方向,深入实际生活,提高艺术修养,努力艺术实践,用艺术的武器来参加逐步实现国家的社会主义工业化的伟大斗争",二是"号召全国文学艺术工作者……努力学习苏联文学艺术事业的先进经验,加强中苏两国人民在保卫世界和平的共同事业中的神圣的友谊"。③ 社会主义现实主义批评在苏联本身含义的基础上又容纳了具有中国特色的"新的任务",同时在文艺功能上,也强调了"文艺为政治服务"、"文艺为工农兵服务"的宗旨。接着,《文艺报》立即发表社论拥护它说:"国家在过渡时期的总路线和总任务,也就是文学艺术在这伟大历史时期中的总路线和总任务"④,文艺创作的"总任务"在于"创造社会主义现实主义的文学和艺术,这样的创造一步也不能脱离国家前进的轨道和人民的实际斗争"⑤。"文艺战线就是人的灵魂的战线,就是思想战线、教育战线,文艺是通过自己的战线去为政治服务的","是党和政府所领导的人民的思想战线和教育战线的一翼,并且是非常重要的一翼。这一翼是和总的战线不可分离的。文艺用自己的斗争方法去参加总的思想战线和教育战线,那就是描写人民的灵魂及其斗争"。⑥ 周扬则强调了文艺批评在这一"新的任务"中的重要性并独

---

① 周扬.社会主义现实主义:中国文学前进的道路[M]//周扬文集:第2卷.北京:人民文学出版社,1985:182.

② 冯雪峰.学习党性原则,学习苏联文学艺术的先进经验[N].文艺报,1952-11-10.

③ 中国文学艺术工作者第二次代表大会的两项决议[N].文艺报,1953-10-15.

④ 国家在过渡时期的总路线和文学艺术的创造任务[N].文艺报,1953-12-15.

⑤ 国家在过渡时期的总路线和文学艺术的创造任务[N].文艺报,1953-12-15.

⑥ 国家在过渡时期的总路线和文学艺术的创造任务[N].文艺报,1953-12-15.

尊文学批评的"社会主义现实主义标准":"文艺批评是党实现文艺政策的主要手段之一,党领导文艺不能依靠指示办事,主要应靠文艺批评。文艺斗争的主要方法,第一是创造上的自由竞赛,第二就是批评上的自由讨论。"①"马克思主义的标准只能有一个,不能有两个,这就是社会主义现实主义的标准。无论批评党内、党外的作家都是这个标准。"②文学的社会主义意识形态性质越来越浓厚了。"文艺为政治服务""文艺为人民服务"已不再像《讲话》和第一次文代会所提出的那样,是一个原则或口号,而成为一种国民为配合国家具体政策而必须自觉承担的责任。

这样,"社会主义现实主义从这一时代起,就成为可以整合各种理论的权威语码,它不只是一个系统理论,而是一个评价尺度,它君临一切的意志也具有不容挑战的合法性保证"③。如果说自30年代以来的社会主义现实主义只是作为一种创作方法在中国加以传播和运用的话,那么在这个时候则完全被制度化了,只要是不符合这一批评理论的,一律都会受到批判。置身于社会主义视野下的文学批评,为了更好地贯彻党在过渡时期的总路线,从1954年10月开始,在思想文化领域开展了对俞平伯在《红楼梦》研究中的资产阶级唯心主义的批判,目的在于对整个文化界的知识分子进行思想整顿,清除胡适派的资产阶级学术思想在我国思想文化界的不良影响,从思想上为社会主义改造和社会主义建设扫清道路。这次批判,使学术研究阶级化了。还有,1955年文艺界开展了对胡风文艺思想的批判,"这样大规模地对一位文艺理论家及其所代表的现实主义理论体系进行批判及打倒,并作了政治性的判决,证明这不仅是一次文艺论争,而且是政治意识形态之争,是政权建立过程中清理'反对声音'或'反革命'势力的手段。但这样的政治运动仍然以社会主义现实主义的政

---

① 周扬.在中国共产党第二次全国宣传工作会议上的发言[M].周扬文集:第2卷.北京:人民文学出版社,1985:294-295.

② 周扬.在中国共产党第二次全国宣传工作会议上的发言[M].周扬文集:第2卷.北京:人民文学出版社,1985:296.

③ 孟繁华.中国20世纪文艺学学术史:第三部[M].上海:上海文艺出版社,2001:93.

治性与艺术性之争的方式表现的,涉及的问题基本上是 40 年代延续下来的"①。这次批判,清除了学术界、思想界的异端。由此,社会主义现实主义文艺批评作为显学在中国学术界便成为一面旗帜,莅临指导着文学创作。因此,周扬明确指出:"社会主义现实主义的文学是只有站在工人阶级的思想和党的政策的立场来观察和描写社会阶级的矛盾和斗争,并真实地表现了推动这个斗争前进的一切先进的和社会主义的因素的时候,才有可能。"②这样,摆在文艺工作者面前最严重也最光荣的任务便是"必须表现新的工人、新的农民、新的知识分子,批判和鞭挞一切阻碍人民前进的旧事物旧思想,引导人民积极参与建设社会主义和保卫社会主义的伟大斗争"③。

1958 年,毛泽东提出了"革命浪漫主义与革命现实主义相结合"的口号,取代了自 30 年代就已提倡的社会主义现实主义的口号。周恩来早在第二次文代会上的政治报告中就说应该把人物写得理想一点,他还认为"革命的现实主义和革命的理想主义结合起来,就是社会主义现实主义"。"'相结合'名义上是把革命浪漫主义在社会主义现实主义的从属地位,提升到跟革命现实主义同等重要的位置,不过,实质上与社会主义现实主义没有很大的差别。不过,命名在中国却是一种权力的表现,毛泽东利用一个先'分'后'合'的过程重新掌握对现实主义文学的阐释权,也以此种话语权调整中苏之间的权力关系。"④朱寨也指出:"关于这个口号的解释,也是苦心孤诣地为它寻找理论的根据。概念上的混乱,对作品的误解,不完全是理解和认识上的原因,其中有曲意迎合附会的因素。……实际上,'两结合'在理论上并没有提出社会主义现实主义理论以外的新内容。"⑤

---

① 陈顺馨.社会主义现实主义理论在中国的接受与转化[M].合肥:安徽教育出版社,2000:258-259.

② 周扬.发扬"五四"文学革命的战斗传统[M]//周扬文集:第 2 卷.北京:人民文学出版社,1985:277.

③ 周扬.发扬"五四"文学革命的战斗传统[M]//周扬文集:第 2 卷.北京:人民文学出版社,1985:282.

④ 陈顺馨.社会主义现实主义理论在中国的接受与转化[M].合肥:安徽教育出版社,2000:321.

⑤ 朱寨.中国当代文学思潮史[M].北京:人民文学出版社,1987:358.

20 世纪 60 年代姚雪垠在创作《李自成》时相当充分地试用这种"两结合"的手法。"在写《李自成》的过程中,我试图解决如何用我们的时代精神照亮历史题材,如何将'两革'方法运用得浑然一体。……但是所有这些,并不能说明我已经做出成绩,而只能说明我坚决把'两革'相结合的创作方法看成指导创作实践的金科玉律。"①还值得一提的是,以自己直接生活经验为基础的、遵循着革命现实主义的创作方法而创作的《青春之歌》,在这段时间《文艺报》和《中国青年》就作品中宣扬了小资产阶级感情因而对读者产生了极为不良影响这一问题引起了广泛的讨论,其中以郭开的《略谈对林道静的描写中的缺点——评杨沫的小说〈青春之歌〉》为甚(详见《中国青年》1959 年第 2 期)。根据讨论所提出的创作中的三个不足,杨沫在内容上对作品作了较大的修改,"把它们逐条地解决了"(《青春之歌》再版后记)。修改的一个部分体现为增加了林道静在农村的生活(共八章),而这段生活是作者极不熟悉的。但作者却认为:"我只是强调了当时的历史真实,认为在那个时代的历史条件下,像林道静这样的知识分子,刚刚参加革命就是要有这样、那样的一些缺点,而忽略了另外的一面,即文学作品的革命浪漫主义的一面。……彻底地改造思想感情、改造世界观,更是每个创作者多么严重而首要的任务啊!"②也就是说,仅仅遵循艺术创作规律(现实主义)站在小资产阶级立场上写知识分子是不够的,还得反映知识分子和工农结合才行,而后者才是"社会主义"的,且这关涉作者的思想改造问题,类似的还有自 50 年代初就开始的对于《倪焕之》、《创业史》(第一部)、《红日》、《野火春风斗古城》、《林海雪原》、《欧阳海之歌》等作品的讨论、修改后再版、重版。究其实质,以《文艺报》等党的核心刊物为中心所引起的讨论,其实是当时文艺批评的一种特殊形式,是文学创作的晴雨表。毋庸置疑,社会主义现实主义文艺批评在十七年文学创作中已经内化为作家创作的自觉追求。

因此,在社会主义现实主义文艺批评这面旗帜下的十七年的创作可以称为是一种"遵命文学"。首先,我们可以看看这一时期具有"以论带

---

① 姚雪垠.《李自成》创作余墨[M]//中国现代作家谈创作经验:下.济南:山东人民出版社,1982:870-871.

② 杨沫.谈谈林道静的形象[J].人民文学,1959(7):106.

史"的思维模式的现代文学史写作,如丁易的《中国现代文学史略》和刘绶松的《中国新文学史初稿》,前者在绪论中指出:"中国现代文学,从'五四'发展到现在,它的主潮一直是现实主义,并且是朝着社会主义现实主义方向发展的。社会主义现实主义的方向,是'五四'以来中国文学运动的基本方向。"①而后者则在编写体式上将1917至1949年的文学分为社会主义现实主义文学的萌芽、逐渐发展、迅速发展、成为主流和取得胜利等五个时期,并以社会主义现实主义文艺批评标准来衡量各时期的文学成就。对此,有学者指出:"当时以教材为主的文学史写作,编者大都是以'我们'的身份出现的,这个'我们'与读者不是平等对话的关系,而是'教化'关系。就是说,编写者总是充当既定理论的诠释者与宣传者……作为文学史家的'我'的特色就更是被淘空,'正统'的色彩却越来越浓厚。"②这里所说的"正统",可以理解为社会主义现实主义文艺批评,它正是用以"教化"的有力武器。而这一批评方式甚至影响到了80年代的中国当代文学史写作,如在华中师范学院编写的三卷本《中国当代文学》中,编者把整个当代文学分为开拓时期的社会主义文学(1949—1956)、曲折前进中的社会主义文学(1957—1965)、"文化大革命"时期的社会主义文学(1966—1976)和新时期的社会主义文学(1976.10—1982.9)四个阶段,从这种注重以政治属性作为划分依据的分期中,可以看到社会主义现实主义文艺批评侧重社会主义这一政治性标准对文学史写作中有着内在的影响,由此也体现了社会主义现实主义文艺批评的重大作用。

周扬是最早(1933年11月)从苏联介绍社会主义现实主义理论的理论家。1954年他在《发扬"五四"文学革命的战斗传统》一文中指出:"社会主义现实主义的文学是只有作者站在工人阶级的思想和党的政策的立场来观察和描写社会阶级的矛盾和斗争,并真实地表现了推动这个斗争前进的一切先进的和社会主义的因素的时候,才有可能。"③"文艺作品必须表现新的工人、新的农民、新的知识分子,批判和鞭挞一切阻碍人民前

---

① 丁易.中国现代文学史略[M].北京:作家出版社,1955:10.

② 温儒敏.文学史的视野[M].北京:人民文学出版社,2004:75.

③ 周扬.发扬"五四"文学革命的战斗传统[M]//周扬文集:第2卷.北京:人民文学出版社,1981:277.

进的旧事物旧思想,引导人民积极参与建设社会主义和保卫社会主义的伟大斗争。这就是今天人民所要求于文艺工作者的最严重也最光荣的任务。"①也就是说,社会主义现实主义文学批评的职责在于履行文艺战线上的阶级斗争,突出了它作为意识形态的普遍属性,其中的政治性、思想性成为至高无上的唯一的价值属性。在周扬看来,这一创作方法在丁玲、赵树理、周立波及其他一些新的作家的作品中得到了鲜明的反映。例如,他在《论〈三里湾〉》中评价赵树理的该篇小说时指出:"近年来,我们的作家除了继续表现土地改革的题材外已经开始给我们描绘了不少关于农村中社会主义变革的新的图画。这些作品在一定程度上真实地反映了广大农民对社会主义的热情,反映了农民各阶层的相互关系,冲突和矛盾,反映了农村中社会主义和资本主义两条路线的激烈斗争。"②其实,不少作家是深谙其中的道理的,康濯在《水滴石穿》后记中说:"轻微的矛盾、斗争,不足以深刻反映社会生活及其发展、变化,也不足以从解决尖锐矛盾与胜利争取斗争的复杂过程中塑造比较丰富的新人。"③于是,他摒弃了短篇小说集《春种秋收》中,具有清新风格的现实主义艺术特色,而创作了具有反映社会重大矛盾的社会主义性质的中篇小说《水滴石穿》,因而引起热烈的反响。李准也因创作了《不能走那条路》而一举成名,当时全国30多家报纸和10多家刊物相继转载,《人民日报》还加了按语:"这篇小说,真实、生动地描写了几个不同的农民形象,表现了农村中社会主义思想对农民自发倾向进行斗争的胜利。这是近几年来表现农村生活的比较好的短篇小说之一。"④这种创作在"一本书"作家(如杜鹏程、杨沫、曲波等)中体现得较为明显,世变时移,一旦对文学的认识观念发生变化,即由倾向政治性标准(社会主义)转向审美标准(现实主义),他们的创作便显得尤为艰难甚至中止。当然这种现象也与作家们自延安解放区以来,在中国人民大众心中所确立的新政权新制度的"国家意识"及其为了尽早建

---

① 周扬.发扬"五四"文学革命的战斗传统[M]//周扬文集:第2卷.北京:人民文学出版社,1981:282.

② 周扬.论《三里湾》[N].文艺报,1956-03-25.

③ 华中师范学院.中国当代文学:一[M].上海:上海文艺出版社,1983:127.

④ 编者按[N].人民日报,1954-01-26.

立一个人类新社会所激发的"巨大热情"和对于这个未来社会的"乌托邦想象"有很大的关系,所以他们的作品偏重于选取重大的社会主题,在叙事方式上也倾向于宏大叙事。其实,《三里湾》中王金生这个人物在某种程度上是概念化的,他其实就是党的政策的执行者、党的思想的宣传人,他的言行都是政治化的,是周扬关于社会主义现实主义理论的具体化、形象化,突出了"社会主义"(政治性)的特性。而对赵树理自己来说,这却是他艺术追求上关于"现实主义"(艺术性)的失败,他自己就说:"写旧人旧事容易生活化,而写新人新事有些免不了概念化。"①浩然的《金光大道》,柳青的《创业史》,周立波的《山乡巨变》《铁水奔流》,艾芜的《百炼成钢》,草明的《火车头》,萧军的《五月的矿山》,雷加的《春到鸭绿江》等这些长篇巨著正是这一社会主义现实主义文艺批评时代的产物。所以,冯牧、黄昭彦说:"在谈到我国文学创作十年来的经历和成就时,我们不能不首先提到长篇小说(为了叙述的方便,也把中篇小说包括在内,下同),这是我们的社会主义现实主义文学逐渐成熟的一个重要标志。"②这一时期还出现了一些以战争、历史为题材的具有史诗性质的作品,如梁斌的《红旗谱》,冯德英的《苦菜花》,欧阳山的《三家巷》,杜鹏程的《保卫延安》,吴强的《红日》,曲波的《林海雪原》,孔厥、袁静的《新儿女英雄传》,杨沫的《青春之歌》,罗广斌、杨益言的《红岩》,金敬迈的《欧阳海之歌》,这些革命历史小说,与其说是在题材上的一种开拓,不如说是作家暂时无法适应新的文艺批评标准的情况下的一种自然转向。尽管这些作品给我们刻画了诸如朱老忠、周炳、周大勇、沈振新、大水、江姐、林道静、欧阳海等典型人物形象,但人物总还是避免不了这一时代创作上所具有的公式化、概念化和主观主义、教条主义倾向。如梁斌在谈他创作《红旗谱》时有人告诫他要注意,反面人物要是从头到尾压倒正面人物的话,就要出问题了。他自己也认为"要压缩反面人物的阵地,正面人物的阵地愈多,则正面人物的性格形象就愈容易展开。如果反面人物的阵地的篇幅占得多,正面人物必然写

① 赵树理.《三里湾》写作前后[N]. 文艺报,1955-10-15.

② 冯牧,黄昭彦. 新时代生活的画卷:略谈建国十年来长篇小说的丰收[M]//中国当代文学研究资料丛书·长篇小说研究专集:上册. 济南:山东大学出版社,1990:3.

得少,甚至有喧宾夺主的危险"①。"双百方针"提出之后,一段时间内这种情形得到某种程度的扭转,文艺理论和文艺批评界显得十分活跃。如何直的《现实主义——广阔的道路》、周勃的《论现实主义及其在社会主义时代的发展》、巴人的《论人情》、钱谷融的《论"文学是人学"》及刘绍棠的《我对当前文艺问题的一些浅见》等都对文艺创作中的概念化、公式化提出了批评。因此在文艺创作方面也出现了可喜的现象,一些敢于揭示生活真实、抒发自己的真情实感的作品出现了,如王蒙的《组织部新来的年青人》,刘宾雁的《在桥梁工地上》、《本报内部消息》,宗璞的《红豆》,陆文夫的《小巷深处》及邓友梅的《在悬崖上》,社会主义现实主义文学批评中的"现实主义"在这里得到了发展。但一年后,这些作品大都被列为"毒草",而评判的标准则是社会主义现实主义批评中的"社会主义"标准。

　　文学批评就其属性来说,有批评即艺术说、批评即科学说和批评即意识形态说三种。② 十七年的社会主义现实主义文艺批评,可以说是属于批评即意识形态说这一种。社会主义现实主义文学批评一直警惕文艺战线内部的资产阶级思想及其倾向(如 1957 年的反右派斗争扩大化,1958年的"大跃进",1959 年的"反右倾"以及接踵而来的文艺战线上的"反修防修"斗争),这样作为与之斗争并适应新时代的需要而鲜明地提出了"文艺为社会主义服务"的政治主张,便很自然地带上了特定历史时代的烙印。"文学是显现在话语蕴藉中的审美意识形态。"③也就是说,文学既有哲学、宗教、道德等其他社会科学的一般意识形态特征,又有它作为文学的特殊的审美特征。作为这一时期的文学创作,总体上来看体现的正是文学的一般意识形态。批评在极力奔向审美的途中却总被意识形态拦截。

---

①　梁斌.漫谈《红旗谱》的创作[J].人民文学,1959(6):23.

②　王一川.文学理论[M].成都:四川人民出版社,2003:344-345.

③　童庆炳.文艺理论教程[M].北京:高等教育出版社,1992:75.

第三节 异变:"政治缝隙中"①的文学批评

文学批评"面对的是变化中的当前文学,它力图对批评家所身居其间的文学活动的走向,对作家创作的走向施加影响"②。它随着社会环境的变化而发生着变化,"是一种不断运动的美学"③。1951 年上半年一度在全国范围内开展对电影《武训传》的讨论,它围绕着应当歌颂什么和反对什么而展开了新中国成立以来第一次大规模批判资产阶级唯心主义的思想论争;1954 年 10 月通过批判俞平伯《红楼梦研究》,在思想文化领域又开展了对资产阶级唯心主义思想的批判;1955 年 1 月,中共中央批准中宣部《关于开展批判胡风思想的报告》,要求把这"作为工人阶级与资产阶级之间一个重要斗争来看待",这些都改变了过去人们仅仅把文学当作文学来研究的看法,学术争鸣政治化了,阶级斗争思维明确地介入了文学批评和文学创作之中。这可以从王瑶编写《中国新文学史稿》上下两册时所采取的不同写作姿态中得到说明,其下册明显地用政治判断替代了学术个性和文学分析,写作的重点也放在了文艺思想斗争上。

社会主义制度建立不久,共和国就面临着严峻而复杂的国际国内形势。国际上,1956 年 2 月 14－25 日召开的苏联共产党第二十次全国代表大会,由于对国际共产主义运动中的一些重大问题提出了新看法,特别是对个人崇拜问题的尖锐批判在全世界引起了极大震动,随后又发生了"波匈事件",国际共产主义运动中出现了严重的混乱局面,一批带有新的特色的主导倾向为反"无冲突论"、面向生活、干预现实的"解冻文学作品"④出现了。加之国内不少人对刚刚建立的社会主义制度还不适应,党

---

① 这段时期的文学批评一方面是对此前批评标准的修正,另一方面又是对在修正之后的批评标准的修正,故它处于政治夹缝中。

② 王先霈,胡亚敏. 文学批评导引[M]. 北京:高等教育出版社,2005:2.

③ 别林斯基. 论《莫斯科观察家》的批评及其文学见解[C]//别林斯基选集:第 1 卷. 上海:上海译文出版社,1979:324.

④ "解冻"文学是西方对苏联当代文学从 1953—1963 年这个发展时期的一种概括称呼。

和政府工作部门中存在某些主观主义、官僚主义问题。全国工作的重点由急风暴雨式的群众阶级斗争转移到了为迅速实现社会主义工业化而奋斗的"新的战争"。但在意识形态上,对阶级斗争的重视仍旧没有放松,反而愈演愈烈了。因为意识形态的职能本身就要使统治阶级权力合法化。在"双百方针"的影响下,在文学创作方面出现了一批敢于反映生活的真实、干预生活和涉及"人性"和情爱的作品,如王蒙的《组织部新来的青年人》、刘宾雁的《在桥梁工地上》和《本报内部消息》、刘绍棠的《田野落霞》、耿简的《爬在旗杆上的人》、李威化的《爱情》、宗璞的《红豆》、邓友梅的《在悬崖上》、陆文夫的《小巷深处》等。文学理论批评方面也出现了何直(秦兆阳)的《现实主义——广阔的道路》(《人民文学》1956 年第 9 期)、周勃的《论现实主义及其在社会主义时代的发展》(《长江文艺》1956 年第 12 期)、陈涌的《为文学艺术的现实主义而奋斗的鲁迅》(《人民文学》1956 年第 10 期)、巴人的《论人情》(《新港》1957 年第 1 期)、钱谷融的《论"文学是人学"》(《文艺月报》1957 年第 5 期)、刘绍棠的《我对当前文艺问题的一些浅见》(《文艺学习》1957 年第 5 期)、于晴(唐因)的《文艺批评的歧路》(《文艺报》1957 年第 4 期)等。

1957 年《文艺学习》组织了"关于《组织部新来的青年人》的讨论",主要针对现实生活中存在的主观主义、教条主义和官僚主义,编者的话表明了此次讨论的目的所在,"如果这次讨论能帮助作者和我们大家认识生活的复杂性,认识作品中间问题的两重性,能启发我们不要简单地片面地看作品、看生活,这就是达到了讨论的目的了"①。可以说,这次讨论是在一种相对宽松、自由的环境中进行的,但事情的发展却出乎人的意料之外,因为讨论中有两种极端的意见:"有些同志认为这篇作品完全是歪曲现实,歪曲了我们的老党员老干部的面貌,并且诬蔑了我们整个党和党的中央。而另外一些同志又对于这篇作品进行了全面的无保留的歌颂,提出'以林震为自己的榜样','朝着光辉的未来迈进'。"这两种意见都受到了批判,"多数来稿,大致都觉得这篇作品揭露在我们的现实生活中存在的否定现象、官僚主义灰尘,揭露刘世吾这样一个政治热情衰退、把一切看

---

① 关于《组织部新来的青年人》的讨论[J]. 文艺学习,1957(3):8.

成'就那么回事'的人物,都是好的,有积极意义的。但是出现在作品中向否定现象作斗争的林震赵慧文二人,却是带有浓重的小资产阶级灰暗情调的。"①可见讨论之激烈程度。

讨论中,文学批评仍然以"以工农兵为正面人物,正面人物一定要战胜反面人物"②,并需要有一个"快乐的结尾"作为评价作品的标准,以捍卫社会主义文艺学的"纯洁性"。如"为什么作者注意到工人魏鹤鸣方面的何其少? 为什么重心倒是在一个知识分子——一个没经过很多锻炼而充满幻想、感伤、孤独性格的知识分子林震身上?"③"难道林震对官僚主义的胜利不是意味着一个小资产阶级知识分子(还没改造好的)对一个老干部的胜利,而且胜利的重心倒不在工人的自觉像魏鹤鸣等的力量么?"④"忽视了我们现实生活本质上的特征,因而在林震背后就没有能显示出新的足以战胜旧事物的现实力量。在作者所描写的气氛里,旧事物表现出根深蒂固的结实,而新的力量表现得多么荏弱和空虚啊!"⑤讨论中,文学批评仍把有关爱情描写定性为资产阶级趣味,把日常生活的感性内容抽空,而力求使主要人物达到一种精神上的"纯粹性",丝毫不考虑个人的功名、功利、私欲,只对党负责,对集体负责。如"林震与赵慧文之间不正常的爱情的确使人感到充满了小资产阶级情调,这种描写是不必要的,难道没有这样一段爱情故事就足以使林震的斗争生活失色吗? 就会使小说枯燥乏味吗?"⑥对于林震这个人物形象,大多数都批判地界定他为小资产阶级知识分子,"与其说他是为了党的利益而斗争,倒不如说,他是为了实现他的创造功勋的愿望而斗争……他并不是真正的无产阶级先锋战士,他和倪焕之那样的小资产阶级革命知识青年倒很类似"⑦。"作品中的人物描写流露了作者的小资产阶级的思想感情的残余。"⑧或者说

---

① 关于《组织部新来的青年人》的讨论[J].文艺学习,1957(3):8.
② 长之.可喜的作品,同时是有严重缺点的作品[J].文艺学习,1957(1):14.
③ 长之.可喜的作品,同时是有严重缺点的作品[J].文艺学习,1957(1):14.
④ 长之.可喜的作品,同时是有严重缺点的作品[J].文艺学习,1957(1):14.
⑤ 邓啸林.林震及其他[J].文艺学习,1957(2):19.
⑥ 戴宏森.一个区委干部的意见[J].文艺学习,1957(1):17.
⑦ 江国曾.要实事求是地分析作品[J].文艺学习,1957(2):13.
⑧ 江国曾.要实事求是地分析作品[J].文艺学习,1957(2):13.

具备一些小资产阶级知识分子的"素质":"这篇作品符合了小资产阶级的心理。有着急躁冒进情绪的小资产阶级狂热分子在作品中可以得到满足。林震打算成为娜斯嘉式的英雄,想建立功勋,喜爱冒险,需要爱情,对新生活渴望,对未来怀着美丽的憧憬。"①"娜斯嘉是一个纯朴、坦率、热情、倔强的社会主义新人,而林震却是带有清高、孤独、不实际等等小资产阶级知识分子的烙印。"②讨论中,文学批评仍然把"艺术真实"等同于"生活真实",进而把"生活真实"等同于"本质的真实",认为艺术描写的就是生活的本质,这才是社会主义现实主义的核心所在。如"揭露并批评现实生活中的落后事物,以激起读者对落后事物进行斗争的精神,正是社会主义现实主义文学的重要任务之一"③。但这还不是最重要的,因为问题不在于这些落后现象"可不可以写"和"生活中是否存在","问题在于作品中的落后现象的存在是否写得合情合理"④。"问题在于作者所写的正面人物,摆在完全和落后事物不相称的地位,即所谓'力量悬殊'的地位,并且突出地描写他们的孤独、怅惘、忧郁的心理状态,这样,也就不能不使读者感到'憋气',对正面人物感到失望。"⑤这是阶级斗争的二元对立思维的一种反映,揭露落后现象往往与社会本质挂上钩,因为它不够"典型"。所以有人评价说:"王蒙的小说,在作品的典型环境和典型性格上,是有问题的。"⑥"一句话,在中央所在地的北京市的某区委的工作,简直是一团糟,王蒙笔下的几个区委干部,在各方面都表现了衰退现象,或者是官僚主义。"⑦这样,把艺术真实完全等同于生活真实,但同时却又要求艺术高于生活,"艺术作品并不是现实的机械的照像,它应该让崇高的思想站在现实的上面"⑧。这种要求本身就是自相矛盾的。其实,更高的东西在此指的是作品的教育意义,所以,权衡利弊,认为让魏鹤鸣失败了也比让刘世

① 一艮.不健康的倾向[J].文艺学习,1957(1):19.
② 艾克恩.林震究竟向娜斯嘉学到了些什么?[J].文艺学习,1957(2):16.
③ 杜黎均.作品中的真实问题[J].文艺学习,1957(2):11.
④ 杜黎均.作品中的真实问题[J].文艺学习,1957(2):11.
⑤ 杜黎均.作品中的真实问题[J].文艺学习,1957(2):11.
⑥ 马寒冰.准确地去表现我们时代的人物[J].文艺学习,1957(2):16.
⑦ 马寒冰.准确地去表现我们时代的人物[J].文艺学习,1957(2):16.
⑧ 彭慧.我对《组织部新来的青年人》的意见[J].文艺学习,1957(1):16.

吾的人生哲学家占上风要好得多,文学作品中典型的个性特征被放大,成为生活中具有普遍性的东西。"报纸上的揭露专指一件具体的坏事,而且揭露出来,有关机关一定要加以检查或处理的。文学作品的揭露,则是带有概括性的,它在读者眼前出现了一个世界,所揭露的坏事,就只是生动地印在读者的脑里。"①实质上,艺术的真实已不复存在。

相应的,文学批评也出现了一些针锋相对的观点,如"在文学作品中表现党的力量,原来并不是仰赖着党员或党员干部的出场说教,正面人物在舞台上也不是依靠人数众多取胜!"②"在帮助党向一切消蚀党的战斗力的现象作斗争当中,艺术文学起着十分重要的作用。灵魂的隐疾,艺术文学可以把它透视出来。尽管患者有烦言,为了治病救人,医生还是要不怕说明真实的病状,开出苦口的良药的处方。"③言外之意为艺术高于生活,起到现实力量所不能达到的效果,高度肯定了艺术真实的效果。另外,还有人指出决定作品好坏的因素是生活而不是作家的世界观,尤其是小资产阶级立场。"假如哪个作家选择了一个复杂的主题而没写好或写得不够好,那往往是由于自己对那种生活还没认识透,并非准是哪个小资产阶级的思想在那里起了决定性作用。"④所以,关于艺术的本质不在于歌颂还是暴露,而在于真实。"社会主义现实主义之所以具有强大的生命力,就在于它忠诚地写真实。而这种写真实,又是在高度的思想感情指导下的写真实。这几年来,公式化概念化的流毒使作家不敢干涉生活,而往往是唱一些粉饰太平的颂歌,然而这种颂歌既然是不真实的,虚假的,所以也就歌颂得毫无力量。"⑤总之,艺术真实要高于生活真实,本质的真实也要大于生活的真实。

从这次讨论中,无论是力求规范、界定正面人物与反面人物,还是否定爱情生活、日常生活在作品中的地位,抑或是抹杀艺术生活与生活真实

---

① 艾芜.读了《组织部新来的青年人》的感想[J].文艺学习,1957(3):25.
② 邵燕祥.去病和苦口[J].文艺学习,1957(1):21.
③ 邵燕祥.去病和苦口[J].文艺学习,1957(1):21.
④ 刘宾雁.道是无情却有情[J].文艺学习,1957(3):15-16.
⑤ 刘绍棠,从维熙.写真实:社会主义现实主义的生命核心[J].文艺学习,1957(1):18.

的界限;无论是肯定作品中的审美形象,还是肯定作家自身的主观因素,抑或是强调写真实,我们都可以看到文学批评贯彻的依然是两种世界观、两条路线的斗争。既然"文学作品不是神秘的灵感的产物,也不是简单地按照作者的心理状态就能说明的。它们是知觉的形式,是观察世界的特殊方式。因此,它们与观察世界的主导方式即一个时代的'社会精神'或意识形态有关"①。那么,我们也可以说文学批评也与时代强调两条路线的社会精神是一致的。正如茅盾所指出的那样,"我们的文学批评,常常不是全面地具体地分析作品的内容,而是主观主义的教条式的批评,片面性的批评;光指责作品的缺点而没有肯定它的同时存在的优点;或者,单称赞了作品的优点而不能指出其基本缺点,对于作品思想性与艺术性的全面、细致而科学的分析,十分不够。若干具有全国影响的作品,在出版很久以后也还没有看到批评界的反应。对于创作上的一些问题的争论,也还不能常常及时地予以总结"②。这场以王蒙小说为契机所召开的讨论尽管依然有思想性(政治性)与艺术性(审美性)之争的特点,但比起新中国成立初期的那几次粗暴地片面强调政治性的文艺批评要好很多,它对以往批评理论、批评标准作了适时的修补,批评绽放了它难得的但又是瞬时的理论光彩。但在接下来的"反右派"斗争中,批评一下子又坠入了再修正的深渊。

在"大鸣大放"期间,也不乏一些真知灼见,如"教条主义理论批评与公式化、概念化的创作倾向没有直接的关系,关键在于创作者是否拥有丰富的生活经验、高度的政治和艺术修养。其具体表现为'错误的文艺理论和领导权威结合'、'报刊和出版社编辑人员对作品的发表和修改,权力很大'、'批评家和读者的压力'三个方面"③。但同时也出现了一些并非实事求是的带有情绪性的观点,如对人民文学出版社及其上级领导的批评为:"老爷作风,特权思想"、"全凭好恶,毫无是非"、"终日瞎忙,劳而有

---

① 特里·伊格尔顿.马克思主义与文学批评[M].北京:人民文学出版社,1980:9.
② 茅盾.新的现实和新的任务[J].人民文学,1957(11):27.
③ 高歌今.也来谈谈公式化、概念化的根源何在[J].文艺学习,1957(7):11.

罪"、"表里不一,口是心非"①,"有些人物和故事简直是按照孩子的逻辑在发展的"②等。这本属于人民内部矛盾性质的问题却引起了中共高层的过度警惕,而误以为是资产阶级自由化思想开始泛滥。先前文艺批评中的那种粗暴的风气又死灰复燃了。1957年7月,《文艺报》发表题为《更坚决更深入地开展反右派斗争!》的社论,号召广大知识分子积极投入到当前的反右派斗争中去,"对于每一个知识分子,对于每一个文艺工作者来说,参加这一场火热斗争,在斗争中受到锻炼,这就是争取过社会主义这一关"③。在这场"阶级斗争"中,全国有55万余人被划为"右派分子"。仅全国文联和各协会机关就划了87名,其中作协占了30名。在文艺战线上,这里的右派比其他战线多。如冯雪峰、丁玲、陈企霞、艾青、罗烽、白朗、李又然、徐懋庸、姚雪垠、黄药眠、施蛰存、徐中玉、傅雷、王蒙、刘宾雁、刘绍棠、邓友梅、高晓声、张贤亮、陆文夫、从维熙、秦兆阳等,一夜之间都成了"右派"。仅《文艺报》来说,我们就强烈地感觉到思想战线上浓浓的"敌我斗争"的火药味。如该报记者集体采写的《彻底粉碎资产阶级右派分子的阴谋——访人民代表柯仲平、方令孺、冯沅君、谢冰心同志》(《文艺报》1957年第14期),还开辟了《勇敢、坚决地展开反对右派分子的斗争》的专栏(《文艺报》1957年第15期),还有以编辑部名义发表的《文艺界反右派斗争深入开展,丁玲、陈企霞反党集团阴谋败露》(《文艺报》1957年第19期)、《文艺界对丁、陈反党集团的斗争深入开展——李又然、艾青、罗烽、白朗反党面目暴露》(《文艺报》1957年第22期)、《文艺界对丁陈反党集团的斗争获得很大胜利——陆定一、周扬在作协党组扩大会议上作重要讲话》(《文艺报》1957年第25期)、《丁陈集团参加者,胡风思想同路人——冯雪峰是文艺界反党分子》(《文艺报》1957年第21期),另外还有大量会议发言、讲话,如《文艺界正在进行了一场大辩论——周扬、邵荃麟、刘白羽、林默涵在中国作家协会党组扩大会议上的发言纪要》、《保卫党、保卫社会主义文学! 粉碎丁玲、陈企霞反党集

---

① 张友松.我昂起头挺起胸来投入战斗:对人民文学出版社及其上级领导的批评[N].文艺报,1957-05-02.

② 陶蒂.为什么看不到好的文艺作品[J].文艺学习,1957(7):15.

③ 更坚决更深入地开展反右派斗争[N].文艺报,1957-07-21.

团——作家、艺术家在中国作家协会的中共党组扩大会议上的发言》（《文艺报》1957年第14期）①，邵荃麟《斗争必须更深入——中共中国作家协会党组批判丁陈反党集团扩大会议的总结发言》，郭沫若《努力把自己改造成为无产阶级的文化工人——1957年9月17日在中共中国作家协会党组扩大会议上的讲话》，茅盾《明辨大是大非继续思想改造——1957年9月17日在中共中国作家协会党组扩大会议上的讲话》，巴金、靳以《永远跟着党和人民在社会主义—共产主义的道路上前进——1957年9月17日在中共中国作家协会党组扩大会议上的讲话》，老舍《树立新风气——一九五七年九月十七日在中共中国作家协会党组扩大会议上的讲话》（《文艺》），钱俊瑞《大大加强党对文艺事业的领导——一九五七年九月十七日在中共中国作家协会党组扩大会议上的讲话》（《文艺报》1957年第25期），张光年《文艺界右派是怎样反对教条主义的？》（《文艺报》1957年第37期），还出现了作家批判其他作家的文章，如张光年的《从一篇文章看黄药眠的右派思想》（《文艺报》1957年第19期），巴金的《反党反人民的个人野心家的路是绝对走不通的》（《文艺报》1957年第21期），张盛裕的《黄药眠——披着进步学者外衣的政治阴谋家》，张光年的《萧乾是怎样的一个人》（《文艺报》1957年第23期），陈笑雨、邹荻帆的《丁陈反党集团透视》（《文艺报》1957年第24期），马铁丁《批判徐懋庸》（《文艺报》1957年第37期）等。文艺界中这种铺天盖地的批判、改造，营造了一种强势的批评话语，党性的批评话语霸权主宰着会场上每一个人，它足以使被批判者、被改造者感觉到会自绝于人民、自弃于党，自省于己进而迷失、改变自己。就连旁观者也有巨大的心灵震撼，如冰心顿悟了："我是一个旧知识分子，旧知识分子在民主革命时期，在反帝、反封建、反官僚资本主义这方面，和党的利益和感情多少是一致的，但是在社会主义革命时期，当个人利益和集体利益不完全一致的时候，感情就有矛盾了，在许多帮助党整风的集会上，我直接间接地受了这些不正确的言论的影响。……通过这次对右派的斗争，使我们这些旧知识分子真正从思想上接受党的领导，诚心诚意地走上社会主义的道路，这样才能更好地更彻底地发

---

① 单独发言的作家中有曹禺、许广平、茅盾、何其芳、老舍、张光年，张天翼、艾芜、沙汀作了联合发言，还有陈其通、陈亚丁、虞棘、胡可等18位同志作了联合发言。

挥每个人的积极性。"①冯至、吴组缃、卞之琳等也受到了很大的教育:"当我们第一次出席这个会议,刚走入会场的时刻,阵线在我们面前还是不明确的。等到听了几位同志的发言以后,阵线立即划分得十分清楚了。一方面是词严义正,正大光明,一方面是鬼鬼祟祟,躲躲闪闪。鬼鬼祟祟的方面,引起了我们无比的愤怒;光明,即党性之所在的地方,照耀着我们,使我们勇气百倍,向丁、陈反党集团斗争,我们都具有坚定的信心,最后会使它无地容身,以至于消灭。"②文艺和政治的关系问题、文艺界中是巩固对文艺的领导还是反对或者抗拒党对文艺的领导的大问题、作家的"思想改造"问题、文艺家和工农相结合的问题等都得到了"解决"。这些问题可以通过对右派分子刘绍棠的批判中窥见一斑。

刘绍棠的《我对当前文艺问题的一些浅见》一文③,同样也是在"双百方针"的鼓舞之下发表的,本着初生牛犊不怕虎的胆识,本着文学青年对文学本体的热爱,他提出了一些并"不合时宜"却是文学中真实的、正确的观点。他把《在延安文艺座谈会上的讲话》分成两个组成部分:一个是指导当时文艺运动的策略性理论;另一个是指导长远文学艺术事业的纲领性理论。在他看来,抗战时期以来的创作乃至新中国成立后都遵照着《讲话》中的策略性理论,"这些作品的艺术性一般很差,思想性也有很大局限性,因此这些作品绝大多数的艺术生命是不长的,能够保存下来的是不多的"。新中国成立后,"我们的理论指导思想是守旧的,而且与之同时又深深地接受了外来的教条主义影响,在很大程度上,妨碍和束缚了文学艺术事业的发展和繁荣"。他还明确指出:"要求文学艺术作品非常及时地为政策方针服务,其实是违反唯物论的基本原则的……文学艺术的创作,需要给作家认识生活(存在),观察、体验、分析和研究生活(存在)的时间,需要给作家进行艺术形象的构思和创造的时间。"所以说,"文学创作长期服从于一定的政策方针,我们的作品的艺术建筑比起思想建筑,要差得很多。"因此,"再沿用过去的领导方式和理想为督促和指导作家的创作,势必只能起到'促退'而不是'促进'的作用了。""只根据政策条文创作的作

---

①　彻底粉碎资产阶级右派分子的阴谋[N].文艺报,1957-07-07.

②　巴金.反党反人民的个人野心家的路是绝对走不通的[N].文艺报,1957-09-01.

③　刘绍棠.我对当前文艺问题的一些浅见[J].文艺学习,1957(5):7-10.

品,由于缺乏高度的艺术魅力,已经不能满足人民的需要……应该是以提高为主了。"他还总结说:"公式化概念化的根源,就在于教条主义机械地、守旧地、片面地、夸大地执行和阐发了毛主席指导当时的文艺运动的策略性理论。"并且他还得出了下面的结论:"作品的价值,最终并不决定于题材和主题的重大与否,而是决定于作品通过艺术形象所表现的思想意义和艺术感染力。"刘绍棠的观点得到了部分人的赞同,如"我也拥护过那种粗暴的评论文章,现在追溯起来,我想最主要的原因是由于这些评论往往出于某些权威人士之口,或见于中央一级有'指导性'的文艺刊物上面。而且这些批评总是披着马克思主义的外衣,以捍卫党的文学事业、执行毛泽东文艺路线的姿态出现的"①。体现在创作上来说,即为"工农兵和革命者的一言一行,都必须合乎'政治原则'。思想感情永远是百分百的健康、乐观,不容许有一丁点儿悲哀;待人接物也是极其严肃、不苟言笑、不能露一丝激情"②。这里暗指把策略性理论当作纲领性理论并坚决推行的教条式倾向,同时也形象地描绘了这一倾向。论者还详细地罗列了教条主义的一系列表现,从人物评价来说,"教条主义者仅是根据抽象的原则和主观看法来评价人物,而不是把人物放在作品的特定生活环境中去考察,因此,究竟作品中的人物是在怎样的场合,表现了怎样的行动和感情,是否合情合理、真实可信、符合人物的性格,就都不在他们考虑之列了"③。在作品方面,"教条主义者在评论作品时,还往往是断章取义、咬文嚼字,在字里行间寻找微言大义。似乎作品中每一个细节描写都有所讽喻,都表明某一种政治态度或宣扬某一种思想;然后再按照他自己的'逻辑',引伸推论下去,直到给作者加上莫须有的罪名为止。而且唯恐意见提得不尖锐,因此总要提到'原则高度',不加上'小资产阶级'、'资产阶级'",甚至'与人民为敌'的帽子,就不罢休"④。如此看来,作家在创作上还会有什么自由!

在"写真实"问题上,刘绍棠招致了更猛烈的批判。康濯把阴暗面和

---

① 沈澄.谈谈教条主义对青年读者的影响[J].文艺学习,1957(6):25.
② 沈澄.谈谈教条主义对青年读者的影响[J].文艺学习,1957(6):25.
③ 沈澄.谈谈教条主义对青年读者的影响[J].文艺学习,1957(6):25.
④ 沈澄.谈谈教条主义对青年读者的影响[J].文艺学习,1957(6):25.

落后面排除在写实之外:"你所要求的'更写实',是要改变过去描写'幸福生活'和'英雄人物'的'孩子气',而追求着'更写''多灾多难'的'实',或者如你在论文中所说,'更写''社会主义社会的困难和阴暗面'的'实'。"①茅盾直接给刘绍棠的"写实"扣上资产阶级的帽子:"'写真实'是资产阶级的说法,'写真实'这话的背后就是不要立场。"②"右派分子利用'写真实'做幌子,专找社会的黑暗面。这就是右派分子'写真实'的用心所在。"③严文井更是把刘绍棠的"写实"定性为具有反动性质,他认为刘绍棠的"写真实"具体包括:强调写生活的阴暗面,写缺点;强调写爱情,这是用"写真实"来反对社会主义现实主义。④ 当然,他们所依据的仍是《讲话》中"纲领性"内容:"对于革命的文艺家,暴露的对象,只能是侵略者、剥削者、压迫者及其在人民中所遗留的恶劣影响,而不能是人民大众。"⑤周扬也曾强调过类似的"纲领性"内容:"有些批评家往往没有把整个倾向是反人民的作品和有缺点甚至有错误但整个倾向是进步的作品加以区别,没有把作家对生活的有意识的歪曲和由于作家认识能力不足或是表现技术不足而造成的对生活的不真实的描写加以区别,而在批评的时候一律采取揭露的、打击的态度。"⑥在周扬看来,政治立场和思想倾向性是非常重要的,而这就是真实,否则就是歪曲和反动。刘绍棠的"写真实"显然与上述"纲领性"理论格格不入。在当代文学批评的规范中,"真实"被赋予特定的内涵,似乎叙述者、作品人物的思想观念就是作者的思想观念,在

---

① 康濯.党和人民不许你走死路:写给刘绍棠[J].文艺报,1957-08-11.

② 茅盾.我们要把刘绍棠当作一面镜子:1957 年 10 月 11 日在批判刘绍棠大会上的讲话[N].文艺报,1957-10-20.

③ 茅盾.我们要把刘绍棠当作一面镜子:1957 年 10 月 11 日在批判刘绍棠大会上的讲话[N].文艺报,1957-10-20.

④ 严文井.刘绍棠反对的究竟是什么:一九五七年十月七日在批判刘绍棠大会上的讲话[N].文艺报,1957-10-20.

⑤ 毛泽东.在延安文艺座谈会上的讲话[M]//毛泽东选集:第 3 卷.北京:人民出版社,1991:872.

⑥ 周扬.为创造更多的优秀的文学艺术作品而奋斗[M]//周扬文集:第 2 卷.北京:人民文学出版社,1985:246.

讲求透明、纯粹的时代,"真实"逐渐接近于西方一度被抨击的"文化逼真"①,强调的是文学的实证性,真实几乎成为一个科学术语。据此,我们可以列出一个公式:写真实＝写社会生活的光明面＋写正面人物的优点＝歌颂生活＋赞美英雄。

除了"创作自由"、"写真实"外,"艺术至上"则成为刘绍棠"狂妄自大,叛党反党"的第三面大旗。② 刘绍棠所讲究的艺术性被当作与政治性、阶级性对立的东西,具有反动性。如"修正主义者不敢公开反对文艺为政治服务,而是反对文艺服从于一定革命时期的革命任务,从而也就反对了文艺为政治服务"③。"作为社会观念形态的文学艺术,它是具有阶级性的,作品的艺术形象总是体现着某个阶级的感情和愿望,因此文艺为政治服务,文艺应当反映现实斗争,都是天经地义的道理。"④还有论者具体地分析了刘绍棠的"反动性":"他们从厌弃到公开攻击党的文艺为工农兵服务的方针,抗拒深入生活和思想改造,附和并宣扬国内外的修正主义思想与社会上资产阶级右派的反动论调。"⑤"由骄傲、个人名利思想的上升,以至和社会主义的原则和制度相违抗,最后发展成为反党反社会主义的小野心家,成为文学界资产阶级右派的有力帮手,这是一切右派文学青年堕落的共同规律。"⑥使刘绍棠堕落的最重要的因素是他的资产阶级个人主义思想,其反党反社会主义的活动表现在四个方面:反对党的文艺方针,反对党的领导;散播资产阶级思想,污蔑我们伟大的社会主义的现实,恶意地夸大生活中的缺点;制造流言蜚语,进行人身攻击,破坏党内和文学

---

① "文化逼真"在 18 世纪和 19 世纪早期被作为检验叙事的真实性的标准:如果人物符合当时普遍接受的类型和准则,读者就会感到它是可信的。因为"它反映着共同的文化态度,从而就提供了证据,证明作者如实地再现了这个世界"。见华莱士·马丁. 当代叙事学[M]. 北京:北京大学出版社,1991:73.

② 一个青年作者的堕落:批判刘绍棠右派言行大会的报导[N]. 文艺报,1957-10-20.

③ 宋垒. 反对文艺队伍中的修正主义:评刘绍棠沈仁康等同志的意见[J]. 文艺学习,1957(8):23.

④ 彭继昌. 正确地理解毛主席的《在延安文艺座谈会上的讲话》的意义:评刘绍棠同志的一些论点[J]. 文艺学习,1957(8):26.

⑤ 从刘绍棠的堕落中吸取教训[N]. 文艺报,1957-10-20.

⑥ 从刘绍棠的堕落中吸取教训[N]. 文艺报,1957-10-20.

界的团结;进行小集团活动。① 故从其堕落中得到的重要教训自然是遵守"纲领性"文论了:要树立全心全意为工农兵服务的共产主义思想,坚决克服资产阶级极端丑恶的名利、享乐、个人主义的思想;要积极参加到火热的群众斗争中去,和工农兵结合在一块;要永远接受党的领导,坚定地走社会主义的道路。② 这样,讲究艺术性被指责为脱离党的领导进而又被引申到为资产阶级服务。

在这一时期,文学批评一度在宽松的环境中经历了"如何理解和贯彻文艺的工农兵方向"、"如何认识和处理文艺的政治倾向性和艺术真实性的关系以及文艺是怎样和政治发生关系的"、"作家的世界观和创作方法的关系到底是怎样"、"文艺要不要干预生活? 歌颂和暴露的问题应该怎样看待"等重大问题的争论,但最终走上审美之途的文学批评被立即修正,修正主义者肯定文艺为劳动人民服务,为革命的政治服务;肯定文艺的"阶级性"和作家的"思想改造";肯定党对文艺事业的领导。文学批评的"工农兵方向"、"为政治服务的方向"、"只准歌颂,不准暴露"、"世界观决定创作方法"等内容都得以确定下来,作为毛泽东文艺思想的宣传者、诠释者周扬具体描述了上述修正主义文学现象,"一些具有资产阶级偏见的作家总是认为:我们所描写的人民群众中的先进人物是不真实的,只有灰色的'小人物'或者卑劣的反面人物才是'真实'的"③。"他们热衷于写缺乏意志的人和他们的身边琐事,看不见或不愿意表现今天的英雄人物和伟大斗争,或者把资产阶级卑鄙空虚的心灵硬装到社会主义、共产主义的新人身上去。他们的作品中弥漫着灰暗阴郁的色调,把社会主义社会的新生活、人民群众的战斗生活涂成一片漆黑。"④而作为党的文艺政策的重要领导人陆定一则是上述修正主义思想的集大成者:"我们党一向主张政治领导文艺,因此文艺应该受党的领导,应该为工农兵服务。在对文艺作品评价的时候,应该政治标准第一,艺术标准第二。文艺工作者应该

---

① 郭小川.沉重的教训:1957 年 10 月 11 日在批判刘绍棠大会上的讲话[N].文艺报,1957-10-28.

② 杨海波.唯有革命者,才能作革命作家:批判刘绍棠的反动立场和狂妄自大的极端个人主义[N].文艺报,1957-10-28.

③ 周扬.我国社会主义文学艺术的道路[N].文艺报,1960-07-26.

④ 周扬.我国社会主义文学艺术的道路[N].文艺报,1960-07-26.

学习马克思主义,同工农兵密切结合,思想感情上同工农兵打成一片。"①
右派分子"主张文艺第一,政治应该服从文艺,应该实行'艺术家领导政治
家',或者让文艺成为独立王国。他们不要马克思主义,拒绝为工农兵服
务,嘲笑政治标准和艺术标准的提法,反对民族形式,反对提高应以普及
为主为基础的原理"②。

从侧重于政治性的社会主义现实主义文学批评发展到"政治夹缝中"
文学批评阶段的历史轨迹中,我们看到阶级性已成为文学批评的重要标
尺。这一时期,周扬郑重提出:"文艺理论批评,是思想斗争最前线的兵
哨⋯⋯文艺战线上的斗争,是阶级斗争的生动反映;文艺理论批评是实现
党的文艺政策有力工具,党中央、毛泽东同志重视文艺工作,不只是简单
当成文艺现象来看待,而是当成整个思想战线,甚至整个革命战线里面的
一个重要因素来看待的。"③这样,"十七年文学批评"的"文学性"更加会
丧失殆尽而走向阶级斗争发展的道路。

第四节 异化:以阶级斗争为纲的文学批评

1962年八届十中全会的议题本是经济工作方面的,后来改为以讨论
阶级斗争问题为主,在开幕式上,毛泽东说:"在整个社会主义历史阶段,
都存在着无产阶级和资产阶级的阶级斗争,存在着社会主义和资本主义
两条道路的斗争。被推翻的反动统治阶级不甘心灭亡,他们总是企图复
辟。"④"我们千万不要忘记。这种阶级斗争是错综复杂的、曲折的、时起
时伏的,有时甚至是很激烈的,这种阶级斗争不可避免地要反映到党内
来。国外帝国主义的压力和国内资产阶级影响的存在,是党内产生修正

---

① 陆定一.文艺界对丁陈反党集团的斗争获得很大胜利:陆定一、周扬在作协党组
扩大会议上作重要讲话[N].文艺报,1957-09-29.

② 陆定一.文艺界对丁陈反党集团的斗争获得很大胜利:陆定一、周扬在作协党组
扩大会议上作重要讲话[N].文艺报,1957-09-29.

③ 周扬.建立中国自己的马克思主义的文艺理论和批评[M]//周扬文集:第3卷.
北京:人民文学出版社,1990:31.

④ 中国共产党第八届中央委员会第十次全体会议的公报[N].人民日报,1962-09-29.

主义思想的社会根源。在对国内外阶级敌人进行斗争的同时期,我们必须及时警惕和坚决反对党内各种机会主义的思想倾向。"①由此,中国进入了阶级斗争要"年年讲、月月讲、天天讲"的时代。继 1962 年八届十中全会提出"千万不要忘记阶级斗争",1963 年又提出抓意识形态领域内的阶级斗争——"这是一场阶级斗争啊! 这种阶级斗争,没有枪声,没有炮声,常常在说说笑笑之间就进行着"②。作为阶级斗争前哨的文艺战线首当其冲,而戏剧则是反映这一斗争的最敏感领域。"我们的戏剧工作和社会主义经济基础还很不适应,对于反映社会主义的现实生活和斗争,十五年来成绩寥寥,不知干了什么事。他们热衷于资产阶级、封建阶级的戏剧,热衷提倡洋的东西、古的东西,大演'死人'、'鬼戏',所有这些,深刻地反映了我们戏剧界、文艺界存在着两条道路、两种方向的斗争。"③从"利用小说进行反党是一大发明"④肇始,到"大写十三年"⑤的口号,到关于文

---

① 中国共产党第八届中央委员会第十次全体会议的公报[N].人民日报,1962-09-29.

② 丛深.千万不要忘记[M],北京:中国戏剧出版社,1964:129.

③ 柯庆施.大力发展和繁荣社会主义戏剧,更好地为社会主义经济基础服务[N].人民日报,1964-08-16.

④ "利用小说进行反党活动,是一大发明。凡是要推翻一个政权,总要先造成舆论,总要先做意识形态方面的工作。革命的阶级是这样,反革命的阶级也是这样。"

⑤ "今后在创作上,作为指导思想,一定要提倡坚持'厚今薄古',要着重提倡写解放后十三年,要写活人,不要写古人、死人。""反派以'三十年代'祖师爷自居,公然向'大写十三年'的革命创举提出挑战……戏曲舞台一直是'牛鬼蛇神'泛滥成灾。什么斧劈华山、水漫金山,公然跟右倾机会主义分子里应外合,紧密呼应!"解放日报[N].1963-01-06.

学艺术的"两个批示"①,再到《海瑞罢官》的要害是"罢官",一批又一批文艺作品被指责为用假想出来的阶级敌人向无产阶级猖狂进攻的武器,不但《刘志丹》、《红河激浪》、《北国江南》、《李慧娘》是替阶级敌人发难,连《早春二月》也被批判为资产阶级对无产阶级进攻。在创作思想上,大肆批判所谓"有鬼无害"论、"时代精神汇合"论、"中间人物"论、"现实主义深化"②论,其结果是把各种各样的人物彻底排除在文艺作品之外,认为文艺创作只能写工农兵,写工农兵的英雄人物,并且只能写没有任何缺点的英雄人物。"十七年文学批评"进入到"以阶级斗争为纲"的时代。"可以说,'阶级论'的文学观,是五四以来最为深刻的变化,成为此后相当一个时期最具统摄性、穿透性和威慑力的命题与关键词。"③

　　这一时期,文学批评通过党的机关刊物的社论、专论、文艺评论等形式加大了对文艺为工农兵服务,文艺为阶级斗争服务的宣传力度。并且

----

① 1963 年 12 月 12 日,毛泽东在中共中央宣传部文艺处编印的《关于上海举行故事会活动的材料》上作了第一个"批示":"各种艺术形式——戏剧、曲艺、音乐、美术、舞蹈、电影、诗和文学等等,问题不少,人数很多,社会主义改造在许多部门中,至今收效甚微。许多部门至今还是'死人'统治着。不能低估电影、新诗、民歌、美术、小说的成绩,但其中的问题也不少。至于戏剧等部门,问题就更大了。社会经济基础已经改变了,为这个基础服务的上层建筑之一的艺术部门,至今还是大问题。这需要从调查研究着手,认真地抓起来。许多共产党人热心提倡封建主义和资本主义的艺术,却不热心提倡社会主义的艺术,岂非咄咄怪事。"基本否定了新中国成立以来文艺的各个部门、各类文艺所取得的成绩,否定了文艺的各级领导和文艺队伍坚持为社会主义经济基础服务的方向,亦即否定了《文艺报》的主导方向。1964 年 6 月 27 日,毛泽东又在《中央宣传部关于全国文联和所属各协会整风情况报告》的草稿上作了第二个"批示":"这些协会和他们所掌握的刊物的大多数(据说少数几个是好的),十五年来,基本上(不是一切人)不执行党的政策,做官当老爷,不去接近工农兵,不去反映社会主义的革命和建设。最近几年,竟然跌到了修正主义的边缘。如不认真改造,势必在将来的某一天,要变成象匈牙利裴多菲俱乐部那样的团体。"进一步对新中国成立以来整个文艺界作了全面的否定。

② 即所谓的"黑八论":"写真实论"、"现实主义——广阔的道路论"、"现实主义深化论"、"反'题材决定'论"、"写中间人物论"、"时代精神汇合论"、"离经叛道论"、"反'火药味'论"。

③ 周平远.文艺社会学史纲:中国 20 世纪文艺学主流形态研究[M].北京:中国大百科全书出版社,2005:124.

"渗透着'文革'情绪的所谓群众文艺和工农兵作者得到大力的扶持"①,
"工农兵作者被认为是思想立场坚定,最能'突出政治'和'兴无灭资'的力
量"②。首先,各种刊物加强了对文艺为工农兵服务的宣传。社论《为最
广大的人民群众服务》认为:"我们的作家、艺术家,特别是年轻的作家、艺
术家,应当下定决心,根据自己的业务特点和需要,采取适当的方式,坚持
深入群众生活,和人民同呼吸、共命运,熟悉群众中间各种人物,熟悉他们
的语言和心理,以便创作出深刻地反映时代的好作品。"③而社论《工农兵
的英雄形象大放光芒——十月首都舞台银幕巡礼》在高度评价了音乐舞
蹈史诗《东方红》、芭蕾舞剧《红色娘子军》和京剧《红灯记》后明确指出:
"决定我们时代的命运的是在党的领导下改造世界的工农兵群众。必须
塑造出群星灿烂的工农兵的英雄形象,才能充分反映出我们英雄时代的
本质。"④强调的也是文艺的工农兵方向。社论《必须同社会主义时代的
工农兵相结合》⑤和《培养无产阶级文学接班人的根本道路》⑥则主要强调
的是文艺如何为工农兵服务的问题:"文艺工作者要不要和社会主义时代
的新的群众相结合、能不能真正结合,这是一个关系到文艺工作者究竟是
走社会主义道路,还是走资本主义道路、修正主义道路的根本问题,是一
个关系到我们的文艺究竟能不能为社会主义服务、为工农兵服务,以及能
不能把社会主义文化革命进行到底的根本问题。"要求革命的文艺工作者
"马上投身到工农兵群众当中去,投身到城乡社会主义教育运动当中去,
投身到阶级斗争、生产斗争和科学实验三大革命运动当中去,彻底地改造
自己的世界观和思想感情,真正地同新的时代新的群众相结合"。"做一
个无产阶级文学接班人,要永远把根子深深地稳稳地扎在工农兵群众中,
永远站在阶级斗争、生产斗争、科学实验三大革命运动的最前线,永远坚

① 董健,丁帆,王彬彬.中国当代文学史新稿[M].北京:人民文学出版社,2005:
237.

② 董健,丁帆,王彬彬.中国当代文学史新稿[M].北京:人民文学出版社,2005:
237.

③ 为最广大的人民群众服务[N].文艺报,1962-05-23.

④ 工农兵的英雄形象大放光芒:十月首都舞台银幕巡礼[N].文艺报,1964-11-28.

⑤ 必须同社会主义时代的工农兵相结合[N].文艺报,1965-11-30.

⑥ 培养无产阶级文学接班人的根本原则[N].文艺报,1966-01-27.

持参加劳动,参加基层工作,一步都不要离开。""整天屋中坐,写诗诗不多;做活田里去,满肚尽是歌。"所以,各种报刊还加强了对工农兵英雄人物的建构。社论《用毛泽东思想武装起来,做又会劳动又会创作的文艺战士》解决了如何写好英雄人物的问题:"看不到英雄怎么办? 看不到,多向毛主席著作去请教,按照毛主席教导选苗苗;看不到,问群众、问领导,群众眼睛亮,领导站得高;看不到,勤把思想来改造,要和英雄人物走一道,看到了,要用毛主席著作来对照,看他做到哪一条,依靠哪一条,体现哪一条。"①

其次,各种刊物加强了对群众文艺的宣传。社论《文艺面向农民,巩固和扩大社会主义新文艺在农村的阵地》②强调了群众文艺(以农民大众为主体)的重要性:"文艺要面向农民,巩固和扩大社会主义新文艺在农村的阵地,以便运用文艺武器,向广大农民,特别向青年一代的农民加强社会主义教育,加强阶级教育,是当前文艺工作的迫切任务。""文艺面向农民,用社会主义精神教育农民,不断地巩固和扩大社会主义新文艺在农村的阵地,这是文艺工作的根本方向问题。"而专论《欢迎大批新战士登上文学舞台》③在强调无产阶级的社会主义文学"是为工农兵服务、为社会主义革命和建设服务的战斗的文学"的同时,认为要繁荣社会主义文学就"必须从工农兵群众中培养和造就大批无产阶级文学的新战士,同时加强对现有的文学队伍的社会主义改造,使得文学这一阶级斗争的武器牢牢地掌握在无产阶级和劳动人民手中,使得无产阶级的社会主义文学建立在雄厚的群众基础上"。完全否定了专业创作队伍的重要作用,文艺繁荣的重担则落在业余作家上了。周扬的《高举毛泽东思想红旗,做又会劳动又会创作的文艺战士》一文,强调青年业余作者必须高举毛泽东思想红旗,争取成为又会劳动、又会创作的文艺战士,号召青年业余作者大写社会主义,大写各个战线上的英雄人物。"写十三年""就是要写社会主义时

---

① 用毛泽东思想武装起来,做又会劳动又会创作的文艺战士[N]. 文艺报,1965-12-31.

② 文艺面向农民,巩固和扩大社会主义新文艺在农村的阵地[N]. 文艺报,1963-03-11.

③ 欢迎大批新战士登上文学舞台[N]. 文艺报,1965-01-30.

代。对写十三年有抵触，还不就是对写社会主义有抵触？问题的实质就在这里”。① 另外，专论《工农兵的评论好得很》一笔抹杀了专业评论工作的成绩：“一部作品到底写得好或坏，深或浅，高或低，是否符合客观实际，是否适合群众需要，都必须通过工农兵的评判和检验。”②

　　再次，各种刊物加强了文艺为阶级斗争服务的宣传。社论《反映当前的火热斗争》号召我国革命的文艺工作者，“必须深入群众的火热斗争，同群众一起行动，然后正确而深刻地反映群众的斗争，鼓舞群众的斗争”③。社论《积极参加国内外阶级斗争，做一个彻底革命的文艺战士》④和社论《努力反映伟大的社会主义时代》⑤，强调了文学创作和文学批评的阶级斗争性质：“社会主义的文学艺术是阶级斗争的武器”，“在评论工作上也是一样，凡是敢于接触时代的尖锐问题，针对当前的文艺现象，用正确的阶级观点和科学的阶级分析方法进行论述的文章，就会产生较强烈的社会影响，否则就会显得平庸无力，甚至走向歧途”。“要求我们的创作和评论，能够更有力地反映出当前国内外阶级斗争的形势，更充沛地表现出我们的时代的精神，也就是更好地使文学艺术为国内外阶级斗争服务。”“文学艺术是阶级斗争的武器，革命的文艺工作者应当充分地发挥这个武器的威力。”因此，大力提倡反映社会主义新生活的现代剧。社论《文化战线上的一个大革命》⑥的阶级斗争的火药味最为浓厚：“这是一场严重的阶级斗争。在这场斗争中，文艺是一个重要的争夺点；作为文艺的重要部门之一的戏剧也不例外。”“所以，在社会主义社会里，文艺是什么阶级的思想阵地，宣传什么样的思想，不仅关系到文艺本身是否具有革命性的问题，关系到文艺有没有发展前途的问题，而且更关系到社会主义的政治制度和经济基础能不能巩固，能不能发展，会不会变质的问题。”而《文艺报》

---

① 高举毛泽东思想红旗，做又会劳动又会创作的文艺战士[N].文艺报，1966-01-27.
② 工农兵的评论好得很[N].文艺报，1965-02-16.
③ 反映当前的火热斗争[N].文艺报，1964-10-28.
④ 积极参加国内外阶级斗争，做一个彻底革命的文艺战士[N].文艺报，1963-06-11.
⑤ 努力反映伟大的社会主义时代[N].文艺报，1964-01-11.
⑥ 文化战线上的一个大革命[N].人民日报，1964-07-01.

转载的《高举毛泽东思想伟大红旗,积极参加"社会主义文化大革命"——〈解放军报〉四月十八日社论》①则吹响了"文艺为阶级斗争服务"的号角:"文化这个阵地,无产阶级不去占领,资产阶级就必然去占领。这是一场尖锐的阶级斗争。""歌颂那一阶级,塑造那一阶级的英雄人物,那一个阶级的人物在文艺作品中居于统治地位,是文艺战线上无产阶级同资产阶级之间阶级斗争的焦点,是区分不同阶级文艺的界线。"据此提出要塑造出工农兵英雄人物的样板来。"提倡革命的战斗的群众性的文艺批评","把文艺批评变成匕首和手榴弹"。同样,《文艺报》转载的《千万不要忘记阶级斗争——〈解放军报〉五月四日社论》②一文,则直接拉开了"文艺为阶级斗争服务"的序幕:"当前在文化战线上开展的大论战,绝不仅仅是几篇文章、几个剧本、几部电影的问题,也不仅仅是什么学术之争,而是一场十分尖锐的阶级斗争,是一场捍卫毛泽东思想的大是大非的斗争,是意识形态领域中无产阶级和资产阶级谁战谁胜的激烈而长期的斗争。""文艺是阶级斗争的武器"已成为基本事实,也得到了党的文艺领导人、重要批评家的认可:"文学艺术是属于上层建筑的一种意识形态,是经济基础的反映,是阶级斗争的神经器官。"③"我们手中的笔,是阶级斗争的武器。"④

1966年3月,《文艺报》刊登了《关于文艺创作反映阶级斗争问题探讨》并指出:"在文学艺术创作中要大力反映当前社会中的阶级斗争性、两条道路的斗争;并通过深刻的矛盾斗争塑造出占据矛盾主导地位、推动斗争向前发展、足以成为人们学习榜样的英雄人物。"⑤同时刊载的还有两篇文章,它们希望有更多反映农村阶级斗争的好作品出现,并希望"在反映农村斗争的作品中,能够塑造出更多更好的响叮当的英雄人物,特别是在社会主义教育运动中被称作是'脊梁骨'的贫下中农的光辉形象,以及那些在阶级斗争的风雨中经得住考验的、全心全意为人民服务的农村工

① 高举毛泽东思想伟大红旗,积极参加"社会主义文化大革命":《解放军报》四月十八日社论[N].文艺报,1966-05-11.

② 千万不要忘记阶级斗争:《解放军报》五月四日社论[N].文艺报,1966-05-11.

③ 周扬.我国社会主义文学艺术的道路[N].文艺报,1960-07-26.

④ 刘白羽.用毛泽东思想指挥我们的笔[N].文艺报,1966-02-27.

⑤ 关于文艺创作反映阶级斗争探讨[N].文艺报,1966-03-11.

作干部的形象”①。它还明确地告诉我们，“通过矛盾和斗争，特别是通过深刻的阶级斗争塑造英雄人物形象，是一个重要的问题，也是文艺创作的一种客观规律”②。至此，反映“阶级斗争”的内容及其过程成为文学创作的头等大事，在文学创作的各个题材领域中都有典型的作品出现，如反映农村中阶级斗争的《风雷》《艳阳天》《夺印》，反映工人生活中的阶级斗争的《千万不要忘记》，反映军队中的阶级斗争的《霓虹灯下的哨兵》，反映青年生活中的阶级斗争的《年青的一代》，反映知识分子的阶级斗争的话剧《飞雪迎春》和《劳动万岁》，还有反映文教战线上的阶级斗争的话剧《教育新篇》和反映商业战线上的阶级斗争的话剧《柜台内外》等。在读者接受批评方面也非常关注文艺的工农兵方向、社会主义方向对青年的影响，并重视对他们成为社会主义革命接班人的教育。最典型的莫过于《中国青年》在展开对《三家巷》《苦斗》的讨论后编者按所说的那样：“这关系到青年在文艺阅读中如何运用阶级观点来分析作品的问题，关系到青年在文艺欣赏和意识形态领域内如何坚持兴无灭资斗争的问题。”③

这一阶段，“由于强调政治挂帅、阶级觉悟，强调‘要用阶级和阶级斗争的观点，用阶级分析的方法去看待一切、分析一切’，而‘阶级和阶级斗争、阶级分析’又主要是‘无产阶级’与‘资产阶级’的‘你死我活’的两军对战，于是弥漫在政治、经济而特别是意识形态领域，无论从文艺到哲学，还是日常生活到思想、情感、灵魂，都日益为这种‘两军对垒’的模式所规范和统治”④。戏剧是宣扬“阶级斗争”的前沿阵地。“1963 年，大陆同时有 15 家话剧团体编演了话剧《雷锋》（其中有 4 家剧名各异，如《红色的雷锋》《向雷锋同志学习》等），因为此剧的核心精神——崇拜领袖、迷恋‘斗争’，把个人的一切精神与物质的要求压缩到最微不足道的范围内，非常契合‘阶级斗争’、‘反修防修’的政治要求。”⑤如《霓虹灯下的哨兵》《夺

① 黎生.希望有更多反映农村阶级斗争的好作品[N].文艺报,1966-03-11.

② 缪俊杰.通过阶级斗争塑造英雄人物[N].文艺报,1966-03-11.

③ 佐平.小资产阶级的自我表现：关于《三家巷》《苦斗》的讨论综述[J].中国青年,1964(17):12.

④ 李泽厚.中国现代思想史论[M].天津：天津社会科学院出版社,2003:184.

⑤ 董健,丁帆,王彬彬.中国当代文学史新稿[M].北京：人民文学出版社,2005:255.

印》、《年青的一代》、《千万不要忘记》等。在诗歌创作中,"许多诗人都采用托物言志的手法,让一草一木都喻示着阶级斗争的风云变幻,化作对付阶级敌人的利器"①。如"每片松林哟/都是武库/每座山头哟/都是碉堡"(郭小川《青松歌》)、"大雨哗哗/犹如千百个地主老爷/一齐挥鞭/雷电闪闪/犹如千百个衙役腿子/一齐抖锁链"(郭小川《战台风》)、"他们要砍倒的是/——革命的大树/他们要摧毁的是/——社会主义的高楼"(张志民《擂台》)等。白危的《垦荒曲》、王杏元的《绿竹村风云》、浩然的《艳阳天》等小说都积极地反映了农村"两条路线斗争"。"长篇小说《艳阳天》这种把生活中阶级斗争日常的现象集中起来,把其中的矛盾和斗争典型化,在尖锐、复杂的矛盾冲突中塑造无产阶级英雄典范的有益经验值得我们学习和借鉴。"②浩然谈到写这部小说之前因没跟上阶级斗争主流而产生的困惑:"1962 年是我创作道路上的一个关键时刻。我已经出版了七八本小说,很想把自己的作品质量提高一步,又苦于找不到明确的解决方法。'千万不要忘记阶级斗争'的伟大号召,像一声春雷,震动了我的灵魂。"③浩然还详细地谈了他的创作经验:"那一年匈牙利反革命事件发生以后,国际上的帝国主义、修正主义和反动派,勾结起来刮起一场"反共"的黑风。这股子风影响到正在蒸蒸日上的新中国……我想用文艺形式,把我当时的所见所感记录下来,跟大家一块儿经常温习温习它;也想把它介绍给那些没有经历过这场斗争的年轻人。为了永远记住这场斗争的胜利,为了发扬这场斗争的精神,永远不忘阶级斗争,我决心要写这本书。第一,突出人物,把那些跟人物关系不大的细节减少或者删除了,如风景描写;也删去一些次要人物的历史介绍;能用行动表达人物内心活动的地方,就把静止的内心描写简略了一些。第二,突出正面人物形象,突出主要的矛盾线,让这条线更清楚明白。因此,在写正面人物和次要人物的地

---

① 董健,丁帆,王彬彬.中国当代文学史新稿[M].北京:人民文学出版社,2005:243.

② 初澜.在矛盾冲突中塑造无产阶级英雄典型:评长篇小说《艳阳天》[N].人民日报,1974-05-05.

③ 浙江师范学院中文系.无产阶级掌好笔杆:浩然同志谈创作[M].金华:浙江师范学院中文系,1976:87-88.

方,还加了些笔墨,而反面人物和次要人物虽然一个也没有减少,但在描写他们活动的地方作了一些删节。第三,故事结构上也稍有改变,把倒插笔的情节,尽力扭顺当了,让它有头有尾……同时,还按照一位生产队干部同志的意见,给每一节加个小标题,起点内容提要的作用。第四,语言也稍加润色,特别是一些'知识分子腔'和作者出来在一旁发议论的地方,只要我发现了,就全改过来……"①文学所关注的具体的细节描写和作家对事物独特的感受都被有意忽略或删掉,作家创作都为着一个最终的结果:表现和服务于阶级斗争。作家的创作是一种有着明确的规定性和强迫性的超理性活动,应该明确地写反映重大题材的矛盾和斗争,不应该夹杂着不利于胜利和动摇人心的内容;应该为工农兵而作,应适合工农兵的口味,不能带有丝毫的资产阶级、修正主义味道等。其实,该小说作为对和平时期社会生活的反映,显然是一种歪曲。

这一时期,《文艺报》编辑部以集体的名义发布了一系列体现无产阶级文学的主张批判资产阶级的文学主张,以保证文学沿着工农兵方向前进而杜绝向资产阶级文学方向靠拢的观点的文章,如《"写中间人物"是资产阶级的文学主张》、《关于"写中间人物"的材料》(《文艺报》1964年第8、9期)等。而《十五年来资产阶级是怎样反对创造工农兵英雄人物的?》则"把15年来在人物创造问题上的各种资产阶级主张作一个粗略的报道"②。饶有趣味的是,在今天看来依然行之有效的理论却都被当作资产阶级主张加以批判,如"并不一定限制着非写无产阶级不可,而是站在无产阶级的立场,写一切的东西"③。显然,对此的批判意味着强调的是"从路线出发"的创作原则。"典型得像个死人一样,毫无活人气息,这些人物都是按主观的概念而活动的。人物的思想、言、行都是最公式化的会议的结果。"④"按照党章或团章的各项要求去编造理想人物即'党的化身'呢,还是按照生活实际去刻画有个性的活人呢? 依我看来,赵树理同志一直

① 浩然. 寄农村读者:谈一谈《艳阳天》的写作[N]. 光明日报,1965-10-23.
② 十五年来资产阶级是怎样反对创造工农兵英雄人物的? [N]. 文艺报,1964-12-28.
③ 剧影协昨开会,欢迎返沪交代[N]. 文汇报,1949-08-22.
④ 丁玲. 要为人民服务得更好[J]. 人民文学,1952(6):14.

是走后一条道路的。也正因为这样,他才给我们写出了小二黑、小芹、李有才、铁锁、李成娘等等活生生的人物。"①对它们的批判则表明了"主题先行、观念先行"的创作原则。"只要是人,就都是普通的人,因为他们都有普通人所共有的思想、感情、欲望、习惯的特点","即或是那些写普通人和普通事的作品,如果写得具有深刻的真实性,具有作者的独创性,它也会不可避免地有其不同于一般的特异的色彩。"②对此的批判则预示着创作中人物性格的"单一性"、人物形象的"纯洁性",体现的是塑造无产阶级英雄典型的社会主义文艺根本任务论的创作原则。这些无疑完全颠倒了文艺和生活的关系,堵塞文艺的丰富源泉,限制文艺的多种功能,抹杀了文艺家创造的主动性和个性,取消了文艺的特性。这是对以往文艺自律性观念的一次彻底清算,强加给文学不堪忍受的作为阶级斗争工具和政治教化功能之重,使文学严重地脱离了自身的轨道。而姚文元的《评新编历史剧〈海瑞罢官〉》(《文艺报》1965 年第 12 期)和《评"三家村"——〈燕山夜话〉、〈三家村札记〉的反动本质》(《文艺报》1966 年第 5 期)则全然不顾历史事实,直接把文艺当作政治斗争、阶级斗争的工具。"文艺在他那里已经丧失了审美的特性,只是他实现个人欲望的实用工具。"③至此,十七年时期主流意识形态终于以阶级斗争理论实现了国家对政治、经济、文化、思想等各领域的全方位控制。

比照一下"文革"时期的批评理论,如"高就高在具有高度的阶级斗争、路线斗争和继续革命的觉悟,美就美在他们是用马克思主义、列宁主义、毛泽东思想武装起来的新人"。④ 从中我们可以看到,"从路线出发"、"主题先行"论⑤、"根本任务"论、"三突出原则"⑥、"题材决定"论⑦、"反真

---

① 王西彦.《锻炼锻炼》和反映人民内部矛盾[N].文艺报,1959-05-26.

② 何直.现实主义——广阔的道路[J].人民文学,1956(9):9.

③ 李扬.中国当代文学思潮史[M].上海:上海社会科学院出版社,2005:71.

④ 清华、北大写作组.反映新的人物新的世界的革命新文艺[N].人民日报,1974-07-16.

⑤ 指先定主题、后找生活的做法。

⑥ 指在正反面人物中要突出正面人物,正面人物中要突出英雄人物,英雄人物中要突出一号英雄人物。

⑦ 指鼓吹重在题材决定一切的论调。

人真事"论①、"彻底扫荡遗产"论②等创作原则,并不是"四人帮"凭空发明出来的,它是新中国成立以来不断片面强调文艺与政治的关系,而不讲文艺与生活的关系这样一条文艺路线发展的必然结果,"四人帮"起了归纳、总结其大成的作用,使之发生了从量到质的变化。因此,以阶级斗争为纲的文学批评时期是"文革"文艺发展的序曲,后者把这一理念宣扬到了极端化,极大地损害了社会主义文学艺术的健康发展。

在"十七年文学批评"发展过程中,文学批评的主体、对象、标准、方式等都有着不同程度的变化。文学批评发展到以"阶级斗争为纲"时就已不是以纯粹专业的批评家为主了,而增加了新的工农兵的文艺批评人士;批评的对象从很少关注具体的作家、作品、文学现象等文学的东西到逐渐转变为只关注作品中的阶级斗争性质、作家的思想改造问题、文学的主流意识形态性问题等非文学的即政治性、意识形态性的东西,为工农兵的文艺方向,逐步发展为"写工农兵"、"以工农兵为主人翁",甚至排斥工农兵以外的题材了。批评的标准经历了从"文艺从属于政治——文艺为政治服务——文艺为当前的政治服务——文艺为现行的政策服务——文艺为当前重大的政治任务和中心工作服务——写中心,画中心,唱中心"的路线;批评的方式也绝少学理式的审美批评,粗暴的批判、政治批判取而代之,充斥着文坛。总之,阶级、阶级性,阶级意识、党性,社会主义性质等是横亘在"十七年文学批评"面前不可逾越的意识形态性存在。在当代文艺系统中"存在着泾渭分明、完全对立的语言系统"③,如"1949年前称作为旧社会,它联系着苦难、黑暗、死亡、人间地狱、贪官污吏、地主资本家、剥削……1949年以后称作新社会,它联系着光明、幸福、和平、人间天堂、人民、翻身当家作主……"④"甲系统:工人阶级、贫下中农、人民解放军、党的领导的形象、英雄形象、先进性、革命性、大公无私、英勇无畏,通常不会死亡,没有性欲,没有私念,没有精神危机……乙系统:地主资本家、叛徒

---

① 指反对文学写真人真事,实则是反对文学表现老一辈无产阶级革命家。

② 指把一切文化遗产统统归为"封、资、修黑货",一律加以否定的极左做法。

③ 陈思和.当代文学观念中的战争文化心理[M]//王晓明.二十世纪中国文学史论:1卷.上海:东方出版中心,1997:129.

④ 陈思和.当代文学观念中的战争文化心理[M]//王晓明.二十世纪中国文学史论:1卷.上海:东方出版中心,1997:128.

特务、死不改悔的走资派、知识分子,动摇性、破坏性,邪恶、阴险、愚蠢、自私自利、贪生怕死、钩心斗角、最终失败……"①一切艺术创作和文学批评都必须遵照这两大话语规则,本来复杂纷繁的文学现象变得异常透明、纯洁。如此的社会主义文学新秩序及系统的社会主义革命新文艺正是"十七年文学批评"建构的目标。

---

① 陈思和.当代文学观念中的战争文化心理[M]//王晓明.二十世纪中国文学史论:1卷.上海:东方出版中心,1997:129.

第三章

"十七年文学批评"的
文学资源及其整合

在新的时代语境中,"十七年文学批评"终于有了自己的发展道路。"1949 年以后的中国文学,将要立足于一个新的历史起点,这个起点最不同于'五四'的地方,是它不再需要以批判与摧毁象征国家政权、制度的传统文学为己任,而是要重新树立足以代表一个新生的共和国的文学形象,这样一个国家形象的树立,不仅需要民间、地方的资源,更需要一切可以吸纳的资源。"①"十七年文学批评"在自身理性和具体形态的实践塑形过程中,其发展是与"五四"至 30 年代的现代文艺理念、解放区"革命文艺"、俄苏文学批评理论紧密联系在一起的。首先,相对于中国古典文学来说,"五四"以来的文学与十七年文学都属于"新文学"范畴。其现代文艺理念、革命文艺理念与"十七年文学批评"理论自然也便有着源流的关系,此前文学种下的"因"才结了目前的"果",而不能孤立地把十七年"一体化的政治批评"归结于时代社会政治的影响作用。1966 年江青的《部队文艺工作座谈会纪要》也把十七年文学

---

① 戴燕.文学史的权利[M].北京:北京大学出版社,2002:118.

情形与三十年代的文艺捆绑在一起而加以批判:"建国以来……被一条与毛泽东思想对立的反党反社会主义的黑线专了我们的政。"而这一条"黑线"又粗又长,是"资产阶级的文艺思想,现代修正主义思想和所谓三十年代的结合"。另外,站在世界文学的角度所提出的"二十世纪中国文学"概念而概括出它们的相似之处,其内涵之一便表现为"政治压倒了一切,掩盖了一切,冲淡了一切。文学始终是围绕着这个中心环节而展开的,经常服务于它,服从于它,自身的个性并未得到很好的实现"①。相同的政治性特征所带来的必然使文学批评与理论借此也走出了象牙之塔,和民族的大众的命运扭结在一起。"对'五四'的许多作家而言,新文学不是意味着包容多种可能性的开放格局,而是意味着对多种可能性中偏离或悖逆理想形态的部分的挤压、剥夺,最终达到对最具价值的文学形态的确立……正是在这一意义上,50—70 年代的'当代文学',并不是'五四'新文学的背离与变异,而是它的发展合乎逻辑的结果。"②

"理论前提常常是社会改革,甚至是翻天覆地的大转变,革命,以新的社会秩序代替旧秩序"且"文学或艺术的事业,尤其是其中的理论批评队伍,被赋予了在总的历史过程中的社会政治先锋的作用。"③在内容方面,"五四"文学革命提倡科学与民主,以人性论为价值尺码,"左联"提倡革命文学,以阶级论为价值尺码,延安文艺批评则加强了这一价值维度,明确提出文艺为工农兵服务的口号。这些都为"十七年文学批评"提供了可资借鉴的思想资源。另外,相对于世界文学来说,由于这段时间中国的国情,"十七年文学"是相对封闭的,从外输入的主要便只有与中国具有同一社会性质的苏联老大哥的文学艺术(包括近代的俄罗斯文学艺术)了。俄苏的文艺政策、艺术社会学理论、庸俗社会学理论都在这一时期有了某种回应,成为"十七年文学批评"可供选择和吸收的重要外在资源。

---

① 黄子平,陈平原,钱理群.论"二十世纪中国文学"[J].文学评论,1985(5):6.
② 洪子诚.关于五十至七十年代的中国文学[J].文学评论,1996(2):61.
③ 玛利安·高利克.中国现代文学批评发生史(1917—1930)[M].北京:社会科学文献出版社,1997:306.

第一节　吸纳与批判:"十七年文学批评"与
"五四"至 30 年代的现代文艺理念

　　"五四"至 30 年代的现代文艺理论是"十七年文学批评"的一个主要源头,其社会功利性特征、反映论、个性主义、阶级论、进化论等是"十七年文学批评"吸纳和扬弃的主要内容。

一、文学的社会功利性

　　前面已论述过,《文艺报》是"十七年文学批评"的重要阵地。新中国成立后,战争所留下的是"百废待兴"的重大任务,沉浸在胜利的喜悦中的人们,只等一声号令就会投身于伟大的社会主义革命和建设事业中。在文学艺术领域,《文艺报》可谓是受命于急难之际,任重而道远,它直接负责于中宣部,实质上是被国家党组干预,文学生产被纳入国民生产序列之中。《文艺报》的政治功利性可见一斑。它体现在《文艺报》创刊号中所欢迎稿件的内容[①]:

　　1.文学艺术的理论,或对某一问题的专门研究;

　　2.苏联文学艺术理论及情况介绍,新民主主义国家及各国进步文学艺术理论及情况介绍;

　　3.各种文学艺术作品;

　　4.提出或讨论文学艺术上各项问题短小评论;

　　5.群众对文艺作品及文艺工作的意见;

　　6.工厂、部队、农村及学校团体的文艺活动;

　　7.文艺工作和文艺创作中的经验教训;

　　8.作品批评与介绍、书报推荐、出版消息、文艺动态等。

　　从上述征稿内容可以看出《文艺报》的倾向性主要有三:一是文艺批评方面的,包括第 1、4、5、7、8 条;二是借鉴以苏联为主的"红色"文艺,主

---

　　①　欢迎稿件[N].文艺报,1949-09-25.

要是第 2 条;三是工农兵方向的贯彻,主要是第 5 条和第 6 条。在这三种倾向中,第一种倾向显然是重中之重,它往往涵盖后两种,其内容相对隐晦且具有一定的弹性,毕竟它是文艺刊物,这给文学艺术预设了想象和阐释的空间。后两种倾向就很直接,符合意识形态的要求。由于第一种倾向的特点,导致《文艺报》在意识形态与审美之间游走,时而会与意识形态之间产生某种摩擦,因而《文艺报》时而会受到批判,在检讨后修正后又会受到另外的批判,在磕磕碰碰中《文艺报》不辱使命,还是坚守了政治功利性的立场,是新中国意识形态领域中一份重要的杂志。

　　《文艺报》的这个特征可以上溯到《新青年》。有研究者指出,创刊于 1915 年 9 月的《新青年》主编陈独秀是一个不服输的人,其一有机会返回上海,就要和军阀专制再斗一场:以政治和军事方式斗不过,就用思想文化作武器,唤醒一代青年人,把整个传统都推翻了,看你还能站得稳身? 正是这个明确的功利动机,决定了这份月刊的基本面貌:它是继政治、军事之后的第三种武器,所以内容侧重在思想和学术。① 另外,陈独秀在发刊词《敬告青年》中,郑重地提出六条希望中的第一条,就是"实利的而非虚文的"。在具体操作上,《新青年》有一现象值得我们关注,即在四卷三期中由钱玄同化名王敬轩,发表攻击白话文运动的长文,刘半农以"记者"的名义作答。这种借炒作以扩大刊物的影响力显得用心良苦,在今天看来,也是一种无奈之举。所以,"'五四'新文学的这种独特的诞生方式,很自然会派生出这样三个观念:第一,文学的进程是可以设计、倡导和指引的;第二,文学是应该而且可以有一个主导倾向的;第三,文学理论是非常重要的,它完全可以对创作发挥强大的指导和规范作用"②。所以《新青年》绝不仅仅是一份杂志,它"那种轻视文学自身特点和价值的观念,那种文学应该有主流、有中心的观念,那种文学进程是可以设计和制造的观

---

① 王晓明.一份杂志和一个"社团":重评五四文学传统[M]//王晓明.批评空间的开拓:二十世纪中国文学研究.上海:东方出版中心,1998:190.

② 王晓明.一份杂志和一个"社团":重评五四文学传统[M]//王晓明.批评空间的开拓:二十世纪中国文学研究.上海:东方出版中心,1998:202.

念,那种集体的文学目标高于个人的文学梦想的观念"①等文学价值学都成为 20 世纪中国文学挥之不去的阴影,"十七年文学批评"通过《文艺报》再次捍卫了它。

如果说《文艺报》创刊号只是设想了一个初步、笼统的文学价值观,那么紧接着,《文艺报》则通过不断利用社会机制赋予编者的权利而对之加以修订、完善,并通过批判、检讨、读者意见等方式最终建构了"文艺为工农兵服务、为政治服务"的文学价值观。1950 年,《文艺报》对其编辑工作作了"初步检讨"②:"最主要的缺点,是没有通过艺术的各种形式与政治更密切地结合,广泛地接触目前政治上各方面的运动","在提高文艺思想方面,贯彻宣传与研究毛主席《在延安文艺座谈会上的讲话》非常不够"等,表明了为政治、政策服务时所存在的不足。于是,1951 年《文艺报》发表"编辑部的话",对编辑工作做了"适宜"的调整:"决定进一步加强刊物的思想性与战斗性,以文艺作品、文艺思想的评论与文艺学习为刊物的主要内容。"紧接着,《文艺报》发表由编辑部整理的文章《读者对第三卷〈文艺报〉的意见》,对《文艺报》的编辑工作作了详细的肯定。1954 年,《文艺报》编辑部又以谦卑的姿态、犯错误的口气发表《热烈地、诚恳地欢迎对〈文艺报〉进行严厉的批评》一文③:"特别是近一二年来,刊物的战斗性不强,思想性薄弱,很多文章内容十分空虚,刊物的群众路线在执行中日趋松弛,刊物与文艺界的联系也显得非常薄弱,因此,使刊物日益脱离实际。"在文艺批评方面,《文艺报》"承认"了自己的"严重错误":"正如《人民日报》所指出的:一方面,对资产阶级错误思想竟采取了'容忍依从'的态度,而另一方面,对于'马克思主义和宣扬马克思主义的新生力量',却采取了'资产阶级老爷式的态度',——从《文艺报》这样一个刊物所担负的任务来说,这是完全不能容忍的严重错误。"紧接着,下一期的《文艺报》以记者的名义发表了《在外地在京作家及文艺工作者座谈会、古典文学研究工作者座谈会上对〈文艺报〉的意见》,批评了《文艺报》的错误和缺点。④

---

① 王晓明.一份杂志和一个"社团":重评五四文学传统[M]//王晓明.批评空间的开拓:二十世纪中国文学研究.上海:东方出版中心,1998:202.

② 《文艺报》编辑工作初步检讨[N].文艺报,1950-05-10.

③ 热烈地、诚恳地欢迎对《文艺报》进行严厉的批评[N].文艺报,1954-11-19.

④ 对《文艺报》的批评[N].文艺报,1954-11-30.

为了表明接受批评的诚意,同期又以编辑部的名义发表了《一年来读者对〈文艺报〉的批评》一文,刊登了读者的很多批评意见,"目的是检查我们不能倾听群众意见的严重错误,同时,也希望有更多的读者能进一步对我们进行严厉的批评"①。这样,便通过了关于《文艺报》的决议:"《文艺报》编者们忘记了《文艺报》是一个宣传马克思主义文艺思想的刊物","《文艺报》一方面向资产阶级错误思想投降,另一方面对于具有进步倾向的文艺作品的批评,又往往采取了粗暴、武断和压制自由讨论的态度。《文艺报》在批评工作上,长期以来存在一种自以为是的'权威'思想和否定一切的虚无主义观点"。②《文艺报》在接受批评意见后确定了自己今后的中心任务:"加强文艺批评,积极宣传马克思列宁主义的文艺观点,对以各种面貌出现的脱离现实主义的倾向及粗制滥造的作风,为保护和发展社会主义现实主义的文艺事业,为提高文学作品的思想艺术水平而斗争;反映人民文化艺术生活的发展情况和迫切要求,介绍工厂、农村、部队与少数民族中广大人民群众的艺术创造的经验,研究和讨论人民文化生活中的重要问题。"③在接下来一期的《文艺报》中,向文艺界和读者汇报了编辑部全面检查工作的结果,"虚心"接受了大家的意见,"在今后认真地坚决地贯彻《关于〈文艺报〉的决议》和上一期'编者的话'中提出的编辑方针和中心任务,使本刊真正成为具有明确战斗方向和切实作风的刊物"④。60年代,通过读者所提出的问题就显得很尖锐了:"这几年《文艺报》在坚持贯彻执行毛主席的文艺思想,为工农兵服务、为社会主义服务的文艺方向、党的文艺方针,及时、有力地批判修正主义的文艺思想、资产阶级的文学主张以及文艺创作上脱离群众、歪曲现实等不良倾向的工作,有所削弱,有所忽略,有所放松"⑤,"群众观点削弱了,群众路线也少走或不走了;而走的是'作家办报'、'内部办报'的路线","写文章的人不是名作家、艺术家,就是编辑、记者。真正来自读者,特别是广大工农兵读者、机关干部读

---

① 一年来读者对《文艺报》的批评[N].文艺报,1954-11-30.

② 关于《文艺报》的决议[N].文艺报,1954-12-30.

③ 编者的话[N].文艺报,1955-01-30.

④ 编者的话[N].文艺报,1955-02-15.

⑤ 武杰华.对《文艺报》的批评和期望[J].文艺报,1950-05-10.

者的文章少得可怜"①。与此相配合的是,《文艺报》发表了一系列社论和其他文章,从正面强化了刊物的社会学价值观念,如社论《学习毛泽东思想,为贯彻文艺的工农兵方向而奋斗》(《文艺报》1949年第5卷第1期)、社论《对资产阶级展开思想斗争是革命的迫切任务》(《文艺报》1952年第5期)、社论《进一步贯彻毛泽东文艺路线,为完成一九五二年国家电影制片厂计划而奋斗》(《文艺报》1952年第10期)、马烽《坚持为工农兵的方向》(《文艺报》1952年第10期)、夏衍《纠正错误,改进领导,坚决贯彻毛主席的文艺方针》、柯仲平《为坚持毛主席文艺方针而奋斗》(《文艺报》1952年第11、12期)、转载《人民日报》社论《作家艺术家到农村中去》(《文艺报》1955年第22期)、社论《插红旗,放百花》(《文艺报》1958年第11期)、周扬《建立中国自己的马克思主义的文艺理论和批评》(《文艺报》1958年第17期)、社论《掀起文艺创作的高潮,建设共产主义的文艺》(《文艺报》1958年第19期)、社论《向新时代的艺术高峰迈进》(《文艺报》1959第18期)、社论《投身在群众运动的激流中》(《文艺报》1959年第19、20期)、社论《用毛泽东思想武装起来,为争取文艺的更大丰收而奋斗》(《文艺报》1960年第1期)、林默涵《更高地举起毛泽东文艺思想的旗帜》(《文艺报》1960年第1期)、李准《沿着毛主席指引的文艺道路前进》(《文艺报》1949年第2卷第4期)、社论《学习毛泽东同志最坚定最彻底的革命精神》(《文艺报》1960年第19期)、社论《大力开展社会主义新文艺的普及工作》(《文艺报》1964年第2卷第2期),共同营造了社会主义新文艺的工农兵创作语境,时时提醒文艺要坚持的工农兵方向,强化了文艺批评的"政治标准"。

二、文学反映论

马克思关于社会生活结构的"经济基础"与"上层建筑"的区分,成为"五四"时期人们认识文学的性质、功用的有力的原则和依据。作为上层建筑的文艺,便打上了阶级的烙印,是这个阶级的反映。"在我自己,是以为若据性格感情等,都受'支配于经济(也可以说根据经济或依存于经济

---

① 武杰华.对《文艺报》的批评和期望[N].文艺报,1950-05-10.

组织)之说,则这些就一定都带着阶级性。但是'都带',而非'只有'。"①因此,文学不是纯审美的供人娱乐的东西,换言之,文学承担着反映社会、人生的功能,正如周作人执笔的《文学研究会宣言》中所说的那样:"把文艺当作高兴时的游戏或失意时的消遣的时候,现在已经过去了。我们相信文学是一种工作,而且又是于人生很切要的一种工作;治文学的人也应当以这事为他终身的事业,正同劳农一样。"②茅盾也强调"文学是时代的反映,社会背景的图画"③。

首先,文学艺术是社会生活的反映,萧楚女就直接表明了这一观点:"艺术,不过是和那些政治、法律、宗教、道德、风俗……一样,同是一种人类社会底文化,同是建筑在社会经济组织上的表层建筑物,同是随着人类底生活方式之变迁的东西。只可说生活创造艺术,艺术是生活的反映。"④故"小说者,社会心理之反映也","小说者,社会之反映也。"⑤文学是时代的反映,"是什么时代的人,说什么时代的话"⑥,意即文学要贴近生活、反映现实。鲁迅把文学艺术与社会生活的关系形象地比喻为芝麻和芝麻油,"文学与社会之关系,先是它敏感地描写社会,倘有力,便又一转而影响社会,使有变革。这正如芝麻油原从芝麻打出,取以浸芝麻,就使它更油一样"⑦。十分贴切地表明了文艺来源于社会生活的同时又反作用于社会生活的复杂关系。比之前者,尤显可贵。

其实,文学艺术也是人生的反映。鲁迅在谈及为什么做小说时指出:"我仍抱着十多年前的'启蒙主义',以为必须是'为人生',而且要改良这

① 鲁迅.文学的阶级性(并恺良来信)[M]//鲁迅全集:第4卷.北京:人民文学出版社,1981:100.

② 周作人.文学研究会宣言[N].小说月报,1921-01-10.

③ 沈雁冰.创作的前途[M]//文学研究会资料:上.开封:河南人民出版社,1985:171.

④ 萧楚女.艺术与生活[M]//中国文论选·现代卷:上.南京:江苏文艺出版社,1996:374.

⑤ 管达如.论小说(1912)[M]//二十世纪中国小说理论资料选:第1卷.北京:北京大学出版社,1997:403,409.

⑥ 胡适.建设的文学革命论[M]//胡适文集:第2卷.北京:北京大学出版社,1998:45.

⑦ 鲁迅全集:第10卷[M].北京:人民文学出版社,1981:197.

人生。我深恶先前的称小说为'闲书',而且将'为艺术而艺术',看作不过是'消闲'的新式的别号。所以我的取材,多采自病态社会的不幸的人们中,意思是在揭出病苦,引起疗救的注意。"①为了改造,先要认识,这是小说"为人生"的最为普遍的政治内涵。故"为艺术而艺术"的文学观受到了批判:"我们坚决反对那些全然脱离人生的而且滥调的中国式的唯美的文学作品。我们相信文学不仅是供给烦闷的人们去解闷,逃避现实的人们去陶醉;文学是有激励人心的积极性的。尤其在我们这时代,我们希望文学能够担当唤醒民众而给他们力量的重大责任。我们希望国内的文艺的青年,再不要闭了眼睛冥想他们梦中的七宝楼台,而忘了自身实在是住在猪圈里。我们尤其决然反对青年们闭了眼睛忘记自己身上带着镣锁,而又肆意讥笑别的努力想脱除镣锁的人们。阿 Q 精神式的'上的胜利'的方法是可耻的!"②离开了现实的纯精神享受的文学无异于"阿 Q 精神"之再现,所以茅盾提倡"为人生"的文学:"文学是为表现人生而作的。文学家所欲表现的人生,决不是一人一家的人生,乃是一社会一民族的人生。……从这里研究得普遍的弱点,用文字描写出来,这才是表现人生的文学。"③这种文学观显然是"经世致用"传统文学观的体现并打上了时代的烙印:"'为人生而艺术'既有着'文以载道'的古典传统观念的意识和下意识层的支持,又获得了革命政治要求的现实肯定,左翼文艺便日益顺利地在青年知识分子的'思想情感方式'上取得了统治地位,而所有这一切都是与日趋紧张的救亡局势和政治斗争分不开的。"④

联系作家所处的时代背景和社会环境来分析作品的思想内容及其艺术特色,成为当时文学批评的一大特点,如茅盾在谈到关于阿 Q 的意义时说:"看了七八两章,大概会仿佛醒悟似地知道十二年来政乱的根因

---

① 鲁迅.我怎么做起小说来[M]//鲁迅全集:第 4 卷.北京:人民文学出版社,1957:393.

② 雁冰."大转变时期"何时来呢?[M]//文学运动史料选:1.上海:上海教育出版社,1979:195.

③ 雁冰.现在文学家的责任是什么?[N].东方杂志,1920-01-10.

④ 李泽厚.中国现代思想史论[M].天津:天津社会科学院出版社,2003:232.

罢!"①"这正是一幅极忠实的写照,极准确地依着当时的印象写出来的。……刻画出陷伏在中华民族骨髓里的不长进的性质——'阿Q相',我以为这就是《阿Q正传》之所以可贵、恐怕也就是《阿Q正传》流行极广的主要原因。"②闻一多评价《女神》时认为:"最要紧的是他的精神完全是时代的精神——二十世纪底时代的精神。有人讲文艺作品是时代底产儿。《女神》真不愧为时代底一个肖子。"③这样,通过艺术形象来反映社会生活的"反映论"在"五四"成为一种较为普遍的文学观。

在革命文艺时期,文艺家一方面加强了文艺的宣传性、战斗性功能。1924年,郭沫若在《致成仿吾的一封信》中说:"今日的文艺便是革命的文艺""我们的文艺只能是革命的文艺"。另一方面又极力地以此来抵制文学的社会功能无限膨胀和文艺本质特征的极度萎缩,如"准备献身于新文艺的人必须先准备好一个有组织力、判断力,能够观察分析的头脑,而不是仅仅准备好一个被动的传声的喇叭"④,"我简直不赞成那时他们热心的无产文艺——既不能表现无产阶级的意识,也不能让无产阶级看得懂,只是'卖膏药式'的十八句江湖口诀那样的标语口号式或广告式的无产文艺"⑤,"我们的'新作品'即使不是有意地走入了'标语口号文学'的绝路,至少也是无意地撞了上去了。有革命热情而忽略于文艺的本质,或把文艺也视为宣传工具——狭义的,——或虽无此忽略与成见而缺乏了文艺素养的人们,是会不知不觉走上了这条路的"⑥等。这是革命文艺家在思想启蒙与文艺本质二者面前的矛盾心理的反映,是"文学革命"裂变为"革命文学"后的产物,李泽厚具体地描述了这一现象:"这里已不是'咀嚼着身边小小的悲欢',而是面向了真正的社会、现实和生活;不再是那朦胧的

---

① 沈雁冰.读《呐喊》[M]//中国文论选·现代卷:上.南京:江苏文艺出版社,1996:243.

② 沈雁冰.读《呐喊》[M]//中国文论选·现代卷:上.南京:江苏文艺出版社,1996:346.

③ 闻一多.《女神》之时代精神[M]//中国文论选·现代卷:上.南京:江苏文艺出版社,1996:314.

④ 茅盾.读《倪焕之》[M]//文学运动史料选:2.上海:上海教育出版社,1979:178.

⑤ 茅盾.读《倪焕之》[M]//文学运动史料选:2.上海:上海教育出版社,1979:178.

⑥ 茅盾.从牯岭到东京[N].小说月报,1928-10-10.

憧憬和模糊的感受,而是比较确定、具体、复杂的态度和体验;不再是苍白贫弱的剪影或印象,而是有血有肉有个性有生命的人物、情景和故事。它的纯审美因素减弱了,它的社会性、现实性、目的性更鲜明了。"①

但在新中国,这种反映却变成一种机械的、受动的反映,它舍弃了"文学革命"中反映论注重艺术特征的一面,吸收了"革命文学"中反映论重视艺术宣传的一面,社会生活等同于艺术本质。如果有人在作品中写了现今社会生活中某些阴暗面,或者某个工人、农民、战士、革命者身上的缺点和落后的一面,就会立即遭到"经典性"的指责:"难道现实生活是这样的吗?""这样写岂不是严重地歪曲了人物形象?"因此,反映现实生活时只能反映光明、美好的一面,塑造工农兵和革命者这类人物形象时就只能把他们写成最有觉悟、最先进、最可爱的人,这才是我们社会的"本质"和"主流"。

三、个性主义与民间立场

"个性主义"一直是"十七年文学批评"所钳制的对象。它是以民间的形式潜藏在文学之中的,与之相反的"集体主义"则成为文学创作的显性结构内容。正是从这个角度来说,"50—70年代的文学,是'五四'诞生和孕育的充满浪漫情怀的知识者所作出的选择,它与'五四'新文学的精神,应该说具有一种深层的延续性"②。这句话就不难理解了。

"文学革命"的时代,是"人的发现"的时代。"当时的'为人生的艺术'派和'为艺术的艺术'派,虽然表现出来的是对立的形势,但实际上却不过是同一根源底两个方向。前者是,觉醒了的'人'把他的眼睛投向了社会,想从现实底认识里面寻求改革底道路;后者是,觉醒了的'人'用他的热情膨胀了自己,想从自我底扩展里面叫出改革的愿望。"③个人及欲望都是启蒙话语肯定的内容,如"我是我自己的,他们谁也没有干涉我的权利"(鲁迅《伤逝》),"知识我也不要,名誉我也不要,我只要一个安慰我体谅我的'心'。一副白热的心肠!从这一副心肠里生出来的同情!从同情而来

---

① 李泽厚.中国现代思想史论[M].天津:天津社会科学出版社,2003:225.

② 洪子诚.关于五十至七十年代的中国文学[J].文学评论,1996(2):60.

③ 胡风.文学上的五四[M]//胡风评论集:中册.北京:人民文学出版社,1984:122.

的爱情"、"我所要求的就是爱情"（郁达夫《沉沦》），莎菲因"这个社会里面是不会准任我去取得我所要的来满足我的冲动，我的欲望"的时代苦闷而发出"悄悄的活下来，悄悄的死去"（丁玲《莎菲女士的日记》）的叛逆的绝叫等。郭沫若公开宣称："把一切的事业由自我的完成出发。"①"文学革命"中所提倡的"人的文学"、"自我表现"、"个性解放"等内容作为一种被压抑的无意识积淀下来，在十七年文学创作中以反面人物、有缺点的人物、次要题材等方式出现，成为"十七年文学批评"的重要批判对象。如《青春之歌》的余永泽和白莉萍，《三家巷》中的周炳，《锻炼锻炼》中的"吃不饱"、"小腿疼"，《李双双小传》中的喜旺等。

而"革命文学"中反对"个人主义"、"人道主义"、"自由主义"等资产阶级的基本价值观、肯定和宣扬无产阶级集体主义精神则是"十七年文学批评"吸纳的重要资源。如果说在创作中它们处于隐性状态，那么，在文学批评中则就位于显性状态了，主流意识形态所不予认可的和所极力批判的都是他们所担心的，二者异曲同工，共同维护着"十七年文学批评"所要建立的社会主义、无产阶级文学新秩序。我们知道，"文学革命"之后，个人主义或者自由主义迅速成为众矢之的。创造社和太阳社成员成为批判的主力军。郭沫若一直把个性、个人主义当作一种典型的资产阶级意识形态加以批判，"主张个性，要有内在的要求……这用一句话归总，便是极端的个人主义的表现。个人主义就是资本主义社会中的根本精神"②，"他们的意识仍不外是资产阶级的意识"，他们的文学"仍然是在替资产阶级做喉舌"③。蒋光慈也著文说："旧式的作家因受了旧思想的支配，成为个人主义者，因之他们所写出来的作品，也就充分地表现出个人主义的倾向。他们以个人为创作的中心，以个人生活为描写的目标，而忽视了群众

---

① 郭沫若.中国文化之传统精神[M]//郭沫若全集·历史编:第3卷.北京:人民文学出版社,1982:262.

② 麦克昂.文学革命之回顾[M]//郭沫若全集:第16卷.北京:人民文学出版社,1989:99.

③ 麦克昂.文学革命之回顾[M]//郭沫若全集:第16卷.北京:人民文学出版社,1989:99.

的生活。"①"革命文学应当是反个人主义的文学,它的主人翁应当是群众,而不是个人;它的倾向应当是集体主义,而不是个人主义。"②除此之外,革命文学批评家还指出摆脱此困境的途径和具体方法,那就是实行文艺大众化,"谁也不许站在中间。你到这边来,或者到那边去。"③"克服小资产阶级的根性,把你的背对向那被'奥伏赫变'的阶级,开步走,向那醒醒的农工大众。"④"你们应该到兵间去,民间去,工厂间去,革命的旋涡中去,你们要晓得我们所要求的文学是表同情于无产阶级的社会主义的写实主义的文学,我们的要求已经和世界的要求是一致。"⑤实际上便是取消了文学中的"个性主义"表达。在"十七年文学批评"中,批判丁玲、陈企霞反党集团所罗列的"个人主义"、"一本书主义"等罪名,批判刘绍棠所使用的"资产阶级个人主义的名利思想"等并要求他们深入工农生活,加强与人民群众的联系,与上述创造社、太阳社的主张是一致的。还有,周扬认为电影《武训传》中宣传了"资产阶级改良主义和个人主义,影片中所歌颂的个人苦行不过是个人主义的一种颠倒的、畸形的表现"⑥,并说对其批判"是工人阶级在思想战线上的一个重大胜利"⑦,这种观点也是如出一辙。所以,刘白羽在文学讲习所会议上的发言说:"要建立社会主义文学,要建立工人阶级文学队伍,我们要努力成为工人阶级文学队伍的一员,都必须坚决地反对文学上的资产阶级个人主义路线,都必须彻底地接受工人阶级思想改造自己,都必须长期地、无条件地全心全意地到工农兵

---

① 蒋光慈.关于革命文学[M]//文学运动史料选:2.上海:上海教育出版社,1979:28.

② 蒋光慈.关于革命文学[M]//文学运动史料选:2.上海:上海教育出版社,1979:28.

③ 成仿吾.从文学革命到革命文学[M]//文学运动史料选:2.上海:上海教育出版社,1979:21-22.

④ 成仿吾.从文学革命到革命文学[M]//文学运动史料选:2.上海:上海教育出版社,1979:21-22.

⑤ 郭沫若.革命与文学[N].创造月刊,1926-05-16.

⑥ 周扬.为创造更多的优秀的文学艺术作品而奋斗[M]//周扬文集:第2卷.北京:人民文学出版社,1985:240.

⑦ 周扬.为创造更多的优秀的文学艺术作品而奋斗[M]//周扬文集:第2卷.北京:人民文学出版社,1985:240.

群众中去,到建设社会主义的火热斗争中去。"①这种由衷的接受改造、清除小资产阶级知识分子个人主义思想、实行知识分子工农化是主流一致的声音。诗人冯至直至1958年还在检讨自己的"个人主义":主要是资产阶级个人主义人生观在阻碍我们,使我们看不清人民集体的伟大的力量。它使我们执着在自己身上,患得患失。我最早写诗,不过是抒写个人的一些感触;后来范围比较扩大了,也不过是写些个人主观上对于某些事物的看法;这个个人非常狭隘,看法多半是错误的,和广大人民的命运更是联系不起来。②

因而,文学上的个性主义是"十七年文学批评"所吸纳的重要资源之一,它一方面以"民间隐形结构"③的方式存在于文学创作之中,另一方面又以受批判的方式存在于文学批评之中,如电影《李双双》,小说《青春之歌》、《红岩》等。

四、阶级论

"尊群体而斥个性;重功利而轻审美;扬理念而抑性情"④是百年中国文学的总体特征。而把文学作为阶级斗争的武器是造成这总体特征的重要因素。鲁迅毫不讳言地指出了文学与生俱来的阶级性:"文学有阶级性,在阶级社会中,文学家虽自以为'自由',自以为超了阶级,而无意识地,也终受本阶级意识所支配,那些创作,并非别阶级的文化罢了。"⑤在"革命文学"时期,李初梨也明确指出了这一点:"文学,与其说它是自我的表现,毋宁说它是生活意志的要求。文学,与其说它是社会生活的表现,

---

① 刘白羽.谈文学上的个人创造与个人主义[J].文艺学习,1957(10):8.
② 冯至.漫谈新诗的努力方向[N].文艺报,1958-05-11.
③ 意指"当代文学创作(主要是指五六十年代的文学)作品,往往由两个文本结构所构成——显形文本结构与隐形文本结构。显形文本结构通常由国家意志下的时代共名所决定,而隐形结构则受到民间文化形态的制约,决定着作品的艺术立场和趣味。"见陈思和.中国当代文学史教程[M].2版.上海:复旦大学出版社,2006:前言13.
④ 谢冕.百年中国文学总系[M].济南:山东教育出版社,1988:序一1.
⑤ 鲁迅."硬译"与"文学的阶级性"[M]//鲁迅全集:第4卷.北京:人民文学出版社,1981:116.

毋宁说它是反映阶级的实践的意欲"①,"文学,有它的社会根基——阶级的背景"②,"文学,有它的组织机能——一个阶级的武器"③,"无产阶级文学是:为完成它主体阶级的历史使命,不是以观照的——表现的态度,而是以无产阶级的意识,产生出来的一种斗争的文艺"④,"我们的文学家,同时应该是一个革命家。我们的作品,不是像甘人君所说的,是什么血,什么泪,而是机关枪、迫击炮"⑤。走出审美之城的文学遭遇的是阶级、阶级意识、阶级性和阶级斗争。因此,"当社会思潮、运动由文化革命转向社会革命后,随着价值论领域的'工具论'命题之提出,创作批评论领域的'阶级性'问题便浮出了水面,并为历经磨炼长达半个多世纪的知识分子思想改造问题,埋下了伏笔"⑥。

作家的阶级立场及作为"阶级的代言人"成为文学创作中的首要问题。正如鲁迅所说的,"生在有阶级的社会里而要做超阶级的作家,生在战斗的时代而要离开战斗而独立,生在现在而要做给与将来的作品,这样的人,实在也是一个心造的幻影,在现实世界上是没有的"⑦。郭沫若对此也有大量的论述:"一个阶级当然有一个阶级的代言人,看你是站在哪一个阶级说话。……你假如是赞成革命的人,那你做出来的文学或者你所欣赏的文学,自然是革命的文学,是替被压迫阶级说话的文学……"⑧"意识是第一着,有了意识无论用什么方法,无论用什么形式,无论取什么

① 李初梨.怎样地建设革命文学[M]//文学运动史料选:2.上海:上海教育出版社,1979:32.

② 李初梨.怎样地建设革命文学[M]//文学运动史料选:2.上海:上海教育出版社,1979:36.

③ 李初梨.怎样地建设革命文学[M]//文学运动史料选:2.上海:上海教育出版社,1979:39-40.

④ 李初梨.怎样地建设革命文学[M]//文学运动史料选:2.上海:上海教育出版社,1979:42.

⑤ 李初梨.怎样地建设革命文学[M]//文学运动史料选:2.上海:上海教育出版社,1979:42.

⑥ 周平远.文艺社会学史纲:中国20世纪文艺学主流形态研究[M].北京:中国大百科全书出版社,2005:109.

⑦ 鲁迅.论"第三种人"[M]//鲁迅全集:第4卷.北京:人民文学出版社,1981:336.

⑧ 郭沫若.革命与文学[M]//郭沫若全集:16.北京:人民文学出版社,1989:34-35.

材料都好。反之,则无论怎样都无是处。……同是生在现代,而不具有同一的阶级意识的人,那是我们的敌人。他所用的一切都是屠杀我们的武器,那是不能宽容的。在必要上须得有阶级的'偏见'。"①自然,革命的立场、无产阶级立场及其作为无产阶级代言人是二三十年代的社会诉求在文学上的反映。"现代的革命的源泉是在无产阶级里面,不走到这个阶级里面去,决不能交通他们的情绪生活,决不能产生革命的文学!"②"倘若我们要断定某个作家及其作品是不是革命的,那我们首先就要问他站在什么地位上说话,为着谁个说话。这个作家是不是具有反抗旧势力的精神? 是不是以被压迫的群众作为出发点? 是不是全心灵地渴望着劳苦阶级的解放? ……倘若答案是肯定的,那么这个作家就是革命的作家,他的作品就是革命的文学。"③成仿吾则干脆把文学家命名为"文学工人":"文学家要站在工场的烟囱上面公开说教,要站在工场的角落里隐秘地宣示。"④所以郁达夫大声疾呼共同建立革命的无产阶级文学:"我想学了马克思和恩格斯的态度,大声疾呼的说:世界上受苦的无产阶级者,/在文学上社会上被压迫的同志,/凡对有权有产阶级的走狗对敌的文人,/我们大家不可不团结起来,/结成一个世界共和的阶级,百届不挠的来实现我们的理想! /我确信'未来是我们的所有'。"⑤这样,文学家首先应该是革命的(阶级的),其次才是文学的(审美的):"我们是革命家,同时也是艺术家。我们要做自己的艺术的殉道者,同时也正是人类社会的改造者。"⑥作为讲究艺术自由的自由主义作家朱光潜对左翼文学这种甘做"政治的留声机"和"口号的传声筒"的特性是极端反对的:"一味作应声虫,假文艺

---

① 郭沫若.关于诗的问题[M]//郭沫若全集:第16卷.北京:人民文学出版社,1989:176.

② 泽民.文学与革命的文学[N].民国日报附刊觉悟,1924-11-06.

③ 蒋光慈.关于革命文学[M]//文学运动史料选:2.上海:上海教育出版社,1979:26.

④ 旷新年.1928:革命文学[M].济南:山东教育出版社,1998:75-76.

⑤ 郁达夫.文学上的阶级斗争[N].创造周报,1923-05-27(3).

⑥ 郭沫若.艺术家与革命家[M]//郭沫若.文艺论集.北京:人民文学出版社,1979:82.

的美名,做呐喊的差役,无论从道德观点或从艺术观点看,都是低级趣味的表现"①,"过着小资产阶级的生活,行径近于市侩士绅,却诅咒社会黑暗,谈一点主义,喊几句口号,居然像一个革命家。如此等等,数不胜数,沐猴而冠,人不像人"②。总之,"在左翼文学家看来,文学的社会任务主要是组织功能,即把工人阶级和其他劳动阶级的意识和心理形象化地组织起来,使文学成为'一个阶级的武器',并且由此得出'一切文学艺术都是宣传'、'文艺是政治的留声机'这样一些、完全不顾文学艺术特征和特殊功能的荒谬结论"③。可谓一语中的,切中了"左翼文学"的要害。

"十七年文学批评"正是拿着"阶级"的尺子丈量、裁剪着文学。李建彤因小说《刘志丹》而罹难获罪,李准因创作《不能走那条路》而一举成名,其共同之处正在于此。至于对电影《武训传》的批判、对萧也牧创作倾向的批判、对俞平伯研究《红楼梦》的批判、对胡风文艺思想的批判、对丁陈反党集团的批判等概莫能外。文学成为阶级斗争的工具,成为时代政治的传声筒,成为图解政策、宣传政策的途径。"一切文艺固是宣传,而一切宣传却并非全是文艺……革命之所以于口号,标语,布告,电报,教科书……之外,要用文艺者,就因为它是文艺。"④这说明无产阶级文艺对无产阶级事业起宣传作用的同时,我们不能过于夸大文学作用。因为文艺的特性依然应该存在,不能被取消,也不能将文艺变成标语、口号。"自然也有人以为文学于革命是有伟力的,但我个人总觉得怀疑,文学总是一种余裕的产物,可以表示一民族的文化,倒是真的。"⑤我们应该看到,鲁迅在批判梁实秋等人时,他捍卫的是文艺的阶级性;在批评太阳社时,他强调的是文艺的特殊性。将文艺等同于宣传,是在形式上抹杀了文学特有

---

① 朱光潜.文学上的低级趣味(上):关于作品内容(1936年)[M]//朱光潜全集:第4卷.合肥:安徽教育出版社,1988:184.

② 朱光潜.文学上的低级趣味(上):关于作品内容(1936年)[M]//朱光潜全集:第4卷.合肥:安徽教育出版社,1988:187.

③ 钱竞.中国马克思主义美学思想的发展历程[M].北京:中央编译出版社,1999:87.

④ 鲁迅.文艺与革命(1928年)[M]//鲁迅全集:第4卷.北京:人民文学出版社,1957:68.

⑤ 文艺政策[M]//鲁迅全集:译文序跋集.北京:人民文学出版社,1981:后记.

的艺术性,将文学等同于阶级,则是在内容上剥夺了文艺的丰富性。只强调阶级性而忽略甚至扼杀艺术性,这是自左翼文学以来文学的共性:忽视艺术性的提高,直接导致十七年文学作品政治性强、艺术性差以及公式化、概念化倾向。

五、进化论

进化论起初只是作为一种自然科学学说被引进,但它逐渐成为现代中国的普遍意识形态。按照美国人类学家格尔兹的定义,意识形态是一种文化象征系统,给人们提供组织社会和心理过程的蓝图。它产生于社会脱序、失去方向和目标之际,此时就需要意识形态对整个世界提供一个全面的指引性说明,使人们得以理解自己的处境,看到新的方向。如鲁迅前期思想中就有进化论的影响:"进化论对我还是有帮助的,究竟指出了一条路,明白自然淘汰,相信生存斗争,相信进步,总比不明白、不相信好些。"①

进化论的社会意识形态在"革命文学"中得到了反映。旷新年分析了"革命文学"观中所存在的"进化"意识:"在 1928 年无产阶级文学的倡导中,人们普遍地直接把无产阶级文艺称为'新兴文学'。它意味着共产阶级文学是继古典主义、浪漫主义、现实主义、自然主义、新浪漫主义之后文学上的最新发展和最高的进化阶段。"②相对于历史上任何文学,无产阶级文学是最高阶段的文学。其作为无产阶级主体的作家自然也是最优秀的作家,"我们的文学家假如有无产阶级的精神,那我们的文坛一定会有进步"③。故出身(小)资产阶级的作家就会受到强烈的批判,如"小资产阶级的根性太浓重了,所以一般的文学家大多数是反革命"④。他们所从事的文学事业相应地也会受到轻视,如"中国的艺术家多出自小资产阶级

---

① 鲁迅思想研究资料:上[M].北京:国家出版事业管理局版本图书馆研究室,1980:311.

② 旷新年.1928:革命文学[M].济南:山东教育出版社,1998:51.

③ 麦克昂.桌子的跳舞[M]//文学运动史料选:2.上海:上海教育出版社,1979:103.

④ 麦克昂.桌子的跳舞[M]//文学运动史料选:2.上海:上海教育出版社,1979:103.

的层中,是当然的事实——中国还没有雄健的资产阶级,在此社会层中不会诞生伟大的艺术家,这也是一个事实。那些小资产阶级的文学家,没有真正的革命的认识时,他们只是自己所属的阶级的代言人。那么,他们的历史的任务,不外一个忧愁的小丑"①。

有研究者指出,进化论"不仅成为这个民族近代以来种种历史行动的理由和依据,也构成了他们对于自己历史发展目标的坚定信念"②。进化论"表现为思想家的基本理论预设,革命家的行动理由",它是一种"全民族的意识形态"③。毛泽东对中国近现代历史所进行的具有"决定"意义的划分就是这一意识形态的产物。他说:"在一九一九年五四运动以前(五四运动发生于一九一四年第一次帝国主义大战和一九一七年俄国十月革命之后),中国资产阶级民主革命的政治指导者是中国的小资产阶级和资产阶级(他们的知识分子)。这时,中国无产阶级还没有当作一个觉悟了的独立的阶级力量登上政治的舞台,还是当作小资产阶级和资产阶级的追随者参加了革命。例如辛亥革命时的无产阶级,就是这样的阶级。在五四运动以后,虽然中国民族资产阶级继续参加了革命,但是中国资产阶级民主革命的政治指导者,已经不是属于中国资产阶级,而是属于中国无产阶级了。这时,中国无产阶级,由于自己的长成和俄国革命的影响,已经迅速地变成了一个觉悟了的独立的政治力量了。打倒帝国主义的口号和整个中国资产阶级民主革命的彻底的纲领,是中国共产党提出的;而土地革命的实行,则是中国共产党单独进行的。"④亦即中国革命的历史进程,必须分为两步,第一步是民主主义的革命,第二步是社会主义的革命。而民主主义革命又分为两个阶段,五四以前是旧民主主义,五四之后则是新民主主义。很显然,按照优胜劣汰的原则,新民主主义胜于旧民主主义,而社会主义又胜于新民主主义。新中国成立后的文学史的创作大

---

① 冯乃超.艺术与社会生活[M]//文学运动史料选:2.上海:上海教育出版社,1979:9.

② 张汝伦.现代中国思想研究[M].上海:上海人民出版社,2001:3.

③ 张汝伦.现代中国思想研究[M].上海:上海人民出版社,2001:3.

④ 毛泽东.新民主主义论[M]//毛泽东选集:第2卷.北京:人民出版社,1991:672-673.

都遵循"革命史"划分的进化论观点,《新民主主义论》成为构架文学史的"元理论"。

在 20 世纪 50 年代文学史写作中存在一种司空见惯的"以论代史"的思维方式。如王瑶在《中国新文学史稿》中指出:新文学"是为新民主主义的政治经济服务的,又是新民主主义的一部分,因此它必然是由无产阶级思想领导的,人民大众的,反帝反封建的,民主主义的文学。简单点说,'新文学'一词的意义就是新民主主义文学"①。王瑶对"新文学"的定性显然是从"进化论"的角度简单地套用了《新民主主义论》中对"革命史"的定性,文学发展成为革命发展的一种历史的注脚和政治的附庸。丁易的文学史则更是直接地表明了这一点:"中国现代文学运动是和新民主主义革命运动分不开的,并且血肉相连而成为新民主主义革命运动的一部分。这两者之间的关系,简单地说来是:现代文学运动是为革命运动所规定,但同时它又对革命运动起了一定的影响和推动作用,必须通过这种关系去考察中国现代文学,才可以看出中国现代文学的社会意义和社会任务。"②仿佛文学的发展是和革命的发展成正比例,其实文学的发展是在经济、政治、文化、思想、道德等的合力中前行的,政治是影响因素但不是决定性因素。另外,在具体的文学现象评价中,也受到"进化论"意识形态的影响,如山东大学编的当代文学史在评价建国十年来的文学成就时说:"十年来,特别是'大跃进'以来,在党的总路线和毛泽东思想的指引下,随着工农业大跃进和群众的冲天干劲,文学艺术工作取得了前所未有的巨大成绩,积累了丰富的经验。"③华中师范学院编写的当代文学史则评价建国 11 年来的文学成就时也肯定地说:"11 年,在历史的长河里,只是一瞬间,但新中国文学艺术事业的发展,却取得了巨大的成就。"④上述两本文学史都把"大跃进"时期的"新民歌运动"作为社会主义文艺的"高潮",

① 王瑶.中国新文学史稿[M].北京:开明书店,1951:绪论.

② 丁易.中国现代文学史略[M].北京:作家出版社,1955:2.

③ 山东大学中文系当代文学史编写组.中国当代文学史:上[M].济南:山东人民出版社,1960:1.

④ 华中师范学院中国语言文学系.中国当代文学史稿[M].北京:科学出版社,1962:1.

甚至认为"新民歌是共产主义文艺的萌芽"。① 这种不顾文学事实而所作出的主观臆断结论显然受到进化论的影响,按照进化论的观点,"此在"应比"之前"进步,那么,更高一级的共产主义文艺也该出现了,这同时也体现了"大跃进"时期人们思想上的"大跃进"特征。

至此,我们也不难理解"十七年文学批评"始终坚持的政治标准了,除了战争思维的延续外,还有"进化论"意识形态的影响。既然社会主义文艺乃至共产主义文艺是更高形态的文艺,那么此前的资产阶级性质的文艺就对它们构成了巨大威胁,急欲除之而后快。所以,较之二三十年代以来文学的革命功利性特征乃至四十年代文学的政治功利性特征,十七年的许多文艺创作和文艺批评的政治性或政治内容已深重得多,并且越来越具体化。其功利性特征、反映生活的受动性、教条主义、阶级性及其抵制个人合理的欲望而忽略文艺自身的审美性和自身规律等,都可以从中得到说明。正是"进化论"意识形态向前的意识驱动,引发了人们乌托邦的冲动和想象而不断地破旧立新,去建构一个崭新的迥异于任何时代的文艺秩序。

第二节　张扬与革新:"十七年文学批评"与解放区"革命文艺"的实践性体系

在某种程度上说,新中国成立以后的文艺政策是解放区的文艺政策的翻版,它表现在三个方面:"首先,文艺工作的指导思想同一,都是以毛泽东《在延安文艺座谈会上的讲话》为代表的马克思主义文艺思想作为它的指导思想;其次,两者的服务对象同一,都是强调文艺为政治服务、为最广大的工农兵服务;最后,文艺思想的解决方式也是同一的,都是通过政治运动方式来解决文学艺术的问题。"②因此,"十七年文学批评"实践着

---

① 山东大学中文系当代文学史编写组.中国当代文学史:上[M].济南:山东人民出版社,1960:9.

② 李扬.中国当代文学思潮史[M].上海:上海社会科学院出版社,2005:4.

解放区"革命文艺"的理论体系,是解放区"革命文艺"的理论体系的逻辑发展。解放区"革命文艺"的理论体系中的"大众化的审美价值取向"、"歌颂与暴露"、"整风与批判"等内容直接影响了"十七年文学批评"的政治一体化进程。

一、大众化的审美价值取向

"五四"到三十年代,知识分子充当的是大众的启蒙导师,大众化的结果是"化大众"。但到了四十年代,知识分子与工农大众的角色错位了,他们成为被改造的对象,工农大众则成为教育知识分子的主体力量。延安文艺找到为人民群众能够理解和接受的形式,从形式到内容都实现了真正的人民大众化,劳动群众也直接参与文艺创作,登上历史的舞台,人民群众成了文艺的主人。如果说左联时期的大众化(这里的"大众化"实为"化大众")要求侧重于文艺的形式,是为了便于人民群众接受,故在语言、体裁、表现方法等方面作了努力,周扬对此作了评价:"从新文艺的历史来看,新文艺虽是从'五四'以来一直向着大众的,但和大众结合的程度却仍然是非常之微弱。"①那么,延安文艺的大众化要求则重在对内容的规定,强调文艺为工农兵服务,突出了文艺的目的和服务对象。茅盾和瞿秋白的争论是上述两种"大众化"观点的反映:"我与秋白是从不同的前提来争论的,即我们对文艺大众化的概念理解不同。文艺大众化主要是指作家们努力使用大众的语言创作人民大众看得懂,听得懂,能够接受的,喜见乐闻的文艺作品(这里包括通俗文艺读物,也包括名著)呢? 还是主要指由大众自己来写文艺作品? 我认为应该是前者,而秋白似乎更侧重于后者。"②

毛泽东在《延安文艺座谈会上的讲话》中提出了"大众化"的问题。"什么叫做大众化呢? 就是我们的文艺工作者的思想感情和工农兵大众的思想感情打成一片。而要打成一片,就应当认真学习群众的语言。如

① 周扬.艺术教育的改造问题[M]//周扬文集:第 1 卷.北京:人民文学出版社,1984:410.

② 茅盾.回忆录一集[M]//茅盾全集:第 34 卷.北京:人民文学出版社,1997:553.

果连群众的语言都有许多不懂,还讲什么文艺创造呢?"①同时也提出了"如何实现大众化"的问题,即"中国的革命的文学家艺术家,有出息的文学家艺术家,必须到群众中去,必须长期地无条件地全心全意地到工农兵群众中去,到火热的斗争中去,到唯一的最广大最丰富的源泉中去,观察、体验、研究、分析一切人,一切阶级,一切群众,一切生动的生活形式和斗争形式,一切文学和艺术的原始材料,然后才有可能进入创作过程"②。鲁艺是当时用来说明的鲜活的例子。毛泽东多次在不同的场合谈到鲁艺只是小鲁艺,是在关门提高,要求大家不要忘记大鲁艺,不要忘记广阔的社会生活,要到群众中去,到生活中去,还要向社会学习,向人民群众学习,改造自己的感情、世界观。"大树是从苗苗长起来的"③也成为当时的名言。鲁艺的艺术实践便证明了这一点。对于他们演的很受鲁艺师生欢迎的俄罗斯作曲家柴可夫斯基的《天鹅湖》,老百姓却一点也不喜欢,还泼了一盆冷水,但歌剧《白毛女》、《兄妹开荒》和《夫妻识字》却很受老百姓欢迎。他们也终于觉察到老百姓的口味,腰鼓、秧歌才是老百姓喜闻乐见的文艺。故在排《白毛女》时,鲁艺也深入生活、密切联系群众,他们出了一个墙报,专门让群众给《白毛女》挑刺、提意见,讨论怎么样才能突出抗日战争时期的阶级斗争主题。摄影创作者徐肖冰在谈到《兄妹开荒》之所以受到党中央领导和广大群众热烈欢迎的原因时,也谈到了"大众化"的重要性:"延安的文学艺术家参加了延安文艺座谈会以后,按照毛主席指出的方向——到人民群众中去,真正熟悉与理解普普通通的人民群众在干什么,在要什么,在想什么,使自己的思想感情真正同人民群众打成一片。我一直认为,《兄妹开荒》的主角王大化和李波,不愧是学习与实践'讲话'的无可挑剔的模范。"④因此,文人们沿着工农兵的方向,纷纷深入到火热

---

① 毛泽东.在延安文艺座谈会上的讲话[M]//毛泽东选集:第3卷.北京:人民出版社,1991:851.

② 毛泽东.在延安文艺座谈会上的讲话[M]//毛泽东选集:第3卷.北京:人民出版社,1991:860-861.

③ 罗工柳.大树是从苗苗长起来的[M]//王海平,张军锋.回想延安·1942.南京:江苏文艺出版社,2002:123.

④ 徐肖冰.我在延安电影团[M]//王海平,张军锋.回想延安·1942.南京:江苏文艺出版社,2002:235.

的斗争中去,从斗争中寻找创作源泉,如何其芳加入贺龙的一二○师在前线采访、丁玲当红军随杨尚昆的部队上了陇东前线。

另外,《讲话》还提出了文艺服务的对象,即文艺为"工农兵服务",这是实现"大众化"的具体内容。"所以我们的文艺,第一是为工人的,这是领导革命的阶级。第二是为农民的,他们是革命中最广大最坚决的同盟军。第三是为武装起来了的工人农民即八路军、新四军和其他人民武装队伍的,这是革命战争的主力。第四是为城市小资产阶级劳动群众和知识分子的,他们也是革命的同盟者,他们是能够长期地和我们合作的。这四种人,就是中华民族的最大部分,就是最广大的人民大众。我们的文艺,应该为着上面说的四种人。"①对于许多文艺家来说,"文艺何为"是混沌不清的,《讲话》明确了"为工农兵"的方面,无疑是拨云见日:"我只有一个空头的革命,不晓得具体的工农兵。从这一点上,文艺座谈会把我的脑子打开了。"②当年身为解放区的剧作家胡可曾经指出,在整个解放区的文学创作中,最为发达的莫过于戏剧了,这与中央领导非常重视戏剧分不开,如延安平剧院研究院由中央办公厅直接领导,由当时的政治局常委康生当院长,戏剧发达更为重要的原因在于,"我们的服务对象主要是文化不高的农民群众和他们的拿枪的子弟——革命军队的指战员,而戏剧又是最易为他们所接受,最易成为动员群众、宣传群众的有力工具的缘故"③。所以"要为农民、士兵演戏"成为时代一致的要求:"因为那个时候延安主要是工农兵,干部也都是从工农兵来的。那时工人也没多少,所以讲工农兵,实际就是农兵,而兵也都是从农民来的,所以说工农兵演戏,实际就是为农民演戏。为农民演戏就有一个问题,农民不大爱看话剧。那个地方的农民比中原的农民还要原始一些,都爱看唱的戏。"④毛泽东在

① 毛泽东.在延安文艺座谈会上的讲话[M]//毛泽东选集:第3卷.北京:人民出版社,1991:855-856.

② 蔡若虹.文艺座谈会把我的脑子打开了[M]//王海平,张军锋.回想延安·1942.南京:江苏文艺出版社,2002:126.

③ 胡可.中国解放区文学书系:戏剧编一[M].重庆:重庆出版社,1992:序1.

④ 张庚.要为农民、为士兵演戏[M]//王海平,张军锋.回想延安·1942.南京:江苏文艺出版社,2002:141-142.

1944 年 1 月 9 日看了《逼上梁山》以后写给延安平剧院的信①中针对过去我们戏里虽然有人民,但没有把他们作为创造历史的主人和剧中的主角来写的情形,高度赞扬了戏剧舞台上出现的工农兵主角这种现象,赞扬他们把"历史的颠倒""再颠倒过来",打破了旧戏舞台上把人民当"渣滓"、"由老爷太太少爷小姐们统治着舞台"的局面。马烽在谈到写《吕梁英雄传》的时候,就把《讲话》中"为工农兵"的指导思想包容在里边了,"第一是要反映现实,第二是写工农兵,第三是写给工农兵看"②,"因为我们就是要写工农兵的,第二个我们报纸本身就是办给工农兵看的,所以必然要故事性强一点,有趣一些,让工农兵能够连续看下去"③。他后来批评那些"洋里洋气"的作品说:"除了语言文字上的洋八股之外,还有就是作品的结构过于欧化,有的作品一开头总是大段繁琐的风景描写,既和故事无关,又和人物没有联系,好容易人物出场了,接着来的是冗长的心理刻画,看上老半天,读者还弄不清这是个什么人,要干什么。而且故事无头无尾,来龙去脉也不清楚。读惯了《三国》、《水浒》的中国读者,特别是工农大众,怎么会喜欢这种作品呢?"④可见,小说创作的大众化是当时文学的一个基本艺术特征。

文艺大众化的价值取向在《讲话》中获得了历史合法性之后,人民大众走上了历史舞台,开创了人民文艺的新时代和新天地。如陕北的秧歌剧《兄妹开荒》、《牛永贵挂彩》、《夫妻识字》,艾青的口语化叙事诗《吴满友》,古元的木刻年画《吴满友》等都成为当时传诵一时的经典。小说方面,又出现了孙犁的《荷花淀》,丁玲的《田宝霖》,欧阳山的《活在新社会

---

① 具体内容是:看了你们的戏,你们做了很好的工作,我向你们致谢,并请代向演员同志们致谢! 历史是人民创造的,但在旧戏舞台上(在一切离开人民的旧文学旧艺术上)人民却成了渣滓,由老爷太太少爷小姐们统治着舞台,这种历史的颠倒,现在由你们再颠倒过来,恢复了历史的面目,从此旧剧开了新生面,所以值得庆贺。你们这个开端将是旧剧革命的划时代的开端,我想到这一点就十分高兴,希望你们多编多演,蔚成风气,推向全国去!

② 马烽.不要总在小鲁艺,要敢到大鲁艺去[M]//王海平,张军锋.回想延安·1942.南京:江苏文艺出版社,2002:292.

③ 马烽.不要总在小鲁艺,要敢到大鲁艺去[M]//王海平,张军锋.回想延安·1942.南京:江苏文艺出版社,2002:294.

④ 马烽.不要忘了读者对象[J].火花,1958(5):30.

里》,赵树理的《小二黑结婚》、《李有才板话》及马烽、西戎的《吕梁英雄传》等,京剧方面的《逼上梁山》则堪称一绝。文艺的大众化价值取向,适合解放区文学生长的实际情况,从客观来说,"整个解放区的环境是封闭的。它原先是十分闭塞的山区农村,经济、文化都很落后,交通十分不发达。抗战后,又长期受日寇和国民党军队的包围、封锁。在这种环境中坚持斗争,政治上要强调独立自主,经济上要依靠自力更生。同样,由于文化界处于半隔绝状态或完全隔绝就产生了一种内向型的文化"①。因此,文艺面对的主要是解放区内的工农兵,主要是为农民服务,最终是实现抗战救亡的政治目的。由于文学面对的这一特定对象及其特殊的政治性目的,文学被捆绑在社会的选择与历史的进程中,文学情感被抽象为高于一切情感的"阶级情、民族情",作品中的人物总是代表了时代的使命和价值的标高。因此,解放区文学呈现出朴实、鲜明、壮丽、崇高的一面,但排斥了典雅、柔婉、纤细、优美的一面。此外,"从主观上讲,由于强调文艺思想的大统一,文艺为政治任务服务的方针以不可抗拒的力量强化了文艺的政治宣传功能,强烈的依从性剥夺了文艺的主体性,使文艺政策,文艺批评到文艺创作都显得单调、划一,形成了自我封闭状态"②。对作家只强调作家的工农兵立场、思想感情、大众化等,对作品则只重视其狭窄的政治宣传功利性,忽略甚至排斥了艺术性。夏衍从文艺的定义的角度作了阐释:"抗战以来,'文艺'的定义和观感都改变了,文艺再不是少数人和文化人自赏的东西,而变成了组织和教育大众的工具。同意这新的定义的人正在有效地发扬这工具的功能,不同意这定义的'艺术至上主义者'在大众眼中也判定了是汉奸的一种了。"③但是新中国成立后,解放区的"到民间去"演化为"向工农兵学习,知识青年上山下乡接受贫下中农再教育"的"民粹主义",我们的文学批评依然把文艺的大众化作为批评与创作毫不动摇的指南,这就显得不合时宜了,毕竟,文艺生长的时空都发生了巨大

---

① 黄修己.对解放区文艺的再认识[J].电大教学,1986(9):15.

② 卢玲.试谈接受美学在解放区文学研究中的积极意义[J].延安文艺研究,1988(3):50.

③ 夏衍.抗战以来文艺的展望[M]//文学运动史料选:4.上海:上海教育出版社,1979:34-35.

的变化。曾经被誉为实践大众化价值体系的"赵树理方向"在新中国就遭遇尴尬便是如此,因为新中国文学创作有一大任务,即"要紧密配合和平时期的社会主义革命建设事业,努力创造一代革命新人的光辉形象,进而去启迪中国农民走社会主义康庄大道的政治觉悟"①。这是"文摊"作家赵树理很难接受的,在他看来,农民还是农民,"农民党员还是一个农民,有小私有者思想"②。他也深感自己的创作要发生变化但自己却没办法去改变的忧虑:"同志们、朋友们对我所写的作品的观感是写旧人旧事较明朗,较细致,写新人新事较模糊,较粗糙。……回顾一下自己从抗日战争以来的历史,可以得出这样一个结论:从群众的实际生活中来,渐渐以至于完全脱离群众的实际生活,如不彻底改变一下现状,自己的写作历史是会从此停止的。"③所以,在新中国的农村题材领域,赵树理逐渐被符合主流意识形态召唤的周立波、柳青、浩然所取代。时代政治在某种程度上也提升着人们的审美标准,拓宽着人们的审美阅读范围,故"大众化"的价值取向的内涵也悄悄地发生了改变,这也是文学批评自身运行规律的合理性存在。

如果在革命战争年代"大众化"的文艺政策是为了在多元的文化价值体系中开辟一块独立的文化空间,鼓舞广大军民抵御外侮实行救亡图存和民族独立而绝少顾及文艺审美性的独立品格的话,那么,在十七年统一、相对稳定和和平的新环境里,独尊"大众化"无疑扼杀了文艺的丰富性,导致文艺千篇一律和普遍的苍白无力。就拿诗歌研究来说,有批评家指出,解放区文学"是在一种严酷的缺乏探求诗美的异常环境中发展"④,"这种异常的环境造成了异常的诗歌意识……以偏激的态度来对待艺术和审美的追求"⑤,而解放区诗歌继承和发展了左联和抗战诗歌的战斗传统,"中华人民共和国成立以后,我们的诗歌观念是以解放区的诗歌传统

---

① 宋剑华.前瞻性理念:三维视角中的中国现代文学史论[M].北京:文化艺术出版社,2005:303.

② 赵树理全集[M].太原:北岳文艺出版社,2000:378.

③ 赵树理.决心到群众中去[N].人民日报,1952-05-02.

④ 谢冕.极限与选择:历史沉积的导向——论新诗潮[J].文学自由谈,1985(1):77.

⑤ 谢冕.极限与选择:历史沉积的导向——论新诗潮[J].文学自由谈,1985(1):75.

为主体而实行对当时现存诗歌的改造"①。这就是"诗歌枯竭或萧条"的"社会性的原因"。王瑶明确而具体地指出了这种客观的社会性原因是"抗日战争把中国知识分子与中国作家的忧患意识与社会、民族责任感发挥到了极致(这本也是'五四'新文学的一个传统)。文艺为'抗战'这一时代的最大'政治'服务,强调文学的'工具'性,重视文学宣传、教育、鼓动以至组织功能,这构成了四十年代文艺思潮的主流,一直持续于整个抗战时期文艺之中"②。较之这种价值取向的单一及其偏执的历史惯性惰力,时代政治的发展改变人们的审美习惯的力量毕竟是微弱的,当然还是会扼杀"诗美",这也是整个"十七年文坛"无法摆脱历史遗留的批评事实。

二、太阳黑点论

整风运动前,延安文艺界充满自由清新的空气,是一片自由、民主的红土地,是文人们的乐园。党的最高领导人毛泽东对投入延安怀抱的知识分子也给予充分的尊重,如1938年5月,他得知诗人柯仲平的长篇叙事诗《边区自卫军》受到群众的欢迎,便立即索要诗稿,亲自批道:"此稿甚好,赶快发表。"不久即连载于党中央机关刊物《解放》上。1939年5月,他看了《黄河大合唱》的演出,据冼星海的描述:"当我们唱完时,毛主席和几位中央领导同志都站起来,很感动地说了声'好'。"③这些都是对文艺家的巨大鼓舞。这一时期,"文抗"的各种文艺活动也很活跃,其刊物《文艺月报》及其业余的"星期文艺学园"成了作家和文学青年爱好者的自由论坛。"画梦"诗人何其芳来到延安后,接连写下《我为少男少女们歌唱》、《黎明》、《生活是多么广阔》等优秀抒情诗,赞美延安这块红土地的生活,告别了"旧我",诞生了"新我"。因此,整风运动前的时期是延安文人率性而为的岁月,他们毫无顾虑地按照自己旧有的生活方式、思想意识、审美趣味在新的环境中施展自己的才华。在文人志士从全国各地以不同的方式越过重重封锁来到延安时,延安早就做好了欢迎的准备。作为党的喉

---

① 谢冕.极限与选择:历史沉积的导向——论新诗潮[J].文学自由谈,1985(1):77.

② 王瑶.中国新文学大系(1937—1949):第1集[M].上海:上海文艺出版社,1990:序3-4.

③ 胡乔木.延安文艺座谈会前后[M]//王海平,张军锋.回想延安·1942.南京:江苏文艺出版社,2002:314.

舌的重要机关刊物《解放日报》发表题为《欢迎科学艺术人才》的社论,鼓励作家"不用歌颂,只需忠实地写出来,就会是动人的,富于教育意义的。对于边区的缺点(即是任何新社会亦所不免的),也正是需要从艺术方面得到反映和指摘。我们看重'自我批评',尤其珍视真正的'艺术家的勇气'"[①]。哪怕是在整风期间,社论里也透露一种民主、自由的气息,"共产党在爱护自己的人们面前严肃的表露自己,是则是,非则非"[②],"自然,敌人的宣传机关如同盟社和各种汉奸报纸之流,一定会借此制造更多的谣言。但是他们是以造谣为生的,他们说是黑,群众就知道是白,所以他们的断章取义是毫不足惜的"[③]。在这样的情境之中,有着"经世致用"传统的文人自然会参与到针砭时事、憧憬社会的行列之中。

最早引发延安文人争议的问题是:对于现实中的阴暗和污浊是直接面对、奋力清除,还是视而不见、姑息养奸?作为鲁艺负责人的周扬倾向于后者,他的杂文便内含了这层意思:"太阳中也有黑点,新的生活不是没有缺陷,有时甚至很多,但它到底是在前进,飞快地前进。"[④]用周扬自己的话来说,"我们'鲁艺'这一派的人主张歌颂光明,虽然不能和工农兵结合,和他们打成一片,但还是主张歌颂光明。而'文抗'这一派主张要暴露黑暗"[⑤]。针对周扬文中的"太阳黑点"论(还包括文艺上的其他观点及宗派之见),萧军等五人义正词严地表示要清除"黑点",这也是为了更好地获得"光明"。"如今我们该不是讨论这黑点有没有的时候,而应是怎样——更有效、更快些——处置这黑点的问题。若仅是反复地说明着一件事,这在某一方面看起来,就有把自己的'黑点'合理化的嫌疑。"[⑥]"倘若说人一定得承认黑点'合理化',不加憎恶,不加指责,甚至容忍和歌颂,这是没有道理的事。这除非他本身是一个在光明里面特别爱好黑点和追

---

① 欢迎科学艺术人才[N].解放日报,1941-06-10.

② 教条与裤子[N].解放日报,1942-03-09.

③ 教条与裤子[N].解放日报,1942-03-09.

④ 周扬.文学与生活漫谈[N].解放日报,1941-07-17.

⑤ 赵浩生.周扬笑谈历史功过[J].新文学史料,1979(2):239.

⑥ 白朗,艾青,舒群,等.《文学与生活漫谈》读后漫谈集录并商榷于周扬同志[N].文艺月报,1941-08-01.

求黑点的人,决不是一个真正的光明底追求和创造者。"①显示了他们坚持暴露与批判社会阴暗面的决心和勇气。丁玲的《我们需要杂文》一文支持了萧军等人的观点,不赞同在延安"只应反映民主的生活,伟大的建设"、"不宜于写杂文"的观点,还直接指出当时社会中所存在的弊端,"陶醉于小的成功,讳疾忌医,虽也可以说是人之常情,但却只是懒惰和怯弱。鲁迅先生死了,我们大家常说纪念他要如何如何,可是我们却缺乏学习他的不怕麻烦的勇气。今天我们以为最好学习他的坚定的永远的面向着真理,为真理而敢说,不怕一切。我们这时代还须要杂文,我们不要放弃这一武器,举起它,杂文是不会死的"②。由此,鲁迅时代的杂文登上了延安文坛。继丁玲提倡杂文运动到1942年5月延安文艺座谈会召开,延安文坛掀起了一起杂文创作的运动,代表作有丁玲的《三八节有感》、艾青《了解作家,尊重作家》、罗烽《还是杂文时代》、王实味《野百合花》和《政治家·艺术家》、萧军的《论同志之"爱"与"耐"》等,它们都不同程度地表现出针砭时弊的功能。其次,漫画也参与其中,"讽刺画展"1942年2月15日至17日在延安军人俱乐部展开。"我们已经看到了新社会的美丽和光明,但也看到了部分的丑恶和黑暗,这些丑恶和黑暗是从旧的社会中、旧的思想意识中带过来的渣滓,它附着在新的社会上而且腐蚀着新的社会。"③文艺工作者的任务是"指出它们,埋葬它们"。"为了画展的举行,我们很高兴,只有在这新社会中,能让我们指出它的缺点——也就是我们大家的缺点——而不致得到压迫和迫害。我们为什么不应该对这社会有更高的热爱呢?我们就将以这次的画展来表达我们的热爱。"④画家的意图很明显:指出缺点,表达真爱。编辑部发表观后短评说:"我们需要刺,要刺得痛快,要刺得出血,把淤住的积血排放出去,使得周身血液畅通无阻,更好地起它新陈代谢的作用。"⑤显示了与阴暗和污浊势不两立的姿态。在这一具有争议的问题面前,艾思奇的观点从一开始便较为理性,他

① 白朗,艾青,舒群,等.《文学与生活漫谈》读后漫谈集录并商榷于周扬同志[N].文艺月报,1941-08-01.

② 丁玲.我们需要杂文[N].解放日报,1941-10-23.

③ 华君武,张谔,蔡若虹.讽刺画展的"作者自白"[N].解放日报,1942-02-16.

④ 华君武,张谔,蔡若虹.讽刺画展的"作者自白"[N].解放日报,1942-02-16.

⑤ 看了讽刺画展以后[N].解放日报,1942-02-19.

一方面指出了"光明中的黑暗"的合理性,同时也指出了批判黑暗的合法性:"光明并不是纯粹的进步,不是至善至美,而只表示进步的、较善较美的东西的经常优势。黑暗不是绝对的没落,不是至丑至恶,而只是因为没落的、较丑恶的居于压迫者的地位。"①

对于"太阳中的黑点"究竟应该持什么态度只不过是一个药引,文人真正要面对的问题是:文艺是主张歌颂,还是暴露?《讲话》给了我们答案:"苏联在社会主义建设时期的文学就是以写光明为主。他们也写工作中的缺点,也写反面的人物,但是这种描写只能成为整个光明的陪衬,并不是所谓'一半对一半'。"②"对于革命的文艺家,暴露的对象,只能是侵略者、剥削者、压迫者及其在人民中所遗留的恶劣影响,而不能是人民大众。"③"无产阶级,共产党,新民主主义,社会主义,为什么不应该歌颂呢?"④不用说,《讲话》畅想的是歌颂的主旋律。解放区文学歌颂的就是长达二十多年的"农村包围城市"、武装的革命反对武装的反革命式的"武装夺取政权"的伟大壮丽的斗争生活,这是事实。"强调对于光明面的歌颂,帮助文艺工作者认清了整个根据地以及后来解放区的形势。促使他们深入到工农兵火热斗争生活中去,探求现实生活中的美,取得了丰富的创作源泉。"⑤这在当时也达成了共识。同时,《讲话》也否定了"还是杂文时代,还要鲁迅笔法"的问题:"在给革命文艺家以充分民主自由、仅仅不给反革命分子以民主自由的陕甘宁边区和敌后的各抗日根据地,杂文形式就不应该简单地和鲁迅的一样。"⑥"'杂文时代'的鲁迅,也不曾嘲笑和攻击革命人民和革命政党,杂文的写法也和对于敌人的完全两样。对于

---

① 艾思奇.光明[N].中国文化,1941-05-20.

② 毛泽东.在延安文艺座谈会上的讲话[M]//毛泽东选集:第3卷.北京:人民出版社,1991:871.

③ 毛泽东.在延安文艺座谈会上的讲话[M]//毛泽东选集:第3卷.北京:人民出版社,1991:872.

④ 毛泽东.在延安文艺座谈会上的讲话[M]//毛泽东选集:第3卷.北京:人民出版社,1991:873.

⑤ 王鸿儒.论"颂歌"与"暴露"的侧重点[J].贵州社会科学,1982(3):84.

⑥ 毛泽东.在延安文艺座谈会上的讲话[M]//毛泽东选集:第3卷,北京:人民出版社,1991:872.

人民的缺点是需要批评的,我们在前面已经说过了,但必须是真正站在人民的立场上,用保护人民、教育人民的满腔热情来说话。"①不言而喻,"暴露黑暗"是禁忌。而这里的"黑暗"往往与"本质"相连,"对缺点的暴露虽也须要,但那种有利于敌人,有害于自己的宣传是万万要不得的,是不能夸大的。艺术家必须服务于客观的真理,必须看出它是现象的,抑是本质的。夸大好的,并不是歌功颂德,是对革命有利的政治意义"②。毛泽东曾因讽刺画提出了委婉的批评,他让革命文艺家区分个别与一般的、局部与全局的关系,其中的深意也在于此。可见,《讲话》中"要歌颂光明,不准暴露黑暗"的观点是多么深入人心,直至新时期文学论争中还有它存在的空间。五六十年代的"颂歌"、"战歌"模式便是实践《讲话》精神的一种范式。在散文研究领域,研究者给我们作了概括说明:"把五六十年代的散文界描述为纵向的继承是有道理的,追溯这个时期散文的直接源头是延安时期的散文,这种散文源于特定的政治、文化、历史、地理环境以及战争文化对颂歌和激情的需要,故其审美特质在于对光明、前景抱乐观的态度。"③

须着重指出的是,不准暴露人民的黑暗成为文艺创作批评的规则是很直接明朗的,但"主张歌颂"则就显得有些含糊和模糊了。何其芳是典型的"歌德"派,但他于1942年先后在《解放日报》上发表的两组诗《叹息三首》(2月17日)和《诗三首》(4月3日)却受到了批评,如"我们不该将'弄诗'当做某种精神上的或灵魂上的消遣,以企得到某些安慰。这是徒劳的,结果只能得到更大的苦恼和永远不能填满的'空虚'"④,作者的"生活与认识,限制了他诗的题材",未尽到"歌颂新世界的诞生"的职责⑤等。至此,原因浮出水面了,即不暴露人民的黑暗而去歌颂"小我"也是不行的,要歌颂也得只能歌颂工农大众。故主张歌颂不准暴露就等于只能歌

① 毛泽东.在延安文艺座谈会上的讲话[M]//毛泽东选集:第3卷,北京:人民出版社,1991:872.

② 杨淮哲.从政治家、艺术家说到文艺:与王实味同志商榷[N].解放日报,1942-05-19.

③ 吴秀明.当代中国文学五十年[M].杭州:浙江文艺出版社,2004:105.

④ 吴时韵.《叹息三首》与《诗三首》读后[N].解放日报,1942-06-19.

⑤ 金灿然.间隔:何诗与吴评[N].解放日报,1942-07-02.

颂工农兵了。在"歌颂"与"暴露"前(尤其是"歌颂")加上这么多限定的东西便成为文学创作与批评的一条潜规则。它在具体的实施中并非一帆风顺,遇到合适的土壤时它会破土而出,被限定的终究会有翻身的一天。"双百方针"后所出现的"干预生活"的小说及其六十年代的"中间人物论",便是这种被压抑被限定的合理而有效的释放,但人们的心情依然不会得到轻松,艾芜在读了王蒙的《组织部新来的青年人》后发表感想说:"人民内部所产生的错误和缺点,更是有力量纠正,而且事实上也是在不断地得到纠正。另一方面,而且是更重要的方面,社会主义建设事业日益千里的进步,正把一个贫弱的国家变得富强起来。因而我们对今天所处的真实生活的世界,也即是我们所处的国家,是充分抱有希望、信心和乐观的。"①革命时期的鲁迅式批判在执政时期已成为历史,现在更需要的是功德颂和欢乐曲,故忌讳谈"暴露"、"缺点"似乎已成为人们心头绕不过的弯。事实上,太阳中的黑点并不影响光明。

三、整风与批判:知识分子的改造

1942 年初的延安整风运动的目的是使全党的思想认识达到统一以确保中国革命走向最后的胜利,知识分子的改造问题在这次整风中已露出端倪,"有许多知识分子,他们自以为很有知识,大摆其知识架子,而不知道这种架子是不好的,是有害的,是阻碍他们前进的。他们应该知道一个道理,就是许多所谓知识分子,其实是比较地最无知识的,工农分子的知识有时倒比他们多一点"②。政治家毛泽东借这次整风运动向知识分子改造发出了"信号"。但接下来延安文艺界的讽刺漫画、鲁迅式杂文等的出现,知识分子理想化的诉求所折射出的延安的某些不良现状,使党感到了恐慌。大敌当前,最重要的是抗战胜利的政治功利目的,最根本的是激励那些广大出生入死的军民,但文艺工作者似乎对此都不会产生非常直接的功利效果,现在反而有副作用。所以对知识分子的改造已刻不容缓了,《讲话》中把知识分子的思想改造问题明朗化了。

《讲话》中首先预设了知识分子身上存在与生俱来的顽强的"小资产

---

①　艾芜.读了《组织部新来的青年人》的感想[J].文艺学习,1957(3):24.

②　毛泽东.整顿党的作风[M]//毛泽东选集:第 3 卷.北京:人民出版社,1991:815.

阶级意识",因而与工农兵有着诸多"间隔"。"有许多同志,因为他们自己是从小资产阶级出身,自己是知识分子,于是就只在知识分子的队伍中找朋友,把自己的注意力放在研究和描写知识分子上面。这种研究和描写如果是站在无产阶级立场上的,那是应该的。但他们并不是,或者不完全是。他们是站在小资产阶级立场,他们是把自己的作品当作小资产阶级的自我表现来创作的,我们在相当多的文学艺术作品中看见这种东西。他们在许多时候,对于小资产阶级出身的知识分子寄予满腔的同情,连他们的缺点也给以同情甚至鼓吹。对于工农兵群众,则缺乏接近,缺乏了解,缺乏研究,缺乏知心朋友,不善于描写他们;倘若描写,也是衣服是劳动人民,面孔却是小资产阶级知识分子。他们在某些方面也爱工农兵,也爱工农兵出身的干部,但有些时候不爱,有些地方不爱……"①《讲话》也指出了去除这种意识,改变这种由来已久的现状的途径,即深入工农兵生活:"我们的文艺工作者一定要完成这个任务,一定要把立足点移过来,一定要在深入工农兵群众、深入实际斗争的过程中,在学习马克思主义和学习社会的过程中,逐渐地移过来,移到工农兵这方面来,移到无产阶级这方面来。只有这样,我们才能有真正为工农兵的文艺,真正无产阶级的文艺。"②最后,《讲话》也深信这个改造过程一定能得以完成:"知识分子要和群众结合,要为群众服务,需要一个互相认识的过程。这个过程可能而且一定会发生许多痛苦,许多磨擦,但是只要大家有决心,这些要求是能够达到的。"③《讲话》使众多知识分子幡然醒悟,猛地回到现实中:"在以工农大众为革命主体的战争年代,拿笔杆子的知识分子必须认清自己所从属的历史地位。"④

　　于是,文艺工作者纷纷发表自己的观点以赞同和拥护《讲话》,以自己

　　①　毛泽东.在延安文艺座谈会上的讲话[M]//毛泽东选集:第 3 卷.北京:人民出版社,1991:856-857.

　　②　毛泽东.在延安文艺座谈会上的讲话[M]//毛泽东选集:第 3 卷.北京:人民出版社,1991:857.

　　③　毛泽东.在延安文艺座谈会上的讲话[M]//毛泽东选集:第 3 卷.北京:人民出版社,1991:856-857.

　　④　宋剑华.前瞻性理念:三维视角中的中国现代文学史论[M].北京:文化艺术出版社,2005:298-299.

的行动来实践和图解《讲话》。刘白羽指出作家改造要具有彻底性:"正因为他是作家,时代的喉舌,他应该更敏感、更彻底地改造自己。"①何其芳表达了在无产阶级面前小资产阶级的自惭形秽心理,以致把自己喻为"半人半马的怪物":"整风以后,才猛然惊醒,才知道自己原来像那种外国神话里的半人半马的怪物,虽然参加了无产阶级的队伍,还有一半或一多半是小资产阶级。"②陈涌在后来接受访谈时谈到了《讲话》对自己的重大影响,对《讲话》中有关知识分子的问题表示了百分之百的遵从:"经过整风,经过毛主席《在延安文艺座谈会上的讲话》精神的传达,我才了解到我们这些人都是小资产阶级,都是脱离实际、脱离群众,或者说是主观主义、教条主义的。而这些东西是不好的,必须克服掉。这使我感到很大的震动,并决定了我后来文艺思想的发展变化。"③黄纲有意迎合《讲话》的意图,通过不适当地夸大知识分子与工农群众的差异来贬低知识分子形象:"我们哪里还能够想像,哪一天回到大都市里,把礼服穿得很好,将工农兵伙伴关在音乐厅外边,而以少部分士绅小姐为对象吗?我们能够永久地投合小资产阶级的狭窄趣味和感情吗?这完全是幻想!我们的音乐听众将永远是像延安这样的老干部,永远是以工农士兵大众为主。"④周立波分析知识分子还走老路与民众保持距离的原因时说:"第一,还拖着小资产阶级的尾巴,不愿意割掉,还爱惜知识分子的心情,不愿意抛除"⑤,"其次,是中了书本子的毒,读了一些所谓古典的名著,不知不觉的成了上层阶级的俘虏"。⑥ 要改变知识分子的这种旧习,只有"把革命的旗子举得更高些"⑦,"才能创造出很好的艺术"⑧;只有"改造了我们的思想,站稳了

① 刘白羽.与现实斗争生活结合[N].解放日报,1942-05-31.
② 何其芳.改造自己,改造艺术[M]//何其芳文集:第4卷.北京:人民文学出版社,1983:39.
③ 王培元.延安鲁艺风云录[M].桂林:广西师范大学出版社,2004:287.
④ 黄纲.平静早已过去了:延安鲁艺整顿学风的辩论[N].解放日报,1942-08-04.
⑤ 周立波.后悔与前瞻[N].解放日报,1943-04-03.
⑥ 周立波.后悔与前瞻[N].解放日报,1943-04-03.
⑦ 周立波.思想,生活和形式[N].解放日报,1942-06-12.
⑧ 周立波.思想,生活和形式[N].解放日报,1942-06-12.

立场,才能写出好文章"①。因此,他把"思想的改造,立场的确定"看作是"最要紧的事"。② 所以,他最希望住到群众中去,"脱胎换骨","成为群众一分子"。③ 周扬则代表鲁艺进行了一次"集体反省",承认了"关门提高"是"根本方针上的错误","结果让自己流连在狭隘的个人生活的圈子里,松弛了向新的生活,向工农兵的生活的突进,而真实的情感结果也只是小资产阶级知识分子的情感罢了"④。这是积极贯彻《讲话》精神的具体表现,为实践《讲话》精神,鲁艺在周扬同志领导下发起了"新秧歌运动",成立了鲁艺秧歌队。刘白羽在第一次看了秧歌剧后,"感觉一个知识分子现在真正是人民一员了。过去觉得自己是个作家,不得了,现在大家都穿上农民的服装,和人民一样了。我为什么流泪? 因为我是真正的人民了"⑤。知识分子放下了"五四"以来启蒙的架子,同时也就失去了文人的独立意识,牺牲了自我情感,人民大众反过来成了自己的老师,作家从生活到思想都开始融入革命队伍中去了,这是作家群体的普遍心态和共同特征。

《讲话》的上述精神也被贯彻到具体的文学批评中,批评丁玲《在医院中时》所持的小资产阶级立场:"作者将个别代替一般,将现象代替了本质。作者太庇护他的主人公。"⑥"在思想上不自觉的宣传了个人主义,在实际上使同志间隔膜,他是站在小资产阶级知识分子的立场上……带有阶级的偏见。"⑦类似的观点在批评何其芳诗歌的言论中也有体现:"字里

　　① 周立波.思想,生活和形式[N].解放日报,1942-06-12.

　　② 周立波.思想,生活和形式[N].解放日报,1942-06-12.

　　③ 周立波.后悔与前瞻[N].解放日报,1943-04-03.

　　④ 周扬.艺术教育的改造——鲁艺学风总结报告之理论部分:对鲁艺教育的一个检讨与自我批评[N].解放日报,1942-09-09.

　　⑤ 刘白羽.决定我一生的是深入火热的斗争[M]//王海平,张军锋.回想延安·1942.南京:江苏文艺出版社,2002:64.

　　⑥ 燎荧."人……在艰苦中成长":评丁玲底"在医院中时"[N].解放日报,1942-06-10.

　　⑦ 燎荧."人……在艰苦中成长":评丁玲底"在医院中时"[N].解放日报,1942-06-10.

行间的小资产阶级底知识分子底幻想、情感和激动底流露"①,"作者喜爱回忆,这就是珍惜那些旧东西的较鲜明的表现"②。"我想可以确定地说,何其芳同志的诗的读者,是小资产阶级知识分子,特别是那些已走进革命但还被小资产阶级情绪所纠缠的知识分子更加感到亲切和喜爱。"③同时也呼唤诗人写出新的反映工农兵思想的抒情作品:"作者对于这种人如能和工农同志同样明确认识和批判他们,读者层自然由未觉悟的小资产阶级知识分子扩大到至于工农大众了。"④陆地针对《讲话》精神承认自己小说《落伍者》有三个缺点:一是"对肯定方面的力量(革命队伍)不能有明确的认识";二是"对这样落后意识的伙夫的批判,没有明确的,正面的指责";三是"忽视了客观环境正面的描写"。⑤

　　知识分子的上述心态和行动,从根本上来说是一种自觉行为,是他们在全民抗战形势下主动放弃自己权利后的必然体现,因为"农民——这是中国工人的前身"⑥,"农民——这是中国军队的来源"⑦,"中国的革命实质上是农民革命,现在的抗日,实质上是农民的抗日。新民主主义的政治,实质上就是授权给农民。新三民主义,真三民主义,实质上就是农民革命主义。大众文化,实质上就是提高农民文化。抗日战争,实质上就是农民战争……抗日的一切,生活的一切,实质上都是农民所给……因此农民问题,就成了中国革命的基本问题,农民的力量,是中国革命的主要力量"⑧。这样,手无缚鸡之力的文人在农民"救亡"面前越来越感觉到知识

----

① 贾芝.略谈何其芳同志的六首诗:由吴时韵同志的批评谈起[N].解放日报,1942-07-18.

② 贾芝.略谈何其芳同志的六首诗:由吴时韵同志的批评谈起[N].解放日报,1942-07-18.

③ 贾芝.略谈何其芳同志的六首诗:由吴时韵同志的批评谈起[N].解放日报,1942-07-18.

④ 贾芝.略谈何其芳同志的六首诗:由吴时韵同志的批评谈起[N].解放日报,1942-07-18.

⑤ 陆地.关于"落伍者"——自我批评:兼答程锡昌同志[N].解放日报,1942-07-15.

⑥ 毛泽东.论联合政府[M]//毛泽东选集:第3卷.北京:人民出版社,1991:1077.

⑦ 毛泽东.论联合政府[M]//毛泽东选集:第3卷.北京:人民出版社,1991:1078.

⑧ 毛泽东.新民主主义论[M]//毛泽东选集:第2卷.北京:人民出版社,1991:692.

分子"启蒙"的缓慢以及由此而来对于自我价值的怀疑和否定,直至开始去寻找新的皈依。正如钱理群所说的那样,"当四十年代的中国作家、诗人们'真诚'地将他千辛万苦终于寻到的'光明'在想象中夸大成没有任何矛盾、缺陷的绝对存在和终极归宿时,他们就将自己置于绝对地无条件地(满足,进而服从)'现实'的地位,自动放弃了作为知识分子存在标志的独立思考与批判权利"①。而《讲话》无疑给失去自己、迷失方向的知识分子指出了新的方向——工农兵方向,故知识分子会毫不犹豫地投入工农兵生活,去拥抱他们一心向往甚至近乎顶礼膜拜的新的工农生活,这种转折从而引起了他们思想上的变化。"这就是知识者迈向这条道路上(指走向工农大众,走向农村,放弃自己的思想情感方式——笔者注)的忠诚的痛苦。一面是真实而急切地去追寻人民、追寻革命,那是火一般炽热的情感和信念;另一面是必须放弃自我个性中的那种纤细、复杂和高级文化所培育出来的敏感、脆弱,否则就会格格不入。这带来了真正深沉、痛苦的心灵激荡。"②

　　知识分子的思想改造以及作家的这次转折一直延续到新中国。1951年11月24日,北京文艺界召开整风学习动员大会,胡乔木作了题为"文艺工作者为什么要改造思想"的报告,"思想改造"成为一个历史性转换的标志性命题。进而全国各地陆续开展文艺整风学习,强调的依然是20世纪40年代所存在的问题,有报刊指出,整风学习中存在的不良情况主要体现在:在各地区文艺领导干部中,有不少人在进城以后受到了资产阶级思想的包围侵蚀,思想中存在浓厚的小资产阶级意识,在执行文艺政策时不能正确掌握原则,甚至违背了毛泽东的文艺方针;在文艺工作者中间存在的问题,主要是不重视思想改造,把文艺当作谋取个人名利的工具,没有建立起文艺"第一为工农兵"服务的正确观点,甚至严重地存在脱离政治、脱离生活实践、盲目崇拜"技术"的思想。③ 另外,据《北京文艺界整风

---

① 钱理群."流亡者文学"的心理指归:抗战时期知识分子精神史的一个侧面[M]//王晓明.批评空间的开拓:二十世纪中国文学研究.上海:东方出版中心,1998:263.

② 李泽厚.中国现代思想史论[M].天津:天津社会科学院出版社,2003:234-235.

③ 应明.各地展开文艺整风学习[N].文艺报,1952-07-10.

学习基本情况》报道①,整风中暴露出来的错误文艺思想主要体现在以下四个方面:(1)文艺和政治的关系问题表现在单纯技术观点上,认为文艺与政治无关;或者把二者的关系庸俗化,认为在作品中装上几个政治口号,就算是为政治服务,就是文艺和政治结合,离开了艺术的真实性来要求艺术的政治功用,而不是使艺术和政治有机地结合在一起。(2)强调文艺为小资产阶级服务,对小资产阶级的关心和兴趣比对工农兵大,还有人把文艺当作获取个人名利的工具。(3)轻视普及,把普及看成是低级的工作,以为普及就是粗制滥造。(4)盲目崇拜西洋艺术,轻视民族艺术遗产。以上情况表明,知识分子的思想改造并不彻底,它是一个长期的过程,由于国际上"社会主义"与"资本主义"两大阵营的对立和斗争,知识分子中所谓的"(小)资产阶级"意识便格外受到意识形态的关注,唯有以"工农意识"取而代之才是根本。诗人何其芳深谙此道,他根据参加革命后的创作生活得出了一个最根本的经验:"一个从旧社会生长起来的人,如果不经过思想改造,即使参加了革命,他对新的生活的接触和认识仍然会受到很大的限制的,他的作品仍然是会流露出许多不健康的思想情感的。"②这种自觉而不无真诚地进行自我改造的想法,显得那么朴素和平静。

所以,新中国文艺界针对知识分子改造的大型批判运动频频发生,如对萧也牧创作倾向的批判、对《红楼梦研究》及"资产阶级唯心论"的批判、对胡风"集团"的批判、"反右派"斗争、"两个批示"。至于对个别的作品的批判就数不胜数了,如对路翎《洼地上的"战役"》的批评、对宗璞《红豆》的批评、对杨沫《青春之歌》的批评。郭小川的政治抒情诗《望星空》一出来便被封杀,并冠之以"资产阶级个人主义"的作品,"这首诗里的主导的东西,是个人主义,虚无主义的东西;它腐蚀了诗人自己的头脑,又在读者中间散发了腐蚀性的影响"③。"一个人心灵深处的消极的、非无产阶级的东西倘使不经过认真的洗刷,它总会冒了出来,损害公众并且损害自己。对自己的世界观(宇宙观、人生观)的彻底改造,决不可掉以轻心。"④在许多

---

① 北京文艺界整风学习基本情况[N].文艺报,1952-08-10.

② 何其芳.写诗的经过[M]//何其芳文集:第5卷,北京:人民文学出版社,1983:144.

③ 华夫.评郭小川的《望星空》[N].文艺报,1959-11-26.

④ 华夫.评郭小川的《望星空》[N].文艺报,1959-11-26.

时候,消除个人就是忠诚革命的含义之一。这终于形成了公开自己的全部内心活动、揭露种种思想根源的传统;也形成了无情地揭发、臆测、分析、批判他人内心反动思想的传统。① 四十年代王实味的悲剧在五十年代胡风身上重演了,"为了确立和巩固新中国意识形态领域中的马克思主义的主导作用和指导地位,强调宣传《讲话》精神是完全必需的,是符合当时的历史要求的。由于无产阶级领袖拥有极大的权威,由于长期残酷的阶级斗争所养成的人们对异端思想的敏感,由于文艺界历史形成的宗派主义意向的刺激、挑撩和酵母作用,使胡风不顾历史条件说出来的那些背时的触犯禁忌的话,非但得不到历史、党和学界人士的认同,反而自罹其难,酿成中国当代史上一出令人痛楚辛酸的个人悲剧"②。王实味的遭际何尝不是如此呢? 知识分子的理想主义在一个功利主义时代是格格不入的。策略上,五十年代舒芜在"胡风事件"中的角色与丁玲此时的角色如出一辙,"但是,我想,从今天起,从头开始,再来学习,还是来得及的。并且,我希望路翎和其他几个人,也要赶快投身于群众的实际斗争中,第一步为自己创造理解这个文件的起码条件,进一步掌握这个武器"③。胡风之路(或者说"五四"以来的启蒙之路)在新的环境中已不适应,这是舒芜的切身体会,于是他改变了策略开始处心积虑地向当权者靠拢。知识分子的自我批判、检讨则属于前者,相对来说,它也要比四十年代"丰富"了许多,如巴金的"忏悔":"我写文章同胡风、同丁玲、同艾青、同雪峰'划清界线',或者甚至登台宣读,点名批判;自己弄不清是非、真假,也不管有什么人证、物证,别人安排我发言,我就高声叫喊。说是相信别人,其实是保全自己。只有在'反胡风'和'反右'运动中,我写过这类不负责任的表态文章,说是划清界限,难道不是'下井投石'?! 我今天仍然因为这几篇文章感到羞耻。我记得在每次运动中或上台发言,或连夜执笔,事后总是庆幸自己又过了一关,颇为得意,现在看来不过是自欺欺人。"④而像林默涵这样执着地坚持自己的批判立场的人可不多,"我决不向任何人'忏悔'。

① 南帆.后革命的转移[M].北京:北京大学出版社,2005:47.
② 陆贵山.中国当代文艺思潮概论[M].北京:中国人民大学出版社,1989:95.
③ 舒芜.从头学习《在延安文艺座谈会上的讲话》[N].长江日报,1955-05-25.
④ 巴金.怀念非英兄[M]//巴金.随想录.北京:三联书店,1987:841.

因为我从来是根据自己的认识,根据当时认为符合党的利益和需要去做工作的,不是违心的,或是明知违背党的利益和需要还要那样去做的。过去如此,今天,今后也如此。这里不存在什么'忏悔'或宽恕的问题"①。如果说四十年代由于共同的利益(抗日救亡)知识分子的检讨和自我批判还有诸多真诚的成分的话,那么在五十年代,由于物质利益(譬如舒芜)等多种因素的介入,知识分子的检讨和自我批判更多的则是功利考虑了。

从左翼文学到解放区文学和十七年文学,文学的工具化取代了文学的自足性,文学成了为政治服务的工具。在抗日救亡、民族独立的时代背景下,《讲话》的文学工具论具有历史的合理性并顺延为当代文学界的根本指导方针,文学自足性的呼声和倾向处于弱势而被"主流"意识形态排斥和压抑。"文学的社会政治效用(功能),是毛泽东的文学思想的核心问题。毛泽东不承认具有独立品格和地位的文学的存在……现实政治是文学的目的,而文学则是政治力量为实现其目标必须选择的手段之一。"②另外,国际上美苏两大阵营的尖锐对立与斗争也促使十七年文学价值取向更加偏向于工具化、政治化。解放区革命文艺理论体系中的大众化价值取向论、太阳黑点论、知识分子思想改造论都是工具化、政治化在40—70年代文学创作与批评的具体实践,是为了取得文艺明确的"无产阶级的革命的"功利目的。国外学者指出,农民大众和知识分子中的精英是中国共产主义革命的两种本质力量,"中国共产主义革命一直存在着两种对立的内在驱力:一是精英主义倾向,指向理性化的等级秩序或集权化的组织体制;一是民粹主义倾向,强调依靠觉悟的农民大众"③。由于这两种本质力量属于不同的阶层,故他们所需要的和付出的都存在很大的差异,前者擅长于启蒙,故容易发前人之所未见,尤其是社会中的不完善之处(暴露)。后者擅长于实干,需要指引,故容易激励(歌颂)。延安道路在十七年时期得到进一步的强化,来自知识分子的声音被打压为"异端"(尤其是暴露),一般文艺家被共产党划在(小)资产阶级的阵营(右派),知识分

---

① 林默涵.胡风事件的前前后后[J].新文学史料,1989(3):28.

② 洪子诚.中国当代文学史[M].北京:北京大学出版社,1999:11-12.

③ 马克·赛尔登.革命中的中国:延安道路[M].北京:社会科学文献出版社,2002:204.

子"工农化"也成为这一时期知识分子的主要出路;相反,建构工农兵高大、完美的英雄形象则成为社会主义文艺的主要目标,不准暴露其缺点、不许写其落后的转变过程,唯"工农兵"(工农兵形象、工农兵创作、工农兵口味)是尊(主要是歌颂),社会主义文学、无产阶级文学甚至重回到三十年代"无产阶级文化派"所提倡的那些大众化运动式只为广大的劳动群众能够懂得的文艺,文艺发展至"文革"时终于彻底被沦为阶级斗争的工具。

第三节 借鉴与改造:俄苏文学资源

从 20 世纪 20 年代初开始,中国在吸收和借鉴西方各国文学时就比较注重俄国文学。"俄国布尔什维克的赤色革命在政治上,经济上,社会上生出极大的变动,掀天动地,使全世界的思想都受他的影响。大家要追溯他的原因,考察他的文化,所以不知不觉全世界的视线都集中于俄国,都集中于俄国的文学;而在中国这样黑暗悲惨的社会里,人都想在生活的现状里开辟一条新道路,听着俄国旧社会崩裂的声浪,真是空谷足音,不由得不动心。因此大家都要讨论研究俄国。于是俄国文学就成了中国文学家的目标。"[1]俄国的文学道路自此便深深地影响中国文学家。毛泽东非常重视俄国的十月革命及其经验和苏联社会主义建设的经验对中国革命的影响。早在四十年代,毛泽东在中国共产党第七次全国代表大会上的政治报告中,就指出苏联文化对于中国社会主义文化的模范价值:"苏联所创造的新文化,应当成为我们建设人民文化的范例。"[2]建国前夕,毛泽东又从政治思想上提出了"走俄国人的路"[3]的观点,这是"十七年文学

① 瞿秋白.俄罗斯名家短篇小说集[M]//瞿秋白文集·文学编:第 2 卷.北京:人民文学出版社,1986:序.

② 毛泽东.论联合政府[M]//毛泽东选集:第 3 卷.北京:人民出版社,1991:1083.

③ "中国人找到马克思主义,是经过俄国人介绍的。在十月革命以前,中国人不但不知道列宁、斯大林,也不知道马克思、恩格斯。十月革命一声炮响,给我们送来了马克思列宁主义。十月革命帮助了全世界的也帮助了中国的先进分子,用无产阶级的宇宙观作为观察国家命运的工具,重新考虑自己的问题。走俄国人的路——这就是结论。"毛泽东.论人民民主专政[N].人民日报,1949-07-01.

批评"借鉴与改造俄苏文学资源的最佳语境。周扬对这条路在文学艺术上的影响和示范作用也极力表示赞同:"'走俄国人的路',政治上如此,文学艺术上也是如此。"①在新中国第一次文代会上,郭沫若首次将苏联文学经验列为文学批评可资借鉴的重要资源:"我们要扫除半殖民地半封建的旧文学旧艺术的残余势力,反对新文艺界内部的帝国主义国家资产阶级文艺和中国封建主义文艺的影响,我们要批判地接受一切文学艺术遗产,发展一切优良进步的传统,并充分地吸收社会主义国家苏联的宝贵经验。"②《中国文学艺术工作者第二次代表大会通过两项决议》中进一步号召全国文学艺术工作者要"努力学习苏联文学艺术事业的先进经验,加强中苏两国文学艺术的交流"③。有研究者从文学史的角度,给我们描述了中国文学甚至中国人的生存状态在十七年时期的苏联言说方式,"属于社会主义阵营的中国大陆,是在一种自足的经济体系与自足的文化思想体系中产生的,它走的是从抗战时期开始实践的原苏联文学道路,并以毛泽东同志的文艺是革命机器的'齿轮和螺丝钉'为建设方针,成为世界范围内社会主义文学的重要组成部分,它通过阶级英雄的浪漫形象,豪迈的叙事基调和不可偏离大陆政治生活的文学方向,从思想意识和文化上加入世界的冷战,遏止了西方列强的世界扩张,尽管此间大陆文学发生了许多的事件和思想论争,但文学的形态和性质是没有什么变动的,中国人的生存状态在很大程度上是以一种原苏联的言说方式表达出来"④。由此可见,俄苏文学对新中国文学影响之巨大,意义之寻常。具体地说,我们可以从这一时期"社会主义现实主义理论"在中国的接受、高校文艺学教学及庸俗社会学理论的影响三个方面,来了解俄苏文学对"十七年文学批评"的影响和渗透。

---

① 周扬.社会主义现实主义:中国文学前进的道路[M].周扬文集:第2卷.北京:人民文学出版社,1985:183.

② 郭沫若.为建设新中国的人民文艺而奋斗[C]//中华全国文学艺术工作者代表大会纪念文集.北京:新华书店,1950:41.

③ 中国文学艺术工作者第二次代表大会通过两项决议[N].文艺报,1953-10-15.

④ 李赣,熊家良,蒋淑娴.中国当代文学史[M].北京:科学出版社,2004:9.

一、社会主义现实主义理论

社会主义现实主义作为一个创作方法或文艺思潮在中国的发展,应该追溯到 1933 年周扬首次介绍的 1932 年在全苏联作家同盟组织委员会第一次大会上所提出的"社会主义的现实主义"口号。[①] 1932 年,斯大林在一次文学座谈会上最先把苏联文学的创作方法定义为"社会主义现实主义":"艺术家应该真实地描写生活。而如果他将真实地描写生活,那么他就不可能不注意到、不可能不反映生活中引导他走向社会主义的东西。这就将是社会主义现实主义。"[②]后来,1934 年第一次苏联作家代表大会通过的《苏联作家协会章程》,则确立了"社会主义现实主义"的经典定义:"社会主义的现实主义,作为苏联文学与苏联文学批评的基本方法,要求艺术家从现实的革命发展中真实地、历史地和具体地去描写现实。同时艺术描写的真实性和历史具体性必须与用社会主义精神从思想上改造和教育劳动人民的任务结合起来。"[③]这一理论不同于旧现实主义的核心,在于"社会主义"这一政治性特征。当周扬把这一理论介绍到中国的时候,中国革命还处于新民主主义阶段,只有社会主义因素的萌芽,故这一理论没有合适的生存土壤。因此,这一理论在传入的当时就招致尖锐的批评:"所谓社会主义的现实主义者,其实就是在苏联制造的、加上了马克思主义的味精的、古典的写实主义和浪漫主义的炒什锦。这样的现实主义底形成不是一朝一夕的事,而这样的现实主义可以说是苏联为自己制造的、适足的鞋子。从前,在史太林的统治权还没有巩固的时候,苏联简直是不要艺术的。它只要群众大会的决议案、革命标语和口号,而把这些东西直截了当地称作'艺术',而同时又挂了一块'社会主义的现实主义'的招牌。事实上,这样的现实主义如果说是艺术的思潮还不如说是社

---

① 周扬.关于"社会主义的现实主义与革命的浪漫主义"[M]//周扬文集:第 1 卷.北京:人民文学出版社,1984:101.

② 科·柳·泽林斯基.在高尔基家中的一次会见[J].文学问题,1991(5):167.

③ 曹保华.苏联文学艺术问题[M].北京:人民文学出版社,1953:13.

会主义的思潮来得妥适吧!"①在这偏激之词中也道出了"社会主义现实主义"理论所存在的鲜明的无产阶级特征和政治功利目的,使文学成为政治的婢女,意识形态的附庸。有研究者已指出,这一理论在我国的接受与转化经历了传播与论争(1933—1937)、本土化与系统化(1938—1952)、艺术性与政治性之争(1953—1957)和接受的末流(1958—1959)四个阶段。② 前面我们已论述过,"十七年文学批评"发展过程中,曾经历过"社会主义现实主义的文学批评"的阶段。可见,"社会主义现实主义"理论在十七年中是有着合适的生存空间的。

　　"社会主义现实主义"理论在中国要成为占主导性的理论,势必首先要清理文学艺术中所存在的其他特征的现实主义理论,革命现实主义成为首先扬弃的理论,建国前夕,邵荃麟对革命现实主义提出的批评意见为"社会主义现实主义"的传入预留了位置:革命现实主义把创作实践和革命实践统一起来,指出具有明确的阶级性和政治倾向,具有积极、肯定的因素。也就是说,"革命现实主义"理论逊色于"社会主义现实主义"理论的因素之一,在于作家的世界观问题上,即缺少以社会主义思想为指导的世界观。另外,建国初期讲求文学的艺术特征的主流现实主义理论,也给"社会主义现实主义"理论的传播设置了不小的阻碍:"一篇作品是否真实,不在于它'如实地'描写了事实或现象,关键是否透过现象透视本质,是否通过生活现象的描写反映了生活的真实面貌(本质面貌)。如果不是这样,不管你所描写的事实或现象如何逼真,读者仍然会觉得这篇作品是不真实的。我们有些作者常常过于相信自己的眼睛和耳朵,认为自己耳目所经验的,就是真实的……实际上我们的耳目所接触的,常常是现实生活的表面现象,有时候甚至是偶然的现象。只有本质地理解并描写了'现有的'那个样子的生活面貌,才能写出'他应该有的'那个样子的生活面貌。"③在上海《文汇报》1949 年 8—9 月展开的关于"写工农兵,还是写资产阶级"的热烈争论、建国初期对电影《武训传》的批判以及对萧也牧创作

① 穆时英.电影艺术防御:斥掮着"社会主义的现实主义"的招牌者(二)[N].晨报,1935-08-12.

② 陈顺馨.社会主义现实主义在中国的接受与转化[M].合肥:安徽教育出版社,2000.

③ 萧殷.生活的真实与艺术的真实[N].文艺报,1951-04-10.

倾向的批判等文艺运动中,尽管也涉及现实主义理论中"社会主义"外在因素即作家的立场问题,但更多关注的则是文学本身内在因素即人物形象的问题。

面对如此压力,周扬结合《讲话》精神,加强了对于"社会主义现实主义"理论的宣传和建设工作。他在谈到继承民族文学艺术优良传统的同时,也不忘记强调学习苏联的"社会主义现实主义"理论:"我们必须向外国学习,特别是向苏联学习,社会主义现实主义的文学艺术是中国人民和广大知识青年的最有益的精神食粮,我们今后还要加强翻译介绍的工作。"①在谈到作家的立场时,周扬也不失时机地捧出了苏联的"社会主义现实主义"理论:"革命的艺术的新方法——社会主义现实主义应当成为我们创作方法的最高准绳。"②因此,在新中国即将完成三大改造任务之际,周扬把学习苏联的"社会主义现实主义"理论作为大家重要学习的任务:"摆在中国人民,特别是文艺工作者面前的任务,就是积极地使苏联文学、艺术、电影更广泛地普及到中国人民中去,而文艺工作者则应当更努力地学习苏联作家的创作经验和艺术技巧,特别是深刻地去研究作为他们创作基础的社会主义现实主义。"③由此他肯定中国文学正在这一理论的光辉照耀下并自信地宣告中国文学已经迈上了"社会主义现实主义"的"康庄大道":"社会主义现实主义,现在已成为全世界一切进步作家的旗帜,中国人民的文学正在这个旗帜之下前进。"④"追踪在苏联文学之后,我们的文学已经开始走上社会主义现实主义的道路;我们将在这个道路上继续前进。"⑤1953年,在中国文学艺术工作者第二次代表大会上,周扬

---

① 周扬.坚决贯彻毛泽东文艺路线[M]//周扬文集:第2卷.北京:人民文学出版社,1985:61.

② 周扬.毛泽东同志《在延安文艺座谈会上的讲话》发表十周年[M]//周扬文集:第2卷.北京:人民文学出版社,1985:145.

③ 周扬.社会主义现实主义:中国文学前进的道路[M]//周扬文集:第2卷.北京:人民文学出版社,1985:182.

④ 周扬.社会主义现实主义:中国文学前进的道路[M]//周扬文集:第2卷.北京:人民文学出版社,1985:186.

⑤ 周扬.社会主义现实主义:中国文学前进的道路[M]//周扬文集:第2卷.北京:人民文学出版社,1985:191.

正式宣布了"苏联社会主义现实主义的文学艺术"成为"我们学习的最好的范本","社会主义现实主义方法作为我们整个文学艺术创作和批评的最高准则"①,也第一次肯定《讲话》后中国的文学艺术就是"社会主义现实主义的文学艺术",鲁迅则是"社会主义现实主义的伟大先驱者和代表者"②,并认为获得斯大林奖金的《太阳照在桑干河上》、《白毛女》、《暴风骤雨》就是其中优秀的作品。这种不顾历史事实而不惜把中国的"社会主义现实主义"文学提前至《讲话》,把鲁迅作为实践"社会主义现实主义"理论的奠基人的做法,显示了建构新的现实主义理论急切的心理和如何建构新的现实主义理论的焦虑,苏联的"社会主义现实主义"理论成了引进的重要理论。在批判胡风文艺思想时,周扬又把"社会主义现实主义"理论中世界观内容作为批判的武器:"社会主义现实主义的公式是马克思列宁主义对文学艺术方法的基本观点和历史贡献……现实主义应当包括在马克思主义里面,只有马克思主义才能对现实主义作最完满的理解。"③尽管"双百"方针后,周扬对他以前所坚定的这一理论的内涵有所动摇,如"对于社会主义现实主义,我们要反对把它当作教条,不要去推敲它的定义"④,"不管定义有没有问题,我觉得我们不必去强调它"⑤,"社会主义现实主义只是指示人们一个方向"⑥,"至于具体的方法,决不是立一个定义所能规定了的"⑦。但随着"反右"斗争的扩大化,周扬对"社会主义现实主义"理论又进行了新的阐述:"社会主义文学是历史上前所未有的一种

---

① 周扬.为创造更多的优秀的文学艺术作品而奋斗[M]//周扬文集:第2卷.北京:人民文学出版社,1985:248-249.

② 周扬.为创造更多的优秀的文学艺术作品而奋斗[M]//周扬文集:第2卷.北京:人民文学出版社,1985:247.

③ 周扬.我们必须战斗[M]//周扬文集:第2卷.北京:人民文学出版社,1985:325.

④ 周扬.关于当前文艺创作上的几个问题[M]//周扬文集:第2卷.北京:人民文学出版社,1985:415.

⑤ 周扬.关于当前文艺创作上的几个问题[M]//周扬文集:第2卷.北京:人民文学出版社,1985:410.

⑥ 周扬.关于当前文艺创作上的几个问题[M]//周扬文集:第2卷.北京:人民文学出版社,1985:411.

⑦ 周扬.关于当前文艺创作上的几个问题[M]//周扬文集:第2卷.北京:人民文学出版社,1985:411.

新型的文学。过去任何时代的文学都不能和它相比。历来的文学作品中很少把工人、农民的劳动和斗争当作作品的主题。真正的劳动者,那些创造社会物质财富和精神财富的人,在过去的作品中没有得到应有的地位。地主、贵族、商人、资产阶级及其在政治上和思想上的代表人物占据了过去作品的绝大篇幅。这是不公平的。社会主义文学从根本上改变了这个不合理的现象。为劳动人民服务,是社会主义文学的根本方针。它以无限的热情肯定和歌颂了工人阶级的伟大斗争。它描写了建立在社会主义基础上的人与人之间的新的关系、新的道德和风习,描写了那些逐步摆脱了旧社会影响的新的人物、新的性格以及他们对旧事物旧思想的斗争。从来没有一种文学能够像社会主义文学那样有力肯定生活,肯定现实,那样坚定地相信人类,相信未来,相信人民的无穷的创造力。从来没有一种文学在思想上和情感上能够像今天的文学这样彻底地解放,有这样乐观的精神,雄伟的气魄,远大的理想。"[①]这种阐释更加贴近苏联"社会主义现实主义"的内涵了。

　　苏联的"社会主义现实主义"理论在中国的确立和发展也离不开党和政府的宣传,习仲勋对电影工作发表意见时也是从这一角度出发的,"在文学艺术工作上学习苏联,学习社会主义现实主义的创作方法是坚定不移的,是不能够动摇的"[②]。茅盾在全国第二次文代会的报告中对周扬所作的报告中有关"社会主义现实主义"理论表示了大力支持:"社会主义现实主义在我国文学上并不是一个新的问题,'五四'以来中国革命的文学运动,就是在工人阶级思想领导下沿着社会主义现实主义的方向发展过来的。特别从一九四二年毛主席在延安文艺座谈会讲话以后,更明确地奠定了中国文学上社会主义现实主义的理论基础,因而把'五四'以来的工人阶级领导的中国文学运动推进到一个新阶段。"[③]在这次会议的报告中,邵荃麟详细地指出了"社会主义现实主义"理论的具体表现内容:"文学艺术在思想教育和思想斗争上的巨大作用,是通过文学艺术所特有的

　　①　周扬.文艺战线上的一场大辩论[N].文艺报,1958-03-11.

　　②　习仲勋.对于电影工作的意见[J].电影创作通讯,1953(1):18.

　　③　茅盾.新的任务和新的现实[M].茅盾文艺评论集:上.北京:文化艺术出版社,1981:91.

艺术感染力量而取得的。这样的思想教育和思想斗争工作显然不可能依靠抽象的原理或者主观的想象,而只有依靠对于革命发展中的现实生活本身的认识和对于现实生活的真实描写,来达到服务于政治的目的。这即是说用对于我们人民生活的真实和具体的描写,和以上所说的思想教育和思想斗争任务结合起来,这就是我们目前社会主义现实主义文学所要求的内容。"①"社会主义现实主义作家描写真实,是为了宣传社会主义,为了用社会主义来教育人民和改造生活。因此,他是有立场地去描写真实。"②中宣部部长陆定一也明确提倡"社会主义现实主义"这一创作方法:"社会主义现实主义,我认为是最好的创作方法,但并不是惟一的创作方法;在为工农兵服务的前提下,任何作家可以用任何自己认为最好的创作方法来创作,互相竞赛。"③可以说,正是这些重要的会议、代表党的重要人物的提倡和推广,更加快"社会主义现实主义"理论在中国的发展。

"社会主义现实主义"理论曾一度因"社会主义时代的现实主义"理论的出现而引起争论。何直指出,"社会主义现实主义"理论中的社会主义精神,"只是作家脑子里的一种抽象的概念式的东西,是必须硬加到作品里去的某种抽象的观念……那结果,就很可能使得文学作品脱离客观真实,甚至成为某种政治概念的传声筒"④。故何直认为当前的现实主义不妨称为社会主义时代的现实主义。这涉及艺术的世界观与创作之间的关系,世界观(包括鲜明的阶级性和政治原则)不应是一种抽象的教条而应该化作作家创作的有机部分。持此看法的还有冯雪峰:"社会主义现实主义的特质,就在于它是完全唯物论的,在于它是以无产阶级的哲学为自己的行动(创作)的指南的,在于它以对于世界的正确认识来从事改造世界,

---

① 邵荃麟.沿着社会主义现实主义的方向前进[M]//邵荃麟评论选集:上.北京:人民文学出版社,1981:307-308.

② 冯雪峰.关于社会主义现实主义[M]//雪峰文集:2.北京:人民文学出版社,1983:689.

③ 陆定一.百花齐放,百家争鸣[N].人民日报,1956-06-13.

④ 何直.现实主义:广阔的道路[M]//文学理论争鸣辑要:下.上海:上海文艺出版社,1983:649-650.

即从对于现实的正确反映以推进现实的前进。"①饶有趣味的是,周扬早在30年代译介苏联的"社会主义现实主义"理论时,就指出了这一错误之处:"虽然艺术的创造是和作家的世界观不能分开的,但假如忽视了艺术的特殊性,把艺术对于政治,对于意识形态的复杂而曲折的依存关系看成直线的,单纯的。换句话说,就是把创作方法的问题直线地还原为全部世界观,却是一个决定的错误。"②其实,在这一理论的社会主义(政治性)和现实主义(艺术性)两个因素中,艺术性应该居于首要地位,政治性应融合在艺术性之中,在尊重艺术规律的前提下体现政治性,才是这一理论应有的意义。只要做到了这一点,关于是"社会主义时代的现实主义",还是"社会主义现实主义"的命名也就显得不重要了。

另外,"社会主义现实主义"理论也因"革命现实主义和革命浪漫主义"相结合理论的出现而引发了探讨。在"两结合"的口号提出来之前,茅盾就针对"社会主义时代的现实主义"引起的命名问题并结合革命浪漫主义创作方法,对这一理论作过阐述:"社会主义现实主义创作方法体验着理想与现实的结合,也体验着革命浪漫主义和现实主义的结合。而所以有此可能,就因为社会主义现实主义的思想基础是辩证唯物主义和历史唯物主义。也就是在这一点上,说明了社会主义现实主义虽然继承了旧现实主义的传统,却完全是一种新的创作方法,因此,认为毋须另立新名(社会主义现实主义)而只要称为'社会主义时代的现实主义'就可以了的说法,是错误的;因为它抹煞了旧现实主义和社会主义现实主义这两种创作方法的思想基础的迥然不同,也模糊了社会主义现实主义的鲜明的阶级性和政治原则。"③一方面结束了上述两名称引起的争论并最终确认了"社会主义现实主义"理论的科学性;另一方面,又把这一理论引上具有中国特色的途径上来了。而冯雪峰在更早以前就把革命浪漫主义特征作为"社会主义现实主义"的一个组成部分:"这样,以对现实认识的客观正确性和历史具体性、对于改造世界的实践积极性、对于将来的科学预见及乐

---

① 冯雪峰.中国文学从古典现实主义到社会主义现实主义的发展的一个轮廓[M]//雪峰文集:2.北京:人民文学出版社,1983:463.

② 周扬.关于"社会主义的现实主义与革命的浪漫主义":"唯物辩证法的创作方法"之否定[M]//周扬文集:第1卷.北京:人民文学出版社,1984:106.

③ 茅盾.夜读偶记[M]//茅盾文艺评论集:下.北京:文化艺术出版社,1981:874.

观主义等,使自己的特质表现得非常显著和突出的社会主义现实主义,其本身就赋有革命浪漫主义的因素或性质,也是非常明白的。因此,它混合革命浪漫主义到自己的有机的构成部分,也是有辩证唯物主义的科学依据的。我以为从对于现实的发展观点和对于将来有科学根据的伟大共产主义的预见出发,把革命浪漫主义作为自己的特性之一,这也当然是社会主义现实主义的一个很重要的、基本的特征。"①自"两结合"理论提出来后,文艺批评中关于"社会主义现实主义"理论的讨论便如火如荼地展开了。郭沫若直接把两者等同起来:"马克思列宁主义为浪漫主义提供了理想,对现实主义赋予了灵魂,这便成为我们今天所需要的革命的浪漫主义和革命的现实主义,或者这两者的适当的结合——社会主义现实主义。"②茅盾的观点与其极为相似:"在一个具有马列主义世界观的作家或艺术家的艺术实践中,现实主义和革命浪漫主义的结合,是到达社会主义现实主义的道路。"③这一观点在《文艺报》社论《刻苦努力,争取文艺工作的更大胜利》中取得了合法性存在:所谓革命现实主义和革命浪漫主义相结合的艺术方法,就是"把革命精神和求实精神相结合的原则运用在文学艺术上,把文学艺术中现实主义和浪漫主义这两种艺术方法辩证地统一起来,以便更有利于表现人民群众的英雄时代的英雄人物,有利于全面地吸取文学艺术遗产中一切优良传统,有利于更好地发挥作家艺术家不同的个性和风格。这个艺术方法要求作家艺术家站在共产主义思想的高度来观察现实和反映现实,同时为革命的作家艺术家开辟最广阔的创作途径"④。周扬则树敌为"修正主义"而坚决地捍卫了这一观点:"修正主义者拼命攻击社会主义现实主义,其目的就是诽谤社会主义文学的伟大成就,攻击社会主义制度,企图把社会主义作家拉到资产阶级的道路上去。他们以'写真实'为借口来反对文学艺术用社会主义精神教育人民的崇高任务。我国秦兆阳就是这样。而一些革命精神衰退或者革命意志不坚定

① 冯雪峰.中国文学从古典现实主义到社会主义现实主义的发展的一个轮廓[M]//雪峰文集:2.北京:人民文学出版社,1983:465-466.

② 郭沫若.浪漫主义和现实主义[J].红旗,1958(3):27.

③ 茅盾.关于革命浪漫主义[J].处女地,1958(8):35.

④ 刻苦努力,争取文艺工作的更大胜利[N].文艺报,1960-07-26.

的作家也接受了这种修正主义思潮的影响。他们在社会主义现实生活中专门寻找阴暗的角落和历史的垃圾,看不见社会主义现实的光辉整体和更光辉的共产主义前途。我们主张文艺应当表现革命发展中的现实和对于更美好未来的理想,把革命现实主义和革命浪漫主义结合起来,这就正是对于修正主义者的进攻的一个有力的回答。"①当代研究者也看到这两个概念的名异而实同:在从"社会主义现实主义"的创作口号转向"两结合"的口号的过程中,"'相结合'正意味着革命浪漫主义因素脱离社会主义现实主义创作方法而独立开来,再跟革命的现实主义'结合'起来。换句话说,'相结合'名义上把革命浪漫主义在社会主义现实主义的从属地位,提升到跟革命现实主义同等重要的位置,不过,实质上与社会主义现实主义没有很大的差别。不过,命名在中国却是一种权力的表现,毛泽东利用一个先'分'后'合'的过程重新掌握对现实主义文学的阐释权,也以此种话语权调整中苏之间的权力关系"②。

　　总之,"社会主义现实主义"理论在中国的传播与转化过程中,自始至终强调的是其中的"社会主义"因素,这一点也成为"十七年文学批评"的一个重要标尺。如在对胡风文艺思想的批判中,批判者便使用了这一武器。林默涵认为胡风的错误之一在于"看不到旧现实主义和社会主义现实主义的根本区别",不懂得"社会主义现实主义者"首先具有"工人阶级的立场和共产主义的世界观"。③ 蔡仪从"社会主义现实主义"这一定义出发,指出"真实地、历史地和具体地去描写现实"是过去的现实主义作品在一定程度上也具有的,"用社会主义精神从思想上改造和教育劳动人民的任务"则不是以往的现实主义文学所具有的。蔡仪批判了胡风否定"社会主义现实主义和过去的现实主义在思想根源上的区别"的观点。④ 而在具体的文学史写作中,文学史家把"社会主义现实主义"的发展都上溯

---

① 周扬.我国社会主义文学艺术的道路[N].文艺报,1960-07-26.

② 陈顺馨.社会主义现实主义理论在中国的接受与转化[M].合肥:安徽教育出版社,2000:321.

③ 林默涵.胡风的反马克思主义的文艺思想[N].文艺报,1953-01-30.

④ 蔡仪.批判胡风的资产阶级唯心论文艺思想[M]//探讨集.北京:人民文学出版社,1981:70-72.

到"五四",用具体的文学现象"解释"和"印证"了周扬的观点,如丁易认为,"中国现代文学,从'五四'发展到现在,它的主潮一直是现实主义,并且是朝着社会主义现实主义方向发展的。社会主义现实主义的方向,是'五四'以来中国文学运动的基本方向"①。刘绶松则将 1917 年到 1949 年的几个文学发展阶段依次解释为"社会主义现实主义"文学的萌芽、逐渐发展、迅速发展、成为主流和取得胜利等五个时期,并以"社会主义现实主义"所强调的功利标准来衡量不同时期的作家作品与文学现象,判定其革命或反革命、进步或反动。② 总之,作为一个外来的创作方法或文学思潮,对其选择和使用都有着特定的语境而带上了时代的烙印,"社会主义现实主义"并没有履行其作为文学的职责,更多的是承担着主流意识形态的政治功利性功能,是党的文艺批评家用来建构和捍卫自身社会主义新秩序的一个工具。因此,我们说,"'社会主义现实主义'并不是一种自发性的文学思潮,它并没有文学创作的自然基础,而是由政治权力结构按照国家意志制造出来并强制推行的文学模式"③。对胡风文艺思想的批判,"实质上就是'社会主义现实主义'对'五四'现实主义思想的绞杀。"④当 60 年代阶级斗争越来越尖锐的时候,"社会主义现实主义"理论所适宜的生存环境也发生了骤变,其被新的现实主义理论(如"现实主义深化论")所取代,也就是顺理成章的事了。

二、高校文艺学教学

对于当代文艺学教材的"苏联模式",研究者大都关注维诺格拉多夫的《新文学教程》(1952 年,此前曾被译介至中国)、季摩菲耶夫的《文学原理》(1953 年)和毕达可夫《文艺学引论》(1958 年)等教材,而作为新中国成立后第一部"苏联模式"的蔡特金的《文艺学方法论》(任白涛译,北新书局 1950 年版)则往往偏离于人们的视线之外。该书共 5 章,分别为"方法与世界观"、"马克思主义以前的文艺学史料编纂问题"、"马克思主义以前

---

① 丁易.中国现代文学史略[M].北京:作家出版社,1955:2.
② 刘绶松.中国新文学史初稿[M].北京:作家出版社,1956.
③ 杨春时."社会主义现实主义"批判[J].文艺评论,1989(2):5.
④ 杨春时."社会主义现实主义"批判[J].文艺评论,1989(2):6.

的文艺学基本思潮概观"、"文艺学中的阶级斗争"、"依据马克思主义的文艺学方法论遗产利用问题",而"阶级斗争"则是贯穿全书的一条主线。在1951年《文艺报》编辑部开设了"关于高等学校文艺教学中的偏向问题"的讨论中,就可以看到这一问题的曲折反映。编辑部指出,在高校的文艺教育上,"存在着相当严重的脱离实际和教条主义的倾向;也存在着资产阶级的教学观点……对新的人民文艺采取轻视的态度,对毛主席的《在延安文艺座谈会上的讲话》认识不足……"①在两种态度的好坏和两条路线的孰轻孰重的对比中,希望文艺教学中突出阶级斗争便显得很重要。另外,读者来信中大多也关涉这个问题,如"先生讲起书来很少联系到文艺的方向。譬如讲思想性艺术性吧,不是以人民的文艺和社会主义现实主义文艺为主要线索,而是以古典的外国作品《哈姆雷特》、《奥勃洛摩夫》等作品为主要举例"②,"随着这种脱离实际、脱离政治的倾向,必然产生的,就是对人民文艺的轻视态度和文艺思想上的混乱"③,"有的教授以维诺格拉多夫的《新文学教程》为主要教材,或把《文学初步》当作主要参考书,此外再找些资产阶级的文艺理论(当然不是故意的)作参考,或用西洋名著作例子讲解。这样,仅注意外国的作品,或对中国作品(尤其人民文学)不够重视,就忽视了工农兵的文艺方向,也就不知不觉的脱离了实际"④等。从上述来信中,我们看到,对于新生的人民当家做主的国家,很显然对旧有的资产阶级文化的东西持敌视的态度,如对所谓"小资产阶级的温情主义"的"真情实感"加以讽刺,⑤他们一心想突出的便是《讲话》后确立的工农兵文艺方向,如说"人民性、阶级性、世界观,讲得很抽象,而技巧(特别是外国作品技巧)则讲得很具体,这就是问题的症结"⑥。李希凡的观点更直接和尖锐,他指出在文艺学教学中,存在"完全漠视""小资产阶级思想改造"的问题和"轻视人民文艺"的问题。⑦

①　关于高等学校文艺教学中的偏向问题[N].文艺报,1951-11-10.

②　张祺.离开毛主席的文艺思想是无法进行文艺教学的[N].文艺报,1951-11-10.

③　张祺.离开毛主席的文艺思想是无法进行文艺教学的[N].文艺报,1951-11-10.

④　王之棣,刘中民.怎样才能学好《文艺学》?[N].文艺报,1951-11-10.

⑤　詹铭新.学习文艺的目的何在?[N].文艺报,1951-11-10.

⑥　张祺.离开毛主席的文艺思想是无法进行文艺教学的[N].文艺报,1951-11-10.

⑦　李希凡.对我校文艺教学问题的几点意见[N].文艺报,1952-11-10.

上述来信也透视出这一时期高校文艺教学在教材编排和使用上的"苏联模式",很多老师都把维诺格拉多夫的《新文学教程》作为教学的重要参考书目,另外辅以其他同类教材。如来信中就提到这一问题:"这门课中,我们的参考书有维诺格拉多夫的《新文学教程》、巴人的《文学初步》、齐鸣的《文艺的基本问题》、以群的《文学底基础知识》、A.顾尔希坦的《论文学的人民性》。然而如果说这是我们的参考书,不如说是我们的教科书更符合我们教学的实际情况。我们老师讲的,全然是书上的一套。甚至有一次在讲文学的内容和形式时,我们的老师就是拿了上面的四本书,在课堂上选读了几段,略加解释就算完了。"[①]在这几本参考书中,以群的《文学底基础知识》是维诺格拉多夫的《新文学教程》的中国版,巴人的《文学论稿》也明显受到维诺格拉多夫的《新文学教程》的影响。维诺格拉多夫的《新文学教程》分为三个部分:第一部分为"总论"(文学的定义):形象性、典型性、思想的内容、艺术性、历史性、艺术文学的机能、艺术的典型的意义;第二部分为"主题与结构":主题、幽默与讽刺、人的形象——典型、性格描写、本事、写景、全体的结构;第三部分为"艺术作品的风格和形式":风格方法、社会主义的现实主义、种类(叙述诗作品、戏剧作品、口头文学)。以群的《文学底基础知识》包括十二个部分:文学的本质;文学的艺术性和社会性;文学和现实;题材和主题;文学的创作方法;浪漫主义;现实主义;新现实主义;文学的概括性;文学的语言;文学的形式;文学的遗产。巴人的《文学论稿》分四个部分:第一部分论述文学的社会基础(文学的产生、作为上层建筑的文学、文学与其他社会观念形态的关系);第二部分论述文学的本质(文学的现实本质、文学的思想性——阶级性、人民性,文学的艺术本质——语言艺术、形象性、典型性);第三部分论述文学的创作(创作的准备、创作的实践);第四部分论述文学的形态(文学的种类及其形式、文学的风格及其流派)。而吕荧的教学大纲则为:序论;第一章艺术的起源;第二章什么是文学;第三章文学的阶级性;第四章文学的特性;第五章文学作品的内容和形式;第六章文学作品的创作;第七章文学作品的种类;第八章文学的创作方法(此章现拟并入第六章);第九章社

---

① 郭木.文艺教学不能脱离实际[N].文艺报,1951-11-10.

会主义现实主义;第十章新中国的人民文学。① 从上述纲目对比中可见,50 年代初期的高校文艺教学无论是从教材使用,还是在教学大纲的执行上都没有脱离"苏联模式"。但是,这一模式更多侧重的是艺术本体,似乎并不适应新的需要,从《文艺报》开设的"关于高等学校文艺教学中的偏向问题"的讨论中大量出现的青年学生的不满便可说明这一点。

1955 年,教育部请来苏联专家毕达可夫在北京大学文艺理论研究生班讲文艺理论课,训练了一批文学理论教师,"这次苏联专家讲课的积极成果是有了一个文艺学概论的体系,《文艺学引论》一书在高等教育出版社出版。中国有不少有经验的教师,一边听课,一边在构思,结合中国的创作实践写出了一批中国自己的文艺教材。例如蒋孔阳写出了《文学的基本知识》,霍松林写出了《文艺学概论》。东北师大李树谦听课时,以最快的速度把讲课笔记寄回学校,那里即有人整理,加上中国作品的实例,再向学生讲授,后来编成《文学概论》这一教材"②。这批学生毕业后便迅速充实到全国各地的高校的文艺理论教师队伍中,"社会主义现实主义"成为流行的文学观。随后其讲稿《文艺学引论》在全国出版发行,该著"更令人瞩目的是阶级斗争理论在文艺学中的贯彻",它被中国学界所"肯定",在中国高校文艺教学中"留下了深远的影响"。③ 苏联专家的讲学和教材在全国的出版发行是一种政府行为,也可以看作是主流意识形态对早期所使用的苏联文艺学模式的一次挽救。

该教材认为文学发展的历史是阶级斗争的历史,把文艺界的斗争看成是阶级斗争:"文学流派的斗争和交替是阶级斗争的形式之一。"④其次,教材还认为,在文学活动中存在"两个方向的斗争","现实主义和形式主义的斗争像一根红线一样贯穿着整个文学和文学科学的历史。现实主义在全部历史过程中都是进步的潮流,进步的文学活动家都站在它的旗帜下。反动阶级永远是贪婪地抓住形式主义、反动的浪漫主义和神秘主

---

① 吕荧.吕荧同志来信[N].文艺报,1951-11-10.
② 胡经之.我看文艺学教材[M]//胡经之文丛.北京:作家出版社,2001:94.
③ 孟繁华.中国 20 世纪文艺学学术史:第 3 部[M].上海:上海文艺出版社,2001:136-138.
④ 毕达可夫.文艺学引论[M].北京:高等教育出版社,1958:440.

义……"①并把现实主义和形式主义完全对立起来,现实主义是文学史上的主要方法,是"提供现实现象的真实图画和深刻了解现实现象的文学艺术中的潮流"②。形式主义则是"保持外表的形式而损害事物的实质"③,"作为创作方法的形式主义是根本和现实主义对立和敌对的,它是艺术中反动的、唯心的潮流"④。再次,在艺术性与思想性两者中,强调了思想性,把思想性当成衡量文学作品的首要标准。"作品的艺术性首先决定于它的思想性,决定于艺术家所拥护的社会理想的意义,决定于作品的人民性、作家的技巧,并且也决定于作品的认识教育作用和社会改造作用。"⑤"作家反映现实,选择和评价生活现象所依据的思想越进步,艺术作品就越有意义,越真实,越深刻。"⑥这样,高校文艺学教学实际上已经开始贯彻文学批评中强调阶级斗争、思想标准(政治标准)高于艺术标准这些具体内容。1958年,《文艺报》设立"大学文学教学改革特辑",把高校文艺学教学与具体的阶级斗争实践直接结合起来。武汉大学率先揭露自己存在的"严重的问题","要求加强文艺理论课程","文艺理论教学要以毛泽东同志《在延安文艺座谈会上的讲话》和最近的著作为中心,密切联系创作的发展,联系思想斗争,联系实际生活,总结现代文学创作的成就和现代文艺思想斗争的经验"⑦。南开大学则发动了文学教学中两条道路的斗争,在文艺理论课中也存在两条道路的斗争:"文艺理论教学,基本上成了逐条回答教学提纲和名词解释,根本不联系实际,不联系当前的文艺思想斗争。讲文学的思想性、党性,完全不谈作家的思想改造。讲艺术的真实性,完全不介绍'写真实'的争论。"⑧中山大学则揭露了文学理论教学中表里不一的现象:"有一种人,表面看来好像是愿意学习马列主义文艺

---

① 毕达可夫.文艺学引论[M].北京:高等教育出版社,1958:524.

② 毕达可夫.文艺学引论[M].北京:高等教育出版社,1958:448.

③ 毕达可夫.文艺学引论[M].北京:高等教育出版社,1958:453.

④ 毕达可夫.文艺学引论[M].北京:高等教育出版社,1958:453.

⑤ 毕达可夫.文艺学引论[M].北京:高等教育出版社,1958:194.

⑥ 毕达可夫.文艺学引论[M].北京:高等教育出版社,1958:217.

⑦ 孟宪鸿.高举红旗,破浪前进:武汉大学中文系在大跃进中[N].文艺报,1958-08-11.

⑧ 纪延.南开大学文学教学中的两条道路的斗争[N].文艺报,1958-08-11.

理论的,但骨子里还是死抱住资产阶级观点不放。他们学习马列主义文艺理论不过是摘下一些马列主义的词句,当作标签贴在自己的文章或讲义中,掩饰自己的资产阶级思想。"①北京师范大学中文系强调文学理论与实践的统一:"脱离了无产阶级革命和文艺运动实际,脱离了当前文艺思想斗争,脱离了同学的思想实际,这样的文学理论能值几文钱呢? 如果不帮助同学解决文艺思想问题、不帮助同学辨别香花和毒草、不促使同学热爱社会主义文学,开和不开文学理论这门课有什么区别呢? 文学理论应当以毛主席的《讲话》为指导思想和中心教材……明确文艺为工农兵服务……才能起反对资产阶级文艺思想的斗争武器的作用。"②基于此,《文艺报》发表短评说:"这是一次不平常的战役。"③"这是一场深刻的阶级斗争。从揭露的许多材料来看,许多教师不是明目张胆地否定无产阶级文学,反对党的文艺路线,就是宣扬剥削阶级腐朽的思想感情、治学方法。实际上政治性是很强的。但是他们打着'学术'的幌子,他们的毒不易看出来。"④这样,在高校文艺学教学中也引入了阶级斗争,文学的艺术特性、文学的审美功能都成为奢谈。原本打算从事系统的理论研究、埋头于奥勃洛摩夫典型人物的研究的李希凡,最终却选择了投入到现实的斗争中,这是实例。至于在选择学术研究还是阶级斗争时所产生的矛盾心态,在高校文艺教学者及其研究者身上就更为普遍了。

此外,在 60 年代蔡仪主编的《文学概论》中,其"苏联"痕迹也是很明显的。文学的阶级性是一个重点论证的命题,"文学为政治服务,也就是为阶级斗争服务"⑤,号召用阶级的眼光划分民主主义、社会主义文化成分和资产阶级文化成分。1956 年作家出版社重版的季莫菲耶夫的《苏联文学史》(上、下卷),就是把社会政治发展的分期标准作为文学史分期的基本依据,这影响了华师版《中国当代文学史稿》(华中师范学院中国语言文学系编著,科学出版社,1962 年版)的文学史写作,如把 1949—1960 年

① 董天鹏.厚古薄今种种在中大[N].文艺报,1958-08-11.
② 北京师范大学中文系.把红旗插遍文学教学的阵地上[N].文艺报,1958-08-11.
③ 闻山.不平常的战役[N].文艺报,1958-08-11.
④ 闻山.不平常的战役[N].文艺报,1958-08-11.
⑤ 蔡仪.文学概论[M].北京:人民文学出版社,1979:50.

的当代文学分为三个时期:1949 年到 1952 年"国民经济恢复时期的文学"、1953 年到 1956 年"社会主义改造和社会主义建设初期的文学"、1957 年以来的"整风和'大跃进'以来的文学"。用对应于哲学上"唯物主义"的"现实主义"与对应于哲学上"唯心主义"的"形式主义"的简单对立,来判决文艺批评的是非曲直,最终也落入一种简单化。

三、庸俗社会学

"庸俗社会学"这一名词,最初是 20 世纪 30 年代在苏联开始使用的,在文艺学中,当时主要是指导以弗里契和彼列韦尔泽夫为主要代表人物的文艺学派。① 20 世纪 20 年代苏联庸俗社会学理论的坚持者弗里契就曾断言:"造型艺术——正像任何艺术一样——履行着一定的社会功能。通过形象对感情与想象力发生作用,通过感情与想象力又对个人的思想发生作用,造型艺术把一切加以组织、整顿、调整,使之为社会集团的利益服务,或为这个集团的这一那一部分服务,如果社会分为阶级的话,就是为该社会的这一那一阶级的利益服务。"②另一位苏联庸俗社会学理论家彼列威尔泽夫认为,文学创作中的"灵感是在整个下意识领域鸣响着的阶级的呼声"③。总之,在庸俗社会学文学理论中,充满蕴藉的文学话语系统成了阶级存在的单纯代名词,文学批评的审美话语被抽象的社会政治话语所替代。尤其值得注意的是,"弗里契在这一时期建立起了直接用生产力与生产关系的发展来解释艺术发展的庸俗社会学的美学,并被许多人认为就是马克思主义的美学"④。也就是说,在马克思文学思想的西方话语系统和俄国话语系统两种系统中,后者影响着中国当代文论的发展,如 30 年代中国左翼文坛一度盛行的"唯物辩证法的创作方

---

①　吕智敏.文艺学新概念辞典[M].北京:文化艺术出版社,1990:149.

②　弗里契.艺术社会学[M]//江西省文联文艺理论研究室.外国现代文艺批评方法论.南昌:江西人民出版社,1985:183.

③　彼列威尔泽夫.马克思主义文艺学诸问题[M]//江西省文联文艺理论研究室.外国现代文艺批评方法论.南昌:江西人民出版社,1985:187.

④　刘纲纪.略论 19 世纪末至 20 世纪马克思主义美学[J].文艺研究,1999(9):91.

法"①,便是一种典型的庸俗社会学思想的体现。

庸俗社会学这一概念在文学上与简单、机械、僵化的教条主义倾向、公式化、概念化倾向及图解政治的写作模式等可以画上等号。因此,在前面所论述的"社会主义现实主义"与社会主义时代的现实主义的争论中,就体现出对社会主义现实主义发展中的庸俗化的一面,"社会主义"是"现实主义"的一种修辞性限定,使原本具有"写实"、"客观性"、"再现性"、"逼真性"等丰富内涵的现实主义成为一种能指符号,成为传达"社会主义精神"的符号概念。在高校文艺学教学中也是如此,原本丰富深刻的情感活动、生动活泼的文学现象、自由争鸣的理论命题等都一律被贴上资产阶级或无产阶级的标签,非此即彼,非资即无,界限分明,壁垒森严。

这种"庸俗社会学"思想在批判"胡风文艺思想"事件中得到了总爆发。胡风认为,作为主流话语的《文艺报》"是从庸俗社会学的思想态度和思想方法出发的","是用庸俗社会学做武器的","基本上是被庸俗社会学所支配的",《文艺报》已经形成一条"庸俗社会学的思想战线"。② "庸俗社会学的基本特点是脱离实际,一方面脱离历史实际,一方面脱离文艺本质和创作过程的实际。当然,这两方面又是互相联系的。那表现形式是各种各样的,或者叫做公式化的概念化,或者叫做无冲突论(虚伪的所谓'乐观主义'),或者叫做教条主义,或者叫做反历史主义,或者是仅仅从表面现象看'社会意义'的客观主义,等等。基本方法是用马克思主义的词句或政策的词句去审判作品,不从作品的倾向和内在的关联去感受问题,理解问题。几年来,在一些批评文章里面流行着这样的说法:'难道生活是这样的吗?''难道我们工人是这样的吗?'"③ 周扬也承认庸俗社会学在《文艺报》中的存在,并且对这种现象作了具体的注脚:"胡风先生集中力量攻击《文艺报》宣传了庸俗社会论,他认为这就是《文艺报》的思想基础和错误根源。是的,庸俗社会学是有的。有许多人把马克思主义庸俗化了,对文学现象作机械的社会学的解释。他们不了解或不承认文学艺术

---

① 这种创作方法忽视文学艺术的特征,以世界观代替创作方法,以政治性代替真实性,以思想代替艺术。

② 胡风全集:第6卷[M],武汉:湖北人民出版社,1999:450.

③ 胡风全集:第6卷[M],武汉:湖北人民出版社,1999:451.

的特点;认为文学作品的对象不是具体的真实的人的生活本身,而是一般的社会法则;认为文学作品只是政治概念的形象化,而不重视人物创造和表现人物内心活动的意义;认为一切过去时代的文学都只是过去时代的经济和政治制度的宣传者和拥护者;认为新时代的文学必须离开旧时代的遗产而重新开始。"①但是,周扬又反过来批评胡风身上也存在庸俗社会学思想:"胡风先生对祖国文学艺术的遗产、对文学艺术的民族形式、对文学艺术的技巧等等的虚无主义态度,也就是这种庸俗社会学的一种流派。"②于是,周扬详细地指出了胡风的"庸俗社会学"思想,如胡风认为《文艺报》对文章的肯定、否定、打击和捧场,基本上都是从庸俗社会学的思想态度和思想方法出发的,周扬就此批判胡风为"原来,不管《文艺报》肯定什么也好,否定什么也好,对也好,错也好,反正一概都是庸俗社会学";胡风强调"主观战斗精神"、"人格力量"但并没有否认"深入群众斗争,学习政治,学习马克思主义",但周扬批判他把"重点"弄错了,这就是庸俗社会学;胡风主张表现工农兵身上的"精神奴役的创伤"和斗争的"自发性"、"痉挛性"、"疯狂性"而没有表现"他们的有组织的斗争,他们的高尚的、先进的、英雄的品质",那也是"重点"弄错了,是庸俗社会学;胡风宣传文学艺术上的民族形式,周扬就批判这是"形式主义",是"向资产阶级美学投降",是"庸俗社会学的表现在美学上的特征之一"③等。尽管周扬指摘了胡风的种种"庸俗社会学"思想的主要内容和具体表现形式,但究其实质,周扬所使用的正是"庸俗社会学"的批判武器,以己之矛攻己之盾却浑然不知并自以为是正路。胡风所把持的是文艺的审美特性,而周扬坚守的则是文艺的阶级性、工具性、政治性。正如胡风所指出的,这是一种庸俗社会学的虚伪的批评,"像别林斯基所说的,有历史分析而没有美学分析,或者反过来,有美学分析而没有历史分析,都是片面的,因而都是虚伪的;这种虚伪的批评也只能算是庸俗社会学"④。

庸俗社会学的批评用"阶级"的尺子去丈量文学。体现在创作方法与

---

① 周扬.我们必须战斗[M]//周扬文集:第2卷.北京:人民文学出版社,1985:320
② 周扬.我们必须战斗[M]//周扬文集:第2卷.北京:人民文学出版社,1985:320.
③ 周扬.我们必须战斗[M]//周扬文集:第2卷.北京:人民文学出版社,1985:321.
④ 对《文艺报》的批评·胡风的发言[N].文艺报,1954-11-30.

世界观的关系上,即突出强调世界观对于创作方法的指导作用,强调作家掌握先进世界观的决定意义和世界观中的政治思想倾向。因此注重作家的世界观改造、思想改造成为"十七年文学批评"的一个恒常话题。其实创作方法本身不是被动的,进步的创作方法有时会帮助作家克服世界观上的缺陷,如恩格斯在分析巴尔扎克的现实主义创作时说:"这样,巴尔扎克就不得不违反自己的阶级同情和政治偏见;他看到了他心爱的贵族们的灭亡的必然性,从而把他们描写成不配有更好命运的人,他在当时唯一能找到未来的真正的人的地方看到了这样的人——这一切我认为是现实主义的最伟大胜利之一,是老巴尔扎克最重大的特点之一。"①但这一时期的作家们,要么听从政策的安排,要么遵循世界观的改造标准,如"我太听话了! 我总是听领导的,领导一说什么,我马上去干,有时候还得揣摸领导的意图……可是,写作怎么能听领导的? ……"②甚至为此而苦恼不堪,"文学毕竟是文学,这里需要很多很多新颖而独特的东西,它的源是人民群众的生活的海洋,但它应当是从海洋中提炼出来的不同凡响的、光灿灿的晶体。就因为这个原故,在我写了一些那样的东西(指追随时代的颂歌,笔者注)之后,这许许多多的念头常常苦恼着我,有时真想放弃这个工作,去作自己还能够作的事情。实在的,我是越来越感到不满足了,写不下去了,非得探寻新的出路不可了"③。所以,受这种庸俗社会学思想的影响,创作的质量自然会下滑,冯雪峰评价老舍的创作时明确地指出了这一点:"这种创作路线,影响了有才能的作家,也包括老舍先生。《春华秋实》是失败的,没有艺术的构思,这是奉命写的东西,'三反'可以写,但可以不这样写,这条路是走不通的,我们要把老舍先生走得很苦的道路停下来,我们要否定这条路,否定这样反现实主义的创作路线。"④这种创作最终发展成为"领导出思想,群众出生活,作家出技巧"的所谓三结合创作方

---

① 恩格斯.致玛·哈克奈斯的信[M]//纪怀民,陆贵山,周忠厚,等.马克思主义文艺论著选讲.北京:中国人民大学出版社,1982:270.

② 吴祖光.掌握自己的命运:与曹禺病榻谈心[J].读书,1994(11):57.

③ 郭小川.月下集[M].北京:人民文学出版社,1959:序.

④ 冯雪峰.关于目前文学创作问题[M]//雪峰文集:2.北京:人民文学出版社,1983:499.

法,完全违背了创作规律,是对艺术规律粗暴野蛮的践踏和破坏,是庸俗社会学思想的极端体现。

十月革命后,苏联文艺学把主要注意力集中于思想宣传任务和批判唯心主义与形式主义,重点是阐述辩证唯物主义和历史唯物主义艺术观的基本原理,很少顾及艺术特性和艺术规律的研究。这种庸俗社会学思想在十七年也颇为盛行,使研究文艺心理学的人往往被斥为唯心主义者,文艺心理学内容及其研究被视为雷区。作为文艺心理学重要内容的情感、内心体验、美好人性等都被视为异端。高尔基及其"文学是人学"的观念成为抗拒这种庸俗社会学思想的武器。高尔基说:"文学的目的在于帮助人能理解自己,提高他对自己的信心,发展他对真理的志向,反对人们的庸俗,善于找出人的优点,在他们心灵中启发羞愧、愤怒、勇敢,把一切力量用在使人们变得崇高而强大,并能以美的神圣精神鼓舞自己的生活。"①显然,高尔基重视文学的审美功能而不是阶级斗争功能。所以,在政治高于文学的十七年时期,又面临文艺政策的松动,高尔基对文学的看法迅速引起人们的共鸣。如钱谷融强调"文学是人学":"在今天,对于高尔基把文学叫做'人学'的意见,是有特别加以强调的必要的。"②萧三则获得了"人的主体性"的苏醒:"千百年来,在人的心目中养成一种奴隶性的,对自己的身份、能力、理智估计过低的习惯。……改变这种轻视人的观点及为人的诗意形象而斗争,是高尔基在其文艺创作里及理论批评文字里一贯的方针。"③巴金则从接受者的角度描述了文学的审美教育作用:"其实谈到高尔基的短篇,甚至谈到高尔基的一切作品,我觉得用一句话就够了。这是他自己的话。这是他在小说《读者》中对一个陌生读者的回答:'一般人都承认文学的目的是要使人变得更好。'"④高尔基的文学观作为一种强心剂,刺激着已麻木的文人的神经,激励着他们走进审美之城,去探索艺术的规律。这也是对庸俗社会学思想长期扼制文艺表现心

① 高尔基.文学的本质[M]//林焕平.高尔基论文学.南宁:广西人民出版社,1980:11.

② 钱谷融.论"文学是人学"[J].文艺月报,1957(5):8.

③ 萧三.高尔基的美学观[M].上海:新文艺出版社,1952:37.

④ 巴金.燃烧的心:我从高尔基的短篇中所得到的[N].文艺报,1956-06-15.

理、情感、人性等的反拨。周恩来曾结合小说《达吉和她的父亲》说:"认为是'温情主义',先立下这个框子,问题就来了,就要反对作者的小资产阶级温情主义。"①"'父女相会哭出来就是人性论',于是导演的处理就不敢让他们哭。一切都套上'人性论',不好。"②

典型理论在这一时期也受到了庸俗社会学思想的影响。典型理论首先在恩格斯的现实主义理论中有所体现:"据我看来,现实主义的意思是,除细节的真实外,还要真实地再现典型环境中的典型人物。您的人物,就他们本身而言,是够典型的;但是环绕着这些人物并促使他们行动的环境,也许就不是那样典型了。"③又说:"我认为倾向性应当从场面和情节中自然地流露出来,而不应当特别把它指点出来。"④也就是说,典型和真实性、倾向性息息相关。并且,恩格斯在《致敏·考茨基》中指出典型应该是共性("这个",即黑格尔说的"这一个")和个性(一定的单个人)的统一:"每个人都是典型,但同时又是一定的单个人,正如老黑格尔所说的,是一个'这个',而且应当是如此。"⑤马克思主义典型理论在遭遇俄国话语系统后,典型理论的内涵发生了很大的改变:"在创造艺术形象时,我们的艺术家、文学家和艺术工作者必须时刻记住,典型不仅是最常见的事物,而且是最充分、最尖锐地表现一定社会力量的本质的事物。依照马克思列宁主义的了解,典型绝不是某种统计的平均数,典型性是与一定社会历史现象的本质相联系的;它不仅仅是最普遍的、时常发生的和平常的现象。有意识地夸张和突出地刻画一个形象并不排斥典型性,而是更加充分地发掘它和强调它。典型是党性在现实主义艺术中的表现的基本范

---

① 周恩来. 在文艺工作座谈会和故事片创作会议上的讲话(一九六一年六月十九日)[J].电影艺术,1979(1):2.

② 周恩来. 在文艺工作座谈会和故事片创作会议上的讲话(一九六一年六月十九日)[J].电影艺术,1979(1):3.

③ 恩格斯.致玛·哈克奈斯的信[M]//纪怀民,陆贵山,周忠厚,等.马克思主义文艺论著选讲.北京:中国人民大学出版社,1982:269.

④ 恩格斯.致敏·考茨基[M]// 纪怀民,陆贵山,周忠厚,等.马克思主义文艺论著选讲.北京:中国人民大学出版社,1982:250.

⑤ 恩格斯.致敏·考茨基[M]// 纪怀民,陆贵山,周忠厚,等.马克思主义文艺论著选讲.北京:中国人民大学出版社,1982:250.

围。典型问题在任何时候都是一个政治性的问题。"①把典型说成是一个
"政治性"的问题,文学典型和"一定社会力量的本质"、党性及政治性联系
在一起,这是在苏联文学理论中长期占统治地位的庸俗社会学和极"左"
思潮的一个重要标志。周扬深得这种典型理论的真传,把典型创造所具
有的政治意义当作一条艺术规律,"不通过典型就不能表现艺术的党性,
应该把典型问题,当作立场问题、政治问题、党性问题,不创造典型就是政
治不行"②。有学者指出,新中国成立初期对白刃的小说《目标正前方》和
《战斗到明天》的批评,对碧野《我们的力量是无敌的》批评,都是错误地把
典型仅仅规定为一定社会力量的本质。③ 以巴人、蒋孔阳为代表所形成
的"阶级典型说"便是这种庸俗社会学思想影响下的产物。巴人直接把典
型性等同于阶级性:"所谓典型,便是现实最集中的本质的概括⋯⋯典型
人物便是将人类各(个)别集团或阶级之共同特征,统一于人的独特形象
之中。"④"典型性必然是阶级观点的具体表现。"⑤这种观点,明显带有庸
俗社会学和机械唯物论的倾向,是理论上幼稚和不成熟的表现。蒋孔阳
也赞同典型等同于阶级性:"只深刻地反映了社会生活本质规律的某些方
面,并在艺术上达到相当成就的艺术形象⋯⋯我们称之为典型的艺术形
象,或者简称为典型。典型是现实最集中的本质的概括,是阶级观点的具
体表现。"⑥张光年的"典型"论便凸显了阶级论和"党性"原则:"作家笔下
的艺术典型,当然要反映生活的本质,艺术典型的概括性越广,越是反映
了生活中最本质的事物,它的真实性就越强,教育意义就越大。"⑦典型是
阶级的代表的观点,一直是"十七年文学批评"中所坚持的原则,如"我们
有理由要求女主人公林道静在一切方面成为青年的表率"⑧,"《金沙洲》

① 马林克夫.在第 19 次党代表大会上关于联共(布)中央工作的总结报告[M]//
苏联文学艺术问题.北京:人民文学出版社,1953:138-139.
② 周扬.论艺术创作规律[M]//周扬文集:第 2 卷.北京:人民文学出版社,1985:
341.
③ 朱寨.中国当代文学思潮史[M].北京:人民文学出版社,1987:267.
④ 巴人.文学论稿:上[M].上海:上海文艺出版社,1954:327.
⑤ 巴人.文学论稿:上[M].上海:上海文艺出版社,1954:331.
⑥ 蒋孔阳.形象与典型[M].天津:百花文艺出版社,1980:155.
⑦ 张光年.艺术典型与社会本质[N].文艺报,1956-04-30.
⑧ 张虹.林道静是值得学习的榜样吗?[J].中国青年,1959(4):35.

的人物,是不典型的,正面人物不典型,反面人物也不典型。因为典型人物既是时代的阶级的代表,也是活生生的个性"①等,最终形成的"一个阶级一个典型"说及英雄人物的"高大全"形象塑造是这一庸俗社会学理论的恶性发展。

顺便提及的是,1953年斯大林逝世后,苏共重新制定了党的方针路线,内容之一便有重新阐释典型理论。1955年第十八期的《共产党人》杂志发表了《关于文学艺术中的典型问题》的专论,驳斥了马林克夫在苏共十九大报告上关于庸俗社会学的典型理论:"在对艺术领域的党性的理解上,存在着烦琐的哲学的态度。它的表现之一就是把典型同党性等同起来,把典型当作是党性在现实主义艺术中的表现的基本范围,把典型仅仅归结为政治,不难看出,这种把两者等同起来的做法,会促使人们以反历史的态度来对待文学和艺术的现象。不估计到艺术家进行创作的时代和条件,不深刻地分析他的世界观的性质,而企图在任何一个典型中找到党性立场的表现,结果就会抹杀文学和艺术的党性原则的具体历史内容。"②这样典型理论又回到了恩格斯的立场上,于是针对庸俗社会学的典型理论,中国学界又进行新一阶段的典型问题的讨论。陆定一号召大家对典型问题进行自由讨论:"至于艺术特征问题,典型创造问题等等,应该由文艺工作者自由讨论。"③《文艺报》也响应号召开辟了典型问题讨论的专栏:"在最近举行的中国作家协会第二次理事会议(扩大)上,强调提出了要克服创作中的公式化、概念化和自然主义倾向,和文艺理论、批评、研究中的庸俗社会学倾向。这种种倾向的来源,当然有其多方面的、复杂的原因;不过,对典型问题的简单化的、片面的、错误的理解,对马克思列宁主义美学缺少认真的、系统的研究,应该说是主要原因之一。因此,联系我国文学艺术创作和理论批评的实际展开对于典型问题的讨论和研究,是摆在我们面前刻不容缓的任务之一。"④在自由讨论中,首先从典型构成的因素切入,最终形成典型是共性与个性的统一的观点,但在共性与

---

① 蔡运桂.略谈《金沙洲》[N].羊城晚报,1961-04-13.
② 关于文学艺术中的典型问题[N].文艺报,1956-02-15.
③ 陆定一.百花齐放,百家争鸣[N].人民日报,1956-06-13.
④ 关于典型问题的讨论[N].文艺报,1956-04-30.

个性之间却各有偏重。王愚强调个性对艺术典型的重要性,"艺术中的典型永远都是具体感性的、合乎特定内容的完整个性","作者看到了某些个性,在分析的过程中,洞察他们和生活本质发展过程的联系,然后凭借艺术想像把它们按照各自不同的内容构成完整的形象。这就是典型"。①另外,蔡仪的典型观也发生了改变,40年代他重视的是共性(一般的东西是主要方面):"艺术的典型是阶级的或社会的一般的东西和个别的东西的统一。而社会的一般的东西是中心的,基础的,有决定性的。"1962年他修订了自己的观点,开始重视个性(个性又是主要的方面):"文学艺术中的典型人物之所以是典型人物,不仅是个别性和普遍性的统一;而且是以鲜明生动而突出的个别性,能够显著而充分地表现他有相当社会意义的普遍性。"②总之,无论是偏重于共性还是个性,典型最终体现的还是共性与个性的统一:"典型乃是概括性与个性的有机融合;同时,概括性、一般性是通过个性、特殊性来表现的。在艺术中一定阶级或集团的同类的同一类特征,不可能脱离个性人物的特殊命运而单独存在。"③由于不满于庸俗社会学对典型论的桎梏,何其芳提出了"共名说":"一个虚构的人物,不仅活在书本上,而且流行在生活中,成为人们用来称呼某些人的共名,成为人们愿意仿效或者不愿意仿效的榜样,这是作品中的人物所能达到的最高的成功的标志。"④这是从艺术形象的审美效果上,而不是从阶级性去判断它是否是典型,是典型讨论的又一成果。

因此,"十七年文学批评"的建构的过程中,本着建立新的人民文艺的目标,凸显社会主义革命和建设的主题,塑造新的工农兵人物形象的意愿和政治标准第一、艺术标准第二的原则,非常"有效"地吸收了中国现代文学批评资源中的政治功利性、机械反映论、阶级本质论、个性主义的式微、进化论等内容,解决了作为其前驱的解放区文学中的关于歌颂和暴露的问题、知识分子思想改造问题等,进一步强化了文艺的大众化方向。同时,在"一边倒"的国际背景中,苏联文学批评资源中的"社会主义现实主

---

① 王愚.艺术形象的个性化[N].文艺报,1956-05-30.
② 蔡仪.文学艺术中的典型人物问题[J].文学评论,1962(6):8.
③ 李幼苏.艺术中的个别和一般[N].文艺报,1956-05-30.
④ 何其芳.论阿Q[M]//何其芳文集:第5卷.北京:人民文学出版社,1983:173.

义"批评原则被"中国化",高校文艺学中教与学也都走出象牙塔而参与到"两条路线"的斗争中,庸俗社会学在中国愈演愈烈,进而影响到"人性"、"艺术形象"、"典型"等文艺学范畴的建构。通过不断的艺术实践,文艺只能表现重大题材,人物必须"高大全","文艺为政治服务","文艺是阶级斗争的工具"等逐渐成为文学创作与批评的主导潮流,从而建构起一种新型的或者说政治意识形态浓郁的社会主义文学范型。总之,在整个"十七年文学批评"中,把文艺仅仅作为认识和反映现实的一种特殊方式,彰显的是文艺创作中的客观性因素,而文艺中的主体性因素则被遮蔽甚至被有意严重忽略。这样,对艺术的意识形态的政治批评占据着主导地位,而对艺术特性的美学思考则只是处于被批判的位置或者处于民间立场。因此,胡乔木在总结了社会主义文艺批评的经验和教训后,认为毛泽东在《讲话》中把文艺作品的内容"简单地归结为作品的政治观点、政治倾向性",即把评价内容的标准简单地归结为政治标准的观点,是不确切的。不言而喻,社会主义文学是解放区文学的延续和发展,也遵循甚至强化了这一标准至庸俗化的程度,使文学艺术的党性、阶级性、思想政治倾向性成为艺术的最高层次和价值判断的终极支撑点。胡乔木还给文学批评指出了一条合理发展的道路:"对于一部作品,应该从思想内容和艺术形式两个方面去评价。从总体上来说,文艺作品的思想内容涉及的方面很多,包括政治观点、社会观点、哲学观点、历史观点、道德观点、艺术观点等等,而且这些观点在文艺作品中都不是抽象的,而是同艺术的形象、题材、构思,艺术所反映的生活真实相结合的。"[①]真正的文学批评应该是从内容和形式两方面展开,要把持文学批评的思想标准和艺术标准:"只是历史的而非美学的批评,或者反过来,只是美学的而非历史的批评,这就是片面的,从而也是错误的。"[②]具体地说,一方面要分析和评价作品主题、题材和形象所意蕴的社会、历史、政治、道德、哲学、宗教、艺术等内涵;另一方面也要对作品的语言、结构、表现手法、艺术形象、意味等进行价值判断。只有这样,文学批评才能在坚持"双百方针"的前提下,去推动和促进

---

① 中共中央书记处研究室文化组.党和国家领导人论文艺[M].北京:文化艺术出版社,1982:332.

② 别列金娜.别林斯基论文学[M].梁真,译.上海:新文艺出版社,1958:261-262.

社会主义文学的繁荣和发展。毋庸置疑,在上述标准的具体执行中,"十七年文学批评"只是突出强调了文学的政治内涵,把政治的因素提升到艺术的最高层次和最高价值的位置,忽视和否定了文艺可以超越有限社会形态的恒定审美价值的追求,忽视和否定了艺术突破一定政治、经济条件限制,超越时空的文化意义,这显然令人深思。

第四章

"十七年文学批评"的批评类型

文学批评的主体是批评家。有学者统计,五六十年代驰名于文坛的批评家有 24 人①,由于他们自身的生活实践、文化构成、审美趣味和思维方式以及自身的天性、禀赋和性格等各种因素的影响,进而形成了各不相同的批评风格和批评模式。而"不同的文艺观念和批评模式都导源于文艺的本质属性的三大系列,即文艺的主体性和客体性的关系、文艺的社会本质和审美本质的关系、文艺的内容因素和形式因素的关系。"在文艺的主体性和客体性、社会本质和审美本质、内容因素和形式因素的张力与合力中,"十七年文学批评"的类型相应地可划分为"政治本位"型阐释模式、"泛意识形态化"型阐释模式和"经验感悟"型阐释模式。

第一节 "政治本位"型阐释模式

这一类型的批评家有周扬、邵荃麟、姚文元等。他们类似

---

① 他们是:周扬、林默涵、何其芳、张光年、夏衍、丁玲、陈企霞、陈涌、黄药眠、巴人、以群、冯牧、孔罗荪、沙鸥、刘金、舒芜、郭小川、秦光阳、邵荃麟、康濯、王若望、于黑丁、姚文元和李希凡。

于鲁迅所说的批评家:"每一个文学团体中,大抵总有一套文学的人物。至少,是一个诗人,一个小说家,还有一个尽职于宣传本团体的光荣和功绩的批评家。"[①]他们绝少保持不从政治、革命的清醒,未能摆脱政治、权力他者的外部力量的裹挟,其文学批评大多也只对政治、革命有效,而对文学的作用也就局限于其社会地位的提升了,因为这几个批评家大多有着主管宣传、文化的官员和文艺批评家的双重角色。当他们以不同的角色来发表自己对文学的批评意见时,对中国当代文学产生影响的大小是不同的。尤其是当他们作为官员时所发表的批评意见,有时并不准确并不切实际却被当时文坛奉为圭臬,这一现象值得我们反思。在"客观论"甚嚣尘上的时代,在艺术主体与艺术客体之间所形成的张力和合力中自然偏向于艺术客体,在艺术客体中,政治化的社会生活成为影响批评的决定因素。在宽泛的政治革命特点的概括下,各个批评家的差异是明显的,但我们更多关注的是他们批评的共同性。

当代文学的政策制定者、管理者,从毛泽东到周扬的历届作协领导人,他们更多是以非文学者的身份来观照文学的。文学中的各种现象、方法、流派的存在及变迁,也都不是用所谓的"文学自律"能够解释的。当代中国的作家,作为生活在特殊民族历史情境中的第三世界的知识分子,诚如詹姆逊所说,他们与生俱来就有国家民族的"现代化焦虑"。这种"焦虑"不仅使他们在"现代化"的追求这一点上与自己国家政治意识形态保持某种同构关系,而还极易催生并形成一种强烈的"政治无意识"。"政治本位"型批评便是这种政治无意识,具有鲜明的政治意识形态性。曼海姆把意识形态分为两类:一类是特定意识形态(particular ideology),另一类是整体意识形态(total ideology)。特定意识形态是个别人的观念和表征,其功能在于掩饰某些集团的私利;整体意识形态是特定历史时期或特定社会团体的意识形态,其功能在于塑造特定的世界观,确定理论思维的总体构架和主体的认知态度。特定意识形态的作用范围是个别人的心理,整体意识形态的作用范围是整体化的世界观。1949年后革命的成功,绝不仅仅意味只是政权转移,更预示着一场前所未有的对社会文化进

---

① 鲁迅.我们要有批评家[M]//鲁迅全集:第4卷.北京:人民文学出版社,1981:9.

行彻底改造的更大事件的来临。政治本位化批评担当着建构整体意识形态的功能。狄翁（Leon Dion）则把意识形态定义为"具有一定整合性的文化和精神结构"，并把这种整体意识形态具体化了，"我们的假定是这样的，政治意识形态是文化与精神的合成体，它居于两种规范之间，一种是与既定的社会态度、社会行为相联系的规范，一种是由政治制度、政治机构自愿明确和宣传的规范。换言之，政治意识形态是根植于社会中的，具有一定整合性的价值规范体系，个人或团体以它为基础设计政治蓝图，以便实现那些在社会生活中被高度评价的抱负和理想"①。

一、周扬：毛泽东文艺思想的宣传者和阐释者

作为解放区文艺的组织者、文艺斗争的领导者、毛泽东文艺思想的代言人的周扬，其"文学批评生涯是一部中国文艺思想斗争史的缩影，从中可以考察几十年来许多极富政治性的文艺论争的线索"②。在延安时代，周扬历任陕甘宁边区教育厅长、鲁迅艺术文学院院长、中央文委委员、延安大学校长。抗战胜利后，任华北联合大学副校长。新中国成立后，周扬一直是党在文化宣传方面的领导人之一，时任中共中央宣传部副部长、中国作家协会党组书记。在文艺方面则成为毛泽东文艺思想的宣传者和阐释者。正如万同林先生所指出的那样："被鲁迅痛斥的周扬成了延安鲁艺文学院院长，并一步步成为毛泽东文艺思想的权威阐释者，以组织者的身份指挥着解放区作家，直到1949年后统帅全国的文艺工作者。这之后，周扬成了演讲报告的专家，文艺运动的绝对领导，在每一场意识形态的批斗风波中一马当先，由他临时发令，充当鲁迅生前戏之的'总管'与'元帅'角色，一次次留下总结性的、带有'文件'特色的批判文章。"③

在延安时代的文艺理论方面，《讲话》成为指引文艺创作的方向盘，这是毛泽东文艺思想最集中的体现。1944年周扬主编的《马克思主义与文

---

① Leon Dion. Political Ideology as a Tool of Functional Analysis in Socio-Political Dynamics：An Hypothesis [J]. Canadian Journal of Economics and Political Sicence，1959（25）：49.

② 温儒敏.中国现代文学批评史[M].北京：北京大学出版社，1993：138.

③ 黎辛.关于"胡风反革命集团"案件[J].新文学史料，2001（2）：98.

艺》(延安解放社出版)一书,便是周扬开始着手对毛泽东文艺思想进行宣扬与阐释的良好开端。该书选入马克思、恩格斯、普列汉诺夫、列宁、斯大林、高尔基、鲁迅、毛泽东等有关文学艺术的文章节选部分和相关言论,他在"序言"中写道,《讲话》"给革命文艺指示了新方向",它是"中国革命文学史、思想史上的一个划时代的文献,是马克思主义文艺科学与文艺政策的最通俗化、具体化的一个概括,因此又是马克思主义文艺科学与文艺政策的最好的课本"①。"贯彻全书的一个中心思想是:文艺从群众中来,必须到群众中去。这同时也就是毛泽东同志讲话的中心思想,而他的更大贡献是在最正确地解决了文艺如何到群众中去的问题。"②并有意地把《讲话》作为马克思、恩格斯、列宁文艺思想的合理继承与发展,毛泽东的讲话"最正确、最深刻、最完全地从根本上解决了文艺为群众与如何为群众的问题。他把列宁的原则具体化了,丰富了它的内容,使它得到了辉煌的发展"③。有研究者分析,它清楚地表明:"我国文学界是把马克思、恩格斯的文艺思想——普列汉诺夫、列宁等俄国早期马克思主义者的文艺观——三四十年代苏联领导人的文艺指导思想和文艺政策——《在延安文艺座谈会上的讲话》等,视为一种按照一脉相承的思路向前发展的文艺思想体系来看待的。"④1946 年周扬在《表现新的群众的时代》一书的"前记"中宣称:"努力使自己做毛泽东文艺思想、文艺政策之宣传者、解说者、应用者。"⑤他反复引用和提及的是列宁有关文学艺术的指示及以《讲话》为核心的毛泽东文艺思想,对此,有研究者一针见血地指出:"周扬的整个文学理论与批评活动,贯穿着对马克思主义文艺思想的论证、宣传和运用。在他的几乎所有文章、报告、讲话和发言中,都可以找到马克思主义

---

① 周扬.马克思主义与文艺[M]//周扬文集:第 1 卷.北京:人民文学出版社,1984:454.

② 周扬.马克思主义与文艺[M]//周扬文集:第 1 卷.北京:人民文学出版社,1984:455.

③ 周扬.马克思主义与文艺[M]/周扬文集:第 1 卷.北京:人民文学出版社,1984:460.

④ 汪介之.回望与沉思:俄苏文论在 20 世纪中国文坛[M].北京:北京大学出版社,2005:64.

⑤ 荣天玙.周扬与郭沫若[N].中华读书报,2002-11-27.

经典作家的有关言论的引用,而这些言论及其所表达的思想,又成为周扬检视各种文学现象、分析各类问题的基本指导原则。"①例如,针对当时普遍存在的"应当美化劳动人民,应当共同表现抗口民众根据地的新生活"②的创作动机,周扬根据抗战胜利后时局的变化和中央的精神,敏感地发现和确定了歌剧《白毛女》的"旧社会把人变成鬼,新社会把鬼变成人"的思想主题,成为向中共七大献礼的成功之作。其成功之处在于抓住了《讲话》的政治实用功能:"解放区的广大作家也正是在全力表现人的物质生存欲望的过程中,自然而然地将艺术审美的独立品格转向了政治功利的实用目的。"③在文艺创作方面,赵树理的《小二黑结婚》、《李有才板话》、《李家庄的变迁》等作品在实践文艺为工农兵服务方向取得了可喜的成就。值此之际,周扬发表了《论赵树理的创作》,对赵树理将人物安置在一定斗争的环境中及熟练地丰富地运用群众的语言表示了肯定,不失时机地引导着广大文艺工作者向赵树理学习,沿着《讲话》指引的方向前进,他站在政治意识形态立场上总结赵树理的作品体现了"毛泽东文艺思想在创作实践上的一个胜利"④。

新中国成立后,周扬的文艺批评理论鲜明地显示出一种新动向,除了继续对毛泽东文艺思想进行宣传、阐释,还加强了对毛泽东文艺思想的执行和捍卫。在第一次文代会上,周扬的报告特别强调了《讲话》的作用:"毛主席的《在延安文艺座谈会上的讲话》规定了新中国的文艺的方向,解放区文艺工作者自觉地坚决地实践了这个方向,并以自己的全部经验证明了这个方向的完全正确,深信除此之外再没有第二个方向了,如果有,那就是错误的方向。"⑤同时还指出:"文艺座谈会以后,在解放区,文艺的

---

① 汪介之.回望与沉思:俄苏文论在 20 世纪中国文坛[M].北京:北京大学出版社,2005:110.

② 张庚.回忆延安鲁艺的戏剧活动[M]//抗日战争时期延安及各抗日民主根据地文学运动资料.太原:山西人民出版社,1983:460.

③ 宋剑华.前瞻性理念:三维视角中的中国现代文学史论[M].北京:文化艺术出版社,2005:162.

④ 周扬.论赵树理创作[M]//周扬文集:第 1 卷.北京:人民文学出版社,1984:498.

⑤ 周扬.新的人民的文艺[M]//周扬文集:第 1 卷.北京:人民文学出版社,1984:513.

面貌、文艺工作者的面貌,有了根本的改变。这是真正新的人民的文艺。"①另外,周扬对"新"字提出了更加明确的要求:"离开了政策观点,便不可能懂得新时代的人民生活中的根本规律"②,广大文艺工作者应该"将政策作为他观察与描写生活的立场、方法和观点"③,同时又"必须直接深入生活、深入群众,具体考察与亲自体验政策执行的情形"④,"必须学习马列主义基本理论与中国革命的总路线、总政策"并"连贯起来""思索和理解"。⑤ 在国家状态下,《讲话》的文学经验得到更加规范的实行,并成为一种绝对合法性的创作宗旨。

1951 年,周扬结合《龙须沟》的上演,高度赞扬了老舍的创作与"新社会的高度政治热情结合",强调"作家要正确地表现政策"。⑥ 这显然是《讲话》精神在新中国的具体体现。尤为重要的是,对老舍这样有着深厚的艺术修养的作家,其创作也发生了根本的变化,他开始赶紧跟上形势,写出自称为"歌德派"的"遵命文学",故该年获得北京市人民政府授予的"人民艺术家"称号。周扬在《人民日报》上提出的学习《龙须沟》什么,实为学习新的文艺方针政策,引导旧知识分子摒弃旧有的艺术习惯,去高唱劳动人民的赞歌,高唱共产党和人民政府的颂歌。老舍成为周扬所树立的知识分子思想改造的典型。紧接着,周扬在中央文学研究所讲演中,以"五四"作为参照,再次阐明了《讲话》的历史意义,"假如说'五四'是中国近代文学史上的第一次文学革命,那末《在延安文艺座谈会上的讲话》的发表及其所引起的在文学事业上的变革,可以说是继'五四'之后的第二

---

① 周扬.新的人民的文艺[M]//周扬文集:第 1 卷.北京:人民文学出版社,1984:512.

② 周扬.新的人民的文艺[M]//周扬文集:第 1 卷.北京:人民文学出版社,1984:531.

③ 周扬.新的人民的文艺[M]//周扬文集:第 1 卷.北京:人民文学出版社,1984:531.

④ 周扬.新的人民的文艺[M]//周扬文集:第 1 卷.北京:人民文学出版社,1984:531.

⑤ 周扬.新的人民的文艺[M]//周扬文集:第 1 卷.北京:人民文学出版社,1984:531-532.

⑥ 周扬.向《龙须沟》学习什么[M]//周扬文集:第 2 卷.北京:人民文学出版社,1985:31.

次更伟大、更深刻的文学革命"①。他再次强调了文艺的工农兵方向和如何为工农兵服务的问题并号召大家为贯彻毛泽东文艺路线而斗争,"毛泽东同志正确地提出文艺必须为工农兵服务,这就牵涉到作家的整个人生观、他们本身思想感情的改造的问题。而这就恰是一切问题的关键"②。"毛泽东的文艺思想武装了一切党的与非党的革命的文艺家,把他们引到了与工农群众结合的道路,使文艺与文艺工作者从此面貌一新。"③他还说,文艺新规范价值的合法性精神资源主要取决于毛泽东《在延安文艺座谈会上的讲话》,这已成为不容置疑的文学律令。在周扬看来,相对于马克思、恩格斯和列宁来说,毛泽东对于文艺的论述比较集中。所以,周扬认为,"这样一次讲话,把马列主义的文艺理论非常系统,非常全面地作了一个解释,作了一个发挥,这样,就使得我们对于文艺工作的领导有了一个纲领。假如说'五四'是中国近代文学史上的第一次文学革命,那么,《在延安文艺座谈会上的讲话》的发表及其所引起的在文学事业上的变革,可以说是继'五四'之后的第二次更伟大更深刻的文学革命。这里面解决了一个什么问题呢?就是文艺同劳动人民结合的问题。这是'五四'以来一直所企图解决而没有能够解决的问题"④。周扬彻底地成为政治权威和主流意识的代言人。

在《讲话》发表十周年之际,周扬第一次把毛泽东文艺思想的国内、国际地位明确化了,《讲话》"出色地把马克思主义文艺理论具体地运用到中国环境中并创造地加以发展,模范地使文艺理论和文艺政策紧密结合。这个著作不但成了中国人民文艺运动的战斗纲领,而且对世界人民的革命文艺运动发生了指导的影响和作用"⑤。并且对《讲话》中有关"思想改

---

① 周扬.坚决贯彻毛泽东文艺路线[M]//周扬文集:第2卷.北京:人民文学出版社,1985:50.

② 周扬.坚决贯彻毛泽东文艺路线[M]//周扬文集:第2卷.北京:人民文学出版社,1985:51.

③ 周扬.坚决贯彻毛泽东文艺路线[M]//周扬文集:第2卷.北京:人民文学出版社,1985:51.

④ 周扬.在中国共产党第一次全国宣传工作会议上的报告[M]//周扬文集:第2卷.北京:人民文学出版社,1985:65-66.

⑤ 周扬.毛泽东同志《在延安文艺座谈会上的讲话》发表十周年[M]//周扬文集:第2卷.北京:人民文学出版社,1985:141.

造"的"皮毛论"、文艺与政治的关系的"工具论"、文艺与生活的"源泉论"都进行了更加深入的阐释,认为"毛泽东同志正确地指出了小资产阶级文艺工作者的思想改造的必要性和长期性"①。"积极地参加群众的实际斗争,则是彻底改造自己思想,将自己的创作和工农群众的生活,和群众的阶级斗争真正结合起来的关键。"②在第二次文代会上,周扬对"皮毛论"又作了适当的强调并把其政治性和真实性等同起来:"毛泽东同志《在延安文艺座谈会上的讲话》中也特别强调了作家必须深刻地观察、体验和研究人民的生活,他要求文学艺术的政治性和真实性的完全一致。"③在纪念"五四"35周年之际,周扬又线性式地把毛泽东文艺思想与马列文论加以罗列,并与"五四"战斗传统相连,以凸显《讲话》的重大意义。"一九四二年毛泽东同志的《在延安文艺座谈会上的讲话》及其在文艺上所引起的变革,是'五四'文学革命在新的历史条件下的继续和发展。毛泽东同志根据马克思、列宁主义的理论,概括地、批判地总结了'五四'以来新文学运动的历史经验,促使我们的文学艺术运动进入了一个新的阶段。"④至此,我们可以体会到周扬急于把《讲话》纳入历史的经典文库的焦虑感,也体现出一个理论批评家为建构新型的批评理论所具备的宏大的视野和宽阔的胸怀。"周扬的理论活动极具历史感。"⑤在《讲话》发表二十周年的时候,周扬又一次从历史纵深的角度捍卫了《讲话》的现实政治性:"党和毛泽东同志提出的文艺为工农兵、为广大人民群众服务的方向,以及后来提出的'百花齐放、百家争鸣'和'推陈出新'的方针,经过文艺界的实践,已经形成了一条马克思列宁主义的文艺路线。这是发展我国社会主义文

---

① 周扬.毛泽东同志《在延安文艺座谈会上的讲话》发表十周年[M]//周扬文集:第2卷.北京:人民文学出版社,1985:142.

② 周扬.毛泽东同志《在延安文艺座谈会上的讲话》发表十周年[M]//周扬文集:第2卷.北京:人民文学出版社,1985:146.

③ 周扬.为创造更多的优秀的文学艺术作品而奋斗[M]//周扬文集:第2卷.北京:人民文学出版社,1985:243.

④ 周扬.发扬"五四"文学革命的战斗传统[M]//周扬文集:第2卷.北京:人民文学出版社,1985:273.

⑤ 顾骧.此情可待成追忆:我与晚年周扬师[J].南方文坛.1998(4):53.

艺的最富于战斗性的正确路线。"①所以,1961年周扬认为《讲话》可独立于《文学概论》课程之外:"毛泽东主席的《在延安文艺座谈会上的讲话》,可单独开课。"②他还具体指出,这门课要"讲清楚它的历史背景,主要论点,可以是四点、八点,甚至更多点……这门课比把'讲话'拉成几十万字的书更实际些"③。其宣传和阐释毛泽东文艺思想的姿态达到白热化程度,最明显的莫过于他对毛泽东所提出的"两结合"创作手法的双手赞同:"毛泽东同志提倡我们的文学应当是革命的现实主义和革命的浪漫主义的结合,这是对全部文学历史的经验的科学概括,是根据当前时代的特点和需要而提出的一项十分正确的主张,应当成为我们全体文艺工作者共同奋斗的方向"④。在他看来,作为毛泽东文艺思想集中体现的《讲话》成为"经典"已是刻不容缓的事情了。

从上述周扬以阐释与宣传毛泽东文艺思想的实践来看,固然与周扬因毛泽东的知遇之恩而崇拜的心理有关,更重要的是与批评家自身的素质有关。其批评所具有的主观色彩是相当浓厚的,偏于概念强化或简化能力,往往率先建构自己的理论体系,很少对具体的作家作品或现象作耐心的阐释,即便有,其阐释也只是服从预先建构的体系,其批评格局一旦形成就很难改变,故周扬是一种思辨还原型的批评家。主客观因素导致了周扬批评所具有的特色,"周扬的批评理论更多地表现为政治实践的形态,具有更鲜明的党派性……他的文学理论批评往往直接承担对党的文艺政策的阐释,他的主要职能之一便是根据特定的革命政治的需要而有侧重地解说、宣传与运用马克思主义文艺理论与毛泽东的文艺思想。研究周扬很难只以其文论其人。因为'其文'多为政策性的产物,'其人'也往往以党的文艺政策的制定者与解释者的身份出现,他自觉不自觉总是

---

① 周扬.为最广大的人民群众服务[M]//周扬文集:第4卷.北京:人民文学出版社,1991:150.

② 周扬.在上海文学界创作座谈会上的讲话[M]//周扬文集:第3卷.北京:人民文学出版社,1990:198.

③ 周扬.对编写《文学概论》的意见[M]//周扬文集:第3卷.北京:人民文学出版社,1990:236.

④ 周扬.新民歌开拓了诗歌的新道路[M]//周扬文集:第3卷,北京:人民文学出版社,1990:5.

要调整或隐退自己的理论个性,去适应服从政策性与党性"①。可见,政治性是周扬批评理论中的"关键词",这显然与他作为"党员"批评家有关,也往往遮蔽了他作为"文学"批评家的光芒。恰恰是这一点,我们更加看清了在"两个世界"中游走的周扬的复杂心态。

首先,他在"两种批评家"和"两个世界"中进行抉择:"每一次政治运动来临时,他都面临着选择。在对领袖的崇拜与个性之间,他矛盾着,或者改变自己,或者由别人来取代。在"文革"前的历次运动中,最终他选择了前者,而且每次运动中,他依然是指挥者。所以他并没有因为受到批评而失去权力,相反,他能借运动而增加他的影响力。"②正是因为他的抉择中的无法干脆而给他带来了批评的尴尬。当他以"党员"批评家的身份努力地建构自己理论的时候,其艺术的良知却时时在提醒自己。如周扬曾经让刘白羽带公安部的同志去逮捕胡风,并对他说在延安逮捕王实味是毛主席让陈伯达去的,"你们知识分子要作些这样的工作锻炼锻炼!"③这时的周扬是以"党员"批评家自居的,行使的是"党"的权利而对胡风的文艺思想采取棍棒式的批评,如《我们必须战斗》中所罗列的种种。但显然,周扬是有些许违心的,但他身不由己。所以他会在公共场合展现自己作为"党员"作家、批评家的风采:"我们需要的是人民的诗歌。我们的抒情诗,不是单纯地表现个人情感的,个人情感总是和时代的、人民的、阶级的情感相一致。诗人是时代的号角。""抒情是抒人民之情,叙事是叙人民之事。"④因此,有学者指出周扬批评的政治性特色:"在周扬的批评文章中,'斗争'、'典型'、'阶级性'成为常见的关键词,批评主体不是'我',而是'我们',批评的目的在于落实《讲话》精神,推进文艺的工农兵方向。周扬的文学批评对于解放区新型的文学创作产生了很大的影响,体现了共产党对文艺的政策导向性。"⑤当他想回到"文学"批评家的身份时,政治理性却又在极力警告自己。延安时期,周扬从艺术的角度出发主张艺术教

---

① 温儒敏.中国现代文学批评史[M].北京:北京大学出版社,1993:138.

② 李辉.摇荡的秋千:关于周扬的随想[M]//李辉文集:往事苍老.广州:花城出版社,2003:207-208.

③ 黎辛.关于"胡风反革命集团"案件[J].新文学史料,2001(2):94.

④ 周扬.建设社会主义文学的任务[N].文艺报,1956-03-25.

⑤ 王先霈,胡亚敏.文学批评导引[M].北京:高等教育出版社,2005:25.

育要专门化,却受到了以毛泽东为首的主流意识形态的批评,于是他只好检讨说鲁艺的教育没有"从客观实际出发","从方针到实施,贯串了主观主义和教条主义"①。可周扬似乎并没有吸取这次教训。在 1949 年之后的一次次政治运动中,几乎一开始总是受到毛泽东的批评:1953 年,毛严厉批评周扬"政治上不开展";1963 年,毛在关于文艺的批示中指出,"许多共产党人热心提倡封建主义和资本主义的艺术,却又不热心提倡社会主义的艺术"②,不点名地批评了周扬;1965 年,又指责他对资产阶级知识分子软弱无力,对夏衍、田汉、阳翰生"下不了手"③。不言而喻,此时的周扬依然保留作为一个"文学"批评家对文艺特性的看法,如周扬承认轻视"五四"新文学"和我们讲话讲得不完全有关(割断传统)……这种东西可能是我们强调工农兵方向,强调文艺座谈会的作用,产生一种副作用,在很多同志中间形成不知道有'五四'了,'五四'的人也不知道有传统"④。当周扬游离了为政治服务的路线时,他很快便被放逐而由新的、更激进的理论家(如姚文元)代替。

其次,这种抉择导致了周扬批评理论具有"辩证法"的批评策略。晚年他引用了马克思的"辩证法不崇拜任何东西,按其本质来说是批判和革命的"这句话后说,"丢掉了这种批判精神,它的革命性就丧失了"⑤。正是其"辩证法"的批评策略,让我们体会到作为"文学"批评家周扬的人文情怀。这种批评策略具体体现为:"肯定之后,必须来一个'但是',否定之后必须来一个解释。文字上力求多加一些'在一定条件下','在某种程度

① 周扬.艺术教育的改造问题[M]//周扬文集:第 1 卷.北京:人民文学出版社,1984:411.

② 李辉.摇荡的秋千:关于周扬的随想[M]//李辉文集:往事苍老.广州:花城出版社,2003:207.

③ 李辉.摇荡的秋千:关于周扬的随想[M]//李辉文集:往事苍老.广州:花城出版社,2003:207.

④ 周扬.在中国音协第二次理事(扩大)会议上的报告[M]//周扬文集:第 2 卷.北京:人民文学出版社,1985:447.

⑤ 周扬.继往开来,繁荣社会主义新时期的文艺[M]//周扬文集:第 5 卷.北京:人民文学出版社,1994:179.

内'等等。"①周扬在"检讨"鲁艺的教育时就巧妙地运用了这一"辩证法":"鲁艺是一个培养专门人材的学校,要提高是对的,但我们却把提高和普及机械地分裂开来,成了提高普及二元论,造出了关门提高的错误。鲁艺是一个艺术专门学校,注重技术学习也是对的,但鲁艺是一个革命的艺术专门学校,艺术性与革命性必须紧紧结合。"②很显然,周扬的"检讨"中透露出一种被迫无奈,从这种躲躲闪闪的语气中,我们仍然能够明白其注重鲁艺艺术提高但又不能抗旨的苦心。

早在30年代,周扬对文学与政治的关系的理解就倾向于辩证色彩:"我们并不主张文学成为政治的附庸,但是两者的关系是不可否认的事实。在社会情势急激变化的时期,这种关系尤其明显。"③也就是说,在救亡这一特定的历史条件下,周扬舍弃了文学的独立性而甘愿把文学沦为政治的工具。他还从政治意识形态的认识高度,把文学的真实性原则与作家的党性原则联系起来,"文学的真理和政治的真理是一个,其差别,只是前者是通过形象去反映真理的……在广泛的意义上讲,文学自身就是政治的一定的形式……我们要在无产阶级的阶级斗争中看出文学和政治之辩证法的统一,并在这统一中看出差别,和现阶段的政治的指导的地位……作为理论斗争之一部分的文学斗争,就非从属于政治斗争的目的、服务于政治斗争之解决不可"④。强化了无产阶级党性原则对文学真实性的绝对制约作用,显示出"从属论"的应时性特点,这并非他的本意。1953年,周扬在第二次文代会上的报告中,分析造成目前文学艺术工作的落后现象的严重原因时,援引了列宁所写的《党的组织和党的文学》中有关文学事业"最不能机械划一、强求一律,少数服从多数"⑤、"在这个事业中,绝对必须保证有个人创造性和个人爱好的广阔天地,有思想和幻想、形式

---

① 黄药眠.解除文艺批评的百般顾虑[N].文艺报,1957-06-02.

② 周扬.艺术教育的改造问题[M]//周扬文集:第1卷.北京:人民文学出版社,1984:411-412.

③ 周扬.现实主义和民主主义[M]//周扬文集:第1卷.北京:人民文学出版社,1984:228-229.

④ 周扬.文学的真实性[M]//周扬文集:第1卷.北京:人民文学出版社,1984:67.

⑤ 周扬.为创造更多的优秀的文学艺术作品而奋斗[M]//周扬文集:第2卷.北京:人民文学出版社,1985:244.

和内容的广阔天地"①的观点,然后明确了文学与政治的关系:"文学艺术活动必须受党和国家的领导,这是不可动摇的、确定不移的原则;但这种领导又必须十分注意文学艺术活动的特点。"②而创作上概念化、公式化的错误倾向正是忽略了后半部分观点,至少,艺术不是从属于政治的,有它自身的规律。并且,在周扬看来,政治也不再只限于政策和革命了,"我们提倡文和道的结合,文和道的统一,而且这个道也不要搞得太狭隘了,有的人把政治看得也很狭隘,似乎只有直接配合当前革命任务才算政治"③。当周扬把政治的框框松开、让艺术的特点浮出水面后,我们对长期以来文艺与政治关系中从属论、工具论的横行便释然了,可惜的是,这只是周扬绝少作为"文艺"批评家时分量很轻甚至有可能招致灾祸的微弱声音。直至新时期,周扬才毫无顾忌地表达了自己对政治与文学关系的看法,其声音才真正得到了重视:"马克思、恩格斯都十分重视政治对文学艺术的巨大影响;但他们都从来没有讲过艺术要从属于政治。艺术不但要受政治的影响,也要受宗教、哲学、道德等等其他意识形态的影响……如果否定了包括文艺在内的意识形态对经济基础的相对独立性,否定了文艺除接受政治的影响之外,还接受其他意识形态的影响,否定了除政治作用于文艺之外,文艺也反作用于政治,总之,把上层建筑同经济基础以及上层建筑各种因素之间的本来是极其错综复杂的关系过于简单化、庸俗化,这就不是真正的唯物主义,而是走向了它的反面。"④

另外,在艺术与生活的关系问题上,周扬的批评理论也具有"辩证法"的策略性。在20世纪30年代特定的语境中,他重视的是现实美,"在艺术见解上,我最服膺 Chernishevski(车尔尼雪夫斯基)的理论。当他说

---

① 周扬.为创造更多的优秀的文学艺术作品而奋斗[M]//周扬文集:第2卷.北京:人民文学出版社,1985:244.
② 周扬.为创造更多的优秀的文学艺术作品而奋斗[M]//周扬文集:第2卷.北京:人民文学出版社,1985:244.
③ 周扬文集:第3卷[M].北京:人民文学出版社,1990:317.
④ 周扬.解放思想,真实地表现我们的时代[M]//周扬文集:第5卷.北京:人民文学出版社,1994:214-215.

'生活比艺术伟大'时,他一点也没有降贬艺术的重要"①。这种观点体现了要求改变现实的强烈愿望,体现了"抗战怎样在改变着这东方古老的民族,怎样在发挥出它内部蕴藏着的力量,怎样在产生着新的民族英雄的典型"②这样深刻的社会内容。但在 60 年代文艺政策调整时期,周扬却认为"艺术比生活伟大":"车尔尼雪夫斯基解决了文艺来源于生活,但少了些辩证法,对于文艺可以比现实高这一点是认识不到的。"③这一时期的观点可以代表周扬对"文艺与生活"关系的真实看法,是对《讲话》中"源泉"论的补充说明。

总之,作为毛泽东文艺思想的阐释者与宣传者,周扬批评理论中政治本位化的、狭隘的功利主义批评观居多,这是作为"党员"批评家周扬的特色。但是,要全面了解一个批评家,我们还不能忽视作为点缀的"文艺"批评家的周扬,从散落的不成体系的批评理论中我们看到了他对艺术的部分真知灼见,如在艺术认识现实方面,他认为,"艺术是要通过形象,要感人,具体的形象是个别的,又是经过概括的"④,"艺术就是通过人的形象,影响人,通过人的形象,反映社会,各个社会阶级关系的渗透,通过人的形象影响人,影响人的精神"⑤,"艺术不是鼓动"⑥;在人物创造方面,他认为要"多方面地表现人物性格"⑦,同时创造人物要有技巧,"技巧不是以别的为标准,而以表达内容为标准,为了表达内容,而寻找新的适用的形式,

---

① 周扬.我所希望于《战地》的[M]//周扬文集:第 1 卷.北京:人民文学出版社,1984:232.

② 周扬.我所希望于《战地》的[M]//周扬文集:第 1 卷.北京:人民文学出版社,1984:230.

③ 周扬.对编写《文学概论》的意见[M]//周扬文集:第 3 卷.北京:人民文学出版社,1990:234.

④ 周扬.论艺术创作的规律[M]//周扬文集:第 2 卷.北京:人民文学出版社,1985:337.

⑤ 周扬.论艺术创作的规律[M]//周扬文集:第 2 卷.北京:人民文学出版社,1985:338.

⑥ 周扬.论艺术创作的规律[M]//周扬文集:第 2 卷.北京:人民文学出版社,1985:339.

⑦ 周扬.论艺术创作的规律[M]//周扬文集:第 2 卷.北京:人民文学出版社,1985:346.

新的内容,需要新的形式"①等。还有,在周扬的批评生涯中,在十七年时期反对教条主义的做法也是弥足珍贵的,如所谓教条主义的理论批评就是"背诵马列主义条文和硬搬外国经验,而不结合实际"②、"马克思主义文艺理论和批评,必须是创造性的、战斗的,必须同我国的文艺传统和创作实践密切结合,必须以促进社会主义文艺发展为重要任务"③等。这种精神一直延续到新时期,"在'左'倾教条主义者手里,马克思主义就走向反面,变成了马克思主义的新八股、新教条,它同封建老八股、老教条一样,成为禁锢人们思想的一种精神枷锁,压制着真正的马克思主义的传播和发展"④。这些无意识的艺术观恐怕是十七年后期周扬招致主流意识形态放逐、"文革"中陷入囹圄的重要原因吧。

二、邵荃麟:文艺政策与现实主义文学批评的互动

20 世纪 40 年代是邵荃麟开始从事文艺理论与文艺批评的时期。1941 年前后是抗日民族解放斗争相当艰苦的阶段,正是有着对民族解放的无比信心和独立自由新中国的美好理想的憧憬,广大人民纷纷奔赴抗战前线,抗战的艺术受着最为普遍的欢迎。这是人民新的要求的表现,文学与人民的关系更为密切了。"因为民族解放的信心与独立自由的新中国的理想,唤起了我们一种崇高的美的情绪,这种美的情绪使我们感到愉快,鼓起我们的热情,而使这种热情转化为伟大的创造力量。同时,这种美的观点引导美术家从残酷的战争中,汲取了诗的题材,创造出崇高的健康的美丽的英雄典型,这样的艺术作品被千千万万的人民所欢迎,唤起他们的美感与热情,从而转化为更伟大的革命力量。"⑤这是邵荃麟结合当时的情形而提出的艺术与抗战紧密结合且较好地配合伟大的抗日战争的

---

① 周扬.论艺术创作的规律[M]//周扬文集:第 2 卷.北京:人民文学出版社,1985:349.

② 周扬文集:第 3 卷[M].北京:人民文学出版社,1990:29.

③ 周扬文集:第 3 卷[M].北京:人民文学出版社,1990:31.

④ 周扬.三次伟大的思想解放运动[M]//周扬文集:第 5 卷.北京:人民文学出版社,1994:120.

⑤ 邵荃麟.建立新的美学观点[M]//邵荃麟评论选集:上.北京:人民文学出版社,1981:28-29.

批评美学思想。他进一步指出:"我们的美学观点必须是建立在最大多数的国民大众的基础之上。我们的美学观点必须是与大众的劳动结合的,这样才能取得其最现实的内容;在这里,我们的艺术家必须在生活实践上能够和大众取得一致。……在本质上,这些劳动的国民大众都是具有进步的意识和最勇敢的斗争和创造精神。艺术家必须去探求这些本质,发掘和发扬这些优美的本质,从而去清除传统的不健康的毒素,建立健康的明朗的美的生活,这不仅是艺术家的事,然而艺术家却具有其不能避免的任务。"①文艺与生活紧密联系,通过对现实生活的描述,最终达到艺术的真实,揭示生活的本质,这是邵荃麟新的美学观点核心之所在。不过,在不同时期对于现实生活中存在的美与丑、光明与黑暗、先进与落后等相互矛盾方面的反映有所侧重及其文艺政策的不同,故在反映生活本质、艺术真实方面也呈现不同的情形。综观邵荃麟的有关现实主义理论的文艺批评,我们可以把这一美学观点看作是他对于现实主义理论阐述的理论基石。

1941 年抗战文艺运动曾一度走向低潮,现实主义文学的发展也显得尤其艰难。针对这一现象邵荃麟在这一年的文艺运动检讨中指出:"作家跟现实接触的机会少。在抗战开始时,有大批作家到前线去,参加各种抗战工作。可是现在,却又纷纷的回转后方来。和现实生活隔离,生活自然平凡,便难于写出有血有肉的作品。"②在他看来,文艺运动走向低潮除了政治朝低潮走、文化中心转移等客观原因外,作家主观上的远离现实因素也不可忽视。"所以对现实的深刻认识,对于生活的战斗的实践,对于真与爱的热烈追求,这三者是互相关联着的。而只有在这三者的结合下,我们才能达到艺术思维一致的境界,才能完成现象的本质的形象的认识。"③由此,邵荃麟提出了"新现实主义"的理论:"新现实主义要求于我

---

① 邵荃麟.建立新的美学观点[M]//邵荃麟评论选集:上.北京:人民文学出版社,1981:32-33.

② 邵荃麟.一九四一年文艺运动的检讨[M]//邵荃麟评论选集:上.北京:人民文学出版社,1981:45.

③ 邵荃麟.向深处挖掘[M]//邵荃麟评论选集:上.北京:人民文学出版社,1981:51.

们的是艺术的真实,那是现实的最高真实,必须本质地去理解那些隐藏于生活和人物之后的社会与历史诸矛盾关系,从这中间去决定我们的主题,我们的作品才能表现这种现实的最高真实。"①在邵荃麟看来,路翎的小说《饥饿的郭素娥》便是在中国的新现实主义文学中放射出的一道鲜明光彩:"假如我们承认,所谓艺术上的现实主义并不仅仅是对于客观现象的描写和分析,或者单纯地用科学的方法去剖解和指示社会的现实发展,而必须从社会的人(作为社会关系的总的人)底内心的矛盾和灵魂的搏斗过程中间,去掘发和展露社会的矛盾和具体关系,而从这种具体的社会环境里来确证这真实人物的存在,并且因为这样,这些人物的一切必须融合在作家的自身底感觉和思想情感里,才能赋予它们以真实的生命,那末我以为路翎的这本《饥饿的郭素娥》,可以说是达到了这样的境界。"②

在抗战的第六个年头,邵荃麟结合延安整风文献,针对文化界存在的虚胖现象发表了自己的感想:"以代表一个民族的灵魂的艺术与文学来说,今天大后方一般的创作中间,是普遍地表现着内容的空虚和思想力的苍白,艺术认识多半是局限在现象的表面上,没有更深刻去掘发出历史、时代的本质。"③可见邵荃麟关注的是作品内容的具体充实而不是空泛的概念演绎,这样才能切合时代的本质。1945 年,他对此进行了深入的探讨:"一个艺术家的任务不仅是一般地,或从人道主义的意义上,去服务于人民,而且更须把自己的根须深深地伸入到更积极的人民中间,伸入到黑土的深处,从那里去汲取创造与战斗的力量,然后才能使艺术开放出灿烂的生命的花蕾。"④亦即扎根于广大的人民中间是获取艺术源泉的关键所在,这样才能在创作中寻求思想和艺术上的统一并力求反映出生活的本质,"达到艺术思维一致的境界"。而要反映出生活的本质达到艺术的真

---

① 邵荃麟.向深处挖掘[M]//邵荃麟评论选集:上.北京:人民文学出版社,1981:48.

② 邵荃麟.饥饿的郭素娥[M]//邵荃麟评论选集:下.北京:人民文学出版社,1981:496.

③ 邵荃麟.对当前文化界的若干感想[M]//邵荃麟评论选集:上.北京:人民文学出版社,1981:54.

④ 邵荃麟.伸向黑土深处[M]//邵荃麟评论选集:上.北京:人民文学出版社,1981:75-76.

实,创作还须向"深"和"广"两方面前进,"所谓'深入'的意思,也不仅止于我们所常说的'到农村中去'、'到民间去'而已,更主要的是把这个革命民主主义思想斗争普遍地活生生地展开在人民的日常生活中间,在具体的生活问题上跟一切愚昧、专制、贫困、迷信作斗争"①。"所谓'广',用术语来说,便是'大众化'。大众化问题一定要从大众的需要和自愿出发,从群众的观点出发。"②这显然是对毛泽东《讲话》精神的一种宣传和推广。

究其实质,邵荃麟"新现实主义"理论中的"新"在于内容上的"新",此所谓"抗战现象,革命本质",具有抗战、民族解放的时代特征,不同于"五四"个性解放的主题,也不同于30年代的社会解放主题。"在抗战剧迅速进展的现实中,新的社会现象在发生着,可能不合于所谓讴歌者的梦想,亦可能比所谓暴露者更深刻而复杂,如果不接近或不自负为革命民主主义者,是不会随着发展了的东西而亦求自我人格的发展,是可能堕入划界自限的自由主义,而违背现实。所以,现实既是发展着的,那么抗战文艺亦只有在不断的进步,不屈不挠的战斗毅力中,才是民主主义的现实主义。"③即抗战主题是这一时期的现实主义的具体内容,而作家要反映这一具体内容,进而达到艺术真实揭示生活本质的真实,就须向"深"、"广"两方面进军。但"从新文艺的历史来看,新文艺虽是从'五四'以来一直向着大众的,但和大众结合的程度却仍然是非常之微弱"④。如在"五四"时期,冰心的创作曾从"社会问题"小说转向"心理问题"小说再转向现实主义,叶圣陶从多写身边小事转向通过人物塑造透视社会历史的现实主义的新境界,许地山从哀而少怨的《缀网劳蛛》时代转向写实的《春桃》时代,郭沫若从浪漫抒情时代转向革命文学时代,沙汀则在"左联"时期对现实主义进行探索后走上了现实主义典型化道路……邵荃麟的"新现实主义"

---

① 邵荃麟.我们需要"深"和"广"[M]//邵荃麟评论选集:上.北京:人民文学出版社,1981:99.

② 邵荃麟.我们需要"深"和"广"[M]//邵荃麟评论选集:上.北京:人民文学出版社,1981:100.

③ 侯外庐.抗战文艺的现实主义性[M]//中国新文学大系(1937—1949):第二集.上海:上海文艺出版社,1990:549.

④ 周扬.艺术教育的改造问题[M]//周扬文集:第1卷.北京:人民文学出版社,1984:410.

理论中的现实主义精神与上述发生转向后的文学精神是一致的,但在要求与现实生活结合上显然更为紧密。这一文学精神无疑是对"普罗文学"忽略文艺自身的审美性,而强调其宣传作用的"革命现实主义"的纠偏,它显示了文艺不再被当作宣传工具和斗争武器,而是以典型形象来反映社会生活本质这一特质。优秀的作家总是在代表一个时代文学发展方向的文艺思潮的感召下,从自己对生活的独特感受出发,通过对自己所熟悉的特定生活素材的体验,去形象地把握和反映生活。因此,"新现实主义的本质,是现实的社会发展(革命发展)底形象的认识。这就是说,把历史的矛盾关系通过形象的典型化的艺术底表现,也即是恩格斯所谓'围绕着他们(指典型人物——作者注),使他们行动的典型的状势的真确描写'(这就是社会本质底形象的认识),只有这样深入现实的艺术,才能透视社会或世界的过去与未来"①。这样对文学从社会生活出发,通过个别反映一般,从而塑造出艺术典型的基本规律的阐述可谓精辟,在这一时期显得难能可贵。而此时在解放区的周扬,则对艺术现象也有着某种程度的忧虑,认为"没有'从客观实际出发',鲁艺的教育,从方针到实施,贯穿了主观主义和教条主义"②。"现实主义应当是艺术真实性与教育性结合,也就是艺术性与革命性结合。现实主义应当以大众文化的研究为基础,这就是提高与普及的结合。"③虽然周扬也把强调从生活出发追求艺术真实性,但他并不像邵荃麟所坚持的新现实主义要创造艺术典型,而只是用来说明理论与实际、所学与所用、提高与普及和艺术性与革命性相结合的问题,揭示的是一种"受动的艺术规律"④。可惜的是,邵荃麟关于新现实主

---

① 邵荃麟.向深处挖掘[M]//邵荃麟评论选集:上.北京:人民文学出版社,1981:48.

② 周扬.艺术教育的改造问题[M]//周扬文集:第1卷.北京:人民文学出版社,1984:411.

③ 周扬.艺术教育的改造问题[M]//周扬文集:第1卷.北京:人民文学出版社,1984:419.

④ 刘锋杰.中国现代六大批评家[M].合肥:安徽文艺出版社,1995:291.作者认为周扬对政治的认同总是优先于对艺术的认同,对艺术的认同则是以不对政治发生任何副作用为标准。周扬往往是在给文学以过多过重的政治意识,而削弱乃至窒息了文学的艺术意识以后,才开始思考文学的艺术特征,为文学的艺术特征正名。

义理论在其整个文艺批评体系中并没有一直持续下去,随着时代的变化,在新的政权确立后,他的"新现实主义"理论便转变成为"社会主义现实主义"理论了。

从身处国统区的邵荃麟40年代的"新现实主义"理论的确立来看,他的文艺思想较少受到延安文艺批评的影响。在社会主义革命时期,《在延安文艺座谈会上的讲话》中所提出的"文艺为工农兵服务"的文学宗旨成为50年代文艺创作和文艺批评的主流话语。与此同时,在1953年举行的中国文学艺术工作者第二次代表大会,响应了毛泽东郑重提出的学习苏联精神的号召,其重要内容便有,贯彻苏联作家协会章程上提出的具有配合国家政策特点的社会主义现实主义理论:"社会主义的现实主义,作为苏联文学与苏联文学批评的基本方法,要求艺术家从现实的革命发展中真实地、历史地和具体地去描写现实。同时艺术描写的真实性和历史具体性必须与用社会主义精神从思想上改造和教育劳动人民的任务结合起来。"①受此文艺政策的影响,邵荃麟的现实主义理论也起了很大的变化,而转向"社会主义现实主义"理论了。

早在1950年,邵荃麟在一次演讲中就指出,文艺创作必须与政策结合,他援引了中苏两国的例子来加以说明。因为斯大林和高尔基把社会主义现实主义作为苏维埃作家的创作方法时,特别指出这种创作方法的主要特征之一,是必须与苏维埃政策相结合,而在中国,毛泽东则在《在延安文艺座谈会上的讲话》上也特别指出党员作家要站在党的立场,站在党性和党的政策的立场。所以,邵荃麟认为:"创作与政策相结合,不仅仅是由于政治的要求,而且是由于创作本身的现实主义的要求。这就是为什么斯大林和高尔基特别把它规定为社会主义现实主义的创作方法的主要特征之一。也就是为什么在今天中国文艺创作上要特别强调这个问题的理由。"②政策政治与现实主义是社会主义现实主义理论的两个关键因素,这是邵荃麟"社会主义现实主义"理论最早的体现。1953年新中国制定了第一个五年计划,文艺配合了这一时期总路线的执行。第二次全国

---

① 苏联文学艺术问题[M].北京:人民文学出版社,1953:13.
② 邵荃麟.论文艺创作与政策和任务相结合[M]//邵荃麟评论选集:上.北京:人民文学出版社,1981:287.

文代大会正是在这一时代背景下召开,邵荃麟在会议上发表了重要讲话:"文学工作者如果离开这个总路线,也就是离开了现实生活的方向,离开了文学上的现实主义。"①"文学艺术在思想教育和思想斗争上的巨大作用,是通过文学艺术所特有的艺术感染力量而取得的。这样的思想教育和思想斗争工作显然不可能依靠抽象的原理或者主观的想象,而只有依靠对于革命发展中的现实生活本身的认识和对于现实生活的真实描写,来达到服务于政治的目的。这即是说用对于我们人民生活的真实和具体的描写,和以上所说的思想教育和思想斗争任务结合起来,这就是我们目前社会主义现实主义文学所要求的内容。"②不难看出,社会主义和现实主义已成为邵荃麟社会主义现实主义理论的核心因素,且社会主义因素(包括与政策结合,体现社会主义精神)是评判的首要标准。在邵荃麟看来,杨朔的小说《三千里江山》便是这样的"社会主义现实主义"作品。因为它在题材上描写的是1950—1951年抗美援朝战争中运输线上的斗争,"在文学上能够真实地反映中国人民这种彻底地不妥协地反帝国主义和反封建主义的要求、愿望和实际斗争的,能够反映出中国人民现实生活的发展方向的,能够在思想战线上坚持这种反帝国主义反封建主义斗争的,能够坚持文学上现实主义的精神的,也不可能是软弱无力的资产阶级的文学,而只能是在工人阶级思想领导下的人民大众的文学。工人阶级领导的人民革命的要求和创作上的现实主义的要求结合,这就构成了社会主义现实主义的倾向"③。这部作品表达"人民的力量是无敌"的主题符合"社会主义现实主义"理论中思想教育的政治目的;并且认同作品在艺术上注重人物的性格、思想、感情及其成长过程的描写和在结构上把故事性放在人物思想性格的矛盾上的艺术特色,都符合"社会主义现实主义"的"现实主义"的"本质特征"。无独有偶,王若望对于"社会主义现实主

---

① 邵荃麟.沿着社会主义现实主义的方向前进[M]//邵荃麟评论选集:上.北京:人民文学出版社,1981:307.

② 邵荃麟.沿着社会主义现实主义的方向前进[M]//邵荃麟评论选集:上.北京:人民文学出版社,1981:307-308.

③ 邵荃麟.沿着社会主义现实主义的方向前进[M]//邵荃麟评论选集:上.北京:人民文学出版社,1981:310.

义"这一概念所做的分析,也与此有惊人的相似之处:"首先,社会主义现实主义要求作家站在工人阶级的立场上,以无产阶级的世界观来观察现实,表现现实。其次,它要求在作品中体现社会主义的精神,激发人们追求真理,追求新的生活的斗争勇气,它不仅要求真实地反映现实,还要启示人们走向革命的道路。"①亦即批评家对于社会主义现实主义的理解是倾向于社会主义和现实主义两者的融合,并且把社会主义这一政治因素置于批评的首位。邵荃麟还提出了"社会主义现实主义"的更具体的要求:"社会主义现实主义所要求的,是政治性和艺术性统一的作品,也就是艺术描写的真实性与具体性和以社会主义精神教育改造人民的任务相结合的作品。"②

但须指出的是,这里的社会主义精神,"只是作家脑子里的一种抽象的概念式的东西,是必须硬加到作品里去的某种抽象的观念……那结果,就很可能使得文学作品脱离客观真实,甚至成为某种政治概念的传声筒"③。故何直认为当前的现实主义不妨称为社会主义时代的现实主义。"社会主义现实主义"理论曾一度因"社会主义时代的现实主义"理论的出现而引起争论。④ 邵荃麟、冯雪峰的社会主义现实主义理论中的社会主义便是一种抽象的东西,这是他们紧跟文艺政策所必然出现的结果。事实上,"当艺术家的主观意图与生活的逻辑产生矛盾时,越是伟大的艺术家就越是愿意在生活的逻辑力量面前让自己的主观意图屈服下来,达到艺术上的真实程度"⑤。而邵荃麟则是让"社会主义"的主观因素压倒了"现实主义"的审美因素。

这一时期,邵荃麟的主要精力用在文化工作的领导方面,其曾担任过政务院文教委员会副秘书长、文教委员会党委委员,中宣部副秘书长、中

---

① 王若望.评"社会主义时代的现实主义"[N].文艺报,1957-05-12.

② 邵荃麟.沿着社会主义现实主义的方向前进[M]//邵荃麟评论选集:上.北京:人民文学出版社,1981:310.

③ 何直.现实主义:广阔的道路[M]//文学理论争鸣辑要:下.上海:上海文艺出版社,1983:649-650.

④ 见本书第二章第三节.

⑤ 周勃.论现实主义及其在社会主义时代的发展[M]//文学理论争鸣辑要:下.上海:上海文艺出版社,1983:662.

宣部教育处长等职。1953 年,他调任中国文学工作者协会(后改为中国作家协会)任党组书记,同时被选为中国文学工作者协会副主席、《人民文学》主编。所以,他的"社会主义现实主义"理论在现实主义内涵方面发生了改变,有一点是不可否认的,邵荃麟此时在党的文化宣传工作部门身居要职,他对文艺的理解更多的是倾向于政策性阐释。这样势必会破坏艺术自身的规律,走上与 40 年代新现实主义不同的道路。

社会主义现实主义文学发展到"大跃进"时期,作品中已形成通过对完美的英雄与十足的坏蛋的书写模式,向人们讲授社会主义精神的价值观念和行为规范。1962 年,正是国内外阶级斗争尖锐化、我国农村在经历了"大跃进"后形势发生暂时困难的时候。根据毛泽东的观点,社会的主要矛盾是社会主义与资本主义的阶级矛盾,于是配合这一形势,在文艺创作上便要通过努力创造工农兵的英雄形象,以此巩固、扩大革命的、社会主义的力量在文艺上、在社会生活上的地位和影响,要通过对英雄人物的热情歌颂,通过体现在英雄人物身上的社会主义、共产主义精神来达到教育广大人民的作用。关于这一点,早在 1959 年邵荃麟就表达过自己的不同看法,"认为过去的生活过时了,在创作上已经没有价值了,或者不值得去描写了,这种看法显然是不正确的。而另外一种更幼稚的理解,以为只有直接描写当前发生的事情,写新人新事,乃至真人真事,才叫做现实主义,才叫做反映现代生活,这是把社会主义现实主义的创作方法庸俗化了"[①]。可以说这个时候的邵荃麟已对自己前期的"社会主义现实主义"理论心存质疑而开始反思了,他明显地感觉到这一理论所存在的机械、教条、庸俗的一面。

1962 年 5 月 13 日,《人民日报》发表社论说:"因为自延安以来,时代变了,所以有必要改变文化,使之能为更复杂的群众服务。"[②]这一思想与邵荃麟此时关于现实主义理论的思想有许多相似之处。在同年 8 月的大连会议上,邵荃麟大胆地提出了"中间人物"的概念,"中间人物"不是以前文学创作中所塑造的那种"高大全"式的完美无缺的英雄,也不是那种十

---

① 邵荃麟.从一篇散文想起的[M]//邵荃麟评论选集:下.北京:人民文学出版社,1981:612.

② 为最广大的人民群众服务[N].人民日报,1962-05-13.

恶不赦的坏蛋,而是处于"落后思想"与"进步思想"之间的人,是处在正面人物和反面人物之间的人,这样的人广泛地存在于我们的社会生活之中。而在"大跃进"期间,英雄人物模范被塑造得过了头,这意味着文学艺术中的现实与实际生活中的现实之间有着巨大的差距。只写英雄模范人物,不写矛盾错综复杂的人物,人物形象显得单一、平面化,作品的现实性就不够。"(我们的创作)总的看来,革命性都很强。而从反映现实的深度,革命斗争的长期性、复杂性、艰苦性来看,感到不够;在人物创造上,比较单纯,题材的多样化不够,农村复杂的斗争面貌反映不够。单纯化反映在性格上,人与人的关系上,斗争的过程上,这说明了我们的作品的革命性强,现实性不足。"①简言之,英雄模范人物的性格比较单一,不是依靠人物的行动、心理状况来反映他的性格,而是根据社会主义和共产主义的革命理想来塑造的,政治标准成为衡量其形象塑造成功与否的首选因素,这样的人物形象可称得上是政治典型,是"席勒式"的时代精神的传声筒,而不是艺术典型。邵荃麟深谙其中的道理从而在大连会议上宣扬了自己的"现实主义深化论"这一理论。它修正了 50 年代现实主义理论中损害艺术规律的错误之处而重新回到了艺术本身中来了,更加"莎士比亚化"了。

"文艺作品中,所创造的人物性格越多样,对社会生活的多样化、复杂性反映得越充分,其帮助群众推动历史前进的作用才会更加有力。"②对多样化、复杂化的人物性格的塑造,是现实主义深化的一个显著标志。因为这里的人物塑造不再是根据既定的政治标准的框框来进行的,而是根据艺术规律来进行的。"艺术不同于现实生活的抄袭,就因为它要经过这种选择、比较、提炼、酝酿的过程,最后经过作家的想象,才能创造出比现实生活更高更美的艺术形象。一个作家的生活积累愈丰富,他在认识和创作过程中选择、比较的范围愈大,提炼、酝酿的条件愈充分,因而他所创造的形象也可能更有典型意义,更明确。"③所以,这样塑造出来的人物不

---

① 邵荃麟.在大连"农村题材短篇小说创作座谈会"上的讲话[M]//邵荃麟评论选集:上.北京:人民文学出版社,1981:398.

② 沐阳.从邵顺宝、梁三老汉所想起的……[N].文艺报,1962-09-11.

③ 邵荃麟.从一篇散文想起的[M]//邵荃麟评论选集:下.北京:人民文学出版社,1981:610.

再是政治典型,而是一个个艺术典型,它反映了社会生活的多样性和复杂性。所以,邵荃麟鼓励作家塑造还没有投身于革命的广大民众,因为这些人物是我们社会生活中大量存在的。如《创业史》中的梁三老汉,《红旗谱》中的邵顺宝和严志和,《山乡巨变》中的亭面糊,《李双双小传》中的喜旺,《三里湾》中的糊涂涂、常有理,《锻炼锻炼》中的"吃不饱"、"小腿疼"。在大连会议上,邵荃麟尤其推崇赵树理近年来的创作,因为他的创作对农村斗争的长期性、艰苦性有深刻的认识,而这一认识是建立在作家对生活熟悉和深入的基础之上的,这是现实主义的胜利。因为在他看来,"现实主义是创作的基础,生活是现实主义的基础。写出好作品的作家,必然是深入生活的;但只是深入生活,不一定写出好作品。创作有它自己的规律。……作家应有观察力、感受力、理解力。光感受还不行,还应有理解力——理解是通过形象及逻辑思维进行的,要有概括力。没有概括力,写不出好作品"[①]。像这样的作家除了赵树理外,还有杜鹏程、茹志鹃等。邵荃麟的这一观点,显然疏离了新中国成立以来一直位于主流的"社会主义文学必须大写工农兵的英雄人物"的宗旨,而是把笔触伸向了并非拔高的现实生活的深处,深入到作家的心灵深处。它摒弃了以政治思想为标准来衡量文学作品的模式而遵循的是艺术创作自身的规律,提倡的是艺术标准。与40年代的"新现实主义"理论比较,这一理论提出了更为具体的切实可行的内容,即"莎士比亚化"的美学的批评原则,这正是邵荃麟的"现实主义深化论"理论的闪光之处。

邵荃麟的"现实主义深化论"理论提出后,便立即引起了巨大的反响,批判讨伐的多于提倡赞同的,此理论也成为他日后蒙冤的一大"罪证"。但在我们今天看来,尽管它"一贯注重自己的实践与意见必须随时适应革命政治运动的基本方向"[②],其"不算少的实用批评,从总的方向看,也是以应和一定时期政治任务为基本背景的"[③],但他的现实主义理论所体现出的追求艺术真理的精神在当时的环境下是弥足珍贵的,其"现实主义深

---

① 邵荃麟.在大连"农村题材短篇小说创作座谈会"上的讲话[M]//邵荃麟评论选集:上.北京:人民文学出版社,1981:400.

② 许道明.中国现代文学批评史新编[M].上海:复旦大学出版社,2002:310.

③ 许道明.中国现代文学批评史新编[M].上海:复旦大学出版社,2002:310.

化论"理论仍旧还有指导作用和深远意义。

在邵荃麟的"现实主义"理论的发展过程中,实际上存在个人("我"、艺术主体)话语与阶级("我们"、文艺政策)话语的尖锐矛盾,一方面,他有着对文艺特质的敏感,另一方面,他又保持着时代政治的清醒,所以他一直不无真诚地努力克服与阶级话语不相符合的个人话语,游走在文艺政策与现实主义理论两者之间,不断地寻找着两者的最佳结合点。在改造自己的同时也扮演了批判异己的角色,在坚守自己的同时也成了受审判的对象。60 年代,当邵荃麟面对越来越"左"的阶级话语时,他坚持了个人话语,坚守了自己作为文艺家的良知,发出了与主流意识形态不同的声音,直至成了党内的"右倾机会主义分子"也在所不惜。在这点上,周扬也是如此。所以黄秋耘认为,周扬和邵荃麟几乎是不谋而合,他们内心的主要矛盾,"是作为一个知识分子的正直的良知,和正统的马克思主义之间的矛盾","作为一个作家、一个高级知识分子的良心、良知,同作为一个共产党员的严格的纪律、铁的纪律之间的矛盾",而且"总是摆脱不开"。①这是他们身份二重性的宿命,也构成了他们文学批评实践的复杂性。

如果说周扬、邵荃麟的文艺批评中政治意识形态化因素占据着主导地位的话,那么,姚文元的文学批评则是纯粹政治化的"棍子式"批评了。怀疑一切,否定一切,打倒一切,积极配合政治成为纯粹政治化批评的主要表现特征。这种特性可上溯至 30 年代钱杏邨的"新写实主义"批评模式,张闻天说这类批评家"不了解创作的艰苦","缺少社会的经验",对于"作品研究的兴趣不大",因此他们的横加指责的批评"大大地束缚了文学家的'自由'"。② 李辉具体地描述了这种风格:"读姚文元的杂文,我不由感到一种逼人气势如山一般矗立面前,如海浪一般向你涌来。但一旦走进这山背后,便发现这气势只是虚假的声势。他是以语言的喧嚣和情绪的亢奋,掩饰着逻辑混乱和思想苍白,那么多大小长短的文章,除了批判叱呵还是批判叱呵。除了引经据典寻章摘句,他并没有表现出更多出色的其他才能。我无法想象,这样的文字这样的气势,居然会在相当长的时

---

① 黄伟经.文学路上六十年:老作家黄秋耘访谈录(节选)[N].作家文摘,2000-08-01.

② 歌特.文艺战线上的关门主义[J].新文学史料,1982(2):181.

间里成为文化界舆论的主流,成为备受青睐的样板。"①但是这种批评在十七年时期却横行一时,所有的大批判大抵如此。特点之一在于缺乏艺术体验和生活体验,对文学作品只是进行验收员式的检查和判定。"五四"时期具有个性解放思想的知识女性在姚文元看来,是社会主义集体主义所绝对不容许的,理应打入历史的另册。在姚的有色眼镜的透视下,丁玲在40年代所反映的延安时期小生产者思想意识、官僚主义的《在医院中》也成了"反革命作品"。至于中国诗坛的主帅艾青在姚的棍棒下更是完了。1958年姚文元带头发动了一个批判巴金作品的运动,他把巴金的《灭亡》、《新生》、《爱情三部曲》等描写小资产阶级知识青年反对封建军阀斗争的小说,一概说成是宣扬无政府主义、引导青年走上反社会主义道路的反动作品,从根本上予以否定。巴金说他,害怕那些一手拿框框、一手捏棍子到处找毛病的人,非常形象地描绘了这类批评给自己带来的感受。在评论吴晗的历史剧《海瑞罢官》时,姚文元更是把艺术作品当作政治文本来阅读,用他的"历史事实和人物"去一一对立剧中艺术事实和人物,指出吴晗塑造了"一个假海瑞","把海瑞写成农民利益的代表,这是混淆敌我,抹杀了地主阶级专政的本质,美化了地主阶级"②,还认为作品通过这个艺术形象宣扬了"阶级调和论",代替了阶级斗争论,其"退田"、"平冤狱"就是当时资产阶级反对无产阶级专政和社会主义革命的斗争焦点。在姚的无产阶级金棍棒下,丁玲、艾青、巴金、吴晗以及周扬、冯雪峰、徐懋庸、王若望、周勃、施蛰存、姚雪垠、许杰、徐中玉、秦兆阳、陈涌、王蒙、邓友梅、刘绍棠、陆文夫等文坛名流的文艺生涯都被判了死刑,遭受了不白之冤。姚不顾文艺规律大肆挥棍奋战并所向无敌,让人不寒而栗。

其次,习惯于将政治价值作为评判的主要标准并无限上纲上线,用现成的政治理论去解释自己已做出的结论。这是姚文元文学"批评"的另一重要特征。他自己也承认:"在写的时候,并没有什么长远的打算,也没有'标新立异'地故意要写争论文字,只是由于心有所感不得不发,或者因为

---

① 李辉.风落谁家:关于姚文元的随想[M]//李辉:沧桑看云.上海:上海远东出版社,1997:96.

② 姚文元.评新编历史剧《海瑞罢官》[N].文艺报,1965-12-31.

斗争的需要而写,都是服从于当时当地的斗争任务。"①这样,在中国作家协会于 1956 年抛出"丁玲、陈企霞反党集团"后,姚便惊喜地开始耍刀舞棒:"丁陈反党集团的揭露是文学战线上一个极深刻的政治上、思想上的社会主义革命。由于丁陈反党集团中的人物,例如丁玲、冯雪峰、艾青等等过去都是有名望的人物,所以在他们政治上的反动面目被充分揭露之后,便很自然地联系到对他们的创作的评价。"②姚紧跟政治从事文学"批评"的特征可见一斑。在批判冯雪峰时,他先根据政治需要指出冯雪峰是修正主义路线的代表及其思想基础是个人主义的世界观,"冯雪峰从他早年参加左翼文艺运动开始,指导他的行动的基本思想,就是资产阶级民主主义同个人主义,而不是马克思主义。他始终把中国的新民主主义的文化革命只看作资产阶级民主主义的文化革命,因此,就顽强地要用一套在马克思主义词句下的资产阶级思想来领导文艺运动,顽强地反对党领导下的无产阶级文化运动"③。然后详细罗列甚至不惜歪曲事实地框定冯雪峰的"创作自由"、"个性解放"、"个人的艺术才能的神圣不可侵犯"、"人道主义的同情"等反动观点,以期达到批判的目的。在反右倾斗争中,姚文元名义上是提出不同的看法与人讨论,实为提起棍子给人当头一棒:"文学艺术领域中的主要矛盾,我以为仍然是无产阶级思想同资产阶级思想的矛盾。这种矛盾,曲折地反映在艺术见解、创作思想、对新生活的理解(对新生活体会不深也是公式化、概念化产生的原因之一)以及作家的世界观上。"④"文艺界中不但有反共、反社会主义、反人民的右派分子,如许杰、孙大雨、流沙河……,他们披着作家的外衣,而处心积虑地要推翻党的领导;文艺界中还有浓厚的资产阶级、小资产阶级思想,在'放''鸣'的过程中集中地表现了出来。"⑤又有一批文人倒在他的"金棍子"下,接下来,姚又对准了巴人,认为他在 1956—1957 年间写的大量杂文和论文都露骨地宣扬了资产阶级的人性论:"资产阶级的人性论好像一颗老鼠粪,掉到什么锅里都要搞臭一锅汤。巴人的'人性论'是成体系的,他几乎把

---

① 姚文元.在革命的烈火中[M].北京:作家出版社,1958:1.

② 姚文元.莎菲女士们的自由王国[J].收获,1958(2).

③ 姚文元.冯雪峰资产阶级文艺路线的思想基础[N].文艺报,1958-02-26.

④ 姚文元.再谈教条和原则:同刘绍棠等同志讨论[N].文艺报,1957-08-04.

⑤ 姚文元.再谈教条和原则:同刘绍棠等同志讨论[N].文艺报,1957-08-04.

它贯穿到文艺的一切方面去,把很多问题都搅混了。"①"巴人的人性论,同在新文学史上我们曾经与之进行许多次斗争的人性论,特别是胡风、冯雪峰的人性论,是一脉相通的。"②而在以"集体"的"我们"自居的姚看来,"我们的文学作品要宣扬把为共产主义事业而奋斗的生活看作最美的生活的美学观,我们的文学作品要宣扬把无产阶级的、社会主义的自由当作个人最大的自由观"③。两相对比,巴人简直"坏透了",他是"那样仇恨无产阶级的人性,那样仇恨阶级斗争的理论"④,如同王实味和萧军。在批判巴人的同时,姚还顺势把刘真也扯进来了:"刘真的《英雄的乐章》,就是同巴人这种'人性论'一脉相承的作品。"⑤总之,姚的棍棒所到之处,无一幸免于难。"文革"前夕,姚借文学"批评"而实现其政治目的的面目已昭然若揭:"这个戏的反动本质现在是愈看愈清楚了,它的矛头对准庐山会议,对准了以毛泽东同志为首的党中央,它要翻庐山会议的案。戏中叫喊'海青天'即右倾机会主义者的'罢官'是'理不公',右倾机会主义者应当再回来主持'朝政',贯彻他的修正主义纲领。支持右倾机会主义者东山再起重新上台,实现资本主义复辟,这就是《海瑞罢官》作者当时的迫切心情。"⑥有研究者对这类批评分析指出:"从先置的政治概念出发,用非艺术化的政治概念和逻辑,攻其一点,不及其余,断章取义,无限上纲,穿凿附会,强拉硬扯,不是从事实中推导结论,而是以先定好的结论来肢解作品,以政治判决的逻辑方式和政治概念的漫天轰炸,形成对批判者的威压,不停的责难与反诘方式,使被批判者难以置喙,径直导入对对象的政治式终审判决。"⑦如此之批判的结果是:文学的审美话语一律被政治话语代替,文坛一片荒芜。

---

① 姚文元.批判巴人的"人性论"[N].文艺报,1960-01-26.

② 姚文元.批判巴人的"人性论"[N].文艺报,1960-01-26.

③ 姚文元.批判巴人的"人性论"[N].文艺报,1960-01-26.

④ 姚文元.批判巴人的"人性论"[N].文艺报,1960-01-26.

⑤ 姚文元.批判巴人的"人性论"[N].文艺报,1960-01-26.

⑥ 姚文元.评"三家村":《燕山夜话》《三家村札记》的反动本质[N].文艺报,1966-05-11.

⑦ 席扬,吴文华.20世纪中国文学思潮史论[M].长春:时代文艺出版社,2001:220.

总之,姚文元的文学批评把周扬、邵荃麟文学批评中的"政治本位"因素强调到无以复加的程度,使文艺的审美特征丧失殆尽而彻底沦为政治的附庸、阶级斗争的工具。

第二节 "泛意识形态性"型阐释模式

社会学家曼海姆在更为抽象的意义上解释"意识形态",将"意识形态"与"乌托邦"对立起来,认为意识形态指的是指导维持现行秩序的活动的那些思想体系,而"乌托邦"则是指产生改变现行秩序活动的那些思想体系,他指出:"一种思想状况如果与它所处的现实状况不一致,则这种思想状况就是乌托邦。"①"我们把所有超越环境的思想(不仅仅是愿望的投入)都看作是乌托邦,这些思想无论如何具有改变现存历史——社会秩序的作用。"②但两者总是交织在一起。周扬、邵荃麟的文学批评更侧重于前者,因为他们更强调的是作为党的文艺政策制定者、宣传者和实践者的身份,指导、维持和建构现存的文艺秩序。而冯雪峰、何其芳的文学批评则侧重于后者,因为他们更倾向于作为一个诗人、文艺家的身份,具有超越现存文艺政策的祈望。所以,我们把冯雪峰、何其芳的文学批评概括为"泛意识形态化"型阐释模式。所谓"泛意识形态化",是指对于作为社会精神和指南或支柱的意识形态所做出的泛化或过度化,亦即致使作为思想制度的意识形态化本身出现了某种夸大、膨胀和绝对化的特征和倾向,出现了由意识形态过渡到或者混同于非意识形态的现象和事实,甚至出现了由于意识形态的问题而在同一意识形态内进行的分化、裂解、变型和在同一意识形态下实施的论战、冲突和挞伐等。③ 尽管两人在新中国成立后改弦更张从事文艺领导和文学研究,但作为诗人具有的艺术"想象"能力却是始终保留的,故他们主张文学服务于现实政治的同时,对文学的

---

① 卡尔·曼海姆.意识形态与乌托邦[M].上海:商务印书馆,2000:196.

② 卡尔·曼海姆.意识形态与乌托邦[M].上海:商务印书馆,2000:210.

③ 唐少杰."意识形态化"与"泛意识形态化":马克思主义哲学发展中的一个问题沉思[J].现代哲学,2003(3):6.

阐释和建构也就避免不了带上"想象"（乌托邦）的成分。这样，他们的文学批评便不同于周扬、邵荃麟这类"政治本位"型的文学批评，而是泛意识形态化了。

一、冯雪峰：政论与文学的解释学实践

冯雪峰是中国现代文学史上较早而又较系统地翻译马克思主义文艺论著的翻译家之一，新中国成立后，他担任过中国作协副主席和党组书记，出任首届人民文学出版社社长和总编辑，主持过《文艺报》的编辑工作。冯雪峰是一个时代性很强的理论家，他首先是一个政治家，其次才是一个文人。作为一个文学"批评"家，他一直认为，文学的"政治性"与"艺术性"是辩证统一的，不能用抽象的"政治性"、"艺术性"的代数式的说法去指导创作和评价作品，即"对于作品不仅不要将艺术的价值和它的社会的政治的意义分开，并且更不能从艺术的体现之外去求社会的政治的价值"①。这是在政治一体化特定时期里对作家尊严的一种顽强维护，是作为作家的可贵的文人意识的自觉体现。但是，冯雪峰作为一个由诗人而批评家的文学"批评家"，"又兼负当时代表中共领导文化工作的职责，这种职业感和使命感使他随时意识到自己的批评是在'引导'文坛，所作文章也大都注重指导性和教谕性，他的理论探讨与批评实践不能不首先考虑大局的或团体组织的现实需要，有时就不得不压抑或放弃个人的声音"②。这样，其文学批评便很自然地发挥了特定意识形态对文学艺术的强有力的规训作用。所以，我们可以把他在十七年时期的文学批评看作是"政论与文艺"的解释学实践。

在冯雪峰看来，无产阶级革命文学的理论家和批评家，"必须是冲头阵的最前线的战士。对于敌人，他是进攻的冲锋者，对于自己的同志及群众，是指挥者，又是组织者"③。这是 20 世纪 30 年代冯雪峰对批评家的要求，其文学批评的政治功利性和社会实践性由此可见，文艺为政治服务

---

① 冯雪峰.题外的话[M]//雪峰文集：2.北京：人民文学出版社，1983：366.

② 温儒敏.中国现代文学批评史[M].北京：北京大学出版社，1993：138.

③ 冯雪峰.中国无产阶级革命文学的新任务[M]//雪峰文集：2.北京：人民文学出版社，1983：331-332.

是显而易见的。"艺术工作不是仅仅被动地服从政治,而是主动的,有自己的战斗律,活泼地为着政治而战斗着。"①这一时期,他还在文艺和政治之间搭起了社会生活的桥梁,社会生活的内涵被缩小至政治事业,在他看来,文艺和政治的关系成为"文艺和生活的关系的根本形态……因为文艺是生活的实践,它和现实社会生活的关系就构成它和现实社会生活之间的政治的关系;这和政治事业对于现实社会生活的实践的关系在根本上是没有两样的"②。因此,文艺从社会生活出发实为从政治出发,对艺术本体的认识,便是对"现实的真实的认识",这样就"不能不在生活的全体关系和本质上去认识,因而就不能不在生活的可见可感的具体的对象里去认识,这是和历史科学、政治等等的认识现实都是一致的"③。把文学艺术与科学认识、政治反映的客体即社会生活看成是没有任何差异的,文艺只不过是时代政治披上一件漂亮的外衣而已,这是冯雪峰"思想与政论"的文学批评的理论支点。这样,由现实生活与实践(政治意图)引起的艺术行动就成为冯雪峰阐释、实践其文艺思想和社会政治的有效载体。在他看来,"具体的文艺批评首先就是生活的批评,社会的批评,思想的批评……文艺批评可以通过作品而面向着生活和社会作批评,也可以直接向着生活和社会作批评"④。突出了文学创作及其批评积极地反作用于社会生活的重要作用,文学创作中的社会生活不再首先是审美体验的生活,而首先也必须去履行干预社会生活的政治意识形态功能,具有鲜明的"政论"性。另外,在《五年来我国文学创作的发展方向》这篇政论性文章里,冯雪峰还对作家的思想改造提出警告:"我们作家身上还有未被完全克服的非无产阶级的思想意识……既妨碍作家深入实际生活,也妨碍他们正确地掌握现实。"⑤事实上,这是"政论性"的文学批评开始对作家们实施的一种"询唤"功能,试图把作家们规约到"政论"性的文学体制之中。

---

① 冯雪峰.关于"艺术大众化"[M]//雪峰文集:2.北京:人民文学出版社,1983:32.

② 冯雪峰.文艺与政论[M]//雪峰文集:2.北京:人民文学出版社,1983:58.

③ 冯雪峰.文艺与政论[M]//雪峰文集:2.北京:人民文学出版社,1983:64.

④ 冯雪峰.论民主革命的文艺运动[M]//雪峰文集:2.北京:人民文学出版社,1983:180.

⑤ 冯雪峰.五年来我国文学创作的发展方向[M]//雪峰文集:2.北京:人民文学出版社,1983:680.

不言而喻,文学创作与批评中的"政论"性是首位的,审美意识被遮蔽了。

另外,冯雪峰还对政治与生活的具体内涵及其关系作了限定。他强调了生活或真实性,却又割舍不下政治,甚至认为政治才是根本的东西。"我们常常把政治从生活和生活斗争中脱离出来,把它孤立起来,并且在一种相对的看法上去解决问题;而生活或真实性就常常被忽视,或甚至被视为损害政治的可怕的东西。"①这样,在他看来,"根据实际生活,即根据实际生活中的具体的人的性格要求去描写人物,和根据政治任务的要求把人物加以突出化,是完全统一的,并且这样的统一恰好说明了我们创造典型人物的原则"②。认为实际生活与政治生活是统一的,目的是为了突出政治的无处不在,这是一种泛化的政治乌托邦思想。文学中的"社会生活"只停留在自然形态的生活,这与文学创作及其批评中所认可的"意识到"的生活、用审美的眼光去观照社会生活、用审美的体验去感受社会生活、用审美的语言去表现生活已经有了很大的差别,社会生活的丰富多彩已被单一化,最终狭隘为只具政治性与思想性的一面。这是其政论的解释学文学批评的局限性所在。在关于"总路线和创作如何结合"的问题上,他认为,"我们的文学事业为总路线服务,是要文学作品具有社会主义精神,能够起社会主义的教育作用"③。"'配合任务'——即为当前新的斗争的迫切需要,可以(也应该)写些更及时的另外的作品。"④意即文学创作要配合总路线,体现"社会主义精神"这一政治内容,对艺术美则避而不谈。

新中国成立后,他对萧也牧的小说《我们夫妇之间》的批判便是其文学批评观念的一次试验。他认为,作者对于女工人干部"从头到尾都是玩弄她"⑤,"对于我们的人民是没有丝毫真诚的爱和热情的"⑥,因此,"如果按照作者的这种态度来评定作者的阶级,那么,简直能够把他评为敌对阶

---

① 冯雪峰.关于创作与批评[M]//雪峰文集:2.北京:人民文学出版社,1983:503.

② 冯雪峰.关于人物及其他[M]//雪峰文集 2.北京:人民文学出版社,1983:655.

③ 冯雪峰.关于人物及其他[M]//雪峰文集:2.北京:人民文学出版社,1983:645.

④ 冯雪峰.关于人物及其他[M]//雪峰文集:2.北京:人民文学出版社,1983:645.

⑤ 李定中.反对玩弄人民的态度,反对新的低级趣味[N].文艺报,1951-06-25.

⑥ 李定中.反对玩弄人民的态度,反对新的低级趣味[N].文艺报,1951-06-25.

级了,就是说,这种态度在客观效果上是我们的阶级敌人对我们的劳动人民的态度"①。"由于作者脱离政治！在本质上,这种创作倾向是一个思想问题,假如发展下去,也就会达到政治问题,所以现在就须警惕。"②尽管有学者认为这样猛烈地开火的直接原因是仿效批判电影《武训传》的做法,并且与当时苏联文艺界正在批判歌剧《波格丹赫美里尼茨基》及乌克兰诗人普罗柯耶夫也不无关系,③但联系到冯雪峰在新中国成立前的文学批评观念,我们便可以推定,冯雪峰对时代政治,抑或说对表现工农人物形象及其新生活是非常关注和拥护的。这是《讲话》以来文艺政策的主流观点,也是第一次文代会重申过的观点,冯雪峰显然熟稔于心,正如他在《关于创作与批评》一文中所指出的那样:"一九四二年,毛主席在延安文艺座谈会上指出了工农兵的、人民群众的方向,同时也指出了社会主义现实主义的创作方法。"④他还直接表明,"作家必须研究政策,这是无可质疑的。政策指导我们去了解实际生活斗争,并指导我们去从事斗争,因而也指导我们从事描写生活的创作"⑤。"政策的任务是指引人民群众认识现实斗争的道路,并鼓舞他们去斗争。文艺作品也负有相同的政治任务,但它从描写生活的真实和创造典型的途径去实现这个任务。"⑥文艺为时代政治所设计的内容服务,在新中国则体现为实践《讲话》宗旨和相关的文艺政策,对萧也牧的批判属于初试牛刀,只不过过火了一点。在谈到建国五年以来文学创作上的一些成就时,他认为这都是"从我们克服和现实的隔离的努力中得来的"⑦。他反复强调的是作家对社会生活、现实政治的关注和切入,"作家深入人民群众中去并参加群众的斗争,——像毛泽东同志曾经多次劝告过我们的——是克服文学和现实隔离的根本办

---

① 李定中.反对玩弄人民的态度,反对新的低级趣味[N].文艺报,1951-06-25.

② 李定中.反对玩弄人民的态度,反对新的低级趣味[N].文艺报,1951-06-25.

③ 朱寨.中国当代文学思潮史[M].北京:人民文学出版社,1987:92.

④ 冯雪峰.关于创作与批评[M]//雪峰文集:2.北京:人民文学出版社,1983:518.

⑤ 冯雪峰.关于创作与批评[M]//雪峰文集:2.北京:人民文学出版社,1983:507.

⑥ 冯雪峰.关于创作与批评[M]//雪峰文集:2.北京:人民文学出版社,1983:507.

⑦ 冯雪峰.五年来我国文学创作的发展方向[M]//雪峰文集:2.北京:人民文学出版社,1983:675.

法"①。在冯雪峰看来,尽管丁玲的《太阳照在桑干河上》、周立波的《暴风骤雨》等作品对土地改革这一新的主题有所尝试,也描写在这一斗争中的农民群众,但这些作品并不出色,可是把它们"当作在解放后我们的创作和实际生活的一种联系来看,当作这些作品的作者们走近新的现实的第一步来看,仍然都是有意义的"②。这种宁愿牺牲艺术本体而不愿丢掉现实政治内容的做法尽管在十七年时期很普遍,但在像冯雪峰这样的文艺领导这里,意义就非同一般了,它带有"政论"的色彩,其权威性、导向性都得到了合法性的存在。同时在这一篇政论性文章里,冯雪峰还对作家的思想改造提出警告:"我们作家身上还有未被完全克服的非无产阶级的思想意识,这无疑是影响我们文学健康发展的阻碍物之一。因为非无产阶级思想,主要是资产阶级思想,既妨碍作家深入实际生活,也妨碍他们正确地掌握现实;这样,也妨碍我们文学的革命斗争性的提高,使我们不能以文学的战斗精神为社会主义建设的斗争服务。"③

此外,冯雪峰毕竟有过丰富的创作经验,对于文学本身的艺术敏感只是处于被压抑的状态,它总会在一些地方不经意地流露出来。这构成了一个批评家矛盾和复杂的心理。捕捉这方面的信息是我们全面认识一个批评家的必要也是重要的手段。例如在创作心理研究方面,他一方面指出许多人确实存在一种"无斗争的精神状态"、"一种安逸的心理"、"一种忘记了斗争的心理"并因此批判出现用许多概念来代替思想,甚至行动的做法,"不是按照政策方向的指引,深入到实际斗争中去具体分析,去深刻地认识斗争,并进行斗争"④。另一方面,又把这种错误最终归结为时代政治意识的缺乏、阶级斗争意识的迟钝,即"常常缺乏一种强烈的要求要去和现实中的火热斗争建立具体的密切的亲身联系;也常常不是把我们的精神和思想活动,放在时刻在进展着的实际斗争的基础上;我们的思想

---

① 冯雪峰.五年来我国文学创作的发展方向[M]//雪峰文集;2.北京;人民文学出版社,1983;676.

② 冯雪峰.五年来我国文学创作的发展方向[M]//雪峰文集;2.北京;人民文学出版社,1983;676.

③ 冯雪峰.五年来我国文学创作的发展方向[M]//雪峰文集;2.北京;人民文学出版社,1983;680.

④ 冯雪峰.关于创作与批评[M]//雪峰文集;2.北京;人民文学出版社,1983;515.

感情不是时刻都敏感地和实际斗争共鸣,时刻为每一个实际斗争的发展所激动"①。在文学的社会政治功能、宣传教育功能等片面地、人为地强化的时代,作为"文学"批评家的冯雪峰的"文艺"的解释学实践,无疑起到了纠偏补弊的作用。

在《关于创作与批评》一文中,冯雪峰批评那种把艺术真实与政治生活等同的错误看法,"我们常常把政治从生活和生活斗争中脱离出来,把它孤立起来,并且在一种相对的看法上去解决问题;而生活或真实性就常常被忽视,或甚至被视为损害政治的可怕的东西"②。因为这种看法导致的是,文学艺术源于生活并反映社会生活成为一种机械的反映论,很显然,创作者的主体性被有意忽略。作为《文艺报》的主编,冯雪峰充分利用这一文学批评的重要阵地来表达自己的文艺思想。1952 年,冯雪峰在《文艺报》第 14、15 和 17 期上连续发表了长篇论文《中国文学从古典现实主义到无产阶级现实主义的发展的一个轮廓》。该文指出从《诗经》到"五四"的现实主义有它历史的连续性和发展性,又有时代性和阶级性,其中"人民性"是贯穿整个现实主义发展始终的。并且,中国无产阶级现实主义同古典现实主义有着继承关系,作为"五四"现实主义奠基者的鲁迅是连接二者的重要人物,他一方面分明继承着中国文学的现实主义优秀传统,另一方面在后期(即 1927 年)成为无产阶级现实主义者。而《讲话》则具有历史意义,它解决了文艺为什么人服务的总方向,实现了文学和广大群众相结合的历史遗留问题,这样才出现《白毛女》、《暴风骤雨》、《王贵与李香香》等一大批无产阶级现实主义的硕果。这是冯雪峰对中国化的"社会主义现实主义"理论的重大贡献。因此,李准根据政策创作的与当时的路线方针紧密联系的小说——《不能走那条路》深得冯雪峰的赏识,由此提出《文艺报》发表评论文章所遵循的原则,"就是组织和发表一切有利于人民、为社会主义建设服务的文艺事业的发展的评论。这个根本的原则,这个为着实践党的总路线、实践毛主席文艺方针的原则,也是根据第二次

---

① 冯雪峰.关于创作与批评[M]//雪峰文集:2.北京:人民文学出版社,1983:515.
② 冯雪峰.关于人物及其他[M]//雪峰文集:2.北京:人民文学出版社,1983:203.

文代会的精神的原则,是不能违背的"①。"在评论工作上,最主要的缺点,是在发扬文艺作品的政治的、社会的影响上努力得很不够。"②对于康濯——反驳李琮的观点也表示赞同,"康濯同志这篇文章中所提出的对于文艺作品所具有的社会的、政治的意义和效果,特别在当前有重要意义的政治性的作用,应该首先给以积极的肯定、充分的评价和及时的宣传,这是完全正确的"③。在塑造人物问题上,冯雪峰也是以《讲话》作为理论依据的,"无论作者读者都在要求真正写出人物来,写出典型的真实人物来。'根据实际生活创造出各种各样的人物来,帮助群众推动历史的前进'(毛主席:《在延安文艺座谈会上的讲话》),是我们的任务"④。这样,"作家必须研究和深通生活,也就是必须研究和深通各种各样的人。作家必须研究和学习历史,研究和学习社会科学,学习马克思列宁主义,这些研究和学习都帮助我们去'观察、体验、研究、分析一切人,一切阶级,一切群众,一切生动的生活形式和斗争形式'(毛主席:《在延安文艺座谈会上的讲话》),使自己能够深通生活,深通一切各种各样的人"⑤。同时,在典型人物创造问题上,冯雪峰也不忘把阶级斗争中的人民英雄作为艺术原型:"创造正面的、新人物的典型,当然可以拿某一个实际存在的先进分子或英雄来作为描写的根据,但更可以拿许多实际存在的先进分子或英雄来作为描写的根据,而尤其应该以在斗争中前进着的广大的普通人民群众的精神和力量作为描写的根据。"⑥这提升了典型性格的共性内涵,这样塑造出来的典型人物就不会只具有神性,而是更具普遍意义,符合典型人物塑造的美学原则。

冯雪峰上述批评特点体现在他对具体的作品的评价中。在第一次文

---

① 冯雪峰.对康濯同志的《评〈不能走那条路〉》及其批评的《文艺报》编者按[M]//雪峰文集:2.北京:人民文学出版社,1983:814.

② 冯雪峰.对康濯同志的《评〈不能走那条路〉》及其批评的《文艺报》编者按[M]//雪峰文集:2.北京:人民文学出版社,1983:815.

③ 冯雪峰.对康濯同志的《评〈不能走那条路〉》及其批评的《文艺报》编者按[M]//雪峰文集:2.北京:人民文学出版社,1983:816.

④ 冯雪峰.关于人物及其他[M]//雪峰文集:2.北京:人民文学出版社,1983:645.

⑤ 冯雪峰.关于人物及其他[M]//雪峰文集:2.北京:人民文学出版社,1983:649.

⑥ 冯雪峰.关于创作与批评[M]//雪峰文集:2.北京:人民文学出版社,1983:521.

代会提出的“新的人民的文艺”方向的语境中，冯雪峰指出了欧阳山的《高干大》和柳青的《种谷记》的不足，认为前者是因为“还没有充分地把人民的生活和意识的发展历史，当作主题的必要背景和作品生力的重要来源而加以发掘和反映的缘故”①。至于后者，“作者只求平面的加工”和“单是精细的描写”，对现实好像处于被动的地位，代替了典型化创造，“代替对社会和人物的阶级矛盾和事件本身在发展上的矛盾之更深入的分析”②。冯雪峰对上述作品的自然主义倾向是不满意的，它不合时代政治的要求。与此相映成趣的是，他肯定了《水浒传》是封建社会中的革命文学，“只有从历史的条件上去考察、研究，才能正确地了解它的意义和严重性；却不可以混统地去看待，更不可以因此而降低了农民起义的革命性，降低了农民阶级的革命力量及其革命传统的意义，抹煞了农民起义中的群众以及那些确定值得称颂的领袖和英雄们的革命精神”③。这种“我注六经”式的批评，是紧随时代政治而做出的评判，是对主流所肯定的“农民形象”的附和。他赞许《太阳照在桑干河上》是“一部艺术上具有创造性的作品，是一部相当辉煌地反映土地改革的、带来了一定高度的真实性的、史诗似的作品”④。他从作家深入生活和契合政治两方面肯定了《太阳照在桑干河上》这部小说的现实主义成就：“一、从对于人民的生活与斗争的深入的观察、体验与研究出发，能够在复杂和深广的基础上进行具体的和比较全面的分析，而排斥那从概念（不管哪一类概念）出发以及概念化的道路。二、从写真实的生活和社会的要求出发，对社会的内在的矛盾斗争的复杂关系进行具体的分析，同时也这样地分析人的思想与行动及其相互关系，以写真实的人，从而奠定了现实主义的典型创造的基础。”⑤冯雪

---

① 冯雪峰.欧阳山的《高干大》[M]//雪峰文集：2.北京：人民文学出版社，1983：384.

② 冯雪峰.柳青的《种谷记》[M]//雪峰文集：2.北京：人民文学出版社，1983：389.

③ 冯雪峰.回答关于《水浒》的几个问题[M]//雪峰文集：2.北京：人民文学出版社，1983：586.

④ 冯雪峰.《太阳照在桑干河上》在我们文学发展上的意义[M]//雪峰文集：2.北京：人民文学出版社，1983：417.

⑤ 冯雪峰.《太阳照在桑干河上》在我们文学发展上的意义[M]//雪峰文集：2.北京：人民文学出版社，1983：417.

峰此时不是新生政权的吹鼓手,而是从艺术的角度评价了这部史诗性的作品,看到了社会生活的复杂性和多样性,从而提升了文学的真实性品格。他还称颂《保卫延安》是"英雄史诗",高度评价了《保卫延安》的革命主题及对英雄人物的塑造:"在全部作品中,作者所追求的,确信的,要以全身的力气来肯定和歌颂的,就是这次战争胜利的关键和达到胜利的全部力量。作者集中精神而全力以赴地来体现和描写的,也就是这次战争所以达到如此辉煌胜利的那种精神力量。"①"作家描写英雄人物,完全深入人物的灵魂中去,和人物同跳着脉搏,并以自己的意识到或不意识到的全部热情去肯定和体现他所认为应该肯定的东西;这样就使作者能够把革命人物的灵魂和精神真正体现了出来。这种对于生活的无隔离的精神和战斗的态度,是我们最需要的精神,也是现在我们不少作家还缺少的精神。"②这是对典型人物塑造所具有的灵魂的深度的必备品格,同时对艺术家浸沉到外在的现实生活和内在的精神世界里去深入探索提出了要求。

应该说,作为一个"文学"批评家,冯雪峰在文学创作的客体、典型、现实主义、艺术真实等问题上都有一个艺术家所应具有的艺术感受和认识。

由此不难看出冯雪峰文学批评思想所存在的矛盾与统一:当他作为文学"批评"家时则臣服于政治革命,《讲话》和革命现实主义理论成为他们批评内容的核心。30年代他就认为,文学的"政治性"与"艺术性"是辩证统一的,不能用抽象的"政治性"、"艺术性"的代数式的说法去指导创作和评价作品。新中国成立后,冯雪峰依然坚持这一观点,认为把文艺分为政治标准第一,文艺标准第二是说不通的,"文艺首先是艺术品,就应该以艺术质量来衡量一部作品,好的政治内容必须通过高度的艺术表现力才能显现出来,否则只剩下干巴巴的政治口号,算不得是艺术"③。他因此也被认为是反毛泽东思想而获罪。而当他作为文学"批评"家时又试图保持艺术的美感,他有时也能冲破政策的束缚发表自己真实的看法:"我们

---

① 冯雪峰.论《保卫延安》[M]//雪峰文集:2.北京:人民文学出版社,1983:258-259.

② 冯雪峰.论《保卫延安》[M]//雪峰文集:2.北京:人民文学出版社,1983:283.

③ 许觉民.阅读冯雪峰[J].新文学史料,2003(2):33.

这几年的批评工作,是由各文艺部门的领导同志们的理论文章、一部分偶然写点批评文章的同志们的文章、各杂志报纸的编辑同志们的文章和一部分读者的文章组织而成的。从所有这些文章上,我们可以看到的是,空论和教训的话居多,而有深刻的研究和具体的分析的文章很少。有些批评文章,即使说的话没有什么错,但只在几个理论公式上面绕圈子,简直触不到实际问题的边儿,因此也起不了什么实际的作用,稍好一些批评具体作品的文章,也还只是感想性的批评。"①"批评者忘记了从具体作品出发,忘记了这样做,于是从自己的概念出发,从自己认为应该这样那样的公式出发,甚至先抄一段社会科学论文中的话,或引用党的文件中的话,然后拿作品来套自己先设定的这种公式。这当然是很少能够套得上的,而这些套不上的作品,就大都被判断为歪曲了现实的生活,云云。"②故而文艺领导与艺术家的双重身份使其文学批评呈现出"政论与文艺"兼具的特色。很明显,在主流意识形态与文学审美的张力叙述中,批评主体的文学批评话语空间越来越狭小。

二、何其芳——毛泽东文艺思想的实践者

"画梦"诗人何其芳自 1938 年来到延安后,他的独立作家的角色、创作道路就发生了天翻地覆的转变。尽管其诗歌和散文创作每况愈下,但其政治身份却日益显赫起来。从 1953 年起,他长期领导社科院文学研究所,并任中国作家协会书记处书记、《文学评论》主编等职,主要致力于文学评论和文学研究的组织工作。1956 年,他在《写诗的经过》一文中彻底地否定了自己从前走过的文学道路,"我之所以爱好文学并开始写作,就是由于生活的贫乏,就是由于在生活中感到寂寞和不满足"③,并说当时总是依恋和流连于"文学书籍里和我的幻想里的世界"而忽视和逃避"环绕在我周围的现实的世界",上了大学后,"由于当时在政治上的落后,有一个期间我从那些病态的倾向不好的作品所接受的影响竟至超过了那些

---

①　冯雪峰.关于创作与批评[M]//雪峰文集:2.北京:人民文学出版社,1983:529.

②　冯雪峰.关于创作与批评[M]//雪峰文集:2.北京:人民文学出版社,1983:530.

③　何其芳.写诗的经过[M]//何其芳文集:第 5 卷.北京:人民文学出版社,1983:136.

正常的现实主义的杰作。我就曾经爱好陀思妥耶夫斯基甚于托尔斯泰，爱好法国某些象征主义的诗人甚于一些大诗人"①。"那些诗，既然是脱离时代、脱离当时中国的革命斗争的产物，它们的内容不可能不是贫乏的。如果说那里面也还有一点点内容的话，也不过是一个政治上落后的青年的一些幼稚的欢欣，幼稚的苦闷，即是说也不过是多少还可以从它们感到一点微弱的生命的脉搏的跳动而已。"②这样，把自己追求艺术的趣味说成是内容的消极贫乏、思想的悲观腐朽、形式的近乎怪语，彻底否定了过去作为逃避现实、脱离政治的"诗人"的我，力图塑造一个正视现实、关心政治的我。从何其芳在新中国成立后的文学批评实践来看，他是毛泽东文艺思想的忠实实践者。

40 年代，在讨论《讲话》和文艺整风期间，由于他积极向资产阶级和小资产阶级文艺观猛烈开火而被树为脱胎换骨进行思想改造的先进典型。从这时起，他就开始努力地实践毛泽东文艺思想了。正如他自己所说的那样，"在 1942 年春天以后，我就没有再写诗了。有许多比写诗更重要的事情要去做。——我过去的生活、知识、能力、经验，都实在太狭隘了。而在一切事情之中，有一个最紧急的事情则是思想上武装自己。就是写诗吧，要使你的歌唱不是一种浪费或多余，而与劳动人民的事业血肉相连，成为其中的一个部分也非从学习理论与参加实践着手不可"③。在他看来，用毛泽东文艺思想武装自己并加以实践应该算是更重要的事情了，自己以前的诗歌是多么不合"规矩"。"这个时代，这个国家，所发生过的各种事情，人民和他们的受难、觉醒、斗争，所完成的各种英雄主义的业绩，保留在我的诗里面的为什么这样少呵。这是一个轰轰烈烈的世界，而我的歌声在这个世界里却显得何等的无力、何等的不和谐！"④所以，他责

---

① 何其芳.写诗的经过[M]//何其芳文集:第 5 卷.北京:人民文学出版社,1983:137.

② 何其芳.写诗的经过[M]//何其芳文集:第 5 卷.北京:人民文学出版社,1983:139.

③ 何其芳.《夜歌和白天的歌》初版后记[M]//何其芳文集:第 2 卷.北京:人民文学出版社,1982:254.

④ 何其芳.《夜歌和白天的歌》初版后记[M]//何其芳文集:第 2 卷.北京:人民文学出版社,1982:254.

备自己"当时为什么要那样反复地说着那些感伤、脆弱、空想的话呵。有什么了不得的事情值得那样的缠绵悱恻、一唱三叹呵"①。由此可见何其芳是非常自觉地服膺于毛泽东文艺思想的。抛弃了旧有的诗歌创作传统和经验,何其芳便着手宣传和实践毛泽东文艺思想了,"我原来并不写什么理论批评文章,在一九四二年延安整风以后,由于工作需要,由于想宣传毛主席的文艺思想,才开始写一点理论批评文章(当然,宣传得并不好)"②。同时,"写文章时希图有自己的见解,甚至写解释毛主席的文艺思想的文章也希图有所发挥"③。这是何其芳的心愿,也是他自到延安后所从事的文学批评独具的特色。

在 1949 年《文汇报》所展开的关于写小资产阶级还是写工农兵的争论中,何其芳直接否定了张毕来提出的"无产阶级的人物应该多写,肯定地写,小资产阶级的人物应该少写,批判地写,大资产阶级的人物应该更少写,否定地写"的观点,对乔桑和左明的"绝对不可以把小资产阶级的人物作为作品中的主角"观点也没有明确地加以肯定,但认为其理由不充分,很勉强,分析得不对,有些地方过火了。何其芳认为,写不写工农兵不仅是题材问题,而且正是一个立场问题,"在今天还强调这个片面的文艺见解(指'问题不在于你写什么,而在你怎样写',笔者注),正等于否定毛泽东主席在延安文艺座谈会上讲话所提出的到工农兵去的号召"④。显然,何其芳坚持的是《讲话》中所提出的文艺为工农兵这一毫不动摇的方向,任何有与这一方向忤逆哪怕是稍有出入的观点都属于批判之列。在对国统区的胡风小资产阶级文艺思想、小资产阶级的革命文艺理论思想批判中,何其芳对胡风的批判提升到意识形态的高度,把胡风在文艺上所强调的主观精神定性为资产阶级性质,甚至扣上了违反毛泽东文艺思想

---

① 何其芳.《夜歌和白天的歌》初版后记[M]//何其芳文集:第 2 卷.北京:人民文学出版社,1982:256.

② 何其芳.致人民文学出版社负责同志[M]//何其芳选集:第 3 卷.成都:四川人民出版社,1979:133.

③ 何其芳.致人民文学出版社负责同志[M]//何其芳选集:第 3 卷.成都:四川人民出版社,1979:133.

④ 何其芳.一个文艺创作问题的争论[M]//何其芳文集:第 4 卷.北京:人民文学出版社,1983:184.

的帽子:"这种抽象地强调主观精神,实质上是提倡资产阶级的主观精神的理论倾向,认为当时国民党统治区的进步文艺界的中心问题不是在于广大人民群众结合得比较差或甚至很差,不是在于革命实践不足和革命理论水平不高,而仅仅是在于缺乏一种所谓主观精神,这是和毛泽东同志在延安文艺座谈会上提出的文学艺术群众化的正确方针,和毛泽东同志对革命作家所作的学习马克思列宁主义,学习社会的迫切号召在根本上相违反的。"①所以,他号召全体文艺工作者认真学习和努力实践《讲话》的宗旨:"无论前国民党统治区的文艺工作者,无论老解放区的文艺工作者,今天都应该有一个觉悟:我们必须认真地刻苦地学习,必须在毛泽东同志所指示的正确方向之下努力学习马克思列宁主义,学习社会,并且学习文学艺术,然后我们才能前进,然后我们才能在将要随经济建设的高潮而到来的文化建设的高潮中有所贡献。"②何其芳的文学批评也渐渐形成了体系。

在"新的人民的文艺"的语境中,何其芳结合新诗提出了自己的看法,他认为新诗不仅要考虑形式上的问题,更重要的是内容上——新的人物、新的世界——的问题,所以诗人必须克服"小资产阶级知识分子的个人的主观抒情",由此很巧妙地过渡到《讲话》中关于知识分子的思想改造问题上。并且,他还结合诗歌创作演绎了《讲话》中文艺如何为工农兵服务的宗旨:"谁要以为写诗就可以不必长期地无条件地全身心地到工农兵群众中去,到火热的斗争中去,谁要是以为写诗只要浮光掠影、走马观花似地这里那里生活一下子,就可以回到屋子里坐着写个不完,那就一定写不出丰富地深入地反映这个时代的诗篇来的。"③1951 年 12 月 6 日在北京文艺界学习委员会主办的文艺干部第二次学习报告会上,何其芳作了题为"毛泽东的文艺方向"的演讲,对毛泽东的《讲话》中有关文艺和政治、文艺

① 何其芳.《关于现实主义》序[M]//何其芳文集:第 4 卷.北京:人民文学出版社,1983:202.

② 何其芳.《关于现实主义》序[M]//何其芳文集:第 4 卷.北京:人民文学出版社,1983:213.

③ 何其芳.话说新诗[M]//何其芳文集:第 4 卷.北京:人民文学出版社,1983:243-244.

的源泉和作用、对待古人和外国人的文艺遗产、文艺为什么人服务、普及和提高、文艺统一战线的政策、文艺工作中的工人阶级思想的领导、非工人阶级的文学家艺术家的思想改造等这样一些问题都进行了阐释和说明,并就毛泽东的《讲话》的时代意义发表了自己的看法:"毛泽东同志以雄厚的马克思列宁主义的理论力量,研究了并掌握了中国革命文艺工作的根本规律,他这个讲话就不仅解决了当时延安文艺界的和中国有革命文艺运动以来的一系列的原则问题,而且必然要指导我们的工作到长远的将来。因此,虽然我们今天的文艺工作处于新的情况之下,有些具体问题和九年以前并不完全相同,这个文件在许多根本问题上仍然是我们的指南,仍然是我们检查工作和改进工作的锋利武器。"①需指出的是,这里的"根本问题"是指脱离政治和群众、轻视民族遗产等资产阶级文艺思想。根据不同时期不同的情形,何其芳在实践毛泽东文艺思想时也做相应的时代性调整。在全国性的批判胡风的运动中,何其芳对胡风再次进行了猛烈的批判,他认为胡风的"现实主义"理论所强调的"主观精神","是无论什么样的生活和题材都一样有意义……是并不要求资产阶级和小资产阶级的作家改造思想情感的……是否定民族传统、否定民族形式,因而认为革命的文艺是不必和广大的人民群众结合的"②。"如果说这也可算作现实主义,只能说这是反毛泽东的文艺方向的、反社会主义现实主义的'现实主义'。"③对胡风的批判升级到政治的高度,把其文艺思想斥为反毛泽东文艺方向、反社会主义现实主义的激进姿态,充分体现了何其芳为实践毛泽东文艺思想而急于求成的心理。

1953 年,在中国文学艺术工作者第二次代表大会上,何其芳主要谈的是艺术创作上的概念化、公式化和艺术上的粗糙问题,这也是大会所极力解决的问题。解决的途径便是社会主义现实主义的创作原则的推广和

---

① 何其芳.毛泽东的文艺方向[M]//何其芳文集:第 4 卷.北京:人民文学出版社,1983:373.

② 何其芳.现实主义的路,还是反现实主义的路?[M]//何其芳文集:第 4 卷.北京:人民文学出版社,1983:400.

③ 何其芳.现实主义的路,还是反现实主义的路?[M]//何其芳文集:第 4 卷.北京:人民文学出版社,1983:400.

使用。自然,何其芳又抬出了《讲话》:"毛泽东同志的《在延安文艺座谈会上的讲话》给我们解决了工作的根本方向问题,并且规定了我们的艺术方法是社会主义现实主义。"①"毛泽东同志指出的参加工农兵群众斗争和学习马克思列宁主义就更进一步给我们的创作的社会主义现实主义方向作了根本的保证。"②1957年,在纪念毛泽东同志《讲话》发表15周年之际,何其芳对《讲话》中的有关内容作了补充说明,指明《讲话》要解决的最根本的问题是文学艺术为劳动人民服务的问题,但为劳动人民服务的问题不等于就是一个写工农兵的问题,这在某种程度上拓宽了题材的范围和生活的外延。同时对《讲话》中的社会主义现实主义理论的内涵也做了说明,即把革命的浪漫主义包括在社会主义现实主义理论中了。1961年,在为越南《文学研究》庆祝中国共产党成立40周年中国文学特刊而作的《毛泽东文艺思想是中国革命文艺运动的指南》文章中,何其芳高度评价了毛泽东文艺思想:"毛泽东文艺思想就是从客观实际抽出来又在客观实际中得到了证明的理论,就是马克思列宁主义的普遍真理和中国革命文艺运动的具体实践的最好的结合,就是马克思、恩格斯和列宁的文艺理论的继续和发展。"③并且对毛泽东文艺思想中有关"工农兵方向"、"百花齐放,推陈出新"口号、"世界观和创作方法"的关系、"普及与提高"、"文艺批评标准"、"文学艺术遗产的批判与吸收"等都做了解释与宣传。

不难看出,何其芳抓住了所有可能的机会,在许多重要的场合都不失时机地实践着毛泽东的文艺思想,在私下的场合,何其芳也鼓动友人学习和实践毛泽东文艺思想,如他在对沙汀的信中这样说:"我是赞成你以后继续搞创作的。但我希望你能够参加实际工作,接触一些新的人物,新的生活,这样来把你创作的内容扩大,以至将来以写新的人物、新的生活为

---

① 何其芳.更多的作品,更高的思想艺术水平[M]//何其芳文集:第4卷.北京:人民文学出版社,1983:437.

② 何其芳.更多的作品,更高的思想艺术水平[M]//何其芳文集:第4卷.北京:人民文学出版社,1983:438.

③ 何其芳.毛泽东文艺思想是中国革命文艺运动的指南[M]//何其芳文集:第6卷.北京:人民文学出版社,1983:225.

主。"①"以你的修养和写作经验,如能按照毛主席新方向去参加革命的新生活,经过一些时候之后,一定可以写出一些更好的作品出来的。"②对于艾芜在1941年出版的《文学手册》在新中国的重版,何其芳提出需要增订的内容是:"把马列主义的文艺理论、毛主席的文艺理论中的一些根本原则扼要地通俗地写进去。"③"应说明今天的文学工作者应站在人民大众的立场并力求站在工人阶级的立场,以反映工农兵为他们的作品的主要内容。"④总之,毛泽东文艺思想贯穿了何其芳自延安以来的文学批评的始终,这种虔诚在新中国成立以来的文坛中可谓罕见,这恐怕也成为他在动乱中得以保全的一个重要原因吧。

何其芳接受毛泽东文艺思想,是其文艺思想嬗变的明显标志,是时代和作家主观愿望凝合的必然产物,"由于《文艺讲话》把文艺作为革命的手段,这同何其芳投奔延安的目的以及让文学在抗战中发挥作用的大前提是一致的,所以也正是何其芳需要接受的东西"⑤。在具体的批评实践中,何其芳始终坚持《讲话》中政治标准第一,艺术标准第二的批评标准,并在开展文学批评过程中逐渐介入阶级分析的思维,在延安时代,何其芳对文学的看法就是如此简单明了:"在阶级社会里,它是阶级斗争(民族斗争包括在内)的武器之一。我们学文学,就应该是为了掌握这种武器,去服务革命,而不是其他目的。"⑥在对《武训传》的批判中,何其芳始终是站在毛泽东的立场上的,"在对于武训和《武训传》的歌颂中,暴露出来了有些作者的抽象地看问题的思想方法。这种抽象地没有阶级观点地看问题

① 何其芳.致沙汀(七封)[M]//何其芳选集:第3卷.成都:四川人民出版社,1979:9.

② 何其芳.致沙汀(七封)[M]//何其芳选集:第3卷.成都:四川人民出版社,1979:10.

③ 何其芳.致艾芜(九封)[M]//何其芳选集:第3卷.成都:四川人民出版社,1979:19.

④ 何其芳.致艾芜(九封)[M]//何其芳选集:第3卷.成都:四川人民出版社,1979:19.

⑤ 大沼正博.何其芳的文艺观[M]//中国当代文学研究资料:何其芳研究专集.成都:四川文艺出版社,1996:429.

⑥ 何其芳.论文学教育[M]//何其芳文集:第4卷.北京:人民文学出版社,1983:20.

的思想方法,毛泽东同志曾经在延安文艺座谈会上的讲话中早就批评过了"①。不仅如此,何其芳还把"阶级论"用于研究中国古代文学作品,他认为:"缺少马克思列宁主义的理论的指导,这正是过去关于中国古代文学研究中的一个致命的弱点……要评价在阶级社会里出现的一个作家的或者一个作品的思想,必须说明这种思想的社会条件和阶级性质。"②在批判了《红楼梦》思想性质的"农民说"和"市民说"后,何其芳从阶级的观点提出了自己的看法,认为《红楼梦》的主要内容所表现出来的作者的思想可以用这样一句话来概括:"它的作者的基本立场是封建地主阶级的叛逆者的立场,他的思想里面同时也反映了一些人民的观点。前者是和人民相通的,后者(指"农民说"和"市民说",笔者注)是直接地或间接地受到了人民的影响。"③尽管何其芳自认为要更合理,但其实也只不过是一个综合而已,只是强行地加入了阶级论而已。他自己在70年代也不得不承认说,"我的《论〈红楼梦〉》错误是不少的,但是,我自己觉得我主观上还是努力在用阶级分析方法的(用得好不好是另一问题)"④。也就是说,何其芳主观上实践毛泽东文艺思想的心情是非常急迫的。

尽管何其芳对"阶级论"有点病急乱投医的味道,但实质上他是非常懂得这一理论的,在《论阿Q》一文中,他提出了许多合理的看法,如"在阶级社会里,真实的人都是有阶级身份的,都是有阶级性的。文学作品所描写的阶级社会的人物因而也就不能不有阶级性,而且典型人物的性格的确常常是表现了某些阶级本质的特点"⑤。"对阶级社会中的文学现象,是必须进行阶级分析的,但如果以为仅仅依靠或者随便用阶级和阶级性这样一些概念,就可以解决一切文学上的复杂问题,那就大错特错了。"⑥

---

① 何其芳.驳对于武训和《武训传》的种种歌颂[M]//何其芳文集:第4卷.北京:人民文学出版社,1983:340.

② 何其芳.屈原和他的作品[M]//何其芳文集:第4卷.北京:人民文学出版社,1983:429.

③ 何其芳.论《红楼梦》[M]//何其芳文集:第5卷.北京:人民文学出版社,1983:287.

④ 何其芳.致人民文学出版社负责同志[M]//何其芳选集:第3卷.成都:四川人民出版社,1979:130.

⑤ 何其芳.论阿Q[M]//何其芳文集:第5卷.北京:人民文学出版社,1983:181.

⑥ 何其芳.论阿Q[M]//何其芳文集:第5卷.北京:人民文学出版社,1983:182.

"研究文学作品中的人物,正如研究生活中的问题一样,是不能从概念出发的。"①毕竟,何其芳以前是著名诗人,有着对文学艺术的审美潜能。他多处谈到对艺术之美的喜爱与对艺术规律的尊重。1956年,他在对六年前所写的《〈关于现实主义〉序》一文略作了删改后就直接表明了这一点:"我当时的提法和说明却有一些不妥当的地方,那就是对于文学艺术的特点重视不够,强调不够。"②也就是说,作为诗人的何其芳其实内心还是有艺术美的,同样,我们在这篇文章里也可以看到他关于创造典型的精辟之处:"一个人物的阶级特征以及他的个人特征,如果我们不从他在各种矛盾各种斗争中的一系列的行动来描写,也即是说比我们有些时候的局部的生活经验所看到的更集中、更完全,就自然会不突出,会没有典型性;如果我们的作品所反映的首先就不是具有典型性的矛盾和斗争,也就自然会写不出有较高或很高的典型性的人物。"③何其芳在给好友的信中说:"创作是我的第一志愿,研究是我的第二志愿;第一志愿不能实现,能够认真作十年八年研究工作也是好的。"④言外之意从事研究是不得已,自己钟情的还是创作,所以,从事文学批评、研究也就身不由己了。1957年1月5日,他在中国作家协会文学讲习所的演讲中非常坦率地说:"我是不喜欢搞理论的,在整风以前从来没有写过理论文章,可是现在的工作岗位决定了我天天要搞理论。个人爱好对我做研究工作也有一定的限制,如果我要选择的话,我宁愿写诗或者小说……"⑤所以,他除了实践、演绎毛泽东文艺思想外,在文艺批评方面自然也就不会有多大的建树,在这点上是远不及周扬的。对此,他自己也心知肚明:"然而我这些论文既无什么独到的见解,又无文章之美可言,我写的时候只努力把要说的话说得比较

① 何其芳.论阿Q[M]//何其芳文集:第5卷.北京:人民文学出版社,1983:186.

② 何其芳.《关于现实主义》序[M]//何其芳文集:第4卷.北京:人民文学出版社,1983:216.

③ 何其芳.《关于现实主义》序[M]//何其芳文集:第4卷.北京:人民文学出版社,1983:208.

④ 何其芳.致杨吉甫(二封)[M]//何其芳选集:第3卷.成都:四川人民出版社,1979:46.

⑤ 何其芳.答关于《红楼梦》的一些问题[M]//何其芳文集:第4卷.北京:人民文学出版社,1983:314.

清楚比较正确,因而大半都是写完以后,就感到兴味索然。"①这样,在关于评价作家、作品的标准上,何其芳对毛泽东在《讲话》中所提出的"以政治标准放在第一位,以艺术标准放在第二位"的批评标准就会出现自相矛盾的地方,他曾经指出政治标准第一并不等于政治标准就是一切,这样就会缺乏必要的艺术要求,自然也就没有细致的艺术分析。② 如对 1949 年10 月新中国成立时满怀昂扬的政治热情所写下长诗《我们最伟大的节日》,何其芳评价说:"这首诗我自己是不满意的。它情绪不饱满,形象性不强,有些片段又写得不精练。"③这也是从艺术的角度来评价的,而当时写作时则是以政治抒情为主。另外,通过阅读《林海雪原》《红日》《红旗谱》《青春之歌》《苦菜花》等几部小说,认为"它们里面的一些重要人物大体上都是写得有个性的。这正是一个表现了我们的文艺水平的提高的重要标志"④。注重人物的个性而不是阶级特征,这当然是从艺术的角度切入的。至于何其芳对现代格律诗的探索则更是体现了对艺术美的喜爱与尊重。

在上述五个批评家中,除了姚文元外,我们不难看出他们身上所存在的矛盾与统一:他们大都屈服于政治革命,《讲话》和现实主义理论成为他们批评内容的核心,但又割舍不下对艺术的依恋。文艺领导与艺术家的双重身份更是让他们在这条路上越走越艰难。对这种现象,有研究者分析指出:"当然,不能够完全排除积淀于'中心'批评家修养深层对于文学特征和规律的认识,也多少驱遣他们在可能的条件下致力于某些策略性思考。在思想领域斗争硝烟过于浓厚,文学创作和批评明显失常的情况下,便会出现一些驱散硝烟和缓空气的举措;而当文学创作和批评超越了

---

① 何其芳.《西苑集》序[M]//何其芳文集:第 4 卷.北京:人民文学出版社,1983:380.

② 何其芳.文学史讨论中的几个问题[M]//何其芳文集:第 6 卷.北京:人民文学出版社,1984:116.

③ 何其芳.写诗的经过[M]//何其芳文集:第 5 卷.北京:人民文学出版社,1983:152.

④ 何其芳.我看到了我们的文艺水平的提高[M]//何其芳文集:第 5 卷.北京:人民文学出版社,1983:372.

他们所能控制的范围,包括威胁他们政治生命时,又会加剧硝烟的鼓吹。"①也就是说,批评家对艺术的思考,一方面来源于艺术本身规律的不可抗拒,另一方面也是文艺思想斗争过于激烈时的一种策略性缓和。而后者正是为了政治革命内容的更好的实施,这对于一体化的政治本位批评的建构显然是极为有利的。

第三节 "经验感悟"型阐释模式

"经验感悟"型阐释模式的文学批评尽管在十七年时期处于"边缘"地位,至多可算是葫芦娇小的上半部,②却为当代美学批评的发展奠定了重要的基础。他们在艺术内容与艺术形式之间,更侧重的是对于艺术形式的分析,这点类似于俄国形式主义和英美"新批评",但又不停留于此,而是最终返回到艺术内容中,完成自己对艺术审美价值的体认。现代学者也认可这样的批评模式:"应该提倡文学批评过程中的感悟,文学感悟既是注重从文本阅读出发的文学感受,也是跳出文本的深刻体悟,更是将文学作品置于作家创作、文学发展轨迹上的深入评说。"③总之,这种"经验感悟"型的批评模式是以一定的美学立场(审美精神)为前提,在解读文本的时候,一方面着眼于文本在何种程度上传达了相应文化价值的意义内容(即文本本身所具有的价值信息),是一种实践性的批评;另一方面又着眼于一定的审美理想的建构和推广(即文本应当是什么,怎么样),是一种理想性的批评。"经验感悟"型阐释模式的批评家有以茅盾为代表的作家型批评家(还包括胡风、张天翼等)及黄药眠、侯金镜。在大批判的年代,他们的批评文章使人读来轻松、自由。

一、茅盾:"社会—历史"经验型

"社会—历史"经验型文学批评主要研究文学与社会生活的关系,重

---

① 许道明.中国现代文学批评史新编[M].上海:复旦大学出版社,2002:361.
② 程文超.寻找一种谈论方式[M].广州:中山大学出版社,1997:313.
③ 杨剑龙.批评应从感悟开始:兼及当今文学批评的某些偏向[N].文汇报,2005-01-16.

视作家的思想倾向和文学的社会作用,认为文学是再现生活并为一定的社会历史环境所形成的,因而文学作品的主要价值在于它的社会认识功用和历史意义。它侧重于艺术的社会本质而轻视审美本质。其基本原则是:分析、理解和评价作品,必须将作品产生的时代背景、历史条件以及作家的生活经历等与作品联系起来考察。① 它与 20 世纪 40—50 年代的"新批评"和 50—60 年代的结构主义文论有着大相径庭的观点,后者主张文本绝对"自律",以隔绝的眼光关注文本自身,为艺术而艺术,完全脱离社会与现实,使读者无法从透过文学与批评看到时代的面貌和现实中存在的紧迫问题。正如朱光潜所指出的那样,审美是不能独立于人生的:"形式派美学的弱点就在信任过去的机械观和分析法,它把整个的人分析为科学的、实用的(伦理的在内)和美感的三大成分,单提'美的人'来讨论。它忘记'美感的人'同时也还是'科学的人'和'实用的人'。科学的人、实用的人和美感的三种活动在理论上虽有分别,在实际人生中并不能分割开来。"②"社会历史"批评则与社会、历史、时代不可分割,它通过对作品的社会历史内容的分析和对作家与所处时代、环境关系的考察,反映社会现实,阐释文学发展的社会原因。"文学无论如何都脱离不了下面三方面的问题:作家的社会学、作品本身的社会内容以及文学对社会的影响。"③

鲁迅曾对批评家提出过明确的要求,那就是有真懂得社会科学及其文艺理论的批评家。"茅盾就是这样一位当之无愧的文艺批评家。茅盾的一生都在实践着必先有批评家,然后有真文学家的主张,作为"五四"文学的宿将,茅盾为社会、民族、人生的文学批评观依然熠熠闪光:"文学是为表现人生而作的。文学家所欲表现的人生,不是一人一家的人生,乃是一社会一民族的人生。"④这是他"社会历史"批评理论的滥觞,20 世纪 20—30 年代写的一系列作家论和综合性评论,奠定了他在中国现代文学批评

① 童庆炳.文学理论教程[M].修订 2 版.北京:高等教育出版社,2004:365.

② 朱光潜.文艺心理学[M]//朱光潜全集:第 1 卷.合肥:安徽教育出版社,1987:360.

③ 韦勒克,沃伦.文学理论[M].北京:三联书店,1984:94.

④ 茅盾.现代文学家的责任是什么?[N].东方杂志,1920-01-10.

史上的重要地位,其批评中所关注的社会历史大背景及其对社会价值的评价,也形成了属于自己的独特的"社会历史"型批评模式。茅盾是"五四"一代唯一进入当代的资深批评家,①其在 20 年代所开创的"社会历史批评"和相应的作家论传统也延续到了当代,但已逊色许多。②

茅盾在第一次文代会所作的报告《在反动派压迫下斗争和发展的革命文艺》,一方面是对十年来国统区革命文艺运动的检讨,另一方面也可以看作是茅盾在社会历史剧变后所创造的"社会历史"批评文本在文艺的反映。因此,明确目前的社会政治主题,描绘祖国的新气象、新事物、新人物,反映新型的社会前景、时代政治成为茅盾文艺批评的重要内容,所以他满怀豪情地说:"今天我们写工农兵就一定要写他们正像初升的太阳向着伟大的社会主义革命和社会主义建设工作,情绪高昂,精力旺盛,充满自信,我们一定要在作品中把它鲜明强烈地表现出来。"③所以,在茅盾看来,《水浒传》中的农民英雄是新人物的历史见证,其人物描写的最大特点是"善于从阶级意识去描写人物的立身行事"④,这是其"社会历史"批评的具体运用。在对《青春之歌》的评价中,茅盾也是依据"社会历史"批评的原则来驳斥郭开的"反历史主义"观点,"评论一部反映特定历史事件的文学作品的时候,也不能光靠工人阶级的立场和马列主义的观点,还必须熟悉作为作品基础的历史情况;如果不这样做,那么,立场即使站稳,而观点却不会是马列主义的,因为在思想方法上犯了主观性和片面性,在评价作品时就不可避免地会犯反历史主义的错误"⑤。在指导国文教师怎样

---

① 1949 年后任中国文联副主席、中国作家协会主席、文化部部长。

② 在 20 世纪 80—90 年代的茅盾研究中,对其以史诗性的气派著称、注重作品的社会功能、政治性高于文学性、理性重于感性的社会剖析派小说的诟病,从一个侧面反映出茅盾文学批评所倚重的社会历史性。如《子夜》是"一部抽象观念加材料堆砌而成的社会文献"(蓝棣之《现代文学经典:症候式分析》),《子夜》、《林家铺子》等则是"每每是从判断时事的抽象例题出发去进行构思"、"拥有明确的社会政治主题"(王晓明《惊涛骇浪里的自救之舟——论茅盾的小说创作》)等。

③ 茅盾.欣赏与创作[N].进步日报,1950-01-11.

④ 茅盾.谈《水浒》的人物和结构[M]//茅盾文艺评论集:上.北京:文化艺术出版社,1981:45-46.

⑤ 茅盾.怎样评价《青春之歌》?[J].读书,1959(5):2.

阅读文艺作品时,茅盾告诉他们应该从"社会历史"的角度来分析作品的思想内容:"要彻底了解一篇作品,就必须研究这个作家在他那时代的地位,和所起的作用。研究一个作家,要从多方面研究,要研究他的生平事迹,文学作品以外的著作。仅仅从文学作品去研究,有时还不能彻底弄明白一个作家的思想。"①这与他所钟情的丹纳的文学社会学理论如出一辙:"要了解一件艺术品,一个艺术家,一群艺术家,必须正确地设想他们所属的时代的精神和风俗情况。这是艺术品最后的解释,也是决定一切的基本原因。"②更为明显的是,在第二次全国文代会上,茅盾作了《新的现实和新的任务》的报告,号召作家在新的形势下,努力贯彻党在过渡时期的总路线,为完成社会主义工业化和社会主义改造而奋斗。

茅盾还从"社会历史"维度对批评家、作家、作品提出了要求,他认为:"一个批评家应当比作家更具备更多方面的社会知识,更在系统的对社会生活的了解,更深刻的对社会现象的判别能力,然后才能给予作家以更有效的帮助。"③所以,他极力反对缺乏"社会历史"维度的批评的粗暴态度,即"表现在批评家对于作品所表现的社会生活缺乏深入的全面的知识,而只以一些革命文艺理论的原则作为教条、作为公式,来硬套他的批评对象;表现在批评家没有耐心研究整个作品的各方面,而只断章取义地抓住作品中突出的缺点,就下了不公平的、不能使人信服的论断"④。而对于作家创作来说,作家自身潜在性地对社会、历史、时代、政治的了解是必备的,"首先是取得广泛的社会生活经验,在参加生产斗争和阶级斗争的过程中,开始对现实有深刻的比较全面的认识,从而产生主题思想和人物形象"⑤。只有这样,才能从事创作,才能创造出优秀的具有时代气息的作品。有研究者从其作家论的角度分析表明了这一点:"茅盾的作家论偏重的是作家作品如何呈现为某种社会现象,以及作家对社会的适应程度,评

---

① 茅盾.怎样阅读文艺作品[M]//茅盾文艺评论集:上.北京:文化艺术出版社,1981:56.

② 丹纳.艺术哲学[M].北京:人民文学出版社,1983:7.

③ 茅盾.新的现实和新的任务[J]//人民文学,1953(11):28.

④ 茅盾.新的现实和新的任务[J]//人民文学,1953(11):27.

⑤ 茅盾.五个问题[M]//茅盾文艺评论集:下.北京:文化艺术出版社,1981:513.

论的重点在于思想观念,而不是作家的想象力和艺术创新能力。"①这样,我们也不难理解茅盾在80—90年代遭受批评的原因了。至于作为作家创作出来的供批评家评价的作品,在他看来,它必须负载着社会、历史、时代、政治的诸多讯息,也即恩格斯在评价巴尔扎克时所说的"倾向性":"在《人间喜剧》里给我们提供了一部法国'社会'特别是巴黎'上流社会'的卓越的现实主义历史……汇集了法国社会的全部历史,我从这里,甚至在经济细节方面(如革命以后动产和不动产的重新分配)所学到的东西,也要比从当时所有职业的历史学家、经济学家和统计学家那里所学到的全部东西还要多。"②因此,茅盾在强调作品表面的"社会历史"倾向性的同时,还要求这隐蔽的见解的社会作用:"我们主张文艺作品不能以仅仅记录社会变革的表面形态为满足,还必须描绘这些社会变革在广大人民的思想意识上所发生的影响,——即人的思想意识在社会变革中所发生的变化。"③茅盾非常厌恶把这种倾向性、隐蔽的见解庸俗化地看作是一种抽象的东西而加以寻找的做法,"有些评论家太热心于在作品中找寻(甚至是搜剔)所谓'时代的本质',热心之余,不免有张冠而李戴"④。在此种风尚之下,作家们势必受影响去赶任务,写本质。

　　茅盾早在1921年就赞赏俄国描写第四阶级(无产阶级)的创作,他认为,"国内创作小说的大都是念书研究学问的人,不曾有第四阶级社会内的经验。这是茅盾"社会历史"批评的滥觞。另外,在新中国成立后的一段时间向苏联"一边倒"的国际语境下,我们也可以大胆推测,别林斯基肯定现实的合理性、强调忠实于生活的态度和杜勃罗留波夫"现实的批评"是茅盾"社会历史"批评吸纳的重要资源。同时,别林斯基审美的原则,杜勃罗留波夫"人民性和现实主义相统一"的原则也成为茅盾"社会历史"批评不可忽视的部分。总之,重文艺的社会本质而轻艺术本质是他们三人

---

① 温儒敏,李宪瑜,贺桂梅,等.中国现当代文学学科概要[M].北京:北京大学出版社,2005:54.

② 恩格斯.致玛·哈克奈斯的信[M]//纪怀民,陆贵山,周忠厚,等.马克思主义文艺论著选讲.北京:中国人民大学出版社,1982:269-270.

③ 茅盾.关于所谓写真实[M]//茅盾文艺评论集:上.北京:文化艺术出版社,1981:284.

④ 茅盾.读书杂记[M]//茅盾文艺评论集:下.北京:文化艺术出版社,1981:549.

共同的特点。我们可以比照一下三人的相关文论,别林斯基说过:"取消艺术为社会服务的权利,这是贬低艺术,而不是提高它,因为这意味着剥夺了它最活跃的力量,亦即思想,使之成为消闲享受的东西,成为无所事事的懒人的玩物。"①"每一部艺术作品一定要在对时代、对历史的现代性的关系中,在艺术家对社会的关系中,得到考察;对他的生活、性格以及其他等等的考察也常常可以用来解释他的作品。另一方面,也不可能忽略掉艺术的美学需要本身……当一部作品经受不住美学的评论时,它就已经不值得加以历史的批评了。"②杜勃罗留波夫则说:"衡量作家或者个别作品价值的尺度,我们认为是:他们究竟把某一时代、某一民族的(自然)追求表现到什么程度。"③而茅盾的观点显然是他们理论的复制品:"评价一时代一社会的文学,我们首先看它的思想性,其次看它的艺术性。思想性的准则,在于它在当时当地起了进步作用还是反动作用,在于它给读者以怎样的精神鼓舞,怎样的理想。艺术性的准则,在于它的品种,流派,风格既多且新呢,还是寥寥无几而陈陈相因?在于它用怎样活泼新颖的艺术形象以表达它的思想内容?"④在社会本质与审美本质的张力中徘徊,这是五六十年代茅盾出任文化部部长时"矛盾"的处境与"矛盾"的心境产生的根源。当然,作为文艺事业的领导者以及"五四"以来"社会历史"批评的习惯与作为文学家二者之间的潜在冲突所构成的无法逾越的障碍,也是茅盾"矛盾"的重要原因。

在茅盾的"社会历史"批评中,我们依然可以捕捉到重视艺术本质的片言只语。如1957年后"左"倾思潮相当严重时,茅盾呼吁文学批评家,要尽自己的责任,"不单单分析作品的思想性,也要分析它的艺术性,单用

---

①　别林斯基.别林斯基论文学[M].上海:新文艺出版社,1958:39.

②　别林斯基.关于批评的对话[M]//别林斯基选集:第3卷.上海:上海译文出版社,1980:595.

③　杜勃罗留波夫.黑暗王国的一线光明[M]//杜勃罗留波夫选集:第2卷.上海:上海译文出版社,1983:358.

④　茅盾.一九六○年短篇小说漫评[M]//茅盾文艺评论集:上.北京:文化艺术出版社,1981:426.

'朴素','有生活气息'等等品题,显然是不够的"①。"不要小看技巧,没有技巧的作品,本身就不能行远垂久。"②同时,茅盾还指出了艺术技巧的多样性,那种畏首畏尾地追索艺术性是茅盾所不齿的,"就因为过去有些评论文章谈到作品的艺术性时老用'朴素'作赞美词"③,其"副作用已经发生了:很大一部分青年作者的作品相互到了简陋,或者寒伧的地步了……其后果是缩小了技巧的范围,也束缚了作家和艺术家的手腕,并且把学习技巧的路子弄得极其狭小"④。在创作题材上,他不论现代题材还是历史题材、尖端题材还是非尖端题材、重大题材还是非重大题材与否而提倡题材的多样化,"从事物的本质来看,确有'尖端'和'非尖端'之分;但作为作品的题材来看,尖端也罢,非尖端也罢,写得好的,同样有教育意义,同样是人民所喜爱的"⑤,"总而言之,题材范围愈广阔,作品愈多样化,我们的文艺就愈繁荣发展"⑥。在人物塑造上,他虽然同意主流批评赞同塑造完美的英雄人物,但同时也强调写英雄人物由落后到转变的过程:"写一个英雄人物从一开始就是全智全能全德,不但从不犯错误,而且政治上、思想上高度成熟,那也很好;可是这就象个超人了,超人是很少的,会引起不真实之感。事实上倒是有缺点,也能犯错误,但在斗争中,在自觉的努力下,终于把自己锻炼成为更完善的英雄人物,对于群众的教育作用,会更加大些。"⑦所以,他教导青年,社会本质是一把双刃剑,它在增强

① 茅盾.从"眼高手低"说起[M]//茅盾文艺评论集:上.北京:文化艺术出版社,1981:280.

② 茅盾.从"眼高手低"说起[M]//茅盾文艺评论集:上.北京:文化艺术出版社,1981:280.

③ 茅盾.夜读偶记[M]//茅盾文艺评论集:下.北京:文化艺术出版社,1981:841-842.

④ 茅盾.夜读偶记[M]//茅盾文艺评论集:下.北京:文化艺术出版社,1981:841-842.

⑤ 茅盾.创作问题漫谈[M]//茅盾文艺评论集:上.北京:文化艺术出版社,1981:391.

⑥ 茅盾.创作问题漫谈[M]//茅盾文艺评论集:上.北京:文化艺术出版社,1981:392.

⑦ 茅盾.创作问题漫谈[M]//茅盾文艺评论集:上.北京:文化艺术出版社,1981:395.

艺术的社会力量的同时也扼杀了诗美,"你们所处的时代不同,如前所述,凡事都有党在指示,党分析一切并将结论教导你们;这是你们在写作前的十分有利的条件,然而不利之处亦在于此,——因为不是自己碰了多少钉子而得的结论,所见有时就不深,所知有时就不透,此在写作中会出现概念化"①。所以不要把文艺的社会本质当作文学作品的唯一,这不仅对创作不利,对批评亦然。"不具体分析作品的内容,而用简单、粗暴的方式,庸俗社会学的观点,来进行文艺批评,曾经有过一时的流行,至今尚未绝迹。文艺批评,常常以引经据典的方式来掩盖它的空疏和粗暴,又常以戴帽子的方式来加强它的不公允、不合理的观点。"②这样文艺批评就会导致机械化、庸俗化。茅盾非常严厉地批判了这种现象:"教条主义的文学批评只把'有血有肉,有生活气息'等等当作符咒来念,却很少从作品的具体内容来分析,指出怎样才能有血有肉、有生活气息;教条主义文学批评的最坏的一类是主观、片面到粗暴,所谓'一棍子打死'的态度。"③所以,茅盾在坚持"政治性第一,艺术性第二"的无产阶级文学批评标准时,又作了补充说明:"最好的作品是既有鲜明、正确的政治性,又有高度艺术性的作品。"④这应该是一个文艺家在文艺面前的本能反应,但是在十七年的文化语境中,要明确表达出来是需要勇气的。所以,著名文艺理论家钱谷融对茅盾作了高度评论:"多少年来,也没有出现过比较杰出的批评家。我觉得最好的还是茅盾先生。他从从事文学活动开始,到晚年,写了一些批评文章,都是很有见地的,对作家作品的确有真知灼见。可惜这样的批评家太少了。"⑤

茅盾在批评实践中注重社会经验,擅长用具体的材料来证明自己的观点,故可算得上是一种实证型批评家。作为文化领导人,他非常注重发

---

① 茅盾.致胡万春(1962年4月27日)[N].文汇报,1962-05-20.

② 茅盾.文学艺术中的关键问题[N].文艺报,1956-06-30.

③ 茅盾.公式化、概念化如何避免?[M]//茅盾全集:第18卷.北京:人民出版社,1989:132.

④ 茅盾.短篇小说的丰收和创作上的几个问题[M]//茅盾文艺评论集:上.北京:文化艺术出版社,1981:361.

⑤ 谈文艺批评问题[M]//钱谷融.当代文艺问题十讲.上海:复旦大学出版社,2004:138.

现新人,"作家"论不再有适宜生长的土壤,所以他自动封锁了"五四"以来形成的将阶级分析方法运用于作家"创作道路"的分析①的路子。这是我们文学批评的损失。

其实,除了茅盾外,"社会—历史"经验型文学批评往往并不明显地体现在某一个作家的创作批评中,但我们还是可以从另外一些作家型批评家(如胡风、张天翼)的批评中看到另外这类批评的影子。胡风在他的"三十万言书"中,曾强调过在生活经验基础上的创作过程中作家的与对象生死与共的感情态度的重要性:"顶好也不过一边是生活'经验',一边是作品,恰恰抽掉了'经验'生活的作者本人在生活和艺术中间受难(passion)的精神! 这是艺术的悲剧,然而在现在却是一个太普遍了的悲剧。"②在胡风看来,林默涵、何其芳对于自己的现实主义理论的批评恰好是抛弃了当时的具体历史环境及当时文艺上的事实经验,这何尝不是文学批评的悲剧?! 所以,胡风所说的"主观精神",即抗战初期那一种民族解放、人民解放的高扬的热情,在作家身上如果能够成为实践的动力,通过实践的锻炼,能够"和客观对象结合",和人民结合,深入历史现实,那它最终会通向社会主义精神。③ 主观精神与社会主义精神的内在一致性是建立在胡风作家创作经验基础之上的,胡风的反批评便是一种"社会—历史"经验型批评的体现。如果说,胡风的反批评侧重的是"社会—历史"经验型批评的理论方面的话,那么张天翼则从具体实践批评上指出了"社会—历史"经验型批评的重要特点:"《党费》里由大娘嚼花生壳喂孩子变化而成的母亲从女儿手里拿下咸菜的这个细节,是深深地感动了我们的;而且的确可以看到,作者是融进了自己的感情的。从自己的生活经验里找到假托来写人物,比按着一个抽象概念来写人物,要好到不知多少倍。"④从生活经验出发,这不但是作家创作的重要基础,也是文学批评的重要基础。

---

① 即对作家的写作立场进行阶级性质的判断,以此作为评论作品意识形态性质特征的主要根据。从政治角度分析作家的传记材料,充分考虑作家的阶级出身、社会阅历及政治态度,往往就成为论评作家"创作道路"及其作品价值的前提。温儒敏,李宪瑜,贺桂梅,等.中国现当代文学学科概要[M].北京:北京大学出版社,2005:53.

② 胡风.胡风三十万言书[M].武汉:湖北人民出版社,2003:103.

③ 胡风.胡风三十万言书[M].武汉:湖北人民出版社,2003:123.

④ 张天翼论创作[M].上海:上海文艺出版社,1982:303.

二、黄药眠、侯金镜:"艺术感悟"型

与茅盾等作家型批评家侧重于从自己的"社会—历史"经验出发不同的是,艺术感悟型批评更注重对具体材料(包括作品、作家、文学现象)进行体验、感悟,代表人物是黄药眠和侯金镜。这种批评贴近于我国传统的审美批评,是一种情感性评价,一种直觉批评,一种体验与超越矛盾统一的批评。① 正如刘勰所指出的那样:"观文者披文以入情,沿波讨源,虽幽必显。"即透过文本而进入作品内在的情感,从中获得诸多感受,从中体会到作家情动而辞发的过程。

与本章所讲的所有的批评家不同,黄药眠是学院派的,新中国成立后任北京师范大学教授,主要从事文艺理论教学工作。在我国文艺理论研究向苏联"一边倒"、既拒绝西方理论又排斥我国古代文论传统的 50 年代,体现在他的教学实践的批评则侧重艺术性、审美性,真可谓空谷足音。他的学生评价先生说:"先生不愧为一个具有远见卓识的大理论家,他对许多问题的思考和学科建设的构想都走在了时代的前列……他对长期影响我国理论界的庸俗社会学和机械唯物论勇敢地提出了挑战,再三强调要注重文艺自身的特点,要注重艺术性,要注重创作技巧,要注重作家的主观和个性,要注重文艺心理学的研究……这一切都给了我们深刻的影响。"② 即便到了现在,这种影响也是感人至深的。

在黄药眠的批评实践中,他首先重视的是感觉。他强调,"首先从感性上认识作品,然后进一步从各方面去分析作品,经过了分析以后再回头去深入我们的感情认识——只有当我们能够这样做的时候,我们才能够说是真正使同学们全面理解了作品"③。仅有感知感觉能力是不够的,还需要把它上升到审美感受能力,这需要一个实践过程,具体地说,"我们必

---

① 它"着眼于文学作品的美的构成及其审美价值","把文学作品看作是在真善基础上又超越了真善因而是'超功利'的一种审美对象","往往联系作品对读者产生的美感程度的强弱和久暂来品评其高下得失,具有赏析式评价的性质"。童庆炳.文学理论教程[M].修订 2 版.北京:高等教育出版社,2004:367-368.

② 北京师范大学中文系.纪念黄药眠[M].北京:群言出版社,1992:126.

③ 黄药眠.关于文学教学中的几个问题[M]//黄药眠文艺论文选集.北京:北京师范大学出版社,1985:368.

须使他们从作品中的具体的事件和人物去体验他们所经过的和未经过的生活，引导他们进入生活内部；使同学们和作者的思想感情发生共鸣，从而对于作品中的事件和人物有直接的感性的认识；而这同时也就是培养他们对于文学作品之审美评价的能力，唤起他们更深地探索，更完美地了解各种生活的真实，和对未来理想事物的憧憬”①。所以，黄药眠批评了文学批评和鉴赏中脱离作品实际而直接进入分析主题思想、艺术特色层面并作出判断的现象：“忽视了这个过程而一开始就去进行分析，那就等于把一个活的人先解剖成几块来研究。所以没有经过领会体验的过程而过早地进行分析也是十分不妥当的。”②“批评文章有时并没有体会出作品的味道，就来分析它的优点和缺点，有时则没有掌握住分寸，太重，因而引起了作家的轻视或不满。”③这样只会走向机械论、公式主义，“公式主义者恰好忘记了文学这个特殊的本质，他们企图把文学这个特殊的东西，还原为一般的东西，把特殊的规律还原为一般的规律”④。也就是说，黄药眠的文学批评是立足于艺术的特殊规律的基础之上的，艺术感觉是非常重要的，不是用大批判中的政治先行、主题先行。在《由“百花齐放”想到的》（《文艺报》1957 年第 6 期）一文中所提到的某些人硬要标准化，某些人搞文学创作硬要服从决议案其实也是这个意思。其次，要进入作品中的形象层面。“作品中的形象，不仅有普遍性底品格，并且还有直接现实性的品格。读者如果能够领会到作品中的具体的形象，自然也就一定会受到作家的思想的影响。”⑤毕竟，形象是艺术意蕴的载体，也构成了读者（批评家）与作者对话、交往的广阔平台。我们的体会必须从形象开始，在研读的过程中，“必须想像出作品中所写的情景、气氛，想像出书中人物的行动和姿态、容貌和衣饰，想像出这些人物说话的声音、言谈的口气，更

---

① 黄药眠.关于文学教学中的几个问题[M]//黄药眠文艺论文选集.北京:北京师范大学出版社,1985:359.

② 黄药眠.关于钻研中学语文课本中文学教材的几点意见[M]//黄药眠文艺论文选集.北京:北京师范大学出版社,1985:381.

③ 黄药眠.解除文艺批评的百般顾虑[N].文艺报,1957-06-02.

④ 黄药眠.沉思集[M].上海:棠棣出版社,1953:62.

⑤ 黄药眠.关于文学教学中的几个问题[M]//黄药眠文艺论文选集.北京:北京师范大学出版社,1985:366-367.

从这些人物行动和言谈当中体会出他们的思想感情,他们的内心状态,他们在灵魂深处的感觉,复杂交错的情绪,人与人之间彼此的显著的或不显著的关系"①。经历如此细致的鉴赏与体验,最终凝固成一个有着丰富内涵的具象,正如卢卡契所指出:"每一种伟大艺术,它的目标都是要提供一幅现实的画像,在这里,现象与本质,个别与规律,直接性与概念等的对立消除了,以致两者在艺术作品的直接印象中融合成一个自发的统一体,对接受者来说是一个不可分割的整体。"②艺术形象成为个别与一般的统一体。这样,我们才能"根据我们已得的感受和已得的形象,去追求这里所表现出来的或不十分显著表现出来的意义"③。既得到了审美效果,又获得了应有的社会意义。

总之,黄药眠的经验"感悟"式的文学批评与他不仅仅重视文学技巧上的规律有关,更与他重视创作心理规律有关:"作家之所以创作这样的作品,而不创作那样的作品,描写这些现象,而不描写那些现象,喜爱这些东西,而讨厌那些东西,是受当时的时代,当时的阶级关系的总的客观形势,和作者自己的阶级的立场所制约的。但同时,作家的创作是要通过作家个人的具体的感受,通过他个人的全部的生活经验和体验,通过他个人的全部的智慧来创造的。因此,我们对于作品,除了从社会科学这方面研究以外,也还要从作者的主观世界去探索,探索出其中的客观规律。比方,在创作过程中最常见的如表象,如联想,如情感,如情感和想像的关系,等等。"④在尊重艺术规律的前提下从事文学批评,自然是倾向于艺术性、审美性了。新中国成立前夕,黄药眠在强调《夜歌》的时代性的同时,也以巨大的学术勇气分析和肯定了它的艺术性,而这些都从诗人自身汉园诗人的创作道路来分析的:"那就是为了真理,为了理想,为了美,他才

---

① 黄药眠.关于钻研中学语文课本中文学教材的几点意见[M]//黄药眠文艺论文选集.北京:北京师范大学出版社,1985:375-376.

② 卢卡契.艺术与客观真理[M]//马克思主义文艺理论研究:第2卷.北京:文化艺术出版社,1984:429.

③ 黄药眠.关于钻研中学语文课本中文学教材的几点意见[M]//黄药眠文艺论文选集.北京:北京师范大学出版社,1985:376.

④ 黄药眠.问答篇[M]//黄药眠文艺论文选集.北京:北京师范大学出版社,1985:470.

走进革命的队伍。”①因为“他是以这样单纯的心情走向革命，所以他也就把极端复杂的革命单纯净化了，在他还未十分认识革命以前，他就已经天真地向革命掏出了他自己赤子似的心了”②。显然，黄药眠把握住了诗人文学创造发生阶段中创作动机这一重要因素。在黄药眠看来，《三千里江山》没有创作出典型环境中的典型性格，原因在于，“作者也没有善于运用分析、综合、概括的方法去处理自己所接触到的东西，没有把感性认识上的东西，提高到理性上来认识，然后又回到感性上去再认识，以加深认识的过程”③。在这里，黄药眠把握的则是典型性格塑造时的艺术概括方式这一创作规律。这样从艺术规律出发，进行审美批评，自然会更有说服力。

由于特定的语境，黄药眠对胡适文学思想和朱光潜美学思想的批判，如“胡适是中国人民大众的死敌”④、有“完整的反动的文学思想”⑤、“以证明他的美学观的实际的反动的意义，以证明他自以为高超，实际并不高超，自以为摆脱，实际并不摆脱的真实情况”⑥等观点带上了时代的烙印，是他文学批评中的一处败笔，与时代流行的“大批判”别无二致。

侯金镜在新中国成立后担任《文艺报》副主编，长期从事文学组织、文学编辑和文艺理论批评工作。在侯金镜的批评理论⑦中，内容涉及文学的性质、功用、整体面貌、形式、风格、技巧等。不管是座谈会上的发言，还

---

① 黄药眠.读《夜歌》[M]//黄药眠文艺论文选集.北京：北京师范大学出版社，1985：213.

② 黄药眠.读《夜歌》[M]//黄药眠文艺论文选集.北京：北京师范大学出版社，1985：213.

③ 黄药眠.我也来谈谈《三千里江山》[M]//黄药眠文艺论文选集.北京：北京师范大学出版社，1985：257.

④ 黄药眠.胡适的文学思想批判[M]//黄药眠文艺论文选集.北京：北京师范院大学出版社，1985：259.

⑤ 黄药眠.胡适的文学思想批判[M]//黄药眠文艺论文选集.北京：北京师范院大学出版社，1985：289.

⑥ 黄药眠.论食利者的美学：评朱光潜美学思想[M]//黄药眠文艺论文选集.北京：北京师范大学出版社，1985：464.

⑦ 仅以《侯金镜文艺评论选集》（人民文学出版社 1979 年版）为例，全书共收录 34 篇文章，批评理论文章有 8 篇，具体作品评论占 26 篇，涉及作品达数百篇。

是为提携新人新作所做的序言,抑或是作为读者阅读的体会,他都紧紧结合作品进行具体的文学批评,即便如此,也是评多于论。他的批评理论中绝少政治性话语,主要是从艺术的角度来切入的。如1962年在河北省短篇小说座谈会上的综合评论性发言中,他主要表达了自己对短篇小说的性格创造、情节、人物的心理活动的看法并辅以大量的古今中外作品进行论证。在性格创造方面,以鲁迅的《在酒楼上》为例,指出"短篇的特点就是剪裁和描写性格的横断面(而且是从主人公丰富的性格中选取一两点)和与此相应的生活的横断面"①。在情节方面,以鲁迅的《风波》《孔乙己》为例,"要紧凑,有时跳跃很大,中间略去很多东西,让读者用想象去弥补"②。在人物的心理活动,以王汶石的《新结识的伙伴》为例,指出"写人物的动作、语言、性格,一定要准确地抓住人物的心理活动,再在外部表现出来,才能达到深刻的艺术效果"③。通过阅读1956年短篇小说选集中的23篇小说,在大量具体的材料体验分析的基础上,侯金镜指出:"发展作家的个性,以及有特色的艺术方法,是促进创作水平提高的重要方面。"④他还一针见血地指出将个性消融到原则中去,一个阶级只能有一个典型的唯"英雄人物"论这种批评的危害和本质:"批评者用他的批评,阉割有着千差万别的英雄人物的个性,阉割丰富复杂而多彩的生活,用着这种框子去量作品,适合于这框子的就通过,不适合这框子的就抹煞,这不正是出色的简单化、庸俗化的批评吗!"⑤

在具体的文学批评实践中,侯金镜主要从具体的作品入手,着重分析文本的主题和题材、人物和环境、情节和结构、性格和语言等。侯金镜对

---

①　侯金镜.短篇小说琐谈[M]//侯金镜文艺评论选集.北京:人民文学出版社,1979:8.

②　侯金镜.短篇小说琐谈[M]//侯金镜文艺评论选集.北京:人民文学出版社,1979:11.

③　侯金镜.短篇小说琐谈[M]//侯金镜文艺评论选集.北京:人民文学出版社,1979:12.

④　侯金镜.激情和艺术特色[M]//侯金镜文艺评论选集.北京:人民文学出版社,1979:22.

⑤　侯金镜.粗暴批评之一例[M]//侯金镜文艺论集.北京:人民文学出版社,1979:299.

活在戏里面的石头(《战斗里成长》),小刘子(《英雄的阵地》),苗逢春、路宝明、王仲宽(《战线南移》)等人物的性格塑造特点进行了说明,"有的虽然只是横断面,可是都构成了完整的或比较完整的内心世界,能够引导观众进入他们的内心活动并且引起丰富的联想。观众在他们身上所感到的历史气氛,时代感情和力量,也是从他们的'戏'里播散和迸发出来的"①。进而还指出,石头这一人物形象跳出了当时批评理论中从概念出发的"落后转变"的窠臼,其性格所包含的社会内容和深刻性在于:"集体主义精神会在石头的心里觉醒起来,而他个人的仇恨正是促成他觉醒的不可缺少的因素,只要受到组织纪律的严格锻炼(这常常是这一类型战士接受马克思列宁主义的第一步),就能够在部队的熔炉里化为取得胜利的强大力量。"②他还与抗战时期的宣传剧进行比照,从艺术的角度出发,高度地评价了剧本《战斗里成长》,认为"这个剧本的写作标志着胡可新的创作历程的开始,摆脱了宣传剧的方法(这在革命战争时期是十分需要的),走向剧本艺术的创作道路"③。他对王愿坚的小说《党费》进行品评时也是从体验感悟的角度来切入的:"他常常用几个富有性格特征的情节,几笔就把人物的轮廓勾画出来。这是不容易的,要有真本领(至少是起码的本领吧)——对生活有深切的感受和真挚而饱满的热情才能够做得到。"④通过阅读王愿坚大量的小说,侯金镜感悟到:"王愿坚同志首先应该宝贵的是作品主题思想的单纯和明朗。爱憎分明:爱就是爱得博大,恨(敌人)也要恨得深沉,作者要给予读者的东西明确、强烈,对生活的认识和态度不含混不犹疑,同时也不是拖泥带水的在作品里放进许多迎合读者而不是

---

① 侯金镜."戏"和"戏"的停滞与中断:试谈胡可的《战斗里成长》、《英雄的阵地》、《战线南移》[M]//侯金镜文艺评论选集.北京:人民文学出版社,1979:34.

② 侯金镜."戏"和"戏"的停滞与中断:试谈胡可的《战斗里成长》、《英雄的阵地》、《战线南移》[M]//侯金镜文艺评论选集.北京:人民文学出版社,1979:34.

③ 侯金镜."戏"和"戏"的停滞与中断:试谈胡可的《战斗里成长》、《英雄的阵地》、《战线南移》[M]//侯金镜文艺评论选集.北京:人民文学出版社,1979:51.

④ 侯金镜.《党费》:一个短而好的短篇[M]//侯金镜文艺评论选集.北京:人民文学出版社,1979:207.

提高读者的东西,也不去有意去追求什么'复杂性'。"①这便是王愿坚作品的艺术特色。在对茹志鹃小说的创作个性和艺术特色评价上,侯金镜从生活(包括茹志鹃的生活实际)出发,从作品出发,"不是她先有了某种兴趣,才给自己规定了某种描写对象和方法;恰恰相反,作者开始写作以后,先是选择了多种题材,采用了多种方法做了多方面尝试"②。以在家庭生活和日常工作关系中而不是尖锐复杂的矛盾中,来表现正在成长着的新人物(小人物)而不是战场上叱咤风云的英雄人物,回答了欧阳文彬(《试论茹志鹃作品的几个问题》,《上海文学》1959年第10期)和细言(《有关茹志鹃作品的几个问题》,《文艺报》1961年第7期)等所希望的选择重大题材、创造英雄人物的要求和希望,"把题材的重要与否当作衡量作品价值的大小、评价作家长处或短处的首要标准⋯⋯就抛弃了文学艺术创造上的典型化的根本原则"③。"把时代向整个文学艺术界提出的某一个重要任务,不加分析区别地当作任何一个作家都必须照办的千篇一律的要求,这是一条容易而且轻便的办法。可是副作用也不小:离开了作家的千差万别的具体条件、忽视了作家所长和所智,有妨碍创作多样化的发展,发生'标准化'的危险。"④这是与"双百方针"的宗旨是一致的,"在工农兵方向这条广阔道路上实行百花齐放,包括创作的风格、形式、题材的多样化,这样的一个方针,既为文学艺术所反映的对象——生活面貌的多样性所决定,也为文学艺术所反映的对象——人民群众多方面的需要所决定;可是还不能忽视另一个因素,就是文学艺术的生产者本身——作家和艺术家多种多样的个性、才能和风格的特点,也决定了文学艺术创作的多样化"⑤。肯定了作家个性和风格的重要性,这在"大跃进"的极"左"

---

　　① 侯金镜.《普通劳动者》序[M]//侯金镜文艺评论选集.北京:人民文学出版社,1979:130-131.

　　② 侯金镜.《创作论评》后记[M]//侯金镜文艺评论选集.北京:人民文学出版社,1979:315.

　　③ 侯金镜.创作个性和艺术特色:读茹志鹃小说有感[M]//侯金镜文艺评论选集.北京:人民文学出版社,1979:89.

　　④ 侯金镜.创作个性和艺术特色:读茹志鹃小说有感[M]//侯金镜文艺评论选集.北京:人民文学出版社,1979:89.

　　⑤ 侯金镜.创作个性和艺术特色:读茹志鹃小说有感[M]//侯金镜文艺评论选集.北京:人民文学出版社,1979:66.

时代是极为不易的,而在侯金镜看来,他只不过尊重了艺术规律而已。

　　茅盾等作家型批评家及黄药眠、侯金镜的"经验感悟"式文学批评,是十七年时期文学批评的一处别致的风景。在他们的批评文集中,与前述周扬、邵荃麟等的文论有一个显著的不同,那就是具体的文学批评实践的分量较重,这是文学批评的核心所在,"只有隐含在具体批评中的理论才是有生命力的"①。在"十七年文学批评"中,多少人的文艺批评才能都浪费在了文艺以外的政治漩涡中,"凡是稍稍知道我们文学界内部情况的同志都不能不承认,这些年来,有多少才华、有声望的作家把他们的时间和精力都消磨在无原则的纠纷中。他们的文学批评避开了政治的纠缠,正像著名文艺理论家钱谷融先生所评价的那样,真正的文艺批评,"是一种关于艺术与生活、艺术与心灵,以及艺术作品当中的生活与心灵的关系的研究。所以它应承担起分析阐明作品的意义,衡量评定作品的价值(思想价值、艺术价值),以及开掘和再创造作品所包含的美的职能"②。从这种"经验感悟"式文学批评中,我们分明体会到了他们作为批评家对艺术美执着追求的精神,他们在艺术的世界中筑起了一道坚固的城墙,这是任何艺术以外的力量所无法摧毁的。但是冯雪峰、何其芳的"泛意识形态性"批评显然有点骑墙,他们在艺术世界与现实政治世界中来回穿梭。而这正是周扬、邵荃麟所极力回避的,只承认一种判断、一种结论,排除他种结论和判断的合理性的单维性思维是"政治本位"型阐释模式的特征,他们作为中心批评家的完全的"入世"精神,在某种程度上助长了"大批判"的嚣张气焰,使得文学批评走上了一条偏离艺术的道路。

---

　　①　陈晓明.打开生动而沉重的历史之门[N].文艺报,2001-03-27.
　　②　谈文艺批评问题[M]//钱谷融.当代文艺问题十讲.上海:复旦大学出版社,2004:143.

第五章

"十七年文学批评"的批评功能

在十七年中,人文科学(包括文学)依然居于社会中心位置,"在大一统的时代,文化事业国家化,成为国家意识形态建构工程的一个重要部分,它倒是因此而受到政府的高度重视"①。个体生命经验的审美传达被遮蔽,故文学的一般意识形态性质得到了张扬,审美意识形态性质边缘化。文学的认识功能和教育功能凸显,审美功能和娱乐功能隐退。在"十七年文学批评"的实践过程中,"一方面不遗余力地批判各种资产阶级(包括小资产阶级)思想意识,尤其是所谓资产阶级人道主义思潮和与之相关的人性论,企图通过这种批判,从根本上摧毁资本主义现代化的价值基础,在观念上与资本主义的现代化实行彻底的决裂;另一方面同时又高扬一种远离现代化的农业的社会理想(对无产阶级或社会主义现代性的想象),期望通过这种理想所激发的道德热情和精神力量,去填补由于超阶段的追求所造成的物质缺陷"②。这就"使得这期间的文学陷入了一种双重的现代性断裂:一重断裂是与西方

---

① 陶东风.社会转型与当代知识分子[M].上海:三联书店,1999:16.
② 於可训.当代文学:建构与阐释[M].武汉:武汉大学出版社,2005:26.

现代性的断裂,另一重断裂是与自身现代性的断裂"①。对作家来说,首先是要清除脑子里的非无产阶级的东西进行一场思想革命以规范自己的创作思想,知识分子工农化,在高度的集体主义原则的照耀下与广大工农兵紧密联系在一起。作为社会启蒙的知识分子(包括作家)的现代化受阻,知识分子被整合到国家政治权力中,从而付出了丧失自己的独立立场和自主人格的沉重代价。作品中的主人公自然就排斥工农兵以外的人物形象甚至独尊工农兵(英雄)形象,开创了一个颂歌时代。"解放后中国的国家发展战略不是发展经济、发展科技、提高生产力水平与劳动人民的物质生活水平,而是维护无产阶级国家政权与意识形态的纯洁性。"②文学批评正是通过破"旧"立"新"、立"新"破"旧"的方式对作家及其创作进行规约、引领着文学创作朝着这一"纯洁性"发展。

第一节　指导和规范:"十七年文学批评"对作家的影响

这一时期,来自解放区、国统区以及沦陷区以至于从海外归来的作家,都抱着表现新的生活、新的时代、新的人民的满腔热情参与到新中国的文化建设中来。随着社会结构的变化,作家与政治权力关系更为紧密了。"一方面,人文科学领域是一个重灾区,一场接一场的斗争、运动在这里发生;而另一方面,这种接连不断的斗争所表明的却正是人文科学的特殊'重要性'以及它与政治权力的特殊密切的联系,表明了'中央'对它的重视,也表明了人文知识分子仍然处于知识体系的中心,人文知识实际上是作为意识形态话语直接参与了权力的运作。"③在这个转折后的时代,作家经历了角色转换的艰难蜕变过程,其知识分子的内涵有着巨大的改变,其知识者敢于向权力说真话的性质也发生了重大改变,逐渐被整合到了政治权力中心。作家创作也发生了重大转向:响应口号,深入工农。

---

① 於可训.当代文学:建构与阐释[M].武汉:武汉大学出版社,2005:27.
② 陶东风.社会转型与当代知识分子[M].上海:三联书店,1999:302.
③ 陶东风.社会转型与当代知识分子[M].上海:三联书店,1999:301.

一、角色焦虑

从严格的意义上来说,知识分子(包括作家)"只能是一个人数有限的社会群体,但这一群体拥有一种其他社会成员很难具备的'性格'(或思想品格),即都以社会批评为职志"①。"他们往往为国家前途而忧虑,为公众景况而焦灼,但他们又往往为此承担风险,甚至付出个人的代价。"②而真正难得的是,他们"永远站在独立不移的文学立场,独立地面对国家境遇,独立地面对社会历史,独立地面对文明世界中的人类生存困境和人性中的困境,并执着地发出自己内心真实的声音。这些声音总是与世俗的、流行的声音不同,总是具有灵魂的深度,总是对人间黑暗构成挑战,因此也总是被社会所不容。其命运总是生前历尽艰辛,死后备受爱戴"③。但是,社会的变革使得知识分子以上的这些品格(知识理性、道德与良知)与历史发展产生了分离抑或被遮蔽。"20世纪三四十年代之后,左翼理论之中的大众进入主位,知识分子日渐边缘化,并且在自五六十年代成为改造、批判乃至消灭的贬斥对象。"④所以在20世纪50年代,中国知识分子一开始是被游离于社会主义大家庭之外的,是一个需要被"洗脑"、处于成长过程中的角色。其"成长"具有绝对被动的性质,其被改造、被锤炼的程序是早就被设计好了的。"知识分子形象"开始总是被"资产阶级情调"笼罩着,他们必须转变立场,必须与工农兵打成一片,必须走与工农兵相结合的道路,然后才可能实现世界观的改造,才可能成为革命者,才可能在新中国有归宿感。所以作家们普遍存在一种角色焦虑及身份认同危机。"人们经常用不知他们是谁来表达(认同危机),但这个问题也可以视为他们的立场的彻底的动摇。他们缺少一种框架或视野,在其中事物能够获得一种稳定的意义。某些生活的可能性可以视为好的东西或者有意义的,另一些是坏的或不重要的,所有这些可能性的意义是不确定的,易变

---

① 杨匡汉,孟繁华.共和国文学50年[M].北京:中国社会科学出版社,1999:166.

② 杨匡汉,孟繁华.共和国文学50年[M].北京:中国社会科学出版社,1999:167.

③ 夏榆.寻找家园的焦虑:刘再复谈作家与知识分子的心灵责任[N].南方周末,2006-10-19.

④ 南帆.后革命的转移[M].北京:北京大学出版社,2005:60.

的,或者未定的。这是一种痛苦的和恐惧的经验。"①在新的时代诉求下如何给自己定位,成为他们心中难以裁决的苦闷:是依然保持小知识分子的特性还是走向大众? 是保持艺术家的风格还是融入时代政治的潮流? 当代知识分子陷入前所未有的焦虑之中。

正如朱自清所说的那样,摆在作家面前的道路有两条:"一条是帮忙帮闲,向上爬的……一条是向下的。知识分子是可上可下的,所以是一个阶层,而不是一个阶级","知识分子的既得利益虽然赶不上豪门,但生活到底比农民要高","要许多知识分子每人都丢开既得利益不是容易的事,现在我们过群众生活还过不来。这也不是理性上不愿意接受;理性上是知道该接受的,但习惯上变不过来。所以我对学生说,要教育我们得慢慢地来"。② 由此可见,知识分子的自我认同是建立在"他者"——下层人民(农民)的基础之上的。向"下层人民"靠拢,以寻求新的支撑点(立足点)、出发点的趋向是明显的,但充满了矛盾,表现出既想改变知识分子"自己"又害怕失去"自己"的困惑,但其自身价值却可以在与"他者"的比照中得以实现这是显然的。虽然"五四"以来的现代知识分子冲破了"文以载道"的束缚,文学具有独立的品格,承担着"启蒙"的社会职责,文学家也有了自由思考的社会空间和权力。但"十七年文学批评"强化了"文艺为政治服务"、"文艺为社会主义服务"、"文艺为阶级斗争服务"的新"道",文学从"批判的武器"重回到"武器的批判",又回到"文以载道"的桎梏之中。作家开始自觉不自觉地接受主流意识形态的"询唤",有意无意地站到了政治的一边,心中存有得到政府认可的美好希冀却有些许不安,想和劳动人民打成一片却还有少许不甘。一旦文艺政策有所松动,他们会心花怒放,反之就会陷入极度的恐慌之中。这可以代表这一时期作家们内心所存在的一种普遍的身份认同的矛盾心理和角色焦虑感。从朱光潜和钱谷融的切身体会中我们可以了解这种复杂的心情:"在'百家争鸣'的号召出来之前,有五六年的时间我没有写一篇学术性的文章,没有读一部像样的美学书籍,或者是就美学里的某个问题认真地作一番思考。其所以如此,并非

---

① 汪晖.汪晖自选集[M].桂林:广西师范大学出版社,1997:38.

② 朱自清.今天知识分子的任务[M]//朱自清全集:4卷.南京:江苏教育出版社,1990:538-539.

由于我不愿,而是由于我不敢……'百家争鸣'的号召出来了,我就松了一大口气。不但是我一个人如此,凡是我认识的有唯心主义烙印的旧知识分子一见面谈到这个'福音',没有一个喜形于色的。"①钱谷融说:"如果不是在那时刚宣布不久的'双百方针'的精神的鼓舞下,如果没有当时那种活泼的学术空气的推动,单凭一般的号召和动员,我也不一定会写。"②

由此可见,作为作家的主体已经没有任何本质的存在意义,只是一个概念的空壳,已变成话语中的一个被动的客体。主体处于一种从属地位,根本不存在自主权力。他们对任何权力和真理的反抗依赖的仍旧是权力而不是抽象的自由和自我。作家主体沦丧的程度及时机是随着权力更替、政治变化而变化的。用刘再复的话来说,作家的现实主体与艺术主体分开了,"有些作家要选择远离政治、远离社会是非,只面对自己的心灵和人性的困境,只当作家,而不当知识分子,而且也可以成为伟大的作家"③。"作家在现实的层面上可以有自己的政治态度,但不一定要把自己的政治态度带入作品。"④当政治环境严酷时,作家只存在一个现实主体,他们的创作要么本着"应该是怎样的"的要求去迎合政治、图解政策、揣摩领导意图,要么干脆放弃写作。而当他们处于"早春天气"的语境中时,作家就又恢复到了艺术主体的层面上去了,开始独立思考艺术本身的问题了,按照"是怎样的"要求进行写作。

在"文艺为政治服务"、"文艺为社会主义服务"、"文艺为阶级斗争服务"的批评语境中,沦丧了主体性的、徘徊游荡于现实主体与艺术主体之间的作家,是无法彻底地直面艺术本体的。在创作中就势必会淡化作家的个性倾向、抵制个性主义话语。萧军曾告诫年轻人遇到人生的曲折时,"一点不要呻吟,更不要诉苦,至于希望别人的同情,这乃是弱者的行为,

---

① 朱光潜.从切身的经验谈百家争鸣[N].文艺报,1957-04-14.

② 钱谷融,殷国明.中国当代大学者对话录:钱谷融卷[M].北京:中国文联出版社,2000:29.

③ 夏榆.寻找家园的焦虑:刘再复谈作家与知识分子的心灵责任[N].南方周末,2006-10-19.

④ 夏榆.寻找家园的焦虑:刘再复谈作家与知识分子的心灵责任[N].南方周末,2006-10-19.

我们,应该做一个强者"①,这本是典型的"五四"个性主义话语;批判者却认为这是在宣扬"极端个人主义"(或谓"个人英雄主义"),与一切依靠"集体(阶级,人民,共产党)"、"个人利益无条件地服从人民的利益"的"集体主义"相对抗。② 郭小川就直接遭遇到这个问题并对自己曾使用过"我"这样的字眼进行迎合主流话语的解释:"有些同志向我提出问题:在你的诗里,为什么用那么多的'我'字,干吗突出你自己呢? 这个问题,也使我想了很多。前几首《致青年公民》中,曾有过'我号召你们'、'我指望你们'的句子,实在是口气过大,所以,在以后的几首中,我就改正了。但,我要说明的是:我所用的'我',只不过一个代名词,类如小说中的第一人称,实在不是真的我,诗中所表述,'我'的经历、'我'的思想和情绪,也绝不完全是我自己的。我现在还不敢肯定,这样的看法是否恰当……"③尽管郭小川心中仍有疑虑,但他放弃作家的个性倾向(艺术主体的泯灭)而屈从于主流批评的压力(现实主体的服膺)却是异常明朗的。至于在批评中使用"我们"的字眼以增强批评的可信度、现实感则更是比比皆是,如"我们认为,所谓言论自由与批评自由,是有一定的历史内容和阶级立场的,因此,在人民民主的新中国,凡发表对人民有益无害的言论和批评,都应当有自由,如果某种言论和所谓'批评'直接反对人民的根本利益,有如萧军所发表的反动言论,则不应有自由"④。有了这个"我们"体的权威判决,那么对于这个问题以后就无须再讨论了,因为现在说的已经代表"全体人民"的意愿,已经是定论了。朱光潜更是直接地、彻底地交代了自己文艺思想的反动性,说自己所追求的"超然物表"、"恬淡自守"、"清虚无为"的人格理想时而"含有极浓厚的悲观厌世的态度",于是产生了"鄙视群众,抬高自我,脱离现实,聊图个人享乐的等等颓废思想",并表白"我的文艺思想

---

① 刘芝明.关于萧军及其《文化报》所犯错误的批评[M]//萧军思想批判.北京:作家出版社,1958:32-33.

② 刘芝明.关于萧军及其《文化报》所犯错误的批评[M]//萧军思想批判.北京:作家出版社,1958:39.

③ 郭小川.关于《致青年公民》的几点说明[M]//致青年公民.北京:作家出版社,1957:2.

④ 刘芝明.关于萧军及其《文化报》所犯错误的批评[M]//萧军思想批判.北京:作家出版社,1958:5.

是极端反现实主义的","在文艺为谁服务的问题上,我的态度更是反人民的","我的文艺活动实质上帮助反动统治的所谓'文化围剿'"。① 黄秋耘也批判自己说:"我为什么会犯这样可怕的错误呢?在主观方面,主要由于我身上根深蒂固地存在着的那种资产阶级和小资产阶级劣根性以及由此而来的资产阶级文艺思想。"②他们的这种诚恳的态度受到了主流意识形态的"欢迎",但是以牺牲艺术主体的独立性为代价的。在艺术主体隐匿甚至消失之后,活动在公共领域的纯粹的现实主体大行其道,极大地伤害了艺术创作。"建国三十年的散文,现实政治的要求作为散文创作的元话语,极大地限制了个人性情的抒发,破坏了散文创作的规律,导致了散文抒情的泛政治化、程式化倾向,相反,作为民间私语的家书、随笔由于存在空间的区别,却表现得自然、真诚,富有情感性与审美性。"③而后者,则正是艺术主体在私人空间的复苏与狂欢。这也是作家角色焦虑与身份认同危机的无奈表现,他们暗自忍受着一分为二的撕裂之痛。

作家的角色焦虑及身份认同危机一方面受到 20 世纪以来列宁有关国家政治意识形态行动策略的"政党学说"的影响,另一方面来源于中国文化"经世致用"的传统,与"五四"以来中国知识分子的历史道路与现实处境有着直接的联系:"知识阶级开头凭着集团的力量勇猛直前,打倒种种传统,那时候是敢作敢为一股气。可是这个集团并不大,在中国尤其如此,力量到底有限,而与民众打成一片又不容易,于是碰到集中的武力,甚至加上外来的压力,就抵挡不住。而且一方面广大的民众抬头要饭吃,他们也没法满足这些饥饿的民众。他们于是失去了领导的地位,逗留在这夹缝中间,渐渐感觉不自由,闹了个'四大金刚悬空八只脚'。他们只能保守着自己,这也算是气节吧。"④这里所谓的"气节"是作家们所能坚守的最后的底线,是艺术主体与现实主体的联结点。这种历史渊源和现实语境,驱使作家自觉不自觉地追踪时代和政治。在强大的政治话语霸权面前多数作家的这道底线陡然崩溃,而陷入万劫不复的痛悔之中。"散文作

---

① 朱光潜.我的文艺思想的反动性[N].文艺报,1956-06-30.

② 黄秋耘.批判我自己[J].文艺学习,1957(9):24.

③ 吴秀明.当代中国文学五十年[M].杭州:浙江文艺出版社,2004:107.

④ 朱自清.论气节[M]//朱自清全集:3卷.南京:江苏教育出版社,1988:154.

者和其他文体作家一样,创作的客观条件与主观心理都受到极大限制,作者心存顾忌,唯恐引祸上身,因此散文创作唯有表现欢欣鼓舞的激情即所谓的泛化抒情,来掩饰潜意识里或多或少的惊惧,散文创作同其他文体创作一样面临着话语资源单调、枯竭的危机。"①现实主体成为作家主体的本质体现,如巴金就是典型一例。1949年后,侧身知识分子的"受宠一族"的巴金认为,新社会实现了自由、独立、富强的新中国和幸福家庭的理想。1955年年初开始批判胡风反动文艺思想,他在5月下旬立即发表《必须彻底打垮胡风反党集团》、《他们的罪行必须受到严厉的处分》的批判文章,还写了一篇批胡风集团主要成员路翎的《谈别有用心的〈洼地上的战役〉》,之后又"暴露"了《关于胡风的两件事》,表示应该毫无怜悯地把胡风这些人打进"深坟"。1956年,中央号召"大鸣大放",巴金率先鸣放,而在次年"反右"之后,巴金又积极投身"反右"运动,在两份意识形态的主要报纸《人民日报》和《文汇报》上发表学习毛泽东思想和讨伐右派分子的文章,并与靳以共同执笔批判已成"落水狗"的丁玲、冯雪峰等人。知识分子在强大的外力压迫下,不得不以丧失自己人格的代价换取生存权,遑论知识分子的独立批判立场。故自由主义作家朱光潜不得不"承认"自己所追求的艺术自由、人性修养的"反动性":"在抗战前后大约有十年的期间,我的一些论著在市场上是很畅销的。从我所得到的读者的来信看,青年人受过我迷惑的特别多。"②并为此作了深刻的检讨:"在一系列资产阶级的文艺论著里,我听到这样一种总的论调:各人所见到的世界多少是各人自己所创造的世界,文艺的世界就是文艺作者所创造的世界,其所以要创造这个世界,那不过是要表现自我,从而令人在情感上得到安慰。对于我这样一个没落阶级的有颓废情绪的年轻人,这种论调是非常投机的,它就使我安了心。原来当时不能令人快意的社会现实正压得使我吐不出气来,我现在听说这个现实世界之外还可以任意创造世界,这个丑恶的现实世界是可以'超脱'的,而文艺所创造的世界就可以帮助我'超脱'现

---

① 吴秀明.当代中国文学五十年[M].杭州:浙江文艺出版社,2004:105.

② 朱光潜.文艺心理学[M]//朱光潜全集:第5卷.合肥:安徽教育出版社,1987:38.

实。"①但宗璞是个例外,她选择的是有尊严的沉默,依然呵护着那道人格底线。从1963年底至"文革"前的几年中,由于知识分子的境遇变得越来越恶劣,宗璞开始意识到"写作不能自由,怎样改造也是跟不上"②,因此,她"决不愿写虚假、奉命的文字,乃下决心不再写作"③。像这样不存在角色焦虑和身份认同危机的作家只是凤毛麟角。

在作家的角色焦虑和身份认同危机中,"最该指责的就是知识分子的逃避;所谓逃避就是转离明知是正确的、困难的、有原则的立场,而决定不予采取。不愿意显得太过政治化;害怕看来具有争议性;需要老板或权威人物的允许;想要保有平衡、客观、温和的美誉;希望能被请教、咨询,成为有声望的委员会的一员,以留在负责可靠的主流之内;希望有朝一日能获颁荣誉学位、大奖,甚至担任驻外大使"④。因为"知识分子所代表的公共领域是极端复杂的,包含了许多令人不适的特色,但要有效介入那个领域必须仰赖知识分子对于正义与公平坚定不移的信念,能容许国家之间及个人之间的歧异,而不委诸隐藏的等级制度、偏好、评价"⑤。所以,对于底线的坚守,对于独立不移的文学立场的坚定,成为作家衡量是否产生焦虑感和危机感的重要参数。

二、创作转向

一方面,文艺作为特殊的又极具个性化的精神产品的意识形态门类;另一方面,作家的家庭背景、生活经历、所受文化教育等方面都存在很大差异,因此在创作的具体过程中显然很难整齐划一。来自解放区的作家和在新中国环境下长成的作家在"工农兵文艺"、"新的人民的文艺"的规范中自然地成为新文艺的主要生力军并以"主人"姿态自居。与此不大协调的另一番景象是:一大批"现代"小说家(包括五四新文学阵营中"自由主义作家"和国统区"左翼"作家阵营中相当一部分)淡出或者完全停止写作,在新中国成立后的历次运动和斗争中被批判、清理,其中绝大部分人

① 朱光潜.我的文艺思想的反动性[N].文艺报,1956-06-30.

② 宗璞."自传"[M]//宗璞文集:第4卷.北京:华艺出版社,1996:336.

③ 宗璞."自传"[M]//宗璞文集:第4卷.北京:华艺出版社,1996:336.

④ 爱德华·W.萨义德.知识分子论[M].上海:三联书店,2002:84-85.

⑤ 爱德华·W.萨义德.知识分子论[M].上海:三联书店,2002:80.

在随后的岁月中失去了写作和发表作品的机会和权利。"他们中的大多数,与'文艺新方向'所规定的创作观念和创作方法之间的关系,始终处于紧张、难以融合、协调的状态。既不能继续原来的创作路线,又难以写出充分体现'新方向'的作品,从整体而言,这些作家中的许多人,其艺术生命,在进入 50 年代之后已经结束。"①如郭沫若、巴金、老舍、曹禺、冯至、艾青、田间、臧克家、夏衍、田汉、张天翼、周立波、沈从文、沙汀、艾芜、卞之琳、骆宾基、钱锺书、师陀、茅盾等作家。作家面临着"在生活中所看到的、所感受到的是怎样的"与"政策规定的也即应该是怎样"的两难选择。茅盾、沈从文、张恨水、钱锺书、废名、吴组缃等,新中国成立后基本不再写作小说或"转行"。也有一些"现代"作家尝试着按照新的文学要求和规范进行小说创作,像巴金、张天翼、艾芜、沙汀、丁玲、萧军、路翎等,但因为不适应新的体制,创作不是出现明显的艺术质量滑坡,就是作品受到了批判并被强制地剥夺了写作或公开发表作品的机会。但作为主流的意识形态理论号召知识分子走向工农大众并与之打成一片,融为一体,否则,他们就无法认同自身的无产阶级立场,文学批评导引着作家们按照主流意识形态规定的路线进行创作,即响应口号,深入工农。

早在"革命文学"时期,创造社成员成仿吾就提出了文学家要"工农大众化"的问题:"我们要努力获得阶级意识,我们要使我们的媒质接近农工大众。"②研究者认为,这里包括三层意思,即"以大众为描写对象,语言大众化和为大众服务"③。如果说这里的"工农大众化"理论只是处于理论论述层面的话,那么毛泽东则在实践层面上对此进行了论述,"知识分子如果不和工农民众相结合,则将一事无成。革命的或不革命的或反革命的知识分子的最后的分界,看其是否愿意并且实行和工农民众相结合"④,还提出了"深入生活"的具体操作实践方法:"中国的革命的文学家

---

① 洪子诚.中国当代文学史[M].北京:北京大学出版社,1999:29.

② 成仿吾.从文学革命到革命文学[M]//文学运动史料选:2.上海:上海教育出版社,1979:21.

③ 艾晓明.苏俄文艺论战与中国"革命文学"论争[M]//王晓明.二十世纪中国文学史论:2 卷.上海:东方出版中心,1997:129.

④ 毛泽东.五四运动[M]//毛泽东选集:第 2 卷.北京:人民出版社,1991:559.

艺术家,有出息的文学家艺术家,必须到群众中去,必须长期地无条件地全心全意地到工农兵群众中去,到火热的斗争中去,到唯一的最广大最丰富的源泉中去,观察、体验、研究、分析一切人,一切阶级、一切群众、一切生动的生活形式和斗争形式,一切文学和艺术的原始材料,然后才有可能进入创作过程。"①当然,深入生活,不仅止于观察生活的表面现象,更要透过现象把握生活的实质,了解各种人的思想情感和精神面貌,把握在人们身上反映出来的时代特征和时代脉搏。因此,"到生活中去"成为作家们的自觉要求。1943年,中央组织部与中央文艺委员会开展了大规模的"下乡运动","这种既有明确的目的,又有具体的办法的下乡运动,在中国新文艺史上还是第一次"②。"这次下乡并不是一个个的搜集材料的问题,而是一个有严重意义的改造自己,改造艺术的问题。"③"经过了自我改造之后,我们有了无产阶级的眼睛去看事物,有了无产阶级的心去感觉事物,我们就能从中国人民的各种斗争生活中去正确地解决文艺的内容问题。"④艾芜反对以不熟悉工农兵的生活为理由而不去表现工农兵,他主张放下过去熟悉而为时代不需要的东西,去熟悉时代需要我们熟悉的工农兵的新的生活。他打了一个生动的比方:旧社会留下的烂摊子好比荒野马路上丢下的烂汽车,对丢下他的管理人是应当暴露无遗的,但对正在修理汽车的人,就不应该去干扰他,即使有的车还来不及修理,也不应当埋怨他,应当歌颂那些修理汽车的英雄。艾芜从这种认识出发,把歌颂工农兵先进人物作为自己创作的目标。⑤ 在"十七年文学批评"中,作家要进行思想改造使之成为工农中的一员是一个恒定的命题。"作家同工农群众相结合,是贯彻党的文艺方针路线的根本性问题。作家到工农

---

① 毛泽东.在延安文艺座谈会上的讲话[M]//毛泽东选集:第2卷.北京:人民出版社,1991:860-861.

② 何其芳.改造自己,改造艺术[M]//何其芳文集:第4卷.北京:人民文学出版社,1983:38.

③ 何其芳.改造自己,改造艺术[M]//何其芳文集:第4卷.北京:人民文学出版社,1983:38.

④ 何其芳.改造自己,改造艺术[M]//何其芳文集:第4卷.北京:人民文学出版社,1983:39.

⑤ 略谈学习、锻炼和创作[N].文艺报,1951-10-01.

兵生活中去,到工厂农村里去安家,下决心长期地与劳动人民同劳动,共甘苦,才能巩固地建立工人阶级的文艺队伍,使社会主义的文学事业繁荣兴盛起来。"①尤其是抗美援朝以及农村的土地改革和农业合作化,都吸引了大批作家。巴金、魏巍、路翎、杨朔、陆柱国等作家奔赴朝鲜前线,创作了《生活在英雄们中间》《谁是最可爱的人》《洼地上的"战役"》《三千里江山》《上甘岭》等优秀作品。赵树理的《三里湾》、柳青的《创业史》、周立波的《山乡巨变》和陈残云的《香飘四季》等都是这些作家长期扎根农村的收获。《文艺报》在《十年来的文学新人》一文②中,把文学创作上的新人大体分为两类:"一类是工人农民出身,有的后来成为革命工作干部,有的至今还在从事工农业劳动;另一类是知识分子出身,离开学校以后,就投身在实际工作中,和工农兵群众在一起,取得了不同程度的改造。"该文还指出,"工农兵群众直接参加文学创作活动,是我们时代文学的一个崭新的特征",并高度评价了我们的诸多工农兵作家,如加强了战斗性、加深了文学和群众的联系、提高了文学的政治思想水平。

在转向中,对于创作的源泉问题是批评所关注的重要话题。周立波谈到他的创作体会时说:"创作有两个过程,一是吸收生活养料的过程,一是写作过程。从生活中吸收养料,这需要相当长的时期,要有很大决心,要付出艰苦的劳动。……我的每一部作品都是参加一段工作以后写成的。参加土改时,我担任区委书记,什么都做,得的材料是丰富的,生动的,取之不尽的,后来才写了'暴风骤雨'。"③从实际生活中尤其是工农兵生活中通过实践来获取直接材料,是汇成文学创作材料的最主要来源。胡可也针对自己的经历谈了创作上的感受:"过去从生活中得来的材料虽然没有写完,但它不够你写一辈子。源泉应该是源源不断的。不能指望过去的材料吃一辈子! 现在不像过去那样生活在人民群众之中,创作冲动也不像过去那样强烈,和群众脱离了,作品要反映人民的愿望和要求就

---

① 沐阳,阎纲. 到群众中去,到火热的斗争中去:访周立波、杨朔、雷加、胡可、陆柱国[N]. 文艺报,1957-12-01.

② 十年来的文学新人[N]. 文艺报,1959-10-26.

③ 沐阳,阎纲. 到群众中去,到火热的斗争中去:访周立波、杨朔、雷加、胡可、陆柱国[N]. 文艺报,1957-12-01.

难了。所以我们一定要深入贯彻党的号召,一定要和群众经常联系,不脱离斗争,不脱离创作源泉。"①也就是说,只有长期坚持不懈地体验群众生活,才能获得源源不断的创作源泉。上述这些对于创作源泉的认识正是陆柱国所不具备的,也是大家引以为戒的:"我过去当记者,没有长期深入群众中间。我曾经想长期到生活中去,但决心不够,这是一种惰性。住在北京,出去一趟总想着北京,回来就呆很久,因为根据地就在北京。以前说到'作家'这个称号,自己是想也不敢想的,现在一来二去的也习惯了,好像受之无愧似的。这也增长了骄傲情绪。成为作家了,就想搞大部头作品,但生活基础又不够,就像蘸了点肥皂水吹泡泡一样,借太阳给了点颜色,飘不了多久就破灭了。刘绍棠的堕落,对我们来说就是一面镜子。"②总之,十七年文学中重视作家长期深入生活以获得创作源泉是主流意识形态的内在规定性所致。

在转向过程中,对于作家的思想锻炼问题是批评所关注的又一话题。杨朔说:"我感到好的作品总能表现时代的精神面貌,推动生活前进。要写出这样的作品,首先就要求作家亲身投入人民的斗争中去;要用社会主义精神教育人民,就要求作家自己的思想能站在时代的先进水平上。建设社会主义的力量是劳动人民,而作家多半是非无产阶级出身,那么作家脑子里如果不来一个思想革命,把非无产阶级的东西清除出去,使自己无产阶级化,就不能表现我们今天的人民——建设社会主义的英雄们。作家首先应该是一个社会主义建设的积极分子。"③"一个人改造的深浅,我是从感情上来看的。有时你理论很通,一碰到实际东西可就不对劲了,感情最不能作假,不喜欢就是不喜欢,而'喜欢'本身是有阶级性。如果一个人和工农兵没有感情,那么他的思想就一定没有改造好。"④故改造作家

---

① 沐阳,阎纲.到群众中去,到火热的斗争中去:访周立波、杨朔、雷加、胡可、陆柱国[N].文艺报,1957-12-01.

② 沐阳,阎纲.到群众中去,到火热的斗争中去:访周立波、杨朔、雷加、胡可、陆柱国[N].文艺报,1957-12-01.

③ 沐阳,阎纲.到群众中去,到火热的斗争中去:访周立波、杨朔、雷加、胡可、陆柱国[N].文艺报,1957-12-01.

④ 沐阳,阎纲.到群众中去,到火热的斗争中去:访周立波、杨朔、雷加、胡可、陆柱国[N].文艺报,1957-12-01.

的思想使之达到无产阶级化的"纯洁性"显得异常重要。的确,相对工农的无产阶级一无所有(包括摒弃私有的内心世界)的特性来说,知识分子显得多愁善感,思绪万千,这很容易滋生小资产阶级的意识和情调,"比起工农兵的单纯、明净、朴实、健壮来,知识者的心灵的确是更为复杂、肮脏、卑微、琐碎,他们有着各种各样的精细的个人打算、名利计较、卑劣情思,各种各样的嫉妒、贪婪、虚伪、做作,各种各样的钻营苟且、患得患失、狭隘小气以及无事生非、无病呻吟,等等"①。知识分子的这些"劣根性",正是主流意识形态所要祛魅的,也是作家身份认同焦虑感的"客观"因素。

关于同劳动人民共甘苦,建立生活根据地的问题,是作家转向中文学批评关注的第三个话题。中国戏剧家协会的14位驻会作家,除因生病和行政职务暂时不能离开机关的贺敬之、赵寻等5位外,其余9位都到工农中去扎根了,贾克举六口之家前往太原工业区,乔羽偕妻带子到邢台安家,刘沧浪举家回故乡四川,本来没有生活根据地的蓝光、黄悌和王命夫,分别选定了黑龙江、甘肃和青岛作为新的故乡……赵树理自1951年后,便在故乡太行山区深入生活,与农民同吃同住同劳动,参加了当时农村的建社、扩社、整社等;1964年,他又正式回到山西,并为便于与基层生活保持联系,曾兼任中共晋城县委副书记。柳青于1945年前后,在陕北米脂县担任过3年乡政府的文书。新中国成立后,他长期与农民生活在一起:1952年安家于长安县皇甫村,并兼任中共长安县副书记,经历过农村合作化运动的各个阶段。王汶石在1942年赴延安后,经历过整风运动、秧歌运动、大生产运动、土改运动和西北解放战争。从1953年起,他长期生活在关中农村,参加了农业合作化运动及"大跃进",1958年还担任过县委副书记。马烽1956年离京回山西,从1958年开始担任中共汾阳县委书记处书记,长期深入农村熟悉农民生活……建立生活根据地,融入寻常百姓家,洗清一身的"污浊"而期望获得主流意识形态一致的认可,在十七年成为一种时尚。

在如此大范围的创作领域的迁移,如此雷同的创作转向的更迭的时代特色下,无法摆脱角色焦虑的迷惘和廓清身份认同危机的当代作家们,

---

① 李泽厚.中国现代思想史论[M].天津:天津社会科学院出版社,2003:244.

或因审美受阻而保持沉默甚至转行,如钱锺书、沈从文;更多的则是顺政治潮流而下,以表现新的时代、掌握新的方法,创造出"无愧"于这个伟大时代的作品。所以,当代文学具有强烈的政治实践性品格,在造就具有"颂歌"、"战歌"特点而绝少悲剧色彩的红色文学的同时,也强化了当代文学学科地位。

第二节　践履和图解:"十七年文学批评"对作品的影响

十七年时期的文学作品呈现出一个战歌的时代,一个颂歌的时代。"共和国诗歌实质是对新生活的歌颂,可以认为,它开创了一个完整的颂歌时代。"①如阮章竞的《祖国的早晨》,田间的《祖国颂》,郭小川的《我快乐,我歌唱》、《我歌唱鞍钢》、《造林英雄之歌》,贺敬之的《放声歌唱》、《十年颂歌》、《雷锋之歌》等等。新中国成立后的小说创作,其题材内容集中在对革命历史的叙述,对社会主义建设现实的认识表现和对共产主义未来的展望态度上,如《暴风骤雨》《山乡巨变》《三家巷》《风云初记》《野火春风斗古城》《林海雪原》《红旗谱》《红岩》《保卫延安》《青春之歌》《铜墙铁壁》《创业史》《苦菜花》和话剧《战斗里成长》《豹子湾的战斗》等。新中国成立初期的散文则致力于反映国家(社会主义建设)—民族(抗美援朝)的宏大叙事,政治经济生活领域发生的巨大变化、火热的社会主义建设生活、百废待兴的局面、整个社会的昂扬亢奋的精神面貌等,都成为建国初期的散文抒写的对象,《在柴达木盆地》《童话时代》等都体现了盛世颂歌的模式;《生活在英雄们中间》《谁是最可爱的人》《英雄时代》等都满怀激情地歌颂了志愿军战士的英勇事迹、崇高的精神风采及他们对祖国的赤子之情。戏剧方面,有描写革命战争的作品,如《在战斗里成长》(胡可)、《万水千山》(陈其通)、《保卫和平》(宋之的)等,有歌颂新中国的作品,如《方珍珠》、《龙须沟》(老舍)、《考验》(夏衍)、《明朗的天》(曹禺)等,还有反映市民、知识分子和城乡迎来崭新变化的作品,如《红旗歌》(鲁煤等)、《春

---

① 　从春天到秋天[M]//谢冕.中国现代诗人论.重庆:重庆出版社,1986:19.

风吹到诺敏河》(安波)等。所以说,这又是一个"红色文学"①的时代,一个"史诗"的时代。在一派繁荣和光明的景象下,在欢乐的海洋中,作家们不屑于表现自我内心的复杂感情,甚至回避抒写无限丰富的日常生活经验,常常把眼光向外转,他们高唱社会主义的颂歌,表达自己对新生活的热爱、对共产党的感激之情,去讴歌表现社会主义建设、体现时代风貌的人物,去赞美呼应时代情绪的革命英雄,"把日常生活世界整个儿赶出了文学的领域,强制文学达到终极本质的还原"②。人类生存的"非预设性"的自在状态都通向抽象的本质。"宏大叙事"、"中国讲述"的宏观视野是这一时期作品的主要特色,从而给研究者开启了一条走向"存在"之"思"的路,在"此在"的日常自我经验中挑战作为本质的主流意识形态批评话语。

一、"史诗性"文本的呈现:以《红旗谱》、《红日》和《红岩》为例

战争中涌现出的人民艰苦卓绝的英雄业绩往往成为作家们倾心创作的素材,一批闪耀着革命英雄主义光彩的作品绘就了一幅中国人民革命斗争历史的壮丽画卷,展现了解放了的中国人民的主人公昂扬的姿态及指点江山想象未来的豪气。依照时间顺序,《红旗谱》、《红日》和《红岩》这三部"史诗性"文本呈现的是中国革命中"大革命时期"、"解放战争时期"的历史面貌。对于这些斗争在文学史上和现实政治上的意义,批评家指出:"在反动统治时期的国民党统治区域,几乎是不可能被反映到文学作品中来的。现在我们却需要去补足文学史上的这段空白,使我们人民能够历史地去认识革命过程和当前现实的联系,从那些可歌可泣的斗争的感召中获得对社会主义建设的更大信心和热情。"③云雷奋发的史诗风格

---

① 这是指在《讲话》指引下创作的具有民族风格、民族气派、为工农兵喜闻乐见的作品。这些作品以革命历史题材为主,以歌颂中国共产党领导下的人民民主革命和社会主义建设为主要内容。孟繁华,程光炜.中国当代文学发展史[M].北京:人民文学出版社,2004:107.

② 黄裳裳.论文学的日常性品格[M]//童庆炳.新中国文学理论50年.合肥:安徽大学出版社,2000:338.

③ 邵荃麟.文学十年历程[M]//《文艺报》编辑部.文学十年.北京:作家出版社,1960:37.

象征着汹涌浩荡的历史洪流,气势磅礴的宏大叙事讲述着新中国的光辉历程。史诗之中,英雄人物的背后是一个民族、一个国家的命运。它们以诗意的眼光礼赞中国革命和以工农兵为主体的英勇的人民,为新政权的合法性存在披上了漂亮的外衣。

　　梁斌、吴强、罗广斌、杨益言等的创作显然受到了关于塑造英雄人物时可以忽略其缺点的理论及《讲话》等主流意识形态的影响。梁斌在谈到他创作过程时说:"我把原来朱老忠的火爆脾气改掉了。我认为,即使现实生活中的英雄人物有缺点,在文学作品中为创造出一个更完善的英雄形象,写他没有缺点是可以被允许的,我想这不会妨碍塑造一个英雄人物的典型。"①"开始长篇创作的时候,我熟读了毛主席《在延安文艺座谈会上的讲话》,仔细研究了几部中国古典文学,重新读了苏联古典小说,时时刻刻在想念着,怎样才能遵照毛主席的指示,把那些伟大的品质写出来。"②因此,朱老忠成了当代文学长廊中民主革命时期的农民英雄典型,是"一个兼具有民族性、时代性和革命性的英雄人物的典型"③。吴强在谈到创作的感受时说:"文艺界对胡风文艺思想的批判,关于'写英雄可不可以写缺点'等问题的讨论,又读了几本中国的、外国的反映战争生活的作品,启发了我的创作思想,激励了我的创作要求,也进一步地增强了我的创作干劲。"④所以,《红日》也获得了主流意识形态的好评:"作为一部文学作品,它并不只是写出了一个普遍的战场,一支普遍的军队,一次普通的战役,而是把这一切方面,一切生活场景以及一切身临其境的人们的思想和行动,都自然而细密地交织在一起,构成了一幅色彩斑斓的历史图卷,生动而真实地反映了我们宏伟卓绝的革命战争史诗当中的壮丽的一章。"⑤而作为"一群为着同一意识形态目的而协作的书写者们的组合"⑥

---

　　① 梁斌.漫谈《红旗谱》的创作[M]//牛运清.中国当代文学研究资料丛书·长篇小说研究专集:中.济南:山东大学出版社,1990:101-102.

　　② 梁斌.我怎样创作了《红旗谱》[J].文艺月报,1958(5):15.

　　③ 冯牧,黄昭彦.新时代生活的画卷[N].文艺报,1959-10-26.

　　④ 吴强.写作《红日》的几点感受[N].文艺报,1958-10-11.

　　⑤ 冯牧.革命的战歌,英雄的颂歌:略论《红日》的成就及其弱点[N].文艺报,1958-11-11.

　　⑥ 洪子诚.中国当代文学史[M].北京:北京大学出版社,1999:113.

的罗广斌、杨益言等的创作则更是如此:领导"指导我们学习《毛泽东选集》,领会毛泽东思想和了解解放战争的全国形势"①,这样,在创作中就领会到:"任何一个真正的彻底革命者,都有着无穷的力量,这个力量来源于全国、全世界革命的群众。"②"我们在创作以前去了解青年同志的要求,研究他们的思想状况;为了适应群众的需要,不得不一方面舍弃一些现成的材料,另一方面又去补充搜集未曾掌握的材料……经过长期的酝酿,揣摩和提炼,一些英雄人物的形象,已经在我们心目中渐渐出现和形成。"③因此,它被评为"黎明时刻的一首悲壮史诗"④、"最生动的共产主义教科书"⑤。正因为这三部小说从创作前到创作具体的过程都有主流意识形态的跟踪,所以在十七年时期没有受到批评,而是一路赞歌,好评如潮,这是一种很难得的现象。与此相反的是,《林海雪原》、《青春之歌》、《创业史》等其他长篇小说就难辞其咎了,它们或因"小资产阶级情绪",或因缺乏"真实感"等原因而被迫反复修改,这是一个不争的历史事实。尽管如此,我们在"三红"文本的缝隙中,依然窥见了宏大叙事的史诗性文本因有意回避日常生活的描写而显示出叙事的单一性。

"人在日常生活中的态度是第一性的……人们的日常态度既是每个人活动的起点,也是每个人活动的终点。这就是说,如果把日常生活看作是一条长河,那么由这条长河中分流出科学和艺术这两种对现实更高的感受形式和再现形式。"⑥日常生活显然是必不可少的内容之一。作为"史诗性"的文学叙事,在尊重重大历史事实的前提下,加以适当的艺术虚构,最终达到反映"我们""伟大的时代"的艺术目的,这样文本中因胜利而溢满了豪迈的英雄主义和昂扬的乐观主义精神。而前提之一是以牺牲人

① 罗广斌,杨益言.创作的过程,学习的过程:略谈《红岩》的写作[M]//牛运清.中国当代文学研究资料丛书·长篇小说研究专集:中.济南:山东大学出版社,1990:532.

② 罗广斌,杨益言.创作的过程,学习的过程:略谈《红岩》的写作[M]//牛运清.中国当代文学研究资料丛书·长篇小说研究专集:中.济南:山东大学出版社,1990:533.

③ 罗广斌,杨益言.创作的过程,学习的过程:略谈《红岩》的写作[M]//牛运清.中国当代文学研究资料丛书·长篇小说研究专集:中.济南:山东大学出版社,1990:534.

④ 罗荪,晓立.黎明时刻的一首悲壮史诗[J].文学评论,1962(3):99.

⑤ 罗荪.最生动的共产主义教科书[N].文艺报,1962-03-11.

⑥ 卢卡契.审美特性:第一卷[M].北京:中国社会科学出版社,1986:1.

物的日常生活感受、体验使其成为"革命"的表征。这是上述"史诗性"文本的一个共同特征。所以说,"'十七年文学'对'史诗性'的建构其实很大程度地表现在对国家意识形态的依附上"①。具体表现为讲究主题内容和思想的"纯粹"与"绝对",用"人民"、"劳动人民"、"工人阶级"、"群众"等集体性概念增强叙述的权威性,压制来自个人日常生活感受、体验等方方面面的声音。宏大的叙事"淹没"了作为个体的日常表达。这便是史诗文本的尴尬。对此,有研究者指出,对作品进行"史诗性"的评价是一种经过审美化处理的特殊修辞。这时,文学的审美内涵被确定为:"一、用新的'朝气蓬勃'的文学形象,替代旧的'腐朽没落'的文学形象,以实现批判旧文化和封建主义'糟粕'的目的;二、使文学作品发挥'震撼人心'、'形象生动'的审美作用,成为一部'影响'、'规范'人民群众思想和社会生活的'教科书'。"②"三红"也有类似的现象,如吴强认为是因为对敌观念方面较多地集中在"仇恨情绪上,表现的思想角度,显得狭隘了些,对工农军队的伟大胸怀和革命英雄气概,就未能在显示共产主义战士的精神世界的基础上,鲜明强烈地突现出来"③的原因而损害革命战争的史诗性,没有赋予人物身上的革命的浪漫主义色彩,也就是要取消其日常生活特性而尽量拔高人物的"革命本质"特性。有研究者也指出,在《红岩》中,"凡是反面人物都是一些重视日常生活的人,他们在日常生活的温柔乡中丧失了革命的立场和意志,成为反动派的鹰犬与走狗,而任何革命者都是在日常生活面前保持一尘不染的圣徒,他们的革命意志就来源于他们面对日常生活的寡欲"④。主人公"可敬可贵"但不"可爱可信"。这便是史诗文本的尴尬。在刻意回避去写那些我们习惯了的人物经历甚至有意取消对于日常生活的描述,而专注于英勇的斗争和忘我的劳动场景的单一叙事中,人物被塑造成为一个一心为革命的"纯洁、透明、崇高、伟大"的英雄。这是

---

① 程光炜.文学想像与文学国家:中国当代文学研究(1949—1976)[M].郑州:河南大学出版社,2005:122.

② 程光炜.文学想像与文学国家:中国当代文学研究(1949—1976)[M].郑州:河南大学出版社,2005:15.

③ 吴强.写作《红日》的几点感受[N].文艺报,1958-10-11.

④ 蓝爱国.解构十七年[M].上海:华东师范大学出版社,2003:167.

"三红"带给我们的,同样是"十七年文学"所应该努力争取的,也是主流意识形态重构新文学的终极目标。

二、文学经典的价值确认:以《青春之歌》、《创业史》和《欧阳海之歌》为例

"某个时期确立哪一种文学'经典',实际上是提出了思想秩序和艺术秩序确立的范本,从'范例'的角度来参与左右一个时期的文学走向。"①在新时期以后的诸多文学史著作中,我们可以看看《创业史》、《青春之歌》和《欧阳海之歌》三部作品在各文学史书写中的价值等级上的排序,以此确认其"经典性"的存在。《中国当代文学史初稿》(人民文学出版社,1980年版)把柳青作为专章加以介绍并把《创业史》作为专节加以评述,而杨沫的《青春之歌》与罗文斌、杨益言的《红岩》并列作为一节并位居后面。二十二院校编写组《中国当代文学史》(海峡文艺出版社1981年版)把柳青及其《创业史》作为一节加以介绍,把《青春之歌》和《红岩》并为一节但置于前面。曹廷华、胡国强《中华当代文学新编》(西南师范大学出版社,1993年版)则把《青春之歌》和《红岩》分别作为一节加以介绍。张钟、洪子诚等《当代中国文学概观》(北京大学出版社,1998年版)把《青春之歌》和《小城春秋》作为一章(相当于一节)加以介绍并置于前面。洪子诚《中国当代文学史》(北京大学出版社,1999年版)把柳青的《创业史》作为一节加以介绍,《青春之歌》及其讨论也作为一节。孟繁华、程光炜《中国当代文学发展史》(人民文学出版社,2004年版)把《青春之歌》及讨论、柳青的《创业史》和《欧阳海之歌》分别作为一节。董健、丁帆、王彬彬《中国当代文学史新稿》(人民文学出版社,2005年版)则把《青春之歌》作为专节,把《三里湾》《创业史》《山乡巨变》合为一节,但《创业史》居中。上述三部作品的"经典性"还可以从重要的文学批评现象及批评文章中进行确认。《文艺报》1959年第2~7期设立"讨论《青春之歌》"的专栏,《光明日报》、《中国青年》等也先后组织了讨论,有关《青春之歌》的评论文章一共约121篇之多(十七年时期占100篇之多),关于改编的电影的评论文章有40篇左右(除一篇在1962年外,其余全集中在1959—1961年)。《创业

---

① 洪子诚.问题与方法:中国当代文学史研究讲稿[M].上海:三联书店,2002:233.

史》的各类评论文章则多达近 190 篇（十七年时期占约 120 篇）。《文艺报》1966 年第 3、4 两期开辟了关于"《欧阳海之歌》的成就和意义"的专栏,《人民日报》、《光明日报》也纷纷给予关注,各类报纸杂志发表的评论文章多达 110 篇（除 1 篇外,其余全在十七年这一时期）。再者,我们可以从小说在初版、再版后发行的情况来体认其"经典性"。如《青春之歌》在1958 年出版后,一年半内销量就达 130 万册,同年被搬上银幕作为新中国成立 10 周年的"献礼片"之一。而《欧阳海之歌》的累计发行量,高达3000 万册,仅次于《毛泽东选集》。到处有报刊在转载,广播电台连篇累牍地广播,作者金敬迈被各个地方请去做报告,被人围着签名。

　　《青春之歌》在叙述"革命历史"的同时,还展现了知识分子的"成长史"。"林道静的成长过程,艺术地概括了当时小资产阶级知识分子走上革命道路的途径,说明青年人只有接受党的领导,把个人命运同国家民族的命运结合在一起,才能有光明的前途,才能有真正的青春。"①林道静的"成长史",实际上是现代知识分子的"改造史",更符合新中国知识分子工农化这一"既定方针"的规范,更能体现"成长"这一"中心词"或"主题词"的含义。《青春之歌》出版后也招致了严重的批评,郭开在 1959 年第 2 期《中国青年》中发表《略谈对林道静的描写中的缺点:评杨沫的小说〈青春之歌〉》一文,指出作者是站在小资产阶级立场上,把自己的作品当作小资产阶级的自我表现来进行创作的","没有很好地描写工农群众,没有描写知识分子和工农的结合,书中所描写的知识分子,特别林道静自始至终没有认真地实行与工农大众的结合","没有认真地实际地描写知识分子改造的过程,没有揭示人物灵魂深处的变化……结果严重的歪曲了共产党员的形象","没有能创造出无产阶级化的知识分子的鲜明的新面貌,没有创造出一个共产党员的典型的英雄形象"。"描写知识分子出身的党员,必须把这些思想改造的阶段清楚地实际地写出来","地主阶级出身的知识分子的血液里没有要求革命的本性,他们的革命意识是后天的,这是在他们接近了劳动人民以后,在党的启示下,才要求革命的,才走上革命道路的,而且经过许多教育才能革命到底","不能孤立写知识分子,而应该

---

　　① 牛运清.中国当代文学研究资料丛书·长篇小说研究专集:中[M].济南:山东大学出版社,1990:137.

写一些社会各阶层的情况,特别是广大劳动人民的情况,这样知识分子的活动才有了社会基础"。①《青春之歌》自 1958 年出版后,就在展开"讨论"的当年(1959 年),作者也就对小说作了很大的修改,增写了林道静从事农村革命活动及北大学生运动的大量章节:为解决"走与工农兵相结合的道路"的问题,小说安排了林道静赴深泽县大劣绅大地主宋贵堂家当家庭教师的情节,让她在自我批判中消除长工对她的误会;而对林道静的"阶级立场"的转变,小说增写了她的心理活动,甚至不惜向长工说明自己也有贫农的血液等;为了充分开展"复杂尖锐的思想斗争",让林道静的自我批判具有无产阶级的参照,小说还增添了"姑母"和许满屯这两个很概念化的人物……实际上,"林道静在农村的'锻炼',不是当时革命形势发展和具体任务的需要,而是硬让她去充当了'知识分子同工农相结合'这一观念、原则的'传声筒'"②。"30 年代的林道静,简直是采用了 50 年代末的方法,不断地进行自我批判。"③

《创业史》这部小说要向读者回答的是:"中国农村为什么会发生社会主义革命和这次革命是怎样进行的。回答要通过一个村庄的各阶级人物在合作化运动中的行为、思想和心理的变化过程表现出来。这个主题和这个题材范围的统一,构成了这部小说的具体内容。"④农业合作化是社会主义总路线的组成部分,小说体现了合作化进程中农民伟大的创造力,艺术地塑造了社会主义条件下的农民形象。就文学史上的农民形象来说,它具有深远的意义。"如果说鲁迅主要是揭露中国农民精神上的创伤,以唤起人们的觉醒,赵树理则主要表现中国农民在政治、经济翻身过程中所实现的思想上的翻身——农民精神、心理状态的变化,人的地位及家庭内部关系(长幼关系、婚姻关系、婆媳关系等)的变化,并且从这个变

---

① 郭开.就《青春之歌》谈文艺创作和批评中的几个原则问题[N].文艺报,1959-02-26.

② 郭开.就《青春之歌》谈文艺创作和批评中的几个原则问题[N].文艺报,1959-02-26.

③ 张钟,洪子诚,佘树森,等.当代中国文学概观[M].北京:北京大学出版社,1998:367.

④ 柳青.提出几个问题来讨论[M]//牛运清.中国当代文学研究资料丛书·长篇小说研究专集:中.济南:山东大学出版社,1990:497.

化过程中,来显示农民改造的长期性与艰巨性"①,那么,到《创业史》这里,农民则已成为社会主义建设的主体力量之一,其改造的历程至此得以终止。"更确切地说,土改以后,新中国的多数国家领导人都是站在抽象农民的立场上,用一种乌托邦的国家想象去引导农民,按国家意识形态去规范农民,让他们走合作化道路的。"②因此,想象中的农民的思想觉悟已经不同于历史上任何时代的农民了,他们已具有初步的共产主义精神了,正如柳青所说:"我的描写是有些气质不属于农民的东西,而属于无产阶级先锋战士的东西。这是因为在我看来,梁生宝这类人物在农民生活中长大并继续生活在他们中间,但思想意识却有别于一般农民群众了。"③如果说"五四"时期,农民是被启蒙的对象,对于农民作家是以"导师"的姿态自居加以俯视,到了40年代,农民则变成革命的力量,作家对农民改为平视的眼光的话,那么,在《创业史》中,农民则已经成为新中国的主人、社会主义建设的生力军,作家对"梁生宝"式的农民成为英雄人物是仰视了。农民的命运发生了翻天覆地的变化,"从阿Q身上,我们可以看到二十世纪初资产阶级领导的旧民主主义革命时期,中国农民'不准革命'的悲惨命运"④,而在无产阶级领导的新民主主义革命时期,朱老忠"已不是体现着自发斗争中贫苦农民的优秀品质和阶级仇恨的英雄人物,而是具有无产阶级觉悟的农民革命的英雄人物了"⑤。到了无产阶级社会主义革命时期,梁生宝则是"坚决走社会主义道路的革命农民的典型人物"⑥了,尽管这并非农民本身的内在本质要求,柳青完成了作家们对于

---

① 钱理群,温儒敏,吴福辉.中国现代文学三十年[M].北京:北京大学出版社,2001:479.

② 金宏宇.中国现代长篇小说名著版本校评[M].北京:人民文学出版社,2004:310-311.

③ 柳青.提出几个问题来讨论[M]//牛运清.中国当代文学研究资料丛书·长篇小说研究专集:中.济南:山东大学出版社,1990:493.

④ 姚文元.从阿Q到梁生宝:从文学作品中的人物看中国农民的历史道路[J].上海文学,1961(1):74.

⑤ 姚文元.从阿Q到梁生宝:从文学作品中的人物看中国农民的历史道路[J].上海文学,1961(1):74.

⑥ 姚文元.从阿Q到梁生宝:从文学作品中的人物看中国农民的历史道路[J].上海文学,1961(1):74.

农民的想象过程。农村是当代意识形态争夺的一块重要领域,梁生宝的出现,表征着农村这块领域的红旗插遍,满足了人们对于农村想象的心理。"是因为有了党的正确领导,不是因为有了梁生宝,村里掀起了社会主义革命浪潮。是梁生宝在社会主义革命中受教育和成长着。小说的字里行间徘徊着一个巨大的形象——党。"①这样,党的意识形态占领着农村,已经足以让当权者、作家们高唱农业战线上的赞歌了。

《欧阳海之歌》是一曲"共产主义英雄的颂歌"②,塑造了"一个伟大的共产主义英雄形象……在这条英雄成长路程上,成为主音的,是党的教导,是伟大毛泽东思想的哺育,是无数先烈革命精神的熏陶,是欧阳海的自觉改造的不断革命、奋发努力"③。欧阳海这个高尚的、纯粹的、脱离了低级趣味的共产主义战士,是社会主义建设时期这一和平年代涌现的工农兵英雄的最高典范。这也是"文学想象"的理想范本,是"文学中国"的艺术典型。金敬迈在创作这部作品之前,曾反复地学习毛主席的《在延安文艺座谈会上的讲话》,并按照军委"决议"的要求,即部队的文艺工作"必须密切结合部队的任务和思想情况,为兴无灭资、巩固和提高战斗力服务"④来进行创作的。因此,小说问世后,好评如潮,如"应该说《欧阳海之歌》在文学战线上,是一个突破,一个革命。《欧阳海之歌》与以往的文学作品有着本质的区别,它是突出政治、突出阶级斗争、突出毛泽东思想的书……《欧阳海之歌》是按照毛泽东思想的指示,而创作出来的一部崭新的无产阶级革命文学作品,只有为毛泽东思想所武装起来的作者,才能比较完美地写出为毛泽东思想所武装起来的英雄"⑤。《欧阳海之歌》成功地写出了社会主义时代英雄人物不图名,不图利,不怕苦,一心为革命,一心为人民的高贵品质。在社会主义革命和社会主义建设时期,我们非常需要这样的英雄人物作榜样……《欧阳海之歌》的出现是人民解放军在党

---

① 柳青.提出几个问题来讨论[M]//牛运清.中国当代文学研究资料丛书·长篇小说研究专集:中.济南:山东大学出版社,1990:498.

② 以群.共产主义英雄的颂歌:喜读《欧阳海之歌》[N].解放军文艺,1966-01-27.

③ 李希凡.社会主义时代精神的最强音[N].文艺报,1966-01-27.

④ 金敬迈.《欧阳海之歌》的酝酿和创作[N].文艺报,1966-03-11.

⑤ 刘白羽.《欧阳海之歌》是共产主义的战歌[N].文艺报,1966-04-11.

中央和毛主席领导下,在林彪同志的直接教导下,努力学习毛主席著作,突出政治的结果"①。"作为部队作者在创作中努力突出政治,从而体现了文学作者的'三过硬'精神的一个最新的范例……思想过硬,活学活用毛泽东思想,这是一部文艺作品取得成功的一条根本保证……这是一部突出政治的好作品,是一部成功运用毛泽东思想来表现我们的时代的英雄和英雄的时代的好作品,这是一部革命英雄主义的赞歌,这是一部毛泽东思想的赞歌……作者创造了一种类似共产主义英雄史诗的文学形式,创造了一种类似无产阶级革命颂歌的艺术风格"②等等。更重要的是,这部小说最终完成了工农兵作家书写工农兵英雄人物的文学夙愿。这"是建国以来由我们党培养起来的作家写社会主义时代的一部好作品……这部小说成功地塑造了一个在毛泽东思想教导下,提高了阶级觉悟,完全没有个人主义,见义勇为,什么都无所畏惧的英雄形象"③。在"毛泽东时代的英雄史诗"中,"今天不仅是'写工农兵'的时代,而且是'工农兵写'的时代了"④。

上述三部文学经典小说的创作及批评,囊括了"十七年文学批评"的部分重要内容。《青春之歌》中关于"知识分子改造"问题、《创业史》中关于"农民本质"问题、《欧阳海之歌》中关于"塑造新时代英雄人物"问题都是当代文学批评一直关注且待以解决的问题。三部小说的创作,体现了十七年文学批评理论的合法性存在,而对它们的批评与讨论则暗示了十七年文学批评理论的可能性存在。

---

① 陈毅、陶铸同志在接见《欧阳海之歌》作者时谈社会主义文学创作上的一些重要问题[N].文艺报,1966-03-11.

② 冯牧.文学创作突出政治的优秀范例:从《欧阳海之歌》的成就谈"三过硬"问题[N].文艺报,1966-02-27.

③ 陈毅、陶铸同志在接见《欧阳海之歌》作者时谈社会主义文学创作上的一些重要问题[N].文艺报,1966-03-11.

④ 郭沫若.毛泽东时代的英雄史诗:就《欧阳海之歌》答《文艺报》编者问[N].文艺报,1966-04-11.

第三节　批判和整饬:"十七年文学批评"
对文艺运动思潮的影响

　　建国前夕,为了争夺文艺的领导权,中共领导或影响下的几家进步刊物,如《大众文艺丛刊》(1948 年 3 月),茅盾、巴人、周而复、适夷等主编的《小说》月刊(1948 年 7 月创刊),司马文森主编的《文艺生活》(1948 年 1 月复刊)等有计划有组织地对 40 年代国统区最有影响的作家或作品,包括路翎、姚雪垠、骆宾基、沈从文、臧克家、钱锺书的《围城》、李广田的《引力》等进行"再评价"①,其特点是很少论及作家、作品艺术上的得失,而是偏向于其创作倾向,是"在为文学史的评价做准备,所要争论(争取)的正是文学史(以及现实文坛)上的主导地位"②。有研究者认为《大众文艺丛刊》的创刊"是中国共产党在历史转折时刻,强化其对于文艺(以及知识分子)的领导(或称引导)的一个重要举措,这时的'领导'('引导')还主要是通过'文艺批评(批判)'的形式"③。这一批判模式成为"十七年文学批评"的前驱并得以升级,"从一个具体的人、一部具体的作品入手,掀起一场规模浩大的批判运动,并且很快将批判的矛头指向一个更为广泛的对象,这是 1949 年后在文学和文化领域开展批判运动的惯常模式"④。文艺思潮在批判中跌宕起伏,成为时代政治、阶级斗争的"晴雨表"。"革命每前进一步,斗争目标都发生变化,关于'未来'的景观亦随之移易,根据'未来'对历史的整理和叙写也面临调整。"⑤在十七年间,"批判"、"革命"虽持续不断,但也会有短暂的间歇。研究者一般把 1952—1953 年、1956—1957 年、1961—1962 年三个时段作为间歇调整期,"在这些间歇期

---

　　①　如胡绳《评路翎的短篇小说》、默涵《评臧克家〈泥土的歌〉》、乃超《略评沈从文的〈熊公馆〉》,以上均见《大众文艺丛刊》第一辑。无咎《读〈围城〉》、胡绳《关于〈北望园的春天〉》、无咎《读〈引力〉并论及其他》分别见《小说月刊》第 1 卷第 1、2、3 期。

　　②　钱理群.1948:天地玄黄[M].济南:山东教育出版社,1998:33.

　　③　钱理群.1948:天地玄黄[M].济南:山东教育出版社 1998:27-28.

　　④　董健,丁帆,王彬彬.中国当代文学史新稿[M].北京:人民文学出版社,2005:32.

　　⑤　黄子平.革命·历史·小说[M].香港:牛津大学出版社,1996:28.

中,文学观念、政策,会有所调整,在运动中受到批判的主张、创作倾向、文艺方法,又会以不同方式重新提出。严格控制也会稍有松弛,而试图建立一种对'非主流'的文学观有所妥协的秩序"①。而这些间歇是为了未来更好地批判,间歇期间所出现的"非主流"又往往成为下一阶段批判的靶子,当批判硝烟过于浓烈则又会出现妥协的间歇,"批判—整饬—再批判—再整饬",文艺思潮如风云变幻,似波涛诡谲,记录当代文学批评曲折多变的历史命运。

一、被批判的是被重视的②(1949—1956):三次大的文艺论争

新文化在想象和建构的过程中,它不可能立即拥有一个相对完整、成熟的形态。而要重构新的文化形态,让文化想象变为现实,有一点是必需的,那就是批判旧文化,排斥"异质"文化,这是大"破"。"不把这种东西打倒,什么新文化都是建立不起来的。不破不立,不塞不流,不止不行,它们之间的斗争是生死斗争。"③亦即大"破"之后要进行大"立"。新中国成立初的三次大的文艺论争正是在大破"旧",大排"异"的过程中大立"新",大构"同"的。对电影《武训传》的批判是新中国成立以来第一次大的文艺论争,它提出了"如何评价历史人物和书写历史"的问题。为了建构"新的人民的文学",文学表现的内容、创作中的主人公形象等便是首先要纳入规范之中的。这样,对历史人物的评价与如何看待历史问题成为一个必须直面并加以解决的问题。它向建立当代文学(社会主义文学)的"学科等级"迈出了第一步。由于延续《讲话》以来所预先设定的"文艺为工农兵服务"、"文艺为政治服务"理论规范及对新中国存在的一股所谓"反社会主义道路"的猜想,"更为深层的原因在于武训和《武训传》在当时的广受欢迎所显示出来的政治文化意识和毛泽东所欲建立的新文化发生了严重的冲突。电影《武训传》以武训的'行乞兴学'反衬了太平军武装斗争的失败,这样一种政治意识,为刚刚通过农民武装斗争夺取政权的毛泽东所难

① 洪子诚.中国当代文学史[M].北京:北京大学出版社,1999:39.
② 陶东风.社会转型与当代知识分子[M].上海:三联书店,1999:301.
③ 毛泽东.新民主主义论[M]//毛泽东选集:第2卷.北京:人民出版社,1991:695.

以容忍"①。这种以旧的历史人物所构架的作品显然是不符合"文艺规范"的,它也违背了《讲话》的宗旨。正如正统文学史中所评价的那样:"电影《武训传》的根本错误就在于用唯心史观评价和描写了历史人物,抹煞了阶级斗争和人民群众推动历史前进的伟大作用。作者用改良主义和投降主义代替了革命运动,用苦行僧式的个人奋斗代替了群众斗争,用所谓文化翻身的苦求代替了一个阶级推翻另一个阶级的生死搏斗。"②为配合运动,1950 年 8 月 23—28 日,《人民日报》连载了《武训历史调查记》,有关部门还要求颂扬武训其人及《武训传》的党员干部做出反省。8 月 8日,周扬在《人民日报》上发表长文《反人民、反历史的思想和反现实主义的艺术》,对《武训传》批判作了总结,判定《武训传》"宣扬了资产阶级的反动思想",终结了任何持不同意见的声音,使大家明确中国文艺所要歌颂的应是中国历史上"向着旧的社会经济形态及其上层建筑(政治、文化等)作斗争的新的社会经济形态,新的阶级力量,新的人物和新的思想"。同时也加强了中国共产党对文艺工作者的思想领导。

"一切真历史都是当代史。"③历史的书写不是一件很偶然很简单的事情,它往往要建立在时代选择和现实诉求等基础上,"每一个历史剧都有它的创作意图和时代背景,或者以古喻今,以古讽今,指桑骂槐,或者是强调某一方面的教育意义,或者有其他意图等等"④。电影《武训传》尽管有启示广大青少年珍惜新中国来之不易的受教育的机会及迎接新文化建设高潮的教育意义和现实意义,但它忽略了阶级斗争理论而游离于意识形态的严密控制之下,所以是非常不受欢迎的。其实,在批判写旧的历史人物的背后,一方面是破"旧",另一方面也是在强调对"新的人物"的书写,以履行新的"规范"。它同时也告诫我们要慎用封建社会的历史题材,即便使用也得用现在的"理论"来诠释它。这也是文艺领导者试图在新旧文艺之间划出一个价值等级的集体努力。在高校文艺学教学大讨论中程千帆的来信便反映了这一"文学事实":"旧型大学中,一般都有老教授,他

① 董健,丁帆,王彬彬.中国当代文学史新稿[M].北京:人民文学出版社,2005:29.

② 中国当代文学史初稿:上[M].北京:人民文学出版社,1980:44.

③ 贝奈戴托·克罗齐.历史学的理论和实际[M].傅任敢,译.上海:商务印书馆,1982:2.

④ 吴晗.论历史剧[J].文学评论,1961(3):50.

们接受新事物较慢,和青年比较难接近,也只会教古典文学……武大下一年已准备把古典文学课程配备一位年轻老师担任辅导工作。凡是用新观点解释,以及掌握学生思想要求等……均由年轻先生担任。同时,尝试用白话文写分析古诗文的讲义和必不可少的笺注工作。"①

对俞平伯《红楼梦研究》及胡适的批判则提出了"如何对待古典文学和学术研究"的问题。这一批判并非空穴来风,早在1949年11—12月,在新时代的前提下如何对待古典文学及遗产的问题就已提上日程。它起源于《文艺报》刊登的一封中学生的来信:在今日一切走向工农兵的时代,文艺当然也如此,并且要比其他学科还要显著一些,学习写作者与爱好文艺者,都要学习工农兵的文章以及为工农兵服务的文章,但是中国的旧文学像诗、词等,是否也可以学习呢?它们也有文学遗产的价值,并且文学技术也是很高超的。信中还说,要不要学习中国旧文学,同时是批判地学习的问题,直到现在也没有解决,以至于影响了我的学习。② 而同期的《文艺报》"文艺信箱"一栏中杜子劲、叶蠖生给予了简单答复,说旧文学已步入绝境,要学生尽可能多地接触具有现实性的新文学。一石激起千层浪,由此引发了学术界关于如何对待古典文学及遗产的一连串的疑问和思考。接下来,《文艺报》就"关于中国旧文学的学习问题"展开了讨论,陈涌批判了杜、叶简单地否定中国过去长久的诗词的遗产的价值,认为这"反映了一部分新文化工作者至今还存在的轻视乃至否定中国的历史传统那样的思想残余"③。叶蠖生则从进化论的角度说作为人类精神产物的文学技术也是进化的,并断定"既然资本主义社会的生活水平比之封建社会存在更高级了,也就允许在这样社会中生活的人们的思想更细密,更科学化了,反映在文学技术方面自然也不能例外"。言外之意很明显,社会主义新文学是比古典文学更高级的文学,还是用他的话来说,在封建社会,"知识是为统治阶级所独占的……另一些谈到人民疾苦的作品,也都是站在另一个立场上用悲悯的心情来说话的。我们企图在封建社会文学

---

① 关于高等学校文艺教学中的偏向问题[N].文艺报,1951-11-10.

② 中学生的来信[N].文艺报,1949-11-20.

③ 陈涌.对关于学习旧文学的话的意见[N].文艺报,1949-12-10.

遗产中去挑出劳动人民自己的作品,恐怕很有点夏虫语冰之感吧!"①

在独尊《讲话》、"新的人民的文学"的语境里,《人民日报》拒绝转载作为无产阶级自己的理论家、批评家——李希凡、蓝翎向旧的权威挑战的《关于〈红楼梦简论〉及其它》一文,《文艺报》在勉强转载时还加了暧昧的按语说"作者的意见显然还有不够周密和不够全面的地方,但他们这样地去认识《红楼梦》,基本上是正确的"②,这些显然冒犯了主流意识形态刚建立不久的权威性,所以《文艺报》招致连连的质问:"对于'权威学者'的资产阶级思想表示委曲求全、对于生气勃勃的马克思主义思想摆出老爷态度。难道这是可以容忍的吗?"③"唯有对这两篇文章就如此特别对待,这究竟是什么动机呢? 难道《文艺报》、《文学遗产》的其他作者一律都是充分或'供我们参考',而一律都是不能讨论的末日的判决吗?"④于是,《文艺报》及时地承认了自己的错误并做出与主流意识形态同步的决议:"对于文艺上的资产阶级错误思想的容忍和投降;对于马克思主义新生力量的轻视和压制;在文艺批评上的粗暴、武断和压制自由讨论的恶劣作风。这些错误的性质是严重的,是违背马克思主义的立场和党的文艺方针政策的。"⑤"《文艺报》应该成为真正宣传马克思主义文艺思想、开展健康的有原则的文艺批评的刊物。它应该对资产阶级和各种错误的文艺思想进行斗争,坚决克服轻视和压制新生力量的倾向;它应该有领导地有计划地开展文艺思想的自由讨论。同时,其他文艺刊物也应该以同样精神来开展文艺批评和自由讨论,保证文学艺术事业能够在马克思主义思想指导下健康地发展,真正担负起为国家社会主义建设事业服务的光荣任务。"⑥除了《文艺报》受到批判外,俞平伯研究《红楼梦》时的观点被认为其是唯心主义的,他认为《红楼梦》的特点是"温柔敦厚",根本看不到作品里反映了阶级矛盾,反映了两种思想、两种势力的斗争,进而波及对胡适的批判,"在这一场真正锻炼人、改造人的批判运动中,不少的学者自觉不

---

① 叶蠖生.关于中国旧文学的技术水平和接受遗产问题[N].文艺报,1949-12-10.
② 袁水拍.质问《文艺报》编者[N].人民日报,1954-10-28.
③ 袁水拍.质问《文艺报》编者[N].人民日报,1954-10-28.
④ 袁水拍.质问《文艺报》编者[N].人民日报,1954-10-28.
⑤ 关于《文艺报》的决议[N].文艺报,1954-12-30.
⑥ 关于《文艺报》的决议[N].文艺报,1954-12-30.

自觉地接受了一种先验的、机械的思维模式:凡在政治上反动的学者,其学术必定是为反动政治服务的,因而是一无是处,不值一文的。其哲学基础必定是'唯心的'、'反动的',因而学理上也必然是荒谬的、错误的、愚蠢的"①。对资产阶级思想、唯心主义的批判,一方面是在排"异",另一方面也是在确立"正统"的马克思主义学术研究规范。周扬的《我们必须战斗》一文再次确认电影《武训传》"宣传的对封建统治者卑躬屈膝的投降主义,而对人民斗争的正确的历史道路则作了不能容忍的歪曲和诬蔑"的同时,还加上了"宣传了资产阶级的社会改良主义和个人苦行主义"的罪名②,并且还对文化界、学术界发出了毫无例外投身"马克思列宁主义思想与资产阶级唯心论"的严重斗争的动员令,文学批判运动的政治性越来越强烈。

对胡风的批判则提出了"如何认识'现实'和处置知识分子"的问题。如果说对俞平伯《红楼梦》研究的批判及胡适的批判引发了我们"究竟什么是真正的学术研究?学术研究与社会政治有着怎样的关联"这样巨大疑问,那么,在对胡风的批判中,文艺与政治的关系问题、文艺与现实主义的关系问题自然也就露出水面来了。文艺创作的最后决定因素是作者的生活实践(往往被上升到"本质")还是作者的"主观精神"?胡风强调的是主体和客体的结合,这样才能达到真实,真实性是文艺的生命。但批判者却抽象地认为生活实践的重要性,并且作家的主观精神被当作资产阶级、小资产阶级的个人主义的文艺思想。1953 年初,林默涵、何其芳将原来的发言整理后分别发表了《胡风的反马克思主义的文艺思想》和《现实主义的路,还是反现实主义的路》等文章,林指责胡风"看不到旧现实主义和社会主义现实主义的根本区别"③,何认为胡风"在旧现实主义和社会主义现实主义之间抹杀它们的原则区别"④,对胡风文艺思想进一步展开批判,指出其实质与毛泽东文艺思想有着根本的区别。在《文艺报》公布了胡风反革命集团的三批材料之后,一场全国范围的肃反运动于 1955 年下

---

① 胡明.胡适传[M].北京:人民文学出版社,1996:982.

② 周扬.我们必须战斗[N].人民日报,1954-12-10.

③ 胡风的反马克思主义的文艺思想[N].文艺报,1953-01-30.

④ 现实主义的路,还是反现实主义的路[N].文艺报,1953-02-15.

半年开始了,第二批材料公布后,《人民日报》加了"现在发表的材料,是从胡风写给他的反动集团的人们的六十八封密信中摘录下来"①的按语,批判运动逐渐升级,已经演变为政治上的对敌斗争了,最终定胡风等人为所谓的"胡风反革命集团"②,文艺方面的论争自然中断。批判者直接利用国家权力摧毁了知识分子文化传统,对知识分子加以改造似乎刻不容缓。

　　知识分子改造的问题已经由来已久,新中国成立前不必再说,我们只把眼光放新中国成立后就可发现,对《武训传》的批判也是给知识分子的思想改造发出了一个"信号",周扬总结说:"一方面固然是由于武训的反动宣传和欺骗,另一方面,正是由于他们这种宣传投合了他们知识分子个人主义的思想、情绪和心理。"③所以,从胡风身上,我们可以看到当时的知识分子思想选择上的艰难:如果选择亲近政治,就意味着放弃了自己独特的思想,从而放弃自我;如果选择保留自己的独特思想,势必要冒犯政治,从而接受政治的残酷倾轧。这是十七年期间许许多多知识分子都曾面临过的两难选择,也可以说是这一时期的知识分子不得不面对的、需要及时认清的"现实"。④

　　新中国成立初期的三次大的文艺论争,讨论所提出的正是"十七年文学批评"存在的合法性与可能性的问题。批判者通过批判确立了"十七年文学批评"的合法性,被批判的则正是"十七年文学批评"发展的可能性,这种可能性,让一体化的"十七年文学批评"充满了一种整体上的活力。总之,"通过对《武训传》的批判,我们文学创作中的丰富性减少了;通过对胡风文艺思想的批判,我们文艺理论界的学术争鸣减少了;通过对俞平伯红楼梦研究的批判,我们学术研究的独立性丧失了"⑤。研究者对于"十七年文学传统"中话剧发展给我们作了最好的诠释:"必须而且首先为工农兵服务,甚至只能为工农兵服务;对工农兵只准歌颂,不能暴露,因为他

　　①　胡风反革命集团的第二批材料[N].文艺报,1955-06-15.

　　②　胡风本人被开除作协会籍,撤销一切职务,并于 1955 年 5 月 18 日被捕入狱(1965 年判有期徒刑 14 年,1969 年加判无期徒刑)。当时,被牵连而触及的共 2100 余人,其中被捕的 92 人,定为"胡风反革命集团分子"的有 78 人。

　　③　周扬.反人民、反历史的思想和反现实主义的艺术[N].人民日报,1950-08-08.

　　④　李赣,熊家良,蒋淑娴.中国当代文学史[M].北京:科学出版社,2004:24.

　　⑤　李赣,熊家良,蒋淑娴.中国当代文学史[M].北京:科学出版社,2004:26.

们身上体现的是新的国民性的本质,他们是代表新兴'无产阶级'的符号,因而舞台上的主角也就顺理成章地只能由'无产阶级英雄人物'来充当,'革命干部'从逻辑上来讲当然是他们中的先进典型,也理所应当得到光辉的表现。而'知识分子'、'右派'、'小生产者'、'地富反坏右'、'走资派'等只能充当配角或反角,舞台上的等级制度对应的当然是现实中的等级制。"①总的来说,这三次大的文艺论争所涉及的历史人物书写、古典文学遗产问题及知识分子问题,恰恰构成建立社会主义革命新文艺所必须面对的文学批评的现实内容:以塑造工农兵人物形象为主、在文学中贯彻阶级斗争的方针和思想改造的迫切。

二、"规范"的松懈与多样性(1956—1966)

在"三大改造"已基本完成,社会主义制度已基本确立之后,全国已由社会主义制度改造进入社会主义建设阶段,社会矛盾主要是人民内部矛盾。另外,在国际共产主义运动中,斯大林在晚年时形而上学地认为苏联等社会主义国家,除了敌我矛盾之外没有人民内部矛盾,把本来存在的人民内部矛盾误认为敌我矛盾,因而造成思想领域一再的过火斗争。基于时代的要求和国际上的教训,为了调动一切积极的因素,促进我国社会主义文化的繁荣,1956 年 1 月 14—20 日,中央在北京召开了关于知识分子问题的会议,周恩来代表党中央作了报告说:"社会主义建设,除了必须依靠工人阶级和广大农民的积极劳动以外,还必须依靠知识分子的积极劳动。"②他还强调指出,我国知识分子中的绝大部分"已经成为国家工作人员,已经为社会主义服务,已经是工人阶级的一部分"③。这是周恩来代表党和政府对知识分子阶级属性的一次正确表述,是对知识分子在社会主义建设中所起作用的充分肯定。不久,毛泽东提出了"百花齐放,百家争鸣"的方针,知识分子的"百花时代"来临了,文艺的"百花时代"来临了。

"双百方针"提出后,在短篇小说方面出现了"干预生活"的创作,如刘宾雁的特写《在桥梁工地上》获得了高度的评价,说"我们期待这样尖锐提

---

① 吴秀明.当代中国文学五十年[M].杭州:浙江文艺出版社,2004:124.
② 周恩来选集:下[M].北京:人民出版社,1984:160,162.
③ 周恩来选集:下[M].北京:人民出版社,1984:160,163.

出问题、批评性和讽刺性的……像侦察兵一样、勇敢地去探索现实生活里的问题"①的作品,已经很久了。王蒙的小说《组织部新来的青年人》则引起了《文汇报》《文艺学习》的广泛讨论。如关于人物形象方面的,"如同不能把生活简单化一样,把这个人物(指刘世吾)简单的与韩常新一起归之于'反面人物',我是不同意的"②,刘世吾、王则昆"并不完全是我们通常所说的'反面人物',如果要硬给加一个名词的话,不如说是'两面人物'或'多面人物'"③,"对于刘世吾这个人物形象,作品把他单纯化是不真实的","作者抹煞了多年的革命斗争给予他思想上的积极影响,没有把他放在自我思想斗争的尖端来表现"④,"用小资产阶级的激愤去反对小资产阶级的冷淡和麻木,将不可能有什么结果,而过于相信个人的力量也就一定容易失去力量。这正是小资产阶级的性格之所以软弱的原因"⑤等,这些讨论触及了文艺在反映生活所具有的复杂性,人物形象的塑造也趋向于"圆形人物",比较贴近于文艺的本质特性,也反映出这一时期文艺思想的异常活跃,尽管其中还夹杂有教条主义和庸俗社会学的声音。毛泽东的话语中也蕴含着上述讨论内容的多样性,在某种程度上反映文艺政策在"他律"与"自律"之间的摇摆:"毛泽东说,王蒙写了一篇小说,赞成他的很起劲,反驳他的也很起劲。但是反驳的态度不怎么适当。又说,王蒙是不会写。他会写反面人物,可是正面人物写不好。写不好,有生活的意图,有观点的原因。王蒙的小说有小资产阶级思想,他的经验也还不够。但他是新生力量,要保护。批评他的文章没有保护之意。"⑥文艺政策的宽松,也反映"规范"的松动,文艺思潮面临向艺术殿堂迈步的"转折",文艺的"百花时代"的确到来了。

在文学批评方面,出现了复活"五四"传统精神的"写真实"论、"人性"论等。何直、周勃、陈涌、巴人、钱谷融⑦等的文章带来了早春时节的清新

---

① 秦兆阳.编者按,本期编者的话[J].人民文学,1956(4):1.

② 王培萱.一篇有特色的小说[J].文艺学习,1957(2):11.

③ 秦兆阳.达到的和没有达到的[J].文艺学习,1957(3):6.

④ 江国曾.要实事求是地分析作品[J].文艺学习,1957(2):12.

⑤ 唐挚.谈刘世吾性格及其它[J].文艺学习,1957(3):12.

⑥ 蓝翎.龙卷风[M].上海:上海远东出版社,1995:73.

⑦ 本书见第二章第二节。

空气,刺激着人们麻木的艺术感觉,涤荡了笼罩在人们心头的阴霾。人们的艺术思维活跃起来了,"我们时代生活的真实性就在于过去的生活解决不了的问题我们的生活能够解决,我们现实主义的原则就在于旧现实主义者找不到的方向我们能够找到;如果作家只是激动地描摹了生活而却感到没法获得解决问题的方向,那又怎能算得全面地反映了我们时代生活的真实,怎能算得社会主义现实主义?"①王蒙的失败之处在于,"没能站在生活高处以全面透察一切,而只片面地对待了生活真实和社会主义现实主义原则之处"②。"问题不在于作品中的'一系列缘故'能不能写出,而在于怎样写,也即是在于怎样依据真实生活的规律,充分揭示出那种偶然性产生的复杂条件,首先是党委主要负责人的条件,并且至少要暗示出我们生活中必然存在的正气所在以及必然要根除这个腐烂体的乐观前途。"③尽管评论中仍有把生活等同于政治,把作品中不够真实的片面性加以罗列、夸大和引申,却显示出探讨艺术真实的可贵勇气。在对宗璞的《红豆》的批判中,我们也可以看到爱情描写的感人至深及没有束缚和压抑的人性的美好:"留给我们的主要方面不是江玫的坚强,而是她的软弱,不是成长为革命者后的幸福,而是使我们感到了一种无可奈何的痛苦,仿佛参加了革命以后就一定得把个人的一切都牺牲掉,仿佛个人生活这一部分空虚是永远没有东西填补得了。作者通过江玫的口说:'我不后悔。'然而通篇给我们的印象却是后悔,是江玫的永生伴随着她的悔恨,同齐虹断绝关系后无法补偿的痛苦……是一个手中握着'已经被泪水滴湿了的'悔恨终身的女性形象。"④"无可奈何"、"无法补偿"、"悔恨终身"等这些具有不可更改性含义的词语蕴藏着"正常人性"所折射的无比巨大的力量,这是无可抗拒的,就是显赫一时的政治、革命也无能为力。

　　文坛的早春气息也并非人人都感到适应,有文章批评"双百"方针提出后,文坛上"为工农兵服务的文艺方向和社会主义现实主义的创作方法,越来越少有人提倡了……文学的战斗性减弱了,时代的面貌模糊了,

---

① 康濯.一篇充满矛盾的小说[J].文艺学习,1957(3):19.
② 康濯.一篇充满矛盾的小说[J].文艺学习,1957(3):19.
③ 康濯.一篇充满矛盾的小说[J].文艺学习,1957(3):20.
④ 姚文元.文学上的修正主义思潮和创作倾向[J].人民文学,1957(11):18.

时代的声音低沉了,社会主义建设的光辉在文学艺术这面镜子里光彩暗淡了"①。他们大声疾呼,要"压住阵脚进行斗争"②。当然,马上有社论文章进行了反批评:"问题是何以会有这种极端歪曲的估计呢? 这是由于到现在为止,党内还有不少同志对于'百花齐放,百家争鸣'的方针实际上是不同意的,因此他们就片面地收集了一些消极现象,加以渲染和夸大,企图由此来证明这一方针的'危害',由此来'劝告'党赶快改变自己的方针。"③还重申"'百花齐放,百家争鸣'不是一时的权宜之计,而是长期的方针……党的任务是要继续放手,坚持贯彻'百花齐放,百家争鸣'的方针"④。尚在襁褓中的"百花"和"百家"得到了呵护,顽强地维护着现存的"新的秩序"。但历史又有了新的"转折","反右"斗争让绽放的鲜花迅速凋零、枯萎。周扬后来回顾反右斗争这段历史说:"1957 年文艺界的反右斗争,混淆两类矛盾的情况更为严重,使很多同志遭到了不应有的打击,错误地批判了一些正确的或基本正确的文艺观点和文艺作品,伤害了一大批文艺工作者,其中包括一些有才华、有作为、勇于探索的文艺工作者,使'百花齐放,百家争鸣'提出后,文艺领域出现的生气勃勃的景象遭到挫折。"⑤

　　"反右"、"大跃进"运动给国家带来严重的经济、文化危机。20 世纪60 年代初,国家"被迫实行全面的'退却'式的调整……对社会生活和文化领域的控制也有所放松"⑥。《工业七十条》《文艺八条》《高教六十条》《农业六十条》等政策明显扭转了"大跃进"的偏执之处,它把专家和专业知识重新推回到了舞台的中心,早春时节的文学精神开始又有所萌动。在中共中央为扭转"大跃进"政策失误造成的经济上的困难局面而提出的"调整、巩固、充实、提高"的政治大背景下,周恩来总理逐步着手对知识分

---

　　① 　陈其通,陈亚丁,马寒冰,等.我们对目前文艺工作的几点意见[N].人民日报,1957-01-17.

　　② 　陈其通,陈亚丁,马寒冰,等.我们对目前文艺工作的几点意见[N].人民日报,1957-01-17.

　　③ 　继续放手,坚持贯彻'百花齐放,百家争鸣'的方针[N],人民日报,1957-04-10.

　　④ 　继续放手,坚持贯彻'百花齐放,百家争鸣'的方针[N],人民日报,1957-04-10.

　　⑤ 　周扬.继往开来,繁荣社会主义新时期的文艺[N].文艺报,1979-12-10.

　　⑥ 　洪子诚.中国当代文学史[M].北京:北京大学出版社,1999:144.

子政策和文艺政策进行调整;1959 年在中南海紫光阁举行的座谈会上发表《关于文化艺术工作两条腿走路的问题》,1960 年在北京"新侨会议"上作了《在文艺工作座谈会和故事片创作会议上的讲话》,1962 年在广州举行的话剧、歌剧、儿童剧座谈会前后的两次讲话,并作了题为"论知识分子问题"的报告,指出了正确对待知识分子所要解决好的六个问题①,进一步阐明了知识分子在社会主义时期的地位和作用,明确肯定了我国知识分子的绝大多数是"属于劳动人民的知识分子"。陈毅在广州会议上宣布取消资产阶级知识分子的帽子。陶铸在讲话中也明确指出,目前我国知识分子已经由资产阶级知识分子转变为劳动人民知识分子②,基本上恢复了 1956 年知识分子问题会议上关于知识分子中间绝大部分已经是工人阶级一部分的正确论断。陈毅在会议上还结合自己的实际情况,鼓励作家要解放思想、要求领导发扬民主改变过去粗暴的作风:"我是心所谓危,不敢不言。我垂涕而道:这个作风不改,危险得很! 我们必须改善这个严重的形势。形势很严重,也许是我过分估计,严重到大家不讲话,严重到大家只能讲好,这不是好的兆头。将来只能养成一片颂扬之声……危险得很呵!"③1962 年 5 月,《人民日报》发表了《为最广大的人民服务》,把服务的对象由"工农兵"扩展为"最广大的人民群众",调动广大知识分子为社会主义服务、为人民服务的积极性。8 月在大连召开的农村题材短篇小说创作座谈会上,提出了"现实主义深化论"的主张,克服了创作中"左"的倾向。这一系列举措使文艺领域出现了新的繁荣。"在科学研究领域,我们主张不要有门户之见,还是自由一些好。科学方面、学术方面、艺术方面的问题,允许自由讨论,有的问题短时间内得不出结论也不要紧,让历史去作结论。这个方针不会改变。"④此前《文艺报》曾举办读者讨论会,就赵树理的短篇小说《锻炼锻炼》讨论了"文艺作品如何反映人民

---

① 指信任他们;帮助他们;改善关系;要解决问题;一定要承认过去有错误;承认了错误还要改。

② 即所谓为知识分子"脱帽加冕",即脱"资产阶级"之帽,加"劳动人民"之冕。

③ 陈毅.在话剧、歌剧、儿童剧创作座谈会上的讲话[J].文艺研究,1979(2):7.

④ 周扬.关于学术研究与出版问题[M]//周扬文集:第 4 卷.北京:人民文学出版社,1991:225.

内部矛盾”的问题。之后，各地报刊还展开了有关题材问题、美学问题、“共鸣”问题、山水诗问题、历史剧问题、悲剧问题、喜剧问题、戏剧冲突问题等的讨论，还开展了对具体作家作品如茹志鹃的小说风格、于逢的长篇小说《金沙洲》及电影《达吉和她的父亲》等的讨论。

　　“文艺作品如何反映人民内部矛盾”的专栏集中讨论了赵树理的《锻炼锻炼》，“编者按”指出：现在读者对这部作品评价和分析有分歧，“涉及文艺创作如何反映人民内部矛盾、如何描写生活中的落后现象、如何运用讽刺等问题”①，人们可以“通过《锻炼锻炼》以及其他类似作品的讨论，对这一问题作进一步探讨”②。武养认为《锻炼锻炼》是一篇歪曲现实的小说，他认为社里的主要领导人“都应该是党的政策的具体执行者，是贯彻党的群众路线的具体人物，在大多数情况下，在他们的身上所体现的应该是党的化身”③。他连连责问道：“难道这就是符合农村现实吗？”“难道这就是农村妇女的真实写照吗？”“这就是社干部的形象吗？”“这就是农村现实情况的写照吗？”④马上就有人驳斥了武养的观点，认为“她们是农村落后力量的代表人物，是人民内部矛盾后面的代表人物⋯⋯这不仅是今天农村现实的真实，而且还反映了农村落后势力的本质”⑤。“问题的实质不在于写不写落后现象，以及这种落后现象在作品中占多大分量，而是在于作者写落后现象时的立场和态度，以及所写的落后现象是不是真实。”⑥“他企图用一般的原则和概念，笼统地片面地去套具体而又复杂的事物，就自然会得出削足适履的错误结论了。”⑦同时，1959年第6期的《长江文艺》也辟出了“文学创作如何反映人民内部矛盾”的专栏。于黑丁认为，作家在表现人民内部矛盾的时候，不仅有困难，而且感到有“压力”，有“戒惧之心”，主要障碍在于文艺界存在“无冲突论”和“某些教条主义和公式化的不适当的批评”。胡青坡则指出，作家不但感到难写，分寸难掌

①　“文艺作品如何反映人民内部矛盾”专栏集编者按[N].文艺报，1959-04-11.
②　“文艺作品如何反映人民内部矛盾”专栏集编者按[N].文艺报，1959-04-11.
③　武养.一篇歪曲现实的小说：《锻炼锻炼》读后感[N].文艺报，1959-04-11.
④　武养.一篇歪曲现实的小说：《锻炼锻炼》读后感[N].文艺报，1959-04-11.
⑤　汪道伦.歪曲了现实吗？[N].文艺报，1959-05-11.
⑥　朱鸾卿.怎样写落后现象[N].文艺报，1959-05-11.
⑦　文秀.武养同志的批评脱离了作品的具体内容[N].文艺报，1959-05-11.

握,而且往往"动辄得咎"、"不敢写"。另外,赵寻也指出,现在表现人民内部矛盾的作品质量较低,不能震撼人心。总之,关于"如何反映人民内部矛盾"的讨论,奏响的是这一时期文学塑造"新时代的工农兵英雄人物"这一主旋律的"不合谐音",为后来大连会议上提出的"中间人物论"、"现实主义深化"论作了理论铺垫。

1961年,《文艺报》发表了《题材问题》的专论并开辟了专栏,专论指出:"我们要提倡描写重大题材,同时也提倡题材多样化。"①"题材的多样化,大有助于体裁、风格的多样化;而题材问题上的清规戒律,不但限制了体裁、风格的多样发展,对文艺创作的全面繁荣也会带来不利的影响。"②全国知名作家和理论家都结合自己的创作经验和理论素养,发文参与讨论。周立波说:"作家写东西,只能从实际出发,不能凭愿望,更不可单凭别人的期望出发。"③老舍说:"题材与作家风格也是有关系的……谁写什么合适就写什么,不要强求一律"④。还说:"作家可以从各种不同的角度来阐明题材意义,也就形成了不同的主题。"⑤夏衍说:"同一题材可以写成表现各种不同主题的作品,相同的主题,也可以用各种不同的题材来表现……领导有号召自由,作家也有选择的自由,任何片面,都有流弊。"⑥田汉说:"衡量一部作品思想性的高低,决不能单凭题材的重大与否……一个作品反映时代,概括生活本质的深度和广度,并不取决于题材本身,而取决于作者的世界观,取决于作者的艺术概括能力,也取决于作者的艺术技巧。"⑦唐弢充分肯定"题材多样化"是"正确的主张"之后还说:"一篇作品的成功与失败并不决定于题材的大小"⑧,但是,"一篇具体作品的具体题材,却还是有好坏的区分,有高下的区分,有恰当不恰当的区分,因而

---

① 题材问题[N]. 文艺报,1961-03-26.
② 题材问题[N]. 文艺报,1961-03-26.
③ 周立波.略论题材[N]. 文艺报,1961-06-26.
④ 老舍.题材与生活[N]. 文艺报,1961-07-21.
⑤ 老舍.题材与生活[N]. 文艺报,1961-07-21.
⑥ 夏衍.题材、主题[N]. 文艺报,1961-07-21.
⑦ 田汉.题材的处理[N]. 文艺报,1961-07-21..
⑧ 唐弢.关于题材[J]. 文学评论,1963(1):1.

也仍然存在着可以写和不可以写的问题"①,"题材是需要选择的"②。关于"题材问题"的讨论,改变了描写工农兵的专一性与题材的广泛性,表现重大题材与家庭生活、爱情生活描写(所谓"家务事、儿女情"),现代题材与历史题材等互不相容的局面。也使文坛上占统治地位"奔放、雄伟、刚健、热烈"③的单一化风格有所松动,如对茹志鹃小说风格的肯定:"委婉、柔美、细腻……色彩柔和而不浓烈,调子优美而不高亢"④,"一朵纯洁秀丽的鲜花……色彩雅致、香气清幽、韵味深长"⑤等。在创作方面,题材、风格方面有了多样化的可喜成就。1961年8—9月,《北京晚报》开辟了邓拓的"燕山夜话"随笔、杂感专栏,次年9月,中共北京市委的理论刊物《前线》上又开辟了以"吴南星"(指吴晗、邓拓、廖沫沙)为笔名的"三家村札记"的专栏。这一时期也出现了历史小说、历史剧的小高潮,如陈翔鹤的《陶渊明写〈挽歌〉》、《广陵散》,黄秋耘的《杜子美还乡》,吴晗的《海瑞罢官》。尽管后来《文艺报》以"读者论坛"的形式,针对上述调整时期的文艺问题进行了批判,包括"题材问题"、茹志鹃作品风格问题、几部小说评价问题及"写中间人物"问题。如"在作品中,如果充满了家务事、儿女情,反面人物、落后人物,那么重大题材、正面人物、英雄形象,就不能得到反映,我们的时代精神就不能得到表现,文艺作品就起不到'团结人民、教育人民、打击敌人、消灭敌人'的战斗作用……茹志鹃所注意的大都是一些家庭生活和日常生活里的小事,写的也大都是一些正在转变、成长中的人物,很少创造高大的英雄人物形象。从总的倾向来看,作家如果一直这样写下去,路子是会越走越窄的"⑥等。这种针尖对麦芒式的批判,把视为"异端"的文艺思潮再次推向主流意识形态的泥淖中,但正是在这种较量

---

① 唐弢.关于题材[J].文学评论,1963(1):1.

② 唐弢.关于题材[J].文学评论,1963(1):1.

③ 唐弢.风格一例[J].人民文学,1959(7):96.

④ 侯金镜.创作个性和艺术特色:谈茹志鹃小说有感[M]//侯金镜文艺评论选集.北京:人民文学出版社,1979:68.

⑤ 欧阳文彬.试论茹志鹃的艺术风格[J].上海文学,1959(10):126.

⑥ 胡秉之.对《文艺报》的几点意见[N].文艺报,1964-12-28.

中,我们欣喜地发现文艺依然还有自己的一小块"自留地"。

在"被重视"的批判思潮中,在文艺政策得到调整的间隙中,一体化的"十七年文学批评"的异质在破"旧"立"新"、排"异"构"同"大行其道的过程中,或顽强抵抗而最终得到清理,或拼命挣扎最终归于服从,或"识时务"而屈从、顺应,"对 50—70 年代,我们总有寻找'异端'声音的冲动,来支持我们关于这段文学并不是完全单一、苍白的想象"①。故文学在政治一体化的语境中,显现出了断点式的"异端"便填充了这一想象。

---

① 洪子诚.问题与方法:中国当代文学史研究讲稿[M].上海:三联书店,2002:78.

第六章

"十七年文学批评"的几个关键词

　　"文艺斗争"、"人性与人情"、"党性"、"民族形式"、"典型"、"本质"、"真实性"、"现实主义"、"人民性"、"工农兵形象"等,是"十七年"文学批评的常规概念和关键范畴。"每一个时代都会产生一些关键的概念,它们隐含了这个时代最为重要的信息,或者成为复杂的历史脉络的聚合之处。提到这个关键性的概念如同提纲挈领地掌握这个时代。因此,阐释这些概念也就是从某一个方面阐释一个时代。"①通过对这几个关键词的研究,具体考察"十七年文学批评"的实践活动及其细节,我们不难发现,它们折射着中国当代文学发展的曲折轨迹和复杂症候。此外,通过对这些关键词的具体研究,可以看到中国当代文学在最初发展的"十七年"里所特有的政治性特征,同时也为"'文革'文学"的研究提供可资借鉴的理论资源。

第一节　文艺斗争:在政治与文学之间

　　在"十七年文学批评"活动中,斗争和批判贯穿始终,"文

---

　　① 南帆.二十世纪中国文学批评 99 个词[M].杭州:浙江文艺出版社,2003:前言1-2.

学观念、艺术倾向、创作方法上的差别和分歧,都被当作现实的'政治问题'处理,看作对立的阶级力量和政治力量冲突、较量的表现"①。显而易见,文学自身占主导地位的审美因素已经让位于政治因素,在批评标准方面,本应是"政治标准与艺术标准统一"的文学批评,在现实社会中却毫不犹豫地选择了政治标准第一,甚至出现了独尊政治标准的现象,学理上的文学批评异变为文艺斗争。文艺斗争一方面包括显在的文艺批判运动,另一方面,还包括潜在的作家(知识分子)的自我批判。这是"十七年文学批评"中特有的重要现象。这些批判运动,"只能发生在一个不仅靠文学自身的调节,而且靠政治权力的干预以建立'一体化'的文学格局这样的环境中。这些斗争和运动,又大多数为毛泽东直接发起,或为他所关切和支持。这表现了他对意识形态问题的高度重视"②。综观十七年文学史,我们可以看到,通过文艺斗争,可以协助实现意识形态中试图建立新中国"文化新秩序"的文化目的。

一、显在的文艺批判运动

开展"文艺斗争"的思想及其内容早在《在延安文艺座谈会上的讲话》中就已见端倪:"文艺界的主要的斗争方法之一,是文艺批评。"③"文艺批评有两个标准,一个是政治标准,一个是艺术标准。按照政治标准来说,一切利于抗日和团结的,鼓励群众同心同德的,反对倒退、促成进步的东西,便都是好的;而一切不利于抗日和团结的,鼓动群众离心离德的,反对进步、拉着人们倒退的东西,便都是坏的。"④"但是任何阶级社会中的任何阶级,总是以政治标准放在第一位,以艺术标准放在第二位的。"⑤"我们的要求则是政治和艺术的统一,内容和形式的统一,革命的政治内容和

---

① 洪子诚.中国当代文学史[M].北京:北京大学出版社,1999:39.
② 洪子诚.中国当代文学史[M].北京:北京大学出版社,1999:39.
③ 毛泽东.在延安文艺座谈会上的讲话[M]//毛泽东选集:第3卷.北京:人民出版社,1991:868.
④ 毛泽东.在延安文艺座谈会上的讲话[M]//毛泽东选集:第3卷.北京:人民出版社,1991:868.
⑤ 毛泽东.在延安文艺座谈会上的讲话[M]//毛泽东选集:第3卷.北京:人民出版社,1991:869.

尽可能完美的艺术形式的统一。缺乏艺术性的艺术品,无论政治上怎样进步,也是没有力量的。"①"我们应该进行文艺问题上的两条路线斗争。"②《讲话》将中国早期的社会主义文艺学推进到一个崭新的历史阶段,但这只能是权宜之计,毕竟,在战争年代,敌我之间的殊死较量都带有斗争的火药味,文艺也带上了"斗争"的时代色彩。但是,就文学作为一个自足体来说,"文艺带有阶级性"只是文艺的属性,"文艺可以作用阶级斗争的工具"则是文艺的社会功能之一,而文艺还有它自身的特性,那就是"用形象来反映生活",这是绝对不容忽视的。然而,在十七年文学活动中,文艺的特性、属性与功能三者却被混同起来。新中国成立后,一种政治焦虑情绪弥漫于整个中国大地,按照盟主性意识形态,政治盟主权虽已牢牢把握,但意识形态盟主权却并没有真正握牢。"十七年文学批评"成了"握牢意识形态盟主权"的一把软刀子,在这片没有硝烟的战场上,文艺斗争成为巩固已有的新政权、握牢意识形态盟主权的有效方式,这样大力开展文艺批判运动便成为一种顺理成章的事。

另外,建国初期除了"照搬苏联"③,别无选择。苏联共产主义文学部研究员蔡特金的《文艺学方法论》,是新中国成立以来第一部照搬苏联的指导中国文艺学学科建设的著作,该书指出:"文艺学者的任务,不仅是记述种种方法的体系,而是在于规定那些阶级的根源与文艺学方法论战线中的阶级斗争的历史。"④一部文艺学学科史就成了一部"阶级斗争史"。20世纪50年代来华讲授文艺学的第一位苏联专家毕达可夫则认为,文学和艺术便基本上是朝两个敌对倾向发展的,这两种倾向反映两个对立阶级或两个敌对阶级阵营的利益。所以在文学发展过程中,充满了阶级

---

① 毛泽东.在延安文艺座谈会上的讲话[M]//毛泽东选集:第3卷.北京:人民出版社,1991:869-870.

② 毛泽东.在延安文艺座谈会上的讲话[M]//毛泽东选集:第3卷.北京:人民出版社,1991:870.

③ R.麦克法夸尔.剑桥中华人民共和国史下卷:中国革命内部的革命(1966—1982)[M].费正清,编.余金尧,等译.北京:中国社会科学出版社,1992:20.

④ 蔡特金.文艺学方法论[M].任白涛,译.北京:北新局,1950:5.

的对抗和斗争,而文学流派的斗争和更替也是阶级斗争的形式之一。①这些无疑成为后来开展长期的、大规模的文艺斗争的丰富的思想基础和强有力的理论支撑。

1950—1951年对电影《武训传》的批判拉开了文艺斗争的序幕,1951年5月20日,《人民日报》发表了一篇由毛泽东改写的社论《应当重视电影〈武训传〉的讨论》,认为"我国文化界的思想混乱达到了何等的程度!"有学者指出"这是对作家、知识分子发出的'信号',要求他们进行思想改造,以与国家确立的政治方向保持一致"②。此后,各种文艺批判运动便一发不可收拾。1951年开始对萧也牧创作倾向(主要是批判其小说《我们夫妇之间》)进行批判,批判者指出该小说的创作倾向在本质上"是一个思想问题,假如发展下去,也会达到政治问题"③。后来又有批判者将此上升到两种文艺倾向斗争的高度,认为作品"歪曲了嘲弄了工农兵……迎合了一群小市民的低级趣味……在前年文代会时曾被坚持毛泽东的工农兵方向的口号压下去了,这两年,他们正想复活,正在嚷叫"④。文艺批判的"政治味"越来越浓了。在此前后受批判的还有长篇小说《战斗到明天》(白刃)、《我们的力量是无敌的》(碧野)、电影《关连长》等。在纪念《讲话》发表10周年之际,《人民日报》社论明确提出要开展文艺工作中两条战线的斗争:"一方面,反对文艺脱离政治的倾向——这种倾向,实际上是使文艺去为资产阶级的利益服务;另一方面,反对以概念化、公式化来代替文艺和政治正确结合的倾向——这种倾向,实际上是破坏了文艺为政治服务的真正目的。"⑤这样,通过社论的形式,文艺批判运动正式升级为文艺斗争、思想斗争并且具有合法性。郭沫若认为胡适派资产阶级思想在学术界和教育界依然有不容忽视的潜在势力,"对资产阶级错误思想的批判,是一项迫切的对敌斗争"⑥。学术问题完全政治化了,这也是战争文

---

① 毕达可夫.文艺学引论[M].北京大学中文系文艺理论教研室,译.北京:高等教育出版社,1958:440-441.

② 洪子诚.中国当代文学史[M].北京:北京大学出版社,1999:36-37.

③ 李定中.反对玩弄人民的态度,反对新的低级趣味[N].文艺报,1951-06-25.

④ 丁玲.作为一种倾向来看:给萧也牧的一封信[N].文艺报,1951-08-10.

⑤ 继续为毛泽东同志所提出的文艺方向而奋斗[N].人民日报,1952-05-23.

⑥ 郭沫若.三点建议[N].人民日报,1954-12-09.

化中"非此即彼"的二元对立思维在新中国的延续。1953—1955 年又展开了对胡风"集团"的批判,胡风文艺思想问题由"小资产阶级文艺思想"上升到"反马克思主义",再到"反党反人民",进而又上升到"反党集团",直到最后上升到"反革命集团",批判不断升级,牵涉此案的人多达 2100 余人。由文艺性质问题升级到严重政治性质问题的速度是如此之快,令人惊心动魄。"每一次都有一个从学术讨论到带有政治性的文化批判运动的发展过程,而且一次比一次严重,最后把胡风等人定为'反革命集团'则已经不属于思想斗争的范围了。这些变化,大体都和毛泽东的决策有关,确实反映了他对建国后文化思想领域的改造运动关注之深,期望之高,要求之严,责备之深,处理之重,求效之急。实际效果,众所周知,弊端很大。此后,从政治高度来扫描文坛,从文坛现象引出政治风向,几成为建国后文艺运动的习惯思路。"①从这几次文艺批判运动和斗争中,我们可以看到文学离自身越来越远,而离政治越来越近,学术讨论几近于政治、政策的风向盘。1958 年 1 月 26 日《文艺报》重新发表 40 年代王实味、丁玲、萧军、罗烽、周扬、艾青六人的文章,并对其进行"再批判":"我们把这些东西搜集起来全部重读一遍,果然有些奇处。奇就奇在以革命者的姿态写反革命的文章。"②对抗战时期的这几篇杂文和小说进行"再批判",目的是为这些"右派"寻找历史根据,并向大家说明,今天那些揭露时弊、"干预生活"的作品也是毒草,其作者也应划为右派。这一举措,以具体鲜明的例子"引导"着文艺创作的方向,那就是紧贴政治和阶级斗争,这与 1957—1958 年开展的"反右派"斗争紧密配合,"这是文艺战线上的一场大是大非之争,社会主义文艺路线和反社会主义文艺路线之争。这场斗争,是当前我国无产阶级和资产阶级、社会主义道路和资本主义道路的斗争在文艺领域内的反映"③。"文艺是时代的晴雨表。每当阶级斗争形势发生急剧的变化,就可以在这个晴雨表上看出它的征兆。"④在这场对抗性的不可调和的你死我活的阶级斗争中,全国有 55 万多人被划为"右

① 陈晋. 文人毛泽东[M].上海:上海人民出版社,1997:351-352.
② 再批判[N]. 文艺报,1958-01-26.
③ 周扬. 文艺战线上的一场大辩论[N]. 文艺报,1958-03-11.
④ 周扬. 文艺战线上的一场大辩论[N]. 文艺报,1958-03-11.

派分子"。直至 1962 年 9 月,毛泽东在中共八届十中全会上提出"千万不要忘记阶级斗争",并针对李建彤创作的长篇小说《刘志丹》问题提出利用小说进行反党活动是一大发明。文艺批判运动已经异化为文艺斗争,此后毛泽东又针对文学艺术中的问题在 1963—1964 年作了"两次批示"①,其中对文艺界现状的看法便成了在文艺界进行革命的重要依据。1966年部队文艺《纪要》提出了一个骇人听闻的论断,认为新中国成立以来的文艺界被一条与毛主席思想相对立的反党反社会主义的黑线专了我们的政。文艺斗争已彻头彻尾地沦为阶级斗争的工具和方式。

在十七年文学活动中,由"文艺批判"演化而来的"文艺斗争"再次演化为"阶级斗争",逐渐脱离了文学的轨道。"文学也日益变成了阶级斗争政治的可怜的寄生虫和帮助政治进行阶级斗争的工具。几乎每一次所谓的阶级斗争都是从文艺界开始的,文艺界在任何一场风雨之后,都变成了一片狼藉。所有文艺问题都可能演化成阶级斗争,任何一场文艺理论的争论,都可能被引导为阶级的对抗从而使文艺界成为阶级斗争的战场。"②文艺斗争在作为文学与政治临界点的同时,也立即成为社会主义政治意识形态的斗争工具。

二、潜在的作家自我批判

作为文学创作主体,来自全国各地的文艺工作者在灵魂深处都还有一个小资产阶级知识分子的王国,在思想意识上与工农兵群众存在不同程度的距离,在"歌颂与暴露"的问题上,文艺为什么人服务等问题上还没有厘清。另外,新中国知识分子都有一种本原性的焦虑感。"1898 年的泪和血,都成了哺育中国文学的母亲之乳。中国百年文学因吮吸了这样的母乳而染上了忧患的遗传……中国百年文学的思想和主题,使命和寻求,艺术和风格,都浸透了这时代特有的悲情。"③亦即"先天下之忧而忧"的关注现实政治的文人传统,在新中国知识分子身上体现得也较为充分。

---

① 见本书第二章第四节。

② 席扬,吴文华.20 世纪中国文学思潮史论[M].长春:时代文艺出版社,2001:219.

③ 谢冕.这一部文学史这样写[N].文艺报,1998-05-16.

作为一种集体无意识传承下来的"诗言志"、"文以载道"的文学观,也使得新中国知识分子在处理文学问题上无法脱离政治的藩篱。时代、历史赋予了知识分子直接或间接地参与政治的权利。另外,"知识分子本身是权力制度的一部分,那种关于知识分子是'意识'和言论的代理人的观念也是这种制度的一部分。知识分子不再是为了道出大众'沉默的真理'而'向前站或靠边站'了;而更多的是同那种把他们既当作控制对象又当作工具的权力形式作斗争,即反对'知识'、'真理'、'意识'、'话语'的秩序"①。知识分子的这种自觉不自觉地承担某种社会功能的特性,在新中国里却屡遭巨大的排斥,这就注定了新中国知识分子的坎坷遭遇。因为在文艺与政治关系问题上,时代又赋予文学的"无产阶级性",无产阶级文学只是作为无产阶级政治的工具而已。毛泽东早就指出:"文艺是从属于政治的,但又反转来给予伟大的影响于政治。"②他"不赞成把文艺的重要性估计不足",并认为革命文艺"是团结人民、教育人民、打击敌人、消灭敌人的有力的武器"③。毛泽东从中引申出的这种对文艺与政治的关系的认识,在特殊的历史条件下具有无可争辩的真理性和无所不在的渗透力。在以后的具体的文学实践中,无产阶级的文学作为无产阶级政治的工具与形象注释获得了存在的合理性。

众所周知,在延安时代,小资产阶级出身的文艺工作者(知识分子)的思想感情是要进行改造和转变的。"拿未曾改造的知识分子和工人农民比较,就觉得知识分子不干净了,最干净的还是工人农民,尽管他们手是黑的,脚上有牛屎,还是比资产阶级和小资产阶级知识分子都干净。"④"我们知识分子出身的文艺工作者,要使自己的作品为群众所欢迎,就得把自己的思想来一个变化,来一番改造。没有这个变化,没有这个改造,

---

① 福柯,德勒兹.知识分子与权力[M]//福柯集.上海:上海远东出版社,1998:205.

② 毛泽东.在延安文艺座谈会上的讲话[M]//毛泽东选集:第3卷.北京:人民出版社,1991:866.

③ 毛泽东.在延安文艺座谈会上的讲话[M]//毛泽东选集:第3卷.北京:人民出版社,1991:848.

④ 毛泽东.在延安文艺座谈会上的讲话[M]//毛泽东选集:第3卷.北京:人民出版社,1991:851.

什么事情都是做不好的,都是格格不入的。"①看来,知识分子天生是"有罪"的。在新中国,他们更是感觉到自己改造的必要性。于是他们听从批判运动的安排,开始作有心无心的"检讨"与"反省",仅就《文艺报》1950年这一年4月以来的检讨文章作一统计就有10篇之多:1950年4月《文艺报》刊发了阿垅的《阿垅先生的自我批评》;5月编辑部发表了《〈文艺报〉编辑工作初步检讨》和社论《加强文学艺术工作的批评与自我批评》,同时附有《〈十月〉杂志编委会的自我检讨》;6月又出台了具有"准检讨"的《加强我们刊物的政治性、思想性与战斗性》的座谈会文章;7月则又刊出了陈淼《我们需要深刻具体的检讨》和赵树理《对"金锁"问题的再检讨》的文章;8月发表了吴倩《文艺刊物自我检讨的综合报导》;10月曹禺发表了"准检讨"式的《我对今后创作的初步认识》和朱定《我的检讨与希望》的文章。至于其他年份以及在其他刊物上发表的"检讨"性文章更是数不胜数。在这个"在改造中批判、在批判中改造的时代,人们似乎'心甘情愿'地上交了对文艺的解释权力"②,文艺工作者迎合并顺应无产阶级建设自己的文学时代的历史潮流,以期使自己尽快成为社会主义文艺学的新主人。这样,借助于文艺斗争来实行改造与自我改造便成为"十七年文学批评"的一种普遍现象,这也是当代文学所存在的一种独特现象。如此的处境使知识分子只能徘徊在文艺(审美)与政治之间。席勒曾经指出,在审美的王国,每一个人都是"自由的公民","在权利的力量的国度里,人和人以力相遇,他的活动受到限制。在安于职守的伦理的国度里,人和人以法律的威严相对待,他的意志受到束缚。……在审美的国度中,人就只须以形象显现给别人,只作为自由游戏的对象而与人相处。通过自由去给予自由,这就是审美王国的基本法律"③。一方面,知识分子遵循着审美的规律,通过形象反映生活的真实和本质。另一方面,当这些真实和本质与权利(政治)冲突时,知识分子的活动势必受到限制,他们要么改变初衷,要么沉默不语。正像林道静那样,在她"身上凝结着中国知识分子的双重

---

①　毛泽东.在延安文艺座谈会上的讲话[M]//毛泽东选集:第3卷.北京:人民出版社,1991:851-852.

②　席扬,吴文华.20世纪中国文学思潮史论[M].长春:时代文艺出版社,2001:207.

③　席勒.美育书简[M].北京:中国文联出版公司,1984:145.

性格,在历史意识层面,他们是工人阶级的一部分,是历史主体;但在历史无意识层面,他们又在工人阶级或历史主体队伍之外,他们是忏悔者、赎罪者或感恩戴德者"①。知识分子已经丧失抑或放弃了独立思考的权利,这无疑助长了"文艺斗争"长期的、大规模的实行。"要维护知识分子相对的独立性,就态度而言业余者比专业人士更好。"②"业余意味着选择公共空间(public sphere)——在广泛、无限流通的演讲、书本、文章——中的风险和不确定的结果,而不是由专家和职业人士所控制的内行人的空间。"③"处于那种专业位置,主要是服侍权势并从中获得奖赏,是根本无法运用批判和相当独立的分析与判断精神的。"④在那个"一体化"的时代,没有私人空间可言,私人空间亦即公共空间,知识分子都被纳入专业人士的位置,公共空间也被专业人士所控制,所以其本所具有的独立的分析和判断能力也就被遮蔽了。知识分子参与文艺斗争,批判他人或被他人批判,在文艺斗争中反省与检讨等种种现象就显得很自然和正常了。

在新中国成立后文艺界第一次"打棍子"式的文艺批判浪潮中,《光明日报》就以几乎整版的篇幅批评了孙犁,判定他的作品表现了"小资产阶级的恶劣情趣","孙犁同志在创作上明显地看出一种不健康的东西……很多是把正面人物的感情庸俗化,甚至,是把农村妇女的性格强行分裂,写成了有着无产阶级革命行动和小资产阶级感情、趣味的人物"⑤。并断言"孙犁同志所犯的错误,正是毛主席所批评过的:不爱工农兵的感情,不爱工农兵的姿态"⑥。赵树理的长篇小说《三里湾》在发表之初曾获评论家的好评。可到了1957年、1958年,阶级斗争之弦绷紧时就有人立刻对这部作品提出了异议,认为作者没有把作品中的范高登作为走资本主义道路的代表人物来写,"没有从阶级斗争的高度来表现范高登,就削弱了人物的典型意义"⑦。还有人认为茹志鹃《百合花》中写"家务事、儿女情"

---

① 童庆炳.文学艺术与社会心理[M].北京:高等教育出版社,1997:400.

② 爱德华·W.萨义德.知识分子论[M].上海:三联书店,2002:75.

③ 爱德华·W.萨义德.知识分子论[M].上海:三联书店,2002:75.

④ 爱德华·W.萨义德.知识分子论[M].上海:三联书店,2002:75.

⑤ 林志浩,张炳炎.对孙犁创作的意见[N].光明日报,1951-10-06.

⑥ 林志浩,张炳炎.对孙犁创作的意见[N].光明日报,1951-10-06.

⑦ 魏耶.老干部写文艺批评的两个好例子[N].文艺报,1958-12-11.

的"细腻清丽的风格""不能反映时代精神"。① 总之,无产阶级文学把"本质"、"主流"抽象化,把"阶级斗争"作为唯一的小说题材,把塑造所谓的"完美的英雄人物形象"作为评论的唯一标准。正如文艺政策所规定的那样:"我国的革命文学艺术从来都是为政治服务的,是忠实地服务于人民革命事业的。我们一定要继续保持和发扬这种光荣的传统。"②对此,有学者明确指出:"我国新文学的革命思潮,始终与革命的政治思潮相联系,'和当时的革命战争,在总的方向上是一致的'。建国以后,两者的联系更加密切,不仅是在总的方向上完全一致,而且从组织领导和工作步调上也都'完全结合起来',所以建国以后文学思潮的流向、起伏,无不受政治形势和政治运动的制约。"③在具体的创作实践方面,写作者只有当政治形势的"跟跟派"才有可能获得写作的生存空间,"从文学写作的方面而言,当代开展的这些运动所要达到的,是想摧毁把写作看成全体的情感、心态的自由表现的'资产阶级'的文学观,摧毁'个体'写作者对自我认知、体验的信心,和自由选择认知、体验的表达方法的合法性"④。知识分子在文艺斗争的浪潮中最终对无产阶级文学的性质、功能、特性等达到完全的认同。

　　文艺斗争构成了"十七年文学批评"的一道特殊的风景线。一方面,大大小小的、持续不断的文艺批判运动从正面宣扬、肯定着为无产阶级政治服务的某种文艺政策而从反面抑制、打压着某些"不良倾向";另一方面,知识分子(包括文艺界的部分领导干部即文艺政策的制定者)因与文艺政策的不合拍而不断地进行"检讨"和"反省",通过这样的自我斗争来不断调整自己的创作路向进而形成符合"主流"、"本质"的文艺观,成为宣扬、图解政策的坚实力量。因文学与政治的张力所形成的场域中的文艺斗争,有效地协助无产阶级领导者建构新中国"文化新秩序"的文化目的。

---

　　① 欧阳文彬.试论茹志鹃的艺术风格[J].上海文学,1959(10):129.
　　② 陆定一同志代表中共中央和国务院在中国文学艺术工作者第三次代表大会上的祝辞[C]//中国文学艺术工作者第三次代表大会资料.北京:中国文学艺术界联合会,1960:16-17.
　　③ 朱寨.中国当代文学思潮史[M].北京:人民文学出版社,1987:4.
　　④ 洪子诚.中国当代文学史[M].北京:北京大学出版社,1999:39.

第二节 人性、人情:在"合情"与"合法"的夹缝中

"文学是人学",意即文学应当以人为中心,它描写的是人的情感、意志、心理、想象和感受,从而体现人的尊严、价值和需要。这是人性、人情在十七年文学中"合情"性存在的有力依据,却遭遇了来自阶级性这一"合法"性的挤压。人的正常的丰富的人性、人情,往往被狭隘的阶级情感所取代,人物的感情被局限在阶级爱恨的范畴内。因此,十七年文学的生存境遇犹显艰难,文学的本真面目在这一时期呈现出异样的情形:"在'文化大革命'以前的 17 年文学中,中国文学的确创作出了一批既有独特个性又负载着时代精神的无产阶级英雄人物的形象,如《红岩》中的江姐、《林海雪原》中的少剑波、《创业史》中的梁生宝等等。但是随着阶级斗争的弦越拉越紧,文学作品中的英雄人物的个性特征慢慢消融到阶级性中,人物离现实越来越远,人越来越变成神。"①因此,在"人性"、"人情"这一关键词的观照下,十七年文学的政治意识形态性这一阶级性内容便凸显了。

一、人性、人情的合情性与阶级性

人性、人情在"十七年文学批评"发展中的理论基石可以上溯到毛泽东《在延安文艺座谈会上的讲话》中有关人性的描述:"只有具体的人性,没有抽象的人性。我们主张无产阶级的人性,人民大众的人性,而地主阶级资产阶级则主张地主阶级资产阶级的人性,不过他们口头不这样说,却说成为唯一的人性。有些小资产阶级知识分子所鼓吹的人性,也是脱离人民大众或者反对人民大众的,他们所谓人性实质上不过是资产阶级的个人主义,因此在他们眼中,无产阶级的人性就不合于人性。"②尽管毛泽东在这里主要强调的是人性的阶级性,但同时也把无产阶级的人性与资

---

① 陆贵山,周忠厚.马克思主义文艺学概论[M].北京:中国人民大学出版社,2001:486.

② 毛泽东.在延安文艺座谈会上的讲话[M]//毛泽东选集:第 3 卷.北京:人民出版社,1991:870.

产阶级的人性对立起来了,"人性和人情"二分为资产阶级和无产阶级的观点。而"人性是指人作为类存在的本质特性,阶级性是指阶级社会中由于财产分配不平等形成的不同人群的社会属性"①。事实上,人性与阶级性是两个不同的概念,人性具有阶级性,但不同阶级的人在价值取向上并不是绝对对立的,所以不同阶级的人在人性、人情方面也会有共同之处。

在"十七年文学批评"实践中,人性与阶级性逐渐被人为地对立起来。1951年5月20日《人民日报》发表题为《应当重视电影〈武训传〉的讨论》的重要社论,认为资产阶级的反动思想侵入了战斗的共产党,有些人竟至向这种反动思想投降。7月,《人民日报》发表《武训历史调查记》,把武训斥为劳动人民的叛徒、大流氓、大债主、大地主。对武训这个历史人物的评价,用的就是阶级的标准。郭沫若在第三次文代会上的开幕词中这样说:"我们要用无产阶级的革命的历史唯物论,粉碎资产阶级和现代修正主义者的反动的唯心论。我们要用无产阶级的科学的阶级论,粉碎资产阶级和现代修正主义的虚伪的人性论。"②可见,人性总是和阶级性不相融。与对武训的批判几乎同步的是,6月开始对萧也牧的《我们夫妇之间》进行批判。最先提出批评的是批评家陈涌,他严厉地指出,小说是"依据资产阶级观点、趣味来观察生活,表现生活"的,这种趣味"带有严重性质"是"非无产阶级思想的影响"③。10天之后,《文艺报》发表了"读者李定中"(冯雪峰)的文章,认为男主人公李克对女工人张同志"从头到尾都是玩弄她……是宣泄作者的低级趣味……是在糟蹋我们新的高贵的人民和新的生活"。④ 这一批评可以看作是1949年8—9月上海《文汇报》关于"写工农兵,还是写资产阶级"的热烈争论(究竟是写工农兵,以工农兵为主角,还是写小资产阶级,以小资产阶级为主角,这是两种文艺观的分歧)的余响。萧也牧既写了小资产阶级又写了工农兵,两个主人公一度被

---

① 陆贵山,周忠厚.马克思主义文艺学概论[M].北京:中国人民大学出版社,2001:477.

② 郭沫若.为争取我国社会主义文艺事业的更大跃进而奋斗[N].文艺报,1960-07-26.

③ 陈涌.萧也牧创作的一些倾向[N].人民日报,1951-06-10.

④ 李定中.反对玩弄人民的态度,反对新的低级趣味[N].文艺报,1951-06-25.

称为“知识分子和工农结合的典型”，但作家试图使二者很好地结合这一尝试在这一时期却遭遇了严重挫折。随着政治中心由乡村转到城市，工农兵的生活与城市生活的不适应是客观情形，所以以城市里大批属于小资产阶级的市民的眼光来看待工农兵的生活也是一个客观事实。一方面，男主人公对都市生活中的高楼大厦、窗帘、地毯、沙发、霓虹灯、爵士乐等充满了无比的亲切之感和向往之情；另一方面，从女主人公的视角来看，她对城市里的男人头上抹油，女人冬天还裸露着小腿、衣服毛领外翻、嘴唇血红、烫发，还在电车上掏出小镜子来照半天等都看不惯，这些都是人之常情，小资产阶级与工农兵在对待城市生活上存在差异也是客观事实，应该予以承认。但正是这一点，作家的立场便成了资产阶级、小资产阶级的立场了，政治性（阶级性）与人情味对立起来。1951 年 6 月，《人民日报》公开指出了萧也牧作品的“错误倾向”。这些“倾向”归结起来有三点：其一，作者从资产阶级立场出发，歪曲了党的知识分子和工农兵群众相结合的政策；其二，丑化了劳动人民出身的革命干部；其三，散布了庸俗的资产阶级情调，“美化、歌颂了未经改造的小资产阶级知识分子”①。总之，人性关怀受到漠视，人性、人情与阶级性势不两立。

　　紧接着，1954 年对《洼地上的“战役”》涉嫌人情、人性问题进行批判。作品描写的是志愿军战士和朝鲜姑娘无法实现的爱情悲剧，在这一悲剧中，作者对反映抗美援朝这一主题中所要体现的国际主义、爱国主义、英雄主义精神的表达已经非常小心翼翼了。实际上，在志愿军战士身上，爱情只是从天而降，不是战士主动追求的结果，因为他是一个不解风情的一心扑在战斗中的青年。但这样的作品却仍然被贴上阶级的标签而受到质疑：小说“展开了爱情和纪律的冲突”，“这种爱情是为部队的政治纪律所不容许，是不利于战斗的，因之也是和国际主义的精神实质相背驰的”②，“攻击了工人阶级的集体主义，支援了个人温情主义，并且使后者抬起头来”③。1955 年第 14 期的《中国青年》刊登陈涌的《认清〈洼地上的战役〉的反革命本质》一文，认为这篇作品带有极其阴毒的反革命的使命，针对

---

① 陈涌.萧也牧创作的一些倾向[N].人民日报，1951-06-10.
② 侯金镜.评路翎的三篇小说[N].文艺报，1954-06-30.
③ 侯金镜.评路翎的三篇小说[N].文艺报，1954-06-30.

如此的批判,路翎作了强有力的辩护:"朝鲜姑娘感情的发生和发展,表现了部队和人民,中国人民志愿军和朝鲜人民的血缘关系。这是小说所写到的爱情的社会内容,不是批评家们指责的是一个纯粹的'恋爱故事'。"①"几年来对我的批评,基本上都是以政治结论和政治判决来代替创作上的讨论的,对那些政治结论,我是不同意的。"②但是个人的声音在作为"立法者"的批评家面前,毕竟是微弱的。进一步地说,政治性、阶级性掩盖了人和文学的一切。至此,所谓人性、人情问题,不仅无法谈起,而且成为文学的禁区。

人性、人情的合情性存在是文学的一种内部规律。这正是孙瑜、路翎等创作所遵循的一条原则。但在"双百方针"前,人性、人情被抽象为社会性而贴上了阶级性的标签,且这种阶级性内涵逐渐取得了合法性地位,成为衡量文学作品优劣、从事文学批评的一把尺子。

二、人性、人情的合法性与阶级性

1956年"双百方针"的提出给文学批评带来了自由发展的空间。人情、人性暂时获得了新型合法性的存在。人情、人性、人道主义这一敏感而重要的问题相继被一些理论批评家提了出来,如巴人的《论人情》、王淑明的《论人性与人情》、钱谷融的《论"文学是人学"》等。巴人在听到一些老战士批评新的戏剧"政治气味太浓,人情味太少"后,提出作品的人情味和阶级立场并不矛盾,并呼吁我们文艺作品中的人情,魂兮归来!王淑明则明确指出:"将人性与阶级性对立起来,将作品的政治性与人情味割裂开来;说教为人性既带有相对的普遍性,作品要政治性,就可以不要人情味,这些庸俗社会学的论调,客观上自然也助长了作品的公式化概念化的发展,我以为这些都是要不得的。"③钱谷融从高尔基的"文学是人学"谈起,论述作为"人学"的"文学"的主要精神,他是把"人"提升到文学活动中

---

① 路翎.为什么会有这样的批评:关于对《洼地上的"战役"》等小说的批评[N].文艺报,1955-01-30.

② 路翎.为什么会有这样的批评?:关于对《洼地上的"战役"》等小说的批评[N].文艺报,1955-01-30.

③ 王淑明.论人情与人性[J].新港,1957(7):171-172.

的"中心"地位来看待的,并始终从"人"的角度去阐发文艺的基本的特点。同时也指出季摩菲耶夫在《文学理论》中所说的"人的描写是艺术家反映整体现实所使用的工具"这一观点的不足之处:就其对现实的反映来说,那是既"正确"而又全面的,但那被当作现实的工具的人,却真正成了一把毫无灵性的工具,丝毫也引不起人的兴趣了。①

"双百方针"还解放了题材问题,中宣部部长陆定一针对题材问题提出了指导性的看法:"党从未加以限制。只许写工农兵题材,只许写新社会,只许写新人物等等,这种限制是不对的。文艺既然要为工农兵服务,当然要歌颂新社会和正面人物,要歌颂进步,同时要批评落后,所以文艺题材应该非常宽广。"②所以,在创作领域,作家突破了写人不可写人情人性,爱情不能成为作品主题的条条框框,作家敢于描写爱情、敢于写人的丰富感情,写富于人情味的作品,如宗璞的《红豆》、陆文夫的《小巷深处》、邓友梅的《在悬崖上》、李威仑的《爱情》、丰村的《美丽》、阿章的《寒夜的离别》等小说,以及杨履方的话剧《布谷鸟又叫了》等。但这些作品的出现却导致了文艺批评史上的一次次争鸣,小说《红豆》便是一个典型的例子。尽管正如后来研究者所指出的那样,作为小说,《红豆》在50年代的意义在于,它能够突破"工农兵"题材为主的藩篱,不仅正面描写表现了大学生知识分子,而且还突破"爱情"禁区,颇为"温情"地表现了年轻知识分子"在人生的十字路口进行选择的艰难和选择成功后的欢乐"③。但在当时,文坛上听到的更多的是批判的声音,如《人民文学》编者曾作公开检讨说:"对于《红豆》的看法,大家的意见虽然不完全一致,例如有个别读者认为它是'好作品',也有少数读者认为它有两重性,但更多的意见则是认为,这篇小说虽然有某些优点,但其思想倾向是很不健康的"④,"江玫一方面是步步走向革命,另一方面对齐虹的爱情却始终如旧。甚至到了解放前夕,齐虹将要飞走时,她担心不能和他再见'最后一面',竟'心理在大声哭泣','心沉了下去,两腿发软'。这就表明江玫一点没有改变,仍是充

---

① 钱谷融.论文学是人学[J].文艺月报,1957(5):156-163.
② 陆定一.百花齐放,百家争鸣[N].人民日报,1956-05-27.
③ 陈思和.中国当代文学史教程[M].上海:复旦大学出版社,1999:86-87.
④ 编者按[J].人民文学,1957(10):1.

满资产阶级的思想感情”①等。其他作品也有类似的遭遇,本来,邓友梅的小说《在悬崖上》严肃地提出了真正的爱情是什么和如何对待爱情的问题,反映的是一个具有普遍意义的道德意义的道德情操问题。但在当时,这些所谓“家务事,儿女情”的生活故事中的人物形象却受到了极为强烈的抨击:“加丽亚的所谓‘珍惜青春’无非是要保持着‘像黄金一样’的姑娘的身份,以便随时随地都有‘爱五亿九千九百万人的权利,和被他们爱的权利!’加丽亚用她的最可宝贵的青春、热情和聪明所追求的就是这种东西。她的灵魂多么空虚呵,她的生活多么无聊!”②作者在《致读者和批评家》一文中也不得不有所“悔过”地认为可能是自己在塑造这一人物时严肃性不够,没有突出地写出她错误的一面。可见,作家在一片声讨声中也显得无所适从,对自己所把握的文学内部规律也心存犹疑了。

另外,在1957年的“反右”斗争中,这些作品先后都受到了批判,或被粗暴地打成所谓的“反党反社会主义的大毒草”,或被错误地视为所谓的“修正主义文艺思想”。除此之外,为了加强批判的力度,《文艺报》还对新中国成立前的六篇文章(周扬《文学与生活漫谈》之三、王实味《野百合花》、丁玲《三八节有感》、萧军《论同志之“爱”与“耐”》、罗烽《还是杂文时代》、艾青《了解作家,尊重作家》)发起了“再批判”。因为这些作品涉及了人性、人情,也就具有小资产阶级趣味性和自由主义气息。这次“再批判”实际上拱手将人性、人情交给了资产阶级。再者,这段时期批判巴人的“人性论”的主要文章③也不胜枚举,正常的人性、人情内容在此遭受到前所未有的扼制。周扬对此还做出了一个惊人的判定:“‘人性论’是修正主义者一个主要思想武器……巴人又搬出了这套陈旧的武器来攻击社会主

---

① 陈新.“红豆”的问题在哪里?[J].人民文学,1958(9):106.

② 李凤.务请悬崖勒马[J].文艺学习,1957(2):4.

③ 主要文章有:姚文元《批判巴人的〈人性论〉》(《文艺报》1960年第2期)、洁泯《论“人类本性的人道主义”》(《文学评论》1960年第1期)和《〈人性论〉及其创作理论批判》(《光明日报》1960年3月3日)、华夫(张光年)《“竞异求同”解》(《文艺报》1960年第2期)、王子野《人性、人情、人道主义》(《新观察》1959年第24期)、王道乾《漫谈“人情味”》(《文学知识》1960年第2期)、张学新的《“人情论”还是“人性论”》(《新港》1957年3月号)、李希凡《驳〈论人情〉》(《北京文艺》1957年第12期)、夏雨穿《读巴人的〈论人情〉》等。

义文艺,说革命的文艺缺乏'人情味' ……中外修正主义原来是一鼻孔出气的。"①广大人民身上的人性、人情内容被无情地剥夺而成了资产阶级、修正主义者的专利,这种二元对立的思维方式使文学充斥着浓郁的阶级斗争的火药味。

三、"合情性"与"合德性"的夹缝

60 年代初,为了贯彻"双百方针",针对自 1957 年以来创作题材日益狭窄及其存在的种种片面的理解,《文艺报》发表了题为《题材问题》的重要"专论","专论"清楚地指出:"工农兵方向下的百花齐放,要求创作的题材、体裁、风格的多样化。要完满地回答这个要求,就要正确地对待题材问题。题材的多样化,大有助于体裁、风格的多样化;而题材问题上的清规戒律,不但限制了体裁、风格的多样发展,对文艺创作的全面繁荣也会带来不利的影响;那是同百花齐放的要求相抵触的。"②人情、人性再次获得了合法性的存在并以"讨论"的形式在文学艺术中得以曲折发展。

1961 年到 1962 年间,《文艺报》开辟专栏讨论高缨的《达吉和她的父亲》,共有 6 次(分别见 1961 年第 10、11、12 期和 1962 年第 2、4、7 期)。"作者非但没有把阶级性格变成人物性格的基石,却反倒把阶级性从人物性格中抽出来。形象所诉诸我们的,是无数的复杂:性格是复杂的,内心世界是复杂的,思想意义是复杂的……总之作者热心于描绘这些人为的复杂性,实际上是描绘内心世界的分裂症状,这就给整个作品罩上了阴沉、灰色的基调,染成了冷色的调子。"③可见,在当时的人物性格塑造中,阶级性依然是首要因素,正常的人情、人性内容必须服从于阶级性内容。所以,高缨在《关于〈达吉和她的父亲〉的创造过程》中说:"我要写的是民族团结的主题……骨肉之情只不过是为主题服务的故事环节,而决不是主题本身。"④这样,高缨在 1960 年将小说改编为电影剧本时,积极主动地作了调整,把电影的时代背景推到"大跃进"时期,力图使个人感情由于

---

① 周扬.我国社会主义文学艺术的道路:1960 年 7 月 22 日在中国文学艺术工作者第三次代表大会上的报告[N].文艺报,1960-07-26.

② 题材问题[N].文艺报,1961-03-26.

③ 李厚基.更上一层楼:评《达吉和她的父亲》[J].电影文学,1961(2):70.

④ 高缨.关于《达吉和她的父亲》的创造过程[N].文艺报,1962-07-11.

某种原因与阶级感情相认同而得以合理化和合法化。这跟政治不断向"左"转以及文艺界鼓吹写工农兵英雄人物,批判"人性论"、"人道主义"有关。"小说《达吉和她的父亲》所描写的几个人物的'心理和精神活动'(即'人情与人性')在1961年到1962年间之所以得到冯牧等领导人重新肯定,而改编了的电影反而不够'动人',其实是'阶级'与'人'的对立关系得到暂时的缓和的历史产物,也就是说,文艺批评的尺度和话语跟着意识形态的变化而伸缩或转换。"①人性、人情在文学自身审美特征的"自律"性、"合情"性与社会意识形态变化的"他律"性、"合法"性的夹缝中求得一点生存的空间。

在60年代一些轰动一时的文学作品中,我们也可以看到人性、人情被拒斥于文学之外。例如,在《红岩》时代,"爱情必须从属于政治,而游离于政治之外的爱情不但不具有合法性,更重要的是它指向反动的政治。在这里,超验的政治与凡俗的、个人性的'爱情'之间存在着不可调和的分裂与对抗。"②"要在《红岩》的正面人物中找出凡俗的爱情和家庭的描写肯定是徒劳的。"③但人情、人性是不可压抑的,有学者从读者因素指出他寻找到了"合情性"的释放:"《青春之歌》之所以风靡千百万读者,不仅是由于它所全力张扬的阶级感情和公共化冲动,而且更是由于它所全力压抑和改造的'小资产阶级情调'……这些'情调'本是由叙述人作为竭力压抑和改造的对象而加以呈现的,但意料不到地却在广大普通人尤其是青年中激起热烈共鸣。原因并不复杂:林道静的这种'情调'就植根在千百万普通男女的本性中。他们阅读《青春之歌》,正意味着使这种被压抑的本性获得象征性释放。"④读者获得了一种"阅读治疗",被遮蔽的人情、人性因素得以巧妙地彰显。

人性、人情从来都是具体的而不是抽象的,提倡抽象的人性而压制具体的人性,就等于提倡写人的共性而阻止写人的个性,这无疑扼杀了作家

---

① 陈顺馨.1962:夹缝中的生存[M].济南:山东教育出版社,2002:113.

② 李扬.50—70年代中国文学经典再解读[M].济南:山东教育出版社,2003:184.

③ 旷新年.中国20世纪文艺学学术史:第二部:下卷[M].上海:上海文艺出版社2001:19.

④ 童庆炳.文学艺术与社会心理[M].北京:高等教育出版社,1997:415.

创作的主体性。情感是文学的核心,就其审美意义上的文学来说,它是包含情感、虚构和想象等综合因素的语言艺术行为和作品,不同于一般的社会科学,它具有其独特的审美性质。很长时间以来,我们都受到俄国著名文学批评家别林斯基说过这样一段话的影响:"人们只看到,艺术和科学不是同一件东西,都不知道它们之间的差别根本不在内容,而在处理一定内容时所用的方法。哲学家用三段论,诗人则用图像说话,然而他们所说的都是同一件事。"①这样看来,文学艺术和科学认识在反映的对象上没什么差别,差异只在反映的方法与形象上。这是一种僵化的、教条式的东西,严重地制约着人们的艺术思维。殊不知,抽去其中的人性、人情因素,人物就只是一个个能指符号。这样,"千人一面"、"万人一腔"的现象也就产生了。这样,"到'文化大革命'期间,在艺术舞台出现的'高、大、全'原则塑造的人物形象,已经完全变成了'时代精神单纯的传声筒'。例如在样板戏中,包括阿庆嫂、李玉和、江水英等形象都是没有配偶的无性人,可见当时用阶级性排斥一般人性的做法已经到了可笑的地步"②。这是扼制人性、人情的必然产物,由此更体现出"十七年文学批评"中在"合情"与"合法"的夹缝中求得生存的人性、人情的文学批评价值与意义。

第三节　民族形式:有意味的形式

关于"民族形式"的问题,早在 20 世纪 30 年代末就已在全国进行了理论层面上的广泛讨论,其中最具影响的是毛泽东的观点,他提出了"把国际主义的内容和民族形式"紧密地结合起来,创造"新鲜活泼的,为中国老百姓所喜闻乐见的中国作风和中国气派"③的问题。1940 年初,毛泽东进一步提出了"中国文化应有自己的形式,这就是民族形式,新民主主义

---

① 别林斯基选集:第 2 卷[M]. 北京:时代出版社,1958:429.

② 陆贵山,周忠厚. 马克思主义文艺学概论[M]. 北京:中国人民大学出版社,2001:486.

③ 毛泽东. 中国共产党在民族战争中的地位[M]//毛泽东选集:第 2 卷. 北京:人民出版社,1991:534.

的内容——这就是我们今天的新文化"①的著名论断。这些观点都对新中国成立后文学创作实际有着深远的影响。对民族形式的选择一是有赖于社会心理的诉求,二是也标示了作家、艺术家和读者的特殊关系。"形式通常至少是一种因素的复杂统一体:它部分地由一种'相对独立的'文学形式的历史所形成;它是某种占统治地位的意识形态结构的结晶……因而在选取一种形式时,作家发现他的选择已经在意识形态上受到限制。他可以融合和改变文学传统中于他有用的形式,但是,这些形式本身以及他对它们的改造是具有意识形态方面意义的。"②所以说,在"十七年文学批评"中,民族形式浸透了一定的意识形态感知方式,是一种"有意味的形式",其"意味"可以从当时占主流的有着文学"性质"的两种题材(即农村题材小说和革命历史题材小说)和替代传统的社会主义现实主义的"两结合"(革命的现实主义和革命的浪漫主义相结合)创作手法中见出。

一、两种题材中的民族形式

在十七年文学创作实践中,"革命历史题材"并不能等同于"历史题材"或"历史小说",而"农村题材"也不同于"五四"新文学以来的"乡土小说"或"乡村小说",农村题材小说和革命历史题材小说大都采用了传统的章回体小说的通俗形式,适合广大人民尤其是工农兵的口味。这一点早在新中国成立前就被给予了肯定:"新文艺在普遍上不及旧形式,是不容讳言的。其原因,固然新文艺工作者不能全部卸下他们的责任,但主要还是在于精神劳动与体力劳动长期分家以致造成一般人民大众的知识程度低下的缘故。而旧形式之所以仍能激引观众和读者的原因也在此。"③但这并不表明"民族形式"与"民间形式"画上等号,因为在新的时代环境中,旧有的通俗形式、民间形式还须加进民族新鲜的血液,给新文艺以清新的营养,使新文艺更加民族化、大众化。"政治性"便是民族形式中"有意味"的东西。它强调的是这些领域的社会政治活动,以便适宜于新的社会需

---

① 毛泽东.新民主主义论[M]//毛泽东选集:第 2 卷.北京:人民出版社,1991:707.

② 特里·伊格尔顿.马克思主义与文学批评[M]//西方马克思主义美学文选.桂林:漓江出版社,1988:686.

③ 葛一虹.民族形式的中心源泉是在所谓"民间形式"吗?[N].新蜀报·蜀道,1940-04-10.

要。"没有无形式的内容,正如没有无形式的质料一样……内容所以成为内容是由于它包括有成熟的形式在内。"①因此,民族形式不仅仅是一种"形式",更重要的是这种形式蕴含着丰富的社会内容,呼应着时代政治的诉求。

在表现内容上,十七年的农村题材小说热烈地响应着"文艺为工农兵服务"的号召,极力塑造社会主义新时代的农民,即新农民英雄人物形象。从社会心理诉求来说,"为了达到描写上的'深入核心',作家在立场、观点、情感上,要与自己的表现对象(农民)相一致"②。故农村题材小说要求作家关注那些显示中国社会面貌深刻变化的斗争,以实现对新中国"工农兵"主人公的重视和称颂。如柳青的《创业史》便是通过一个村庄的各阶级人物在合作化运动中的行动、思想和心理的变化过程,反映了"中国农村为什么会发生社会主义革命和这次革命是怎样进行"的主题,并表现出农民阶级的本性,塑造了无产阶级先锋队成员的性格特征,在作者看来,梁生宝是党的忠实的儿子,这是当代英雄最基本、最有普遍性的性格特征。③ 但我们可以看到,在"具有新颖独创的大众风格的人民艺术家"④赵树理的创作实践中,这些"民族"内容却是通过他对传统戏曲中旧形式的运用才得以实现,"哪一种形式为群众所欢迎并能被接受,我们就采用哪种形式"⑤。更重要的是,民族形式的外衣下包裹着文艺的政治教化功能,"我们在政治上提高以后,再来研究一下过去的东西,把旧东西的好处保持下来,创造出新的形式,使每一主题都反映现实,教育群众,不再无的放矢"⑥。农村题材正是借助这样"有意味"的形式,深入到以农民为主体的人民群众的内心,从而占领了十七年文学的半壁江山。

对于革命历史题材作品来说,"回忆"过去斗争的历史胜利以诠释所建构的新政权的合法性便成为时代的迫切要求,革命历史题材小说巧妙

---

① 黑格尔.小逻辑[M].上海:商务印书馆,1980:279.
② 洪子诚.中国当代文学史[M].北京:北京大学出版社 1999:93.
③ 孟繁华,程光炜.中国当代文学发展史[M].北京:人民文学出版社,2004:110.
④ 周扬.论赵树理的创作[N].解放日报,1946-08-26.
⑤ 争取小市民层的读者[N].文艺报,1949-09-25.
⑥ 争取小市民层的读者[N].文艺报,1949-09-25.

地绕开了当时"以工农兵为主角还是以小资产阶级为主角"的争论,把笔触伸到历史深处,在对历史的一片赞歌中证实了新政权的合法性。正如批评家所指出的那样,对于那些讲述"革命"起源、发展,最终取得胜利的斗争历史,"在反动统治时期的国民党统治区域,几乎是不可能被反映到文学作品中来的。现在我们却需要去补足文学史上这段空白,使我们人民能够历史地去认识革命过程和当前现实的联系,从那些可歌可泣的斗争的感召中获得对社会主义建设的更大信心和热情"①。这些"民族"内容的表达却依托传奇小说的叙事机制,如《铁道游击队》《敌后武工队》《烈火金钢》《林海雪原》等,"这些作品所具有的文化同一性,就是传奇形式中的民族性建构。这些作品延续了传奇小说的叙事形式和内部构造,它们装进了'新的内容',起到了教育人民、建构民族的防卫屏障的同时,也替代了过去言情、武侠、侦探等通俗小说的娱乐功能"②。也就是说,革命历史题材小说在社会心理诉求与读者阅读心理习惯的张力中找到了一个合适的临界点,"在既定的意识形态的规限内,讲述既定的历史题材,以达成既定的意识形态目的"③。从中我们也就不难理解为何《青春之歌》《红岩》《保卫延安》等革命历史题材小说在十七年里成为畅销书的原因了。

农村题材和革命历史题材,在意识层面上迎合了政策所提倡的"工农兵"审美趣味,在无意识层面上则暗示了作家、艺术家对充斥文坛的教条主义写作模式的不满和无可奈何的心理。何其芳写作上的困惑很具代表性:一方面,他在写作的时候力求在结构上、语言上、故事的组织上、人物的表现手法上、情与景的结合上都能接近民族风格,并且对《三国演义》《水浒传》《说岳全传》等这些具有民族风格的作品不仅能讲,甚至最好的章节都可以背诵;另一方面,虽然深受《钢铁是怎样炼成的》《日日夜夜》《恐惧与无畏》《远离莫斯科的地方》等文学名著中高尚的共产主义品质道德及革命英雄的教育并陶醉在伟大的英雄气魄里,但对这些"内容"却只能意会而不能言传。④ 作家只能意会而不能言传的"有意味"的东西,正

---

① 邵荃麟.文学十年历程[N].文艺报,1959-09-26.

② 孟繁华,程光炜.中国当代文学发展史[M].北京:人民文学出版社,2004:112.

③ 黄子平.革命·历史·小说[M].香港:牛津大学出版社,1996:2.

④ 何其芳.我看到了我们文艺水平的提高[J].文艺研究,1958(2):30.

是"民族形式"、"社会主义化"过程中增添的新质,即意识形态的内容,农村题材和革命历史题材作品则借助民族形式强化了这"有意味"的东西。

二、"两结合"中的民族形式

在当代文学创作原则由"社会主义现实主义"发展到"革命的现实主义和革命的浪漫主义相结合"的过程中,政治话语有所减弱而审美话语则开始加强,但这并不能根本改变中国当代文学"政治性"的命运。"社会主义现实主义口号被取代,明确无误地传达了中苏两国在意识形态方面的分歧,中国将用属于自己的、独立的意识形态话语表明同苏联的区别,并明示了疏离关系已成为事实,这一事实告知了中国向苏联'一边倒'时代的终结,并开启了中国争取独立的文化身份以及建立中国独立的文学时代的开始。"[1]这样,在切断了唯一与苏联在文艺领域内单向的文化流通之后,封闭的中国文化须独自面对国际上强大的资本主义阵营的意识形态的挑战,那就得尽快寻找一条适合自己发展的道路。因政治焦虑而使文体需求与现成文本匮乏之间产生了尖锐的供需矛盾便产生了,于是,改写追随苏联多年的"社会主义现实主义"这一最为集中的理论命题便成了一种快捷方式。另外,苏联的"解冻文学"思潮,为中国文艺界冲击教条主义樊篱提供了一个契机。事实上,这一时期的"社会主义现实主义"理论已经受到普遍质疑,正如当代学者对于赵树理的评价中所指出的那样,"进入50年代以后,文学界对于赵树理的评价也有些犹豫不定。在继续把他作为一种'榜样'来推崇的同时,他的小说的'缺点'也在不断发现。这种发现,是'根据社会主义现实主义的创作原则来进行分析研究'的结果"[2]。另外,当时有人指出他的小说《三里湾》存在不能很好地塑造"农民中的先进人物形象"、没有表现出两条路线斗争的"尖锐性"的"缺点"[3]、"赵树理的作品从一九五六年以后,迟缓了,拘束了,严密了,慎重了。因此,就失去了当年的青年泼辣的力量"[4]等问题。究其实质,这些

---

① 孟繁华,程光炜.中国当代文学发展史[M].北京:人民文学出版社,2004:88.

② 洪子诚.中国当代文学史[M].北京:北京大学出版社,1999:99.

③ 俞林.《三里湾》读后[J].人民文学,1955(7):119.

④ 孙犁.谈赵树理[N].天津日报,1979-01-04.

"缺点"所指的便是革命现实主义精神大为减弱。当此之际,中宣部副部长周扬在中共八届二中全会上就自己分管的文艺部门工作不失时机地传达了毛泽东提出的"两结合"的创作方法,强调了毛泽东所提出的"革命的现实主义和革命的浪漫主义相结合""应当成为我们全体文艺工作者共同奋斗的方向",并把新民歌作为毛泽东提出的"两结合"的创作方法的范例,称它"开拓了民歌发展的新纪元,同时也开拓了我国诗歌的新世界道路"。① 从具有中国特色的民歌入手,以"两结合"取代"社会主义现实主义"理论,是苏联文艺"中国化"过程的开端。

"两结合"口号的提出跟"大跃进"的时代情势有密切的关系,其特别强调了浪漫主义。在"大跃进"运动中,全民向共产主义道路进军的热情猛烈高涨,创造出个体农民所意想不到的种种奇迹,充分显示了组织的伟大作用,激发了人民群众诗歌创作的热情,于是群众用民歌的形式来抒发自己的真情实感,形成了群众性的新民歌运动。这是一个社会主义大革命的时代,这是共产主义精神空前高涨的时代。"人民群众在革命建设的斗争中,就是把实践的精神和远大的理想结合在一起的。没有高度的革命浪漫主义精神就不足以表现我们的时代,我们的人民,我们的工人阶级的、共产主义的风格。"②整个社会处于对世界的征服所陶醉的情绪和因革命的胜利而好大喜功的氛围中。这种社会心理逐渐转换成一种题材,"作为题材的社会心理一旦被作家、艺术家掌握,他们就产生创作的冲动,这时,他们感受到的社会心理就会急切地吁求某种艺术形式,催促作品的诞生"③。故"新民歌"应时而生。1958 年 3 月 22 日,毛泽东在成都举行的中央工作会议上,对我国新诗发展的道路发表了以下意见:"中国诗的出路,第一条民歌,第二条古典,在这个基础上产生出新诗来……形式是民歌,内容是现实主义和浪漫主义的对立统一。太现实了就不能写诗了。"④根据毛泽东关于搜集民歌的意见,社论《大规模收集全国民歌》强调这是"一项极有价值的工作,它对于我国文学艺术的发展(首先是诗歌

---

① 周扬.新民歌开拓了诗歌的新道路[N].红旗,1958-06-01.
② 周扬.新民歌开拓了诗歌的新道路[N].红旗,1958-06-01.
③ 童庆炳.文学艺术与社会心理[M].北京:高等教育出版社,1997:87-88.
④ 朱寨.中国当代文学思潮史[M].北京:人民文学出版社,1987:343-344.

和歌曲的发展)有重大的意义"，号召"需要用钻探机深入地挖掘诗歌的大地，使民谣、山歌、民间叙事诗等等像原油一样喷射起来"。① 此后毛泽东又在郑州会议和党的八届二中全会上再次就民歌搜集问题与方法发表意见。《人民日报》接着发表《要抓紧领导群众文艺工作》和《加强民间文艺工作》的社论，对即将开展的搜集民歌与诗歌跃进运动推波助澜。全国文联以及地方党政部门应声而起，相继成立到民间采风的组织与民歌编选机构。在行政手段的干预下，一场声势浩大的"新民歌"运动，从上到下在全国铺开。对于这项工作，广大文艺工作者和批评家都给予了充分的肯定和大力的宣扬："在今天我们特别需要提倡革命的浪漫主义的因素进入我们的文学创作，需要革命的漫漫主义与我们的革命的现实主义相结合，这是因为我们正在经历马克思所预言的'一天等于二十年'的空前未有的伟大时代"②，"在这'斗志昂扬、意气风发'的时代，革命英雄主义、理想主义空前高涨，这个要求反映到文学中，因而必须有革命现实主义和革命浪漫主义相结合"③，"共产主义的文学艺术要求相应的方法。革命的现实主义和革命的浪漫主义相结合的方法，最有利于共产主义文学艺术的创造"，它"引导我们看出、写出共产主义理想照耀下的现实，看出、写出现实中的共产主义理想和趋向"④。广大人民(尤其是工农兵)改造旧的社会制度与建设新的社会制度的热情、早日跨入共产主义大门的斗志与实现共产主义的理想，是这一时代新的内容，它急需一种表达它的新的艺术形式，这样，对浪漫主义的提倡也便具有合理性。

但是，"艺术形式是一种历史传统，它在艺术历史发展中形成，同时在历史发展中又成为一种惰力，要摆脱这种惰力，创造一种适合于新的内容的艺术形式，决不是轻而易举的事，一种新的艺术形式的出现，甚至一种新的艺术技巧的采用，都是对历史成规的突破，都需要有一种超越历史的

---

① 大规模地收集全国民歌[N].人民日报,1958-04-14.

② 安旗.从现实出发而又高于现实[N].文艺报,1958-06-11.

③ 邵荃麟.谈革命现实主义和革命浪漫主义相结合[J].北京大学学报,1959(2):37.

④ 华夫.文艺放出卫星来[N].文艺报,1958-09-26.

精神。"①可以断定,形式里内蓄着一定的社会历史内容和人类的审美情感,是有"意味"的,要真正形成一种新的艺术形式,必须是从内容的变革开始。在从"社会主义现实主义"的创作口号转向"两结合"的口号的过程中,"'相结合'正意味着革命浪漫主义因素脱离社会主义现实主义创作方法而独立开来,再跟革命的现实主义'结合'起来。换句话说,'相结合'名义上把革命浪漫主义在社会主义现实主义的从属地位,提升到跟革命现实主义同等重要的位置,不过,实质上与社会主义现实主义没有很大的差别。不过,命名在中国却是一种权力的表现,毛泽东利用一个先'分'后'合'的过程重新掌握对现实主义文学的阐释权,也以此种话语权调整中苏之间的权力关系"②。尽管两种艺术形式没有实质上的差别,但这种策略性的命名方式,传达的是却是"民族化"的社会诉求。这种诉求则是通过某种形式表现的,而在 50 年代,这种形式便是"两结合"的艺术形式,是"民族形式"的隐喻和象征,因为新民歌运动实现了文艺和劳动大众紧密结合的夙愿,这是新诗所不具备的。周扬对此断定说:"五四以来的新诗打碎了旧诗格律的镣铐,实现了诗体的大解放,产生了不少优秀的革命诗人,郭沫若就是其中最杰出的代表。新诗有很大成绩,为了同群众接近革命诗人作了很多努力。但是新诗也有很大缺点,最根本的缺点就是还没有和劳动群众很好地结合起来。"③不难看出,"两结合"的创作手法之所以能在社会中得以推广,关键在于其"有意味"的合适的"内容",在这里,新中国的文艺领导者寻找到了"两结合"这种具有"民族化"的艺术形式。

总之,在"十七年文学批评"活动中,"民族形式"首先是新民主主义文艺"社会主义化"的过程,其并不仅仅是一个民族自觉的过程,而是建立现代中国和创造现代民族文化的主体性努力的过程。"当毛泽东在新的历史条件时期强调'民族形式'时,他显然含有针对西方'资产阶级'意识形态的成分。也就是说,在防卫意识形态侵蚀的意义上它是阶级的,而在'习惯、感情以至语言'等形式意义上,它是民族的。这是他坚持'民族形

---

① 童庆炳.文学艺术与社会心理[M].北京:高等教育出版社,1997:85.

② 陈顺馨.社会主义现实主义理论在中国的接受与转化[M].合肥:安徽教育出版社,2000:321.

③ 朱寨.中国当代文学思潮史[M].北京:人民文学出版社,1987:346-347.

式'、反对'全盘西化'的真正用意。"①所以,"民族形式"也是苏联文艺"中国化"的过程。

第四节 "典型"的"纯粹"与"负累"

在"文艺斗争"、"党性"、"人性人情"、"民族形式"、"典型"、"本质"等这些关键词中,"典型"无疑是我们在进行"十七年"文学批评研究时应当关注的重要对象。具体考察"十七年文学批评"的实践活动及其细节,我们不难发现,十七年文学时期有关典型的言说与阐释,往往依托于"人物"和"形象"。典型与"新的人物"、"(新)英雄人物"及"中间人物"这些概念有着紧密关系,典型内涵的不断改写,既构成了"十七年"文学批评的重要现象,也记录着中国当代文学复杂变迁的微妙症候。

一、典型与"新的人物"

作家主要的审美追求是创造具备"高级形态"的形象——典型。在文学的修辞活动里,形象是一种有意味的且重要的表达形式。新中国成立伊始,时代政治在设计新时代文化建构目标的同时,就旗帜鲜明地向文艺提出了要求,即重建中国文学秩序和审美形象的价值等级。"因为人物主体的建立同时也表现为国家主体、现实的意义秩序的建立。"②全国第一次文代会上,周扬在题为《新的人民的文艺》报告中,就率先对此予以阐释。他从"新的主题,新的人物"等方面说明了文艺的"新",肯定了工农兵是新时代的英雄人物:"我们是处在这样一个充满了斗争和行动的时代,我们亲眼看见了人民中的各种英雄模范人物,他们是如此平凡,而又如此伟大,他们正凭着自己的血和汗英勇地勤恳地创造着历史的奇迹。对于他们,这些世界历史的真正主人,我们除了以全副的热情去歌颂去表扬之

---

① 孟繁华.中国 20 世纪文艺学学术史:第三部[M].上海:上海文艺出版社,2001:74-75.

② 萨支山.试论五十至七十年代"农村题材"小说:以《三里湾》《山乡巨变》《创业史》为中心[J].文学评论,2001(3):123.

外,还能有什么别的表示呢?"①同时还以不容置疑的口气强调了文艺必须以塑造工农兵形象为重点:"工人阶级、农民阶级和革命知识分子是人民民主专政的领导力量和基础力量,我们的作品必须着重地反映这三个力量。解放区知识分子,经过整风和长期实际工作的锻炼,在思想、情感、作风各方面都有了根本的改变,他们已经相当地工农化了,我们的作品中应当反映他们的新的面貌。自然,文艺可以描写一切阶级、一切人物的活动,工农兵的生活和斗争也只有在与其他阶级的一定关系上才能被完全地表现出来。但是重点必须放在工农兵身上,这是没有问题的,因为工农兵群众是解放战争与国家建设的主体的缘故。"②

紧接着8—9月间,上海《文汇报》展开了"写工农兵,还是写资产阶级"的热烈争论:究竟是写工农兵、以工农兵为主角,还是写小资产阶级、以小资产阶级为主角?这两种文艺观的分歧可以说是建立新政治的形象言说方式的理论尝试。朱寨在评论新中国的第一场文艺争论时说:"表面上看起来,这是一场关于'小资产阶级的人物可不可以作为文艺作品的主角'的具体争论,而实质上,是直接关系到如何完整理解和正确把握新时代的'为工农兵服务'的文艺方向的根本问题的重要争论。"③而1951年5月20日《人民日报》发表题为《应当重视电影〈武训传〉的讨论》的重要社论和6月对萧也牧的《我们夫妇之间》进行的批判,可以看作是这次理论讨论在文学活动中的具体实践。前者由此展开了一场与资产阶级做斗争的大演习,从反面强化了文学在题材处理、主题选择及典型创造方面的非资产阶级性;后者则从正面肯定了文学在题材处理、人物塑造和典型创造上的工农兵性质和趣味。如此等等都在说明,创造新的工农兵英雄形象——已逐步成为一种新的理念,同时也作为一个新的重要的"问题",不断提醒作家必须面对。在1951年底的文艺整风运动中,作为在《文汇报》提出"小资产阶级的人物可以不可以作为文学作品的主角""问题"的以群

---

① 周扬.新的人民的文艺[M]//周扬文集:第1卷.北京:人民文学出版社,1984:516.

② 周扬.新的人民的文艺[M]//周扬文集:第1卷.北京:人民文学出版社,1984:528-529.

③ 朱寨.中国当代文学思潮史[M].北京:人民文学出版社,1987:36.

和责任编辑唐弢对此都做了"深刻"检讨,说自己关心的是"小资产阶级的文艺方向"①,是"对毛泽东文艺路线的一种含有阶级性的抗拒"②。从此以后,知识分子、小资产阶级形象成了写作不能随意触及的禁区。

所以,在十七年文学中,工农兵的英雄人物形象是文学书写的主体,真正的知识分子形象(往往又被认为是小资产阶级形象)是缺失的。"缺失"具体表现为"无非是'陪衬'的角色,或是被改造、被锤炼的角色,但无论充当何种角色,'成长'则是形象完成过程中的'中心词'或'主题词'。"③被誉为"成长小说"的《青春之歌》中所塑造的林道静便是这一"成长"、"改造"的典型。该小说自 1958 年出版后,第二年便展开广泛的"讨论",如 1959 年第 2 期的《中国青年》刊登郭开的《略谈对林道静的描写中的缺点:评杨沫的小说〈青春之歌〉》一文,认为该作品没有很好地描写工农群众,没有描写知识分子和工农的结合,没有认真地实际地描写知识分子改造的过程,没有揭示人物灵魂深处的变化……结果严重地歪曲了共产党员的形象。在这样严峻的形势之下,作者对小说作了大规模的修改与增写,增写了从事农村革命活动的七章及组织和领导北大学生运动的三章。小说通过安排林道静赴深泽县大劣绅大地主宋贵堂家当家庭教师、在自我批判中消除长工对她的误会、在东家房上观看远处农民抢收麦子的情景等方面来解决"走与工农兵相结合的道路"的问题,还通过设计林道静向长工说明自己也有贫农的血脉来表现她的阶级立场的转变。用杨沫自己的话说:"这些变动的意图是用围绕林道静这个主要人物,有使好的成长更加合情合理、脉络清楚,有使她从一个小资产阶级知识分子变成无产阶级战士的发展过程更加令人信服,更有坚定的基础。"④从对《青春之歌》的讨论及其修改中我们可以看到,具有资产阶级情调的知识分子必须转变立场,必须与工农兵打成一片,必须走与工农兵相结合的道路,"知识分子如果不和工农民众相结合,则将一事无成。革命的或不革命的

① 洗群.文艺整风粉碎了我的盲目自信:从反省我提出"可不可以写小资产阶级"的问题谈起[N].文汇报,1952-02-01.

② 唐弢.从编辑工作中检讨我的错误[N].文汇报,1952-07-06.

③ 杨匡汉,孟繁华.共和国文学 50 年[M].北京:中国社会科学出版社,1999:173.

④ 见人民出版社 1960 年 3 月出版的《青春之歌》修改本"再版后记"。

或反革命的知识分子的最后的分界,看其是否愿意并且实行和工农民众相结合"①。亦即知识分子必须工农化,这样才有可能符合新的人物典型的要求。

这次关于"写工农兵,还是写小资产阶级"的争论,完成了中国当代文学在人物建构上的第一步:塑造新的人物,且"独尊"新的工农兵人物。这无疑是毛泽东在1942年《在延安文艺座谈会上的讲话》中"文艺为工农兵服务"观点在新的历史条件下的内涵的改写。

二、典型与(新)英雄人物

新中国成立初期出现了一批招致各方面批评的小说,如白刃的小说《目标正前方》、《战斗到明天》,碧野的《我们的力量是无敌的》等。因为《目标正前方》中写了军队优秀代表有功臣思想,批评者认为,英雄模范是我军优秀品质最好的代表,如果有功臣思想,那就是不真实的创作。《战斗到明天》写了知识分子的优点和工农干部的缺点,而批评者认为,知识分子就不会有优点,工农干部就不能有缺点。至于《我们的力量是无敌的》则被认为对解放军的描写到处是"歪曲",是"污蔑",是"小资产阶级思想对文艺创作的危害"。很显然,要求描写新的工农兵人物的理念在文学实践过程中的效果并不理想。针对这一情况,1952年5—10月,《文艺报》开辟了"关于创造新英雄人物问题的讨论"专栏,用"编辑部的话"来说:这"也是许多文艺批评中所普遍涉及的主要的问题……这一问题,主要是针对目前文艺创作中的落后状况——缺乏新的人物、新的事件、新的感情、新的主题;歪曲劳动人民的形象——而提出来的。对于这样的创作上的重要问题进行讨论,显然很有意义,很有必要"②。讨论主要涉及两个问题:要不要写英雄人物"落后到转变的过程",是否必须写英雄人物的"缺点"。从中我们看到典型形象范畴中"新的人物"这一言说已悄悄地发生改变,工农兵人物被"(新)英雄人物"或"工农兵英雄人物"代替了。

在确立了"典型"—"新的英雄人物"在当代文学实践中的"优先发展权"及其"合法性"之后,"如何描写新的英雄人物",也迅速被作为一个重

---

① 毛泽东选集:第2卷[M].北京:人民出版社,1991:559.
② 关于创造新英雄人物问题的讨论[N].文艺报,1952-05-10.

要的问题提上议事日程。韦君宜曾撰文委婉地反对写英雄人物的落后和缺点:"那种在斗争中有动摇的人,在现实生活中自然是存在的,也是可以写的,作品本来应当反映复杂的现实生活中的各种各样人物,但是,以这种人来代表我们祖国的最先进、最优秀的,代表着千万青年的理想与希望、为青年领路的人物,这就不合现实了,所以是不对的。至于说,如像英雄有毛病,思想方法上有缺点(如像有些作品写的,英雄很粗暴或很狭隘之类)……这在有些英雄身上是有的。这些也不是一定写不得。但是这些并不是他们构成英雄的要素。"①自从"关于创造新英雄人物问题的讨论"专栏辟出之后,关于这一话题的争论分歧日渐明显——周扬和冯雪峰便有着截然不同的观点。周扬认为:"在我们的作品中可以而且需要描写落后人物被改造的过程,但不可以把这看为英雄成长的典型的过程。"还说:"我们的作家为了要突出地表现英雄人物的光辉品质,有意识地忽略他的一些不重要的缺点,使他在作品中成为群众所向往的理想人物,这是可以的而且是必要的。我们的现实主义者必须同时是革命的理想主义者。"②很显然,周扬不同意写英雄人物"落后到转变的过程"和"缺点"。冯雪峰则从英雄人物生成性方面提出了不同意见:"不可以把先进分子和英雄们从实际生活的矛盾冲突中孤立开来;不可以把他们从现实的历史前进运动的力量和方向上孤立开来。"③"英雄是群众的一分子,只有在群众身上所能有的东西,才能在英雄身上出现,或者先出现。"④"在实际生活中,所谓不好不坏、看起来好像既不能加以肯定也不应该加以否定的、没有什么斗争性和创造性的所谓庸庸碌碌的人们,是大量存在着的,并且形成一种很大的社会势力。在艺术形象上,所谓庸庸碌碌的人们,仍然也是重要的主人公,要出现在各种各样被否定的、被批评的、被教育和被改造的典型里,并且要出现在新生人物——也即是新人物的形象里。"⑤他认为,周扬的创造"理想化"英雄人物,不同于典型化所采用的"集中"、"概

① 韦君宜.青年们希望作品中表现什么样的人物?[N].文艺报,1953-02-15.

② 周扬.为创造更多的优秀的文艺作品而奋斗[N].文艺报,1953-10-15.

③ 冯雪峰.英雄和群众及其它[N].文艺报,1953-12-30.

④ 冯雪峰.英雄和群众及其它[N].文艺报,1953-12-30.

⑤ 冯雪峰.英雄和群众及其它[N].文艺报,1953-12-30.

括"、"扩张"。前者是违背真实的,塑造的是理想化的英雄人物,而后者恰恰是为了显露真实,塑造的是典型化的英雄人物。这一分歧,在批评界关于梁生宝(《创业史》)这一人物形象的创造及其引起的争论中得到充分体现。严家炎指出这一形象存在着过分理想化的问题,在这一形象塑造上有"三多三不足":写理念活动多,性格刻画不足;外围烘托多,放在冲突中表现不足;抒情议论多,客观描绘不足。① 故与其说梁生宝是一个农民,不如说他是一个革命家。而在柳青看来,"梁生宝只不过是一个由于新旧社会不同的切身感受而感到党的无比伟大,服服帖帖想听党的话,努力琢磨党的教导,处处想按党的指示办事的朴实农民出身的年轻党员……简单一句话来说,我要把梁生宝描写为党的忠实儿子,我以为这是当代英雄最基本、最有普遍性的性格特征。在这部小说里,是因为有了党的正确领导,不是因为有了梁生宝,村里掀起了社会主义革命浪潮。是梁生宝在社会主义革命中受教育和成长着。小说的字里行间徘徊着一个巨大的形象——党"②。可见作者自身倾向于把梁生宝塑造成一个理想化的英雄人物。

但理想化的英雄人物并不是典型化的英雄人物。我们可以看到梁生宝这一社会主义农村新英雄形象留下了一些人为拔高的痕迹,可以说,梁生宝这一形象思想性很强但艺术表现不足,算不上典型化的英雄人物。因为"缺乏艺术性的艺术品,无论政治上怎样进步,也是没有力量的。因此,我们既反对政治观点错误的作品,也反对只有正确的政治观点而没有艺术力量的所谓'标语式'的倾向"③。1960 年,《河北日报》发表了李何林的《十年来文艺理论和批评上的一个小问题》中提到:"思想性和艺术性是一致的,思想性的高低决定于作品'反映生活的真实与否';而'反映生活真实与否'也就是它的艺术性的高低。"④李何林提出了艺术典型必须是

① 严家炎.关于梁生宝形象[J].文学评论,1963(3):21.
② 柳青.提出几个问题来讨论[M]//牛运清.中国当代文学研究资料丛书·长篇小说研究专集:中.济南:山东大学出版社,1990:471.
③ 毛泽东.在延安文艺座谈会上的讲话[M]//文学运动史料选:4.上海:上海教育出版社,1979:539.
④ 李何林.十年来文艺理论和批评上的一个小问题[N].文艺报,1960-01-11.

思想性和艺术性一致的观点,这是非常可取的。这篇文章同年在《文艺报》上刊载出来,同时刊载的还有作者承认自己观点"错误"的附记。在附记里,作者以一种检讨自己"错误"的语气,着力强调了自己忽略了无产阶级世界观,自己有一种"修正主义"思想,认为自己的资产阶级思想立场和世界观没有得到好好的改造,违反了马克思主义和毛泽东思想。正如编者按中所说的:"李何林同志这篇文章,题目上标出的是'一个小小问题',实际上提出了一个大问题,一个根本性的问题,就是文艺与政治,文艺批评的政治标准与艺术标准的关系问题。"①其实问题不仅仅停留在文艺与政治,文艺批评的政治标准与艺术标准的关系问题上,更重要的是连同附记重新刊载这一现象,给了人们一种暗示:思想性、政治标准必须第一,否则就是修正主义,就是反马克思主义毛泽东思想。在这种紧张情形下,艺术典型就只能走向政治典型、阶级典型——如梁生宝、朱老忠等。因此,这一时期对典型的理解更多的是偏向于从社会学的角度,其作为艺术范畴的审美内涵被政治意识形态内涵所取代。并且,新的英雄典型还直接与新的意识形态捆绑起来。如中南军区文化部长陈荒煤撰文说:"凡是作品能正确地生动地表现了新人的典型(并通过这个典型人物的斗争去表现了政策思想),鼓舞与增加了群众斗争的信念,予群众以积极教育,推动革命斗争前进,其思想性与艺术性必强,反之思想性与艺术性必低。"②毛泽东在《讲话》中指出:"文学艺术作品中反映出来的生活却可以而且应该比普通的实际生活更高,更强烈,更有集中性,更典型,更理想,因此就更带普遍性。"③但在这一时期,对于其中的"更""所作的引申及自觉不自觉的误解和曲解,则给'英雄典型'的塑造带来了相应的折损或负面影响"。④

1964 年《文艺报》资料室发表《十五年来资产阶级是怎样反对创造工农兵英雄人物的?》的文章,直接否定了"关于创造新英雄人物问题的讨

---

① 李何林.十年来文艺理论和批评上的一个小问题[N].文艺报,1960-01-11.

② 陈荒煤.为创造新的英雄的典型而努力[N].文艺报,1951-04-25.

③ 毛泽东.在延安文艺座谈会上的讲话[M]//文学运动史料选:4.上海:上海教育出版社,1979:531.

④ 杨匡汉,孟繁华.共和国文学 50 年[M].北京:中国社会科学出版社,1999:179.

论"专栏中"必须写英雄人物的'落后到转变'、写英雄人物的'缺点'"的结论。典型人物成为政治意识形态的隐性代言人。1964年7月江青在《谈京剧革命》中说："我们要提倡革命的现代戏,要反映建国十五年来的现实生活,要在我们的戏曲舞台上塑造出当代的革命英雄形象来,这是首要的任务。"[①]至此,正式确定文学要突出"革命"英雄典型。1966年,在《林彪同志委托江青同志召开的部队文艺工作座谈会纪要》中,进一步提出了"根本任务论"[②],文艺创作成了无产阶级英雄典型的专利,一切和英雄人物无关的内容,都被排除在文艺之外。

三、典型与中间人物

(新)英雄人物的典型理论在作品评论和作家创作中也成为一种潜在的理论指向。"大跃进"时期,几乎所有的文学作品都形成通过对完美的英雄与十足的坏蛋的典型书写模式,向读者直接灌输社会主义价值观念和行为规范的意义生发格局。新时代的英雄典型已不同于建国初期的战争英雄典型,如雷锋、王杰、欧阳海、刘文学、焦裕禄、王进喜、陈永贵等。《欧阳海之歌》是这一时期书写"时代英雄"典型的范本,文本内大量存在"毫无事实证明人的内心描写、政治拔高、思想提升、生活元素改造"[③],是一本活生生的政治、思想教材。"从《欧阳海之歌》的英雄叙事看,我们可以获得'十七年文学'英雄叙事的一般模式:出身贫苦(出生)——革命拯救(解放)——朴素的阶级感情受政治工作者启蒙性提升(初步觉悟)——苦学马、列、毛著作(反省)——经受各种考验形成政治思想思维模式(实践)——成长为完善的革命英雄(死亡)。这个模式的内核实际上就是政治本身,就是政治意识形态在一个具体人身上的逐渐显现。当政治意图全部显现完成,人物的生命也就应该终结了。"[④]可见,文学创作中机械的僵化的框框是越来越严重了。

在1962年8月的大连会议上,邵荃麟大胆地提出了"中间人物"的概

①　江青. 谈京剧革命[N]. 人民日报,1967-05-10.

②　"根本任务"论意指塑造无产阶级英雄典型是社会主义文艺的根本任务。

③　蓝爱国. 解构十七年[M]. 上海:华东师范大学出版社,2003:223.

④　蓝爱国. 解构十七年[M]. 上海:华东师范大学出版社,2003:223.

念,他解释说:“(我们的创作)总的看来,革命性都很强。而从反映现实的深度,革命斗争的长期性、复杂性、艰苦性来看,感到不够;在人物创造上,比较单纯,题材的多样化不够,农村复杂的斗争面貌反映不够。单纯化反映在性格上,人与人的关系上,斗争的过程上,这说明了我们的作品的革命性强,现实性不足。”①简言之,只写英雄模范人物,不写矛盾错综复杂的人物,人物形象就显得单一、平面化,作品的现实性就不够。英雄模范人物的性格不是依靠人物的行动、心理状况来反映的,而是根据社会主义和共产主义的革命理想来塑造的,在这里,政治标准成为衡量其形象塑造成功与否的首选因素,故这样的人物形象可称得上是政治典型,是“席勒式”的时代精神的传声筒,而不是艺术典型。“文艺作品中,所创造的人物性格越多样,对社会生活的多样化、复杂性反映得越充分,其帮助群众推动历史前进的作用才会更加有力。”②对多样化、复杂化的人物性格的塑造不再根据既定的政治标准的框框来进行,而是根据艺术规律来进行。所以,邵荃麟鼓励作家们塑造还没有投身于革命的广大民众,因为这些人物是我们社会生活中大量存在的,如《创业史》中的梁三老汉,《红旗谱》中的严志和,《山乡巨变》中的亭面糊,《李双双小传》中的喜旺,《三里湾》中的糊涂涂、常有理,《锻炼锻炼》中的“吃不饱”、“小腿疼”等。他说:“写英雄人物谁也没有规定必须写缺点,但有发展过程,在克服、斗争中发展过来。怎样从艰苦奋斗、复杂的斗争中成长起来?《创业史》中的梁生宝是最高的典型人物,但我不认为是写得最成功的。梁三老汉、郭振山等也是典型人物。谈《红旗谱》,只谈朱老忠;但严志和也是成功的典型。”③可见邵荃麟不仅高度地肯定了不同于梁生宝、朱老忠等英雄人物的梁三老汉、严志和等“中间人物”的重要艺术价值,还指出即便是写英雄人物,也还是要写他的发展过程——还是要写其缺点的。在此之前,严家炎就已发表

---

① 邵荃麟.在大连“农村题材短篇小说创作座谈会”上的讲话[M]//邵荃麟评论选集.北京:人民文学出版社,1981:398.

② 沐阳.从邵顺宝、梁三老汉所想起的……[N].文艺报,1962-09-11.

③ 邵荃麟.在大连“农村题材短篇小说创作座谈会”上的讲话[M]//邵荃麟评论选集.北京:人民文学出版社,1981:402.

过相同的观点:"作为艺术形象,《创业史》里最成功的不是别人,而是梁三老汉。"①"梁三老汉虽然不属于正面英雄形象之列,但却具有巨大的社会意义和特有的艺术价值。"②这是用审美的而不是政治意识形态的标准来对待"中间人物",是对文坛上占据主流的(新)英雄人物的大胆重审。但"主流批评"对这一论证的反驳则显得义正词严:"全面评价一个人物形象,对于它的艺术价值下一个全面评价结论的时候,主要应该根据概括的生活内容的性质和意义。因此不能说梁三老汉是一个概括意义很大的'很高的典型人物','具有巨大的社会意义和特有的艺术价值'。特别是与正面英雄形象梁生宝对比着评价,这样评价梁三老汉更是不恰当的,这实际上是贬抑梁生宝这个人物形象。从这里也就不难看出提倡写中间人物的目的是排挤写正面英雄人物。"③"创造工农兵群众的英雄形象,这是无产阶级的主张,它保证我们的文学沿着工农兵方向前进。'写中间人物',这是资产阶级的主张,它引导我们的文学走向资产阶级的歧途。"④"在他们的心目中,只有资产阶级文学中所写的具有'复杂性格'的人物才算真实。他们用资产阶级文学的性格描写,用资产阶级文学的创作规律来要求社会主义文学,认为写任何人物都要写他的'复杂性'、'两面性';在坏人身上要写出好的一面,在好人身上要写出坏的一面。只有这样写,人物才有'深度',才不'单纯化'。"⑤"《红旗谱》《创业史》《山乡巨变》等作品的创作实际,恰好反驳了'写中间人物'的主张,揭露了它的反动实质。我们必须彻底批判这种资产阶级的文学主张,为解放创作生产力,发展社会主义文艺扫清道路。"⑥"邵荃麟同志所说的'中间人物',不单是一个文学上的概念,而首先是一个政治上的概念。"⑦"如果这种文学主张实现

---

① 严家炎.谈《创业史》中梁三老汉的形象[J].文学评论,1961(3):64.

② 严家炎.谈《创业史》中梁三老汉的形象[J].文学评论,1961(3):64.

③ 朱寨.从对梁三老汉的评价看写中间人物主张的实质[J].文学评论,1964(6):5.

④ "写中间人物"是资产阶级的文学主张[N].文艺报,1964-09-30.

⑤ 赵锦良.邵荃麟为什么反对写理想的英雄人物[N].文艺报,1965-02-16.

⑥ 范子保,赵锦良,王先霈.怎样评论梁三老汉、亭面糊、严志和[N].文艺报,1965-03-28.

⑦ 李方红."写中间人物"论反映了哪个阶级的政治要求[N].文艺报,1966-04-11.

了，那么，我们的文艺，就不再是为工农兵服务，为社会主义服务，宣传毛泽东思想的武器了，而只能成为挖社会主义社会的墙脚，丑化无产阶级专政，'暴露'人民群众，反对兴无灭资的阶级斗争，宣传资产阶级和现代修正主义思想，为资本主义复辟鸣锣开道的反社会主义的文艺了。"[①]"中间人物"这一本属于文艺范畴的典型称谓，已逐步演变为具有政治意识形态性质的能指概念了。

实际上我们看到，当"新英雄人物"已经在"典型"范畴里拥有绝对合法性的时代语境时，非革命的"中间人物"就已被拒斥于"典型"话语之外了。

通过"典型"话语在"十七年文学批评"中的变化过程，我们可以看到当代文学的人物"典型"书写经历了由写"新的人物"（实为独尊工农兵人物）到写（新）英雄人物（即工农兵英雄人物）再到对"中间人物"先肯定后否定（是对前者的反拨）的曲折发展过程。

---

① 李方红.“写中间人物”论反映了哪个阶级的政治要求[N].文艺报,1966-04-11.

余　论

　　"十七年文学"不论是"一体化"的文学,还是政治的"非人的文学",抑或是"人民的文学",抑或是"建构起社会主义文学话语霸权和合法性"的文学,总之,文学是可以具有较强政治意义或道德价值的,但这却不是文学创作与批评的终极目的。对于文学来讲,过于直露地表达自己的政治观点是一大禁忌,取而代之的应该是用文学的、形象化的方式呈现出来。如果不是用形象化的、文学的方式,那么文学就会变成口号,变成宣传品。只有同时能给人以强烈的美感,作品才能为各个时代的读者所欣赏和接受。十七年文学是依傍着政治与社会发展而前行的,今天我们仍然可以看见和嗅到它与政治社会文化不可分离的关联性。关于这一点,有研究者指出,"80 年代文学"关于自己"去政治化"、"回归文学自身"的主流文学史叙述的建构,在很大程度上正是通过强化"十七年文学""'文革'文学"的"政治化""非政治化"来得以完成的,[①]故我们认为,十七年文学及其批评传播和再生产着当时政治、经济制度所需要的意识形态,它构成了十七年文学所特定的历史内容层。换句话说,如果片面注意作品的技巧,单纯为了"欣赏",作家是永远不会正确地创作出优秀的人物形象来的,读者也不能深刻理解文艺作品中的新人物的新品质,而这恰恰是十七年文学及其文学批评所摒弃的。批评的历史纵深感和鲜明的价值立场构成了"十七年文学批评"高度的纯洁性及独有的尊严。历史的崇高和英雄的伟岸成为那个特定时代重要的精神内容。而这一宏大的历史主题和精神内容所集中体现出的特定的历史时期集体主义、英雄主义、浪漫主义的美学特征却成为我们心灵深处永远值得感动和信仰的东西,尤其是当下人文精神、民族传统常被消解,道德理性与审美价值也都被打上了金钱的烙

---

　　① 　赵黎波."重返八十年代"与"十七年文学"研究[J].理论与创作,2010(2):43.

印,红色经典总被"恶搞"的时代。

总之,"十七年文学批评"不断地打磨着新中国文学的内在气质与外在面貌,从而建构起较之以往的内容和形式更为独特的"十七年"文学历史状貌。"十七年文学批评"充分发挥对新生的社会主义体制下文学创作实践的引领和促进作用,从而试图建构社会主义文学新秩序。一方面,它适应了社会政治动员的国家需要,有利于新型的民族国家的建立。另一方面,它也影响并改变着作家的书写与思维方式和读者的阅读心理与欣赏习惯,引导着新中国文艺形态的政治审美化走向。因此,我们更应该重回"十七年文学"的历史语境中,不像过去那样因其政治性而肯定它,也不像现在一样以其政治性来否定它。我们应该把它放置在一个 20 世纪中国文学乃至全球的背景中去理解和阐释这段文学的特殊性。因为"评价一部作品的真实性,不能只看它与外在现实表象是否完全一致,更应该看作家对深沉生活的渗透力、思考力和洞察力,看他透过生活表层、揭示生活本质的能力——只有作者的这一思想渗透力是强大而深刻的,揭示出了生活背后隐藏的、为一般人所忽略或难以理解的深层潜流的时候,它才具有真正的思想震撼力,才具备高度的真实性"①。

在"十七年文学批评"的发生、发展、异变乃至发生异化的过程中,我们看到"十七年文学批评"走上了一条偏离审美之途的道路。当文学彻底沦为"政治的奴婢"、"阶级"的工具时,事实上也在宣告"十七年文学批评"建构的破产。作为"十七年文学批评"坚强后盾的"五四"到 30 年代的现代革命文艺理念和直接源头的"延安文艺理念",它们在中国当代遭遇到了更为严峻的政治任务,致使批评的文学之路越走越窄,共同演绎了一段辉煌而又苦涩的文学之路。作为在政治漩涡中的批评主体——批评家,他们的批评理论和批评实践在提升当代文学学科地位的同时,也为当代文学文学化的道路设置了重重障碍。不能否认他们对此毫不知情,他们间或对艺术审美性的论述便是不争的事实。把他们这种明知不可为而为之的做法归结为政治高压、利益诱惑是不全面的,这还与文学主体精神的集体衰败有关,这是一次文艺思想从批评主体到创作主体的全面溃退,主

---

① 贺仲明.真实的尺度:重评 50 年代农业合作化题材小说[J].文学评论,2003(4):44.

体的空前静场纵容了文学概念化、公式化、符码化的泛滥,以致在当代仅存的几部"经典"作品也是那么不堪一击。"物极必反",审美的文艺在文艺政策的严密与松动中也变得消长起伏。"文艺斗争"、"人性、人情"、"典型"、"民族形式"等"十七年文学批评"中的关键词记录着这个时代的症候。

所以,在笔者看来,"十七年文学批评"始终处于文学自身审美特征的"自律"性、"合情"性与社会意识形态变化的"他律"性、"合法"性的夹缝与交战之中,还在苦苦追寻文学与意识形态的临界点。但到"文革"期间,文学批评的"自律"性几乎完全被抹杀,"他律"性成为主宰文学创作、文艺思潮的大旗,文学批评中的美学批评与社会批评完全失去了"对话"的可能性。由于与政治文化紧密相连,"十七年文学批评"的声音不断被放大,监察、修正、评判乃至规范的功能和权力也不断在提高。这种状况由此形成了"十七年文学批评"的一个悖论:既推动了文学批评的整体繁荣,也造成了文学批评的异化。所以,"必须有真切的批评,这才有真的新文艺和新批评的产生的希望"①。我们无意于苛求文艺脱离现实、人生而自由地发展,像俄国形式主义、英美新批评那样,纯艺术的批评显然是不足为训的。我们更无意于文学批评舍弃文艺的审美根本而言及政治等其他。我们追求的是二者的辩证统一,这个看似简单的道理却让当代文学付出了沉重的代价。

本书只是从不同的角度对"十七年文学批评"的状态作了梳理,对它一些重要的方面进行了初步思考和极有限的阐释。许多重要问题的深层展开,还需要辅之大量原始资料的整理和对对象的进一步的历史化处理。

---

① 鲁迅.《文艺与批评》译者附记[M]//鲁迅译文集:第 6 卷.北京:人民文学出版社,1957:307.

参考文献

一、著作类

[1]许道明.中国现代文学批评史新编[M].上海：复旦大学出版社，2002.

[2]温儒敏.中国现代文学批评史[M].北京：北京大学出版社，1993.

[3]古远清.中国当代文学理论批评史：1949—1989大陆部分[M].济南：山东文艺出版社，2005.

[4]刘锋杰.中国现代六大批评家[M].合肥：安徽文艺出版社，1995.

[5]庄锡华.中国现代文论家论[M].北京：光明日报出版社，2006.

[6]景国劲.二十世纪中国文学批评形态[M].北京：当代中国出版社，2002.

[7]支宇.文学批评的批评[M].北京：中国社会科学出版社，2004.

[8]艾布拉姆斯.镜与灯：浪漫主义文论及批评传统[M].郦稚牛，张熙进，童庆生，译.北京：北京大学出版社，2004.

[9]玛利安·高利克.中国现代文学批评发生史：1917—1930[M].陈圣生，华利荣，张林杰，等译.北京：社会科学文献出版社，1997.

[10]伊夫·塔迪埃.20世纪的文学批评[M].史忠义，译.天津：百花文艺出版社，1998.

[11]李泽厚.中国现代思想史论[M].天津：天津社会科学院出版社，2003.

[12]罗德里克·麦克法夸尔.剑桥中华人民共和国史：1949—1965[M].费正清，编.上海：上海人民出版社，1990.

[13]许志英，邹恬.中国现代文学主潮：上、下[M].福州：福建教育出版社，2001.

[14]洪子诚，刘登瀚.中国当代新诗史[M].北京：北京大学出版社，2005.

［15］洪子诚.中国当代文学史［M］.北京:北京大学出版社,1999.

［16］洪子诚.问题与方法:中国当代文学史研究讲稿［M］.北京:三联书店,2002.

［17］牛运清.中国当代文学研究资料丛书•长篇小说研究专集:上、中、下［M］.济南:山东大学出版社,1990.

［18］陈思和.中国当代文学史教程［M］.2版.上海:复旦大学出版社,2006.

［19］中国当代文学史初稿:上、下［M］.北京:人民文学出版社,1980,1981.

［20］董健,丁帆,王彬彬.中国当代文学史新稿［M］.北京:人民文学出版社,2005.

［21］孟繁华,程光炜.中国当代文学发展史［M］北京:人民文学出版社,2004.

［22］吴秀明.当代中国文学五十年［M］.杭州:浙江文艺出版社,2004.

［23］杨匡汉,孟繁华.共和国文学50年［M］.北京:中国社会科学出版社,1999.

［24］杨匡汉.中国当代文学［M］.沈阳:辽宁教育出版社,2005.

［25］王庆生.中国当代文学史［M］.北京:高等教育出版社,2003.

［26］温儒敏,李宪瑜,贺桂梅,等.中国现当代文学学科概要［M］.北京:北京大学出版社,2005.

［27］二十二院校编写组.中国当代文学史:1、2、3［M］.福州:海峡文艺出版社,1987,1981,1988.

［28］程正民,程凯.中国现代文学理论知识体系建构:文学理论教材与教学的历史沿革［M］.北京:北京大学出版社,2005.

［29］胡风.胡风三十万言书［M］.武汉:湖北人民出版社,2003.

［30］席扬,吴文华.20世纪中国文学思潮史论［M］.长春:时代文艺出版社,2001.

［31］席扬.艺术文化学:理论与实践［M］.福州:海峡文艺出版社,2001.

［32］朱寨.中国当代文学思潮史［M］.北京:人民文学出版社,1987.

[33]李扬.中国当代文学思潮史[M].上海:上海社会科学院出版社,2005.

[34]柏定国.中国当代文艺思想史论:1956—1976[M].北京:中国社会科学出版社,2006.

[35]戴燕.文学史的权利[M].北京:北京大学出版社,2002.

[36]王晓明.二十世纪中国文学史论:1～3卷[M].上海:东方出版中心,1997.

[37]王晓明.批评空间的开拓:二十世纪中国文学研究[M].上海:东方出版中心,1998.

[38]林伟民.中国左翼文学思潮[M].上海:华东师范大学出版社,2005.

[39]方维保.红色意义的生成:20世纪中国左翼文学研究[M].合肥:安徽教育出版社,2004.

[40]陈晓明.现代性与中国当代文学转型[M].昆明:云南人民出版社,2003.

[41]朱晓进.非文学的世纪:20世纪中国文学与政治文化关系史论[M].南京:南京师范大学出版社,2004.

[42]邱运华.文学批评方法与案例[M].北京:北京大学出版社,2005.

[43]王先霈,胡亚敏.文学批评导引[M].北京:高等教育出版社,2005.

[44]王永生.中国现代文学理论批评史:上、下[M].贵阳:贵州人民出版社,1991.

[45]宋剑华.前瞻性理念:三维视角中的中国现代文学史论[M].北京:文化艺术出版社,2005.

[46]谢昭新.中国现代小说理论史[M].合肥:安徽大学出版社,2003.

[47]凌晨光.当代文学批评学[M].济南:山东大学出版社,2001.

[48]周忠厚.文艺批评学教程[M].北京:中国人民大学出版社,2002.

[49]卜召林.中国现代新文学批评研究[M].济南:山东大学出版

社,2003.

[50]李国华.文学批评名篇选读[M].石家庄:河北大学出版社,2004.

[51]潘凯雄,蒋原伦,贺绍俊.文学批评学[M].北京:人民文学出版社,1991.

[52]蒂博代.六说文学批评[M].赵坚,译.上海:三联书店,2002.

[53]朱立元.当代西方文艺理论[M].上海:华东师范大学出版社,1997.

[54]上海师范大学中文系文艺理论教研室.文学理论争鸣辑要:上、下[M].上海:上海文艺出版社,1983.

[55]童庆炳.文学理论教程[M].修订2版.北京:高等教育出版社,2004.

[56]童庆炳.文学艺术与社会心理[M].北京:高等教育出版社,1997.

[57]童庆炳.现代心理美学[M].北京:中国社会科学出版社,1993.

[58]斯拉沃热·齐泽克.意识形态的崇高客体[M].季广茂,译.北京:中央编译出版社,2002.

[59]约翰·B.汤普森.意识形态与现代文化[M].高铦,文涓,高戈,等译.南京:译林出版社,2005.

[60]张秀琴.西方马克思主义意识形态理论的当代阐释[M].北京:中国传媒大学出版社,2005.

[61]马海良.文化政治美学:伊格尔顿批评理论研究[M].北京:中国社会科学出版社,2004.

[62]李青春.诗与意识形态:西周至两汉诗歌功能的演变与中国诗学观念的生成[M].北京:北京大学出版社,2005.

[63]谭好哲.文艺与意识形态[M].济南:山东大学出版社,1997.

[64]周平远.文艺社会学史纲:中国20世纪文艺学主流形态研究[M].北京:中国大百科全书出版社,2005.

[65]莫里斯·迈斯纳.马克思主义、毛泽东主义与乌托邦主义[M].张宁,陈铭康,译.北京:中国人民大学出版社,2005.

[66]孟登迎.意识形态与主体建构:阿尔都塞意识形态理论[M].北

京:中国社会科学出版社,2002.

[67]曹长盛,张捷,樊建新.苏联演变进程中的意识形态研究[M].北京:人民出版社,2004.

[68]李青春.在审美与意识形态之间:中国当代文学理论研究反思[M].北京:北京大学出版社,2006.

[69]宋剑华.百年文学与主流意识形态[M].长沙:湖南教育出版社,2002.

[70]方兢.中国当代文学理论潮流三十年:1949—1978[M].北京:中国文联出版社,2004.

[71]洪子诚.二十世纪中国小说理论资料:第五卷(1949—1976)[M].北京:北京大学出版社,1997.

[72]南帆.理论的紧张[M].上海:三联书店,2003.

[73]南帆.二十世纪中国文学批评99个词[M].杭州:浙江文艺出版社,2003.

[74]南帆.后革命的转移[M].北京:北京大学出版社,2005.

[75]韦勒克.批评的概念[M].张今言,译.北京:中国美术学院出版社,1999.

[76]埃里希·弗洛姆.逃避自由[M].刘林海,译.北京:国际文化出版公司,2002.

[77]埃里希·弗洛姆.健全的社会[M].孙恺祥,译.北京:国际文化出版公司,2003.

[78]卡尔·曼海姆.意识形态与乌托邦[M].李步楼,尚伟,祁阿红,等译.北京:商务印书馆,2000.

[79]卢梭.社会契约论[M].何兆武,译.北京:商务印书馆,1980.

[80]哈罗德·D.拉斯韦尔.政治学[M].杨昌裕,译.北京:商务印书馆,1992.

[81]维克多·孔西得朗.社会命运[M].李平沤,译.北京:商务印书馆,1986.

[82]文学运动史料选:1~5[M].上海:上海教育出版,1979.

[83]毛泽东选集:第2、3卷[M].北京:人民出版社,1991.

[84]周扬.周扬文集:第1、2、4卷[M].北京:人民文学出版社,

1984,1985,1991.

[85]李辉.往事苍老[M].广州:花城出版社,2003.

[86]支克坚.周扬论[M].郑州:河南大学出版社,2004.

[87]支克坚.胡风论[M].南宁:广西教育出版社,2000.

[88]茅盾.茅盾文艺评论集:上、下[M].北京:文化艺术出版社,1981.

[89]钟桂松.茅盾散论[N].上海:复旦大学出版社,2001.

[90]罗宗义.茅盾文学批评论[M].厦门:厦门大学出版社,1991.

[91]邵荃麟.邵荃麟评论选集:上、下[M].北京:人民文学出版社,1981.

[92]侯金镜文艺评论选集[M].北京:人民文学出版社,1979.

[93]雪峰论文集:上、中、下[M].北京:人民文学出版社,1981.

[94]冯雪峰选集:论文编[M].北京:人民文学出版社,2003.

[95]何其芳文集:第1卷[M].北京:人民文学出版社,1982.

[96]何其芳文集:第2、3卷[M].北京:人民文学出版社,1982.

[97]何其芳文集:第4、5卷[M].北京:人民文学出版社,1983.

[98]何其芳文集:第6卷[M].北京:人民文学出版社,1984.

[99]黄药眠.黄药眠文艺论文选集[M].北京:北京师范大学出版社,1985.

[100]徐庆全.周扬与冯雪峰[M].武汉:湖北人民出版社,2005.

[101]王丽丽.在文艺与意识形态之间:胡风研究[M].北京:中国人民大学出版社,2003.

[102]张永泉.个性主义的悲剧:解读丁玲[M].北京:中国社会科学出版社,2005.

[103]张清民.话语与秩序[M].北京:中国社会科学出版社,2005.

[104]陶东风.社会转型与当代知识分子[M].上海:三联书店,1999.

[105]保罗·博维.权力中的知识分子[M].萧莎,译.南京:江苏人民出版社,2005.

[106]爱德华·W.萨义德.知识分子论[M].单德兴,译.上海:三联书店,2002.

[107]邱运华.19—20世纪之交俄国马克思主义文学思想史论[M].

北京:北京大学出版社,2006.

[108]程正民,王志耕,邱运华.卢那察尔斯基文艺理论批评的现代阐释[M].北京:北京大学出版社,2006.

[109]陈顺馨.社会主义现实主义在中国的接受与转化[M].合肥:安徽教育出版社,2000.

[110]朱国华.权力的文化逻辑[M].上海:三联书店,2004.

[111]吴立昌.文学的消解与反消解:中国现代文学派别论争史论[M].上海:复旦大学出版社,2004.

[112]董之林.旧梦新知:"十七年"小说论稿[M].桂林:广西师范大学出版社,2004.

[113]蓝爱国.解构十七年[M].上海:华东师范大学出版社,2003.

[114]王培元.延安鲁艺风云录[M].桂林:广西师范大学出版社,2004.

[115]王海平,张军锋.回想延安·1942[M].南京:江苏文艺出版社,2002.

[116]中国社会科学院文学研究所当代文学研究室.新时期文学六年[M].北京:中国社会科学出版社,1985.

[117]王一川.修辞论美学[M].长春:东北师范大学出版社,1997.

[118]张仁善.1949:中国社会[M].北京:社会科学文献出版社,2005.

[119]傅国涌.1949年:中国知识分子的私人记录[M].武汉:长江文艺出版社,2005.

[120]张婷婷.中国20世纪文艺学学术史:第四部[M].上海:上海文艺出版社,2001.

[121]於可训.当代文学:建构与阐释[M].武汉:武汉大学出版社,2005.

[122]汪晖,陈燕谷.文化与公共性[M].上海:三联书店,1998.

[123]韩红.交往的合理化与现代性重建:哈贝马斯交往行动理论的深层解读[M].北京:人民出版社,2005.

[124]沈华柱.对话的妙悟:巴赫金语言哲学思想研究[M].上海:三联书店,2005.

[125]汪介之.回望与沉思:俄苏文论在20世纪中国文坛[M].北京:北京大学出版社,2005.

[126]刘克宽.阐释与重构:当代十七年文学沉思[M].西安:陕西人民教育出版社,2002.

[127]张奎志.体验批评:理论与实践[M].北京:人民出版社,2001.

[128]白寅.心灵化批评:中国古代文学批评的思维特征[M].北京:中国社会科学出版社,2005.

[129]蒋寅.古代诗学的现代诠释[M].北京:中华书局,2003.

[130]税海模.审美感悟与文化透视[M].成都:巴蜀书社,2003.

[131]钱理群.1948:天地玄黄[M].济南:山东教育出版社,1998.

[132]陈顺馨.1962:夹缝中的生存[M].济南:山东教育出版社,2002.

[133]魏朝勇.民国时期文学的政治想像[M].北京:华夏出版社,2005.

[134]姜文振.中国文学理论现代性问题研究[M].北京:人民文学出版社,2005.

[135]程光炜.文学想像与文学国家:中国当代文学研究(1949—1976)[M].郑州:河南大学出版社,2005.

[136]贺桂梅.人文学的想象力:当代中国思想文化与文学问题[M].郑州:河南大学出版社,2005.

[137]贺桂梅.转折的时代:40—50年代作家研究[M].济南:山东教育出版社,2003.

[138]周宁.想象与权力:戏剧意识形态研究[M].厦门:厦门大学出版社,2003.

[139]张启华,周鸿,尹凤英,等.中华人民共和国史简编[M].北京:当代中国出版社,1997.

[140]中共中央党史研究室.中国共产党的七十年[M].北京:中共党史出版社,1991.

[141]魏天祥.文艺政策论纲[M].北京:中共中央党校出版社,1993.

[142]仲呈祥.新中国文学纪事和重要著作年表[M].成都:四川省社会科学院出版社,1984.

[143]刘志荣.潜在写作:1949—1976[M].上海:复旦大学出版社,2007.

[144]蔡翔.革命/叙述:中国社会主义文学—文化想象(1949—1966)[M].北京:北京大学出版社,2010.

[145]饶先来.阐释与重构:当代中国文学批评的功能研究[M].昆明:云南大学出版社,2007.

[146]方长安.冷战·民族·文学:新中国"十七年"中外文学关系研究[M].北京:中国社会科学出版社,2009.

[147]李红强.《人民文学》十七年:1949—1966 [M].北京:当代中国出版社,2009.

二、论文类

[1]王军.十七年文学批评中的合法性问题[D].上海:华东师范大学,2004.

[2]王洁.建国后十七年文学与政治文化之关系研究[D].南京:南京大学,2003.

[3]李育春.权力·主体·话语[D].武汉:武汉大学,2002.

三、报刊类

[1]赵园,洪子诚,钱理群等.20世纪40至70年代:问题与方法[J].中国现代文学研究丛刊,2004(2):1-37.

[2]黄子平,陈平原,钱理群.论"二十世纪中国文学"[J].文学评论,1985(5):3-13.

[3]齐玉朝,徐丁林."十七年"文艺批评述评[J].唐山师范学院学报,2001(3):37-41.

[4]李松.经典化批评的现代性历史元叙事及其悖论:以建国后17年文学批评为中心[J].武汉大学学报(人文科学版),2007(5):64-70.

[5]魏宝涛.《文艺报》与"十七年"文学批评标准和模式的建构[J].广播电视大学学报,2007(2):7-11.

[6]刘克宽.从审美主体选择看十七年文学的公式化和概念化成因[J].文史哲,2003(2):144-148.

［7］吕东亮.十七年文学研究中的文本解读问题:兼论十七年文学批评研究的必要性［J］.理论与创作,2009(2):51-57.

［8］邓寒梅."十七年文学"中人文精神缺失及其原因探析［J］.船山学刊,2008(2):204-207.

［9］李国华.20世纪中国文学批评研究［J］.理论与创作,2003(1):58-62.

［10］傅书华.重新审视"十七年"文学［J］.理论与创作,2004(2):56-62.

［11］胡亚敏.论毛泽东的文学批评［J］.华中师范大学学报,2002(3):36-41.

［12］谢维强.表象的政治判定与潜在的文化冲突:十七年文学批评现象片论［J］.理论月刊,2003(3):90-92.

［13］廖述毅.略论"十七年文学"批评主流［J］.齐鲁学刊,2000(6):115-118.

［14］赫牧寰."十七年"文学批评的社会话语系统［J］.佳木斯大学学报,2004(3):49-51.

［15］黄健."十七年文学"与现代性的重构［J］.学术月刊,2007(6):109-111.

［16］萨支山.试论五十至七十年代"农村题材"小说:以《三里湾》《山乡巨变》《创业史》为中心［J］.文学评论,2001(3):117-124.

［17］程光炜.《文艺报》"编者按"简论［J］.当代作家评论,2004(5):19-26.

［18］于风政.一场批判　三种声音:试析1954年对《文艺报》的批评［J］.北京党史研究,1998(5):10-13.

［19］方长安.论外国文学译介在十七年语境中的嬗变［J］.文学评论,2002(6):78-84.

［20］杨凤城.1949—1956年党的知识分子政策研究［J］.中国人民大学学报,1999(1):72-74.

［21］方维保.原旨的缝隙与阐释的苦难:论十七年时期的文艺论争和批判［J］.文艺理论研究,2006(2):61-68.

［22］陈伟军.大众传媒与建国后十七年文学体制建构［J］.贵州社会

科学,2009(5):38-41.

[23] 贺仲明.转型的艰难与心灵的归化:"十七年文学"的政治认同问题[J].天津社会科学,2009(4):90-93.

[24] 张卫中.十七年文学中的现代性与反现代性[J].徐州师范大学学报,2010(4):15-19.

[25] 曹霞."大众"与"工农兵"批评话语的生成和流变[J].学术界,2012(9):209-217.